Wenn der Fisch die Sonne fängt

Mette Winge

Wenn der Fisch die Sonne fängt

Roman

Aus dem Dänischen
von Dagmar Lendt

Fretz & Wasmuth

Die Übersetzung aus dem Dänischen wurde unterstützt
durch das Danish Literature Information Centre,
Kopenhagen.

Die Originalausgabe erschien 1996 unter dem Titel
«Når fisken fanger solen» bei Gyldendal, Kopenhagen

Erste Auflage 1999
Copyright © 1996 by Mette Winge
Veröffentlichung mit freundlicher Genehmigung
der Leonhardt & Høier Literary Agency aps, Kopenhagen.
Alle deutschsprachigen Rechte
beim Scherz Verlag, Bern, München, Wien,
für den Fretz & Wasmuth Verlag.
Alle Rechte der Verbreitung, auch durch Funk,
Fernsehen, fotomechanische Wiedergabe,
Tonträger jeder Art und auszugsweisen
Nachdruck, sind vorbehalten.

Helsingør
Anno 1643

Die alte Frau zwinkert einige Male mit den Augen und kneift sie dann fest zusammen. Das Wasser in ihren Augen formt sich zu Tränen, die langsam über ihre eingefallenen Wangen laufen und von dort aus auf das schmutzige Umschlagtuch tropfen. Grelles Licht und alte Augen passen nicht zusammen.

Die alte Frau sitzt lange so da. Dann öffnet sie die Augen wieder und dreht mühsam den Kopf nach rechts. Sie hält Ausschau nach etwas, von dem sie weiß, daß es irgendwo draußen in dem weißen Lichtgewölbe liegt.

Die Insel.

Zu einer glanzvollen Zeit vor unzähligen Jahren hatte der Nabel der Welt in einem schmucken Kleinod gelegen, einem roten Backsteinbau, einem Schloß, das mit großer Hast und noch größerer Ungeduld dort draußen errichtet worden war. Ein strahlendes, leuchtendes Schloß hinter grünen Wällen ganz oben auf der Anhöhe dort draußen auf der Insel.

Der Scharlachinsel.

«Scharlachinsel» ist der Name, den Seeleute der Insel Venius gegeben haben, ihrer Insel, die sich so wunderschön aus dem blaugrünen Sund erhebt.

Die Insel mit den gelben, sanften Hängen.

Die Insel mit den blühenden Anhöhen und den üppigen Wiesen.

Die Insel, auf der das Glück eine kleine Weile zu Hause war. Die alte Frau schaut und schaut, aber sie sieht nichts, sieht nur das weiße, gleißende Licht.

In der Stadt heißt es, das Schloß sei fort, nicht ein einziger Stein sei übriggeblieben. Weil die alte Frau sich nicht darauf verlassen wollte, was die Leute redeten und raunten, hat sie sich selbst nach dem Stand der Dinge erkundigt, bei einem Mann, der regelmäßig dort draußen auf der Insel zu tun hat.

Aber es stimmt. Das alles ist nicht gelogen.

Das Wunderschloß wurde abgerissen, und alle Statuen sind fort. Der Befehl dazu kam nicht von irgend jemandem, sondern von einer der Mätressen Seiner Majestät. Das hat Frau Calumnia mit der gespaltenen Zunge erzählt. Ob das stimmt, weiß niemand; richtig ist allerdings, daß die schöne Dame die Insel als Nadelgeld erhalten hat.

Es heißt außerdem, daß man die letzten der großen Instrumente, die dort draußen zurückgelassen wurden, entzweigeschlagen hat und daß die Überreste von streitbaren Bauern untergepflügt wurden. Tief hinunter in den Boden, den sie sich verbissen zurückerobert hatten.

Sic transit gloria mundi!

I

«Hörst du das?»

Nein, ich hörte nichts.

«Carsten, hör doch. Es knackt.»

Ich konnte immer noch nichts hören, aber Annette blieb dabei.

«Jetzt knackt wieder eine Stufe. Die dritte von oben.» Sie lauschte. «Ich bin mir ganz sicher. Einer von ihnen kommt herauf.»

Ich rutschte tief unter die schwere, lavendelduftende Steppdecke und spürte, wie etwas eiskalt mein Rückgrat hochkroch. Als es die Nackenwirbel erreicht hatte, fror es sie ein, so daß ich den Kopf nicht bewegen konnte.

«Ich glaube, das ist Urgroßmutter, doch, ich kann es hören. Sie geht viel langsamer als die anderen», klärte mich Annette auf. «Hör selbst.»

«Urgroßmutter» war eines der drei Gespenster, von denen meine Cousine behauptete, daß sie im Pfarrhaus unserer gemeinsamen Großeltern spukten. Urgroßmutter war mit einem Handelskapitän verheiratet gewesen und hatte im Alter bei ihrer Tochter, der Pfarrersfrau, gewohnt. Entweder hatte sie den Handelskapitän mit Rattengift umgebracht, oder sie war selbst auf diese Weise aus dem Leben geschieden. Was genau passiert war, wußte keiner, aber wir waren damals ganz sicher, daß sie gespensterte.

Das Pfarrhaus war ein alter Hof. Teile davon stammten aus dem siebzehnten Jahrhundert, und alle Pfarrer, die seitdem der Gemeinde gedient hatten und deren Namen auf der Tafel im Vorraum der Kirche aufgeführt waren, hatten hier gewohnt. Familie auf Familie war eingezogen und wieder ausgezogen – Kinderschar auf Kinderschar war hier zur Welt gekommen, Freud und Leid, eitel Wonne und böse Schikanen hatten einander abgelöst, all die Zeiten hindurch, die mir damals vorkamen wie eine unendliche Ewigkeit.

Meine Cousine brachte mich dazu, Gespenster zu hören, gesehen habe ich keine. Sie dagegen schon. Jedenfalls sagte sie das. Besonders angetan hatte es ihr ein Gespensterkind, das ihr erschien, wenn sich ein Gewitter zusammenbraute. Es war ein Junge, merkwürdigerweise in meinem Alter, den eine Dienstmagd irgendwann Anfang des achtzehnten Jahrhunderts erwürgt hatte. Die Magd war anschließend auf dem Richtplatz in der Nähe des Dorfes geköpft worden. Diese Geschichte fanden wir beide gruselig, ja die gruseligste von allen.

Man beachte das Wort «gruselig». Dieses Wort ist wichtig an dieser Stelle, denn es ist ein Wort mit vielen Schattierungen. Vielleicht nicht für alle, aber für mich. Wenn es in mir auftaucht, höre ich ein Echo von all den Malen, die ich als

Junge Angst hatte. Nicht nur wenn meine Cousine mit ihrer hellen, etwas schneidenden Stimme von den Gespenstern erzählte, von ihrer Natur und ihren Gewohnheiten – keine Ahnung, woher sie das wußte –, sondern auch wenn mein Vater mir laut vorlas. Die schrecklichsten, und das bedeutete natürlich auch, die besten Geschichten waren Grimms Märchen. In denen lauerten Schrecken und «Grusel» an allen Ecken und Enden.

Wir besaßen eine sehr alte und sehr zerlesene Ausgabe der Märchen. Mein Vater hatte sie zu seinem siebten Geburtstag erhalten, und auch er hatte sie geliebt. Sie war zerlesen, aber nicht zerfleddert, als wir damit begannen. Hinterher hing kein Blatt mehr mit einem anderen zusammen.

Wenn ich an Grimms Märchen denke, höre ich Vaters Stimme. Er machte sie tiefer, als sie von Natur aus war, und er gab ihr auch einen leicht hohlen Unterton. Und wenn er den anschlug, spürte ich, wie die Kälte mein Rückgrat hochzukriechen begann. Das Gefühl fing immer in den Lenden an und krabbelte langsam hoch, bis es in meinem Genick saß und wie gesagt dafür sorgte, daß ich so gut wie gelähmt war.

Die Frostschauer wurden noch eisiger, wenn wir zu den Illustrationen kamen. Besonders eine ließ die Kälte direkt in mein Genick springen.

Sie zeigte einen Mann, der an einem Galgen hing. Ein Gehenkter, der im Nachtwind hin und her schaukelte. Etwas Schlimmeres gab es nicht. Es sei denn das Bild von einem siebenköpfigen Drachen, der einen Mann zu fressen versuchte, aber dieser wollte lieber die Köpfe abschlagen als von ihnen verschlungen werden. Er hatte bereits einige abgetrennt, und das Allerunheimlichste an dem Bild waren die kopflosen, nackten Hälse, die sich ihm entgegenwanden. Sie waren noch unheimlicher als die Köpfe, die weiterhin an ihrem Platz saßen und aus deren Rachen Feuer schoß wie aus einem Flammenwerfer.

Meine Mutter hatte meinem Vater verboten, mir die Bilder zu zeigen: «Der Junge kriegt doch Alpträume davon, laß es sein», sagte sie, aber er lachte nur und meinte, in dem Alter müsse ich ein Kilo Dreck und eine gute Portion Gruselgeschichten vertragen können. Sonst würde ich nie ein richtiger Mann werden.

Vielleicht sind es Erlebnisse dieser Art, die wirklich etwas aus Kindern machen. Und obwohl ich von Galgen und Gehenkten und von nackten, kopflosen Drachenhälsen träumte, bin ich doch froh darüber, daß mein Vater mir vorgelesen hat. Das gehört wirklich zu den schönsten Erinnerungen meiner Kindheit. An die Geschichten meiner Cousine erinnere ich mich auch. Ich glaube, ich habe sie genauso geliebt.

Wenn ich hier sitze und über meine Cousine plaudere, über ihre Begeisterung für Gespenster und darüber, daß mein Vater mir aus einer alten Märchensammlung vorgelesen hat, dann hat das seinen Grund in der Geschichte, die ich nun berichten will. Ich selbst mag diese Geschichte nicht, aber als ich anfing, sie aufzuschreiben, glaubte ich plötzlich wieder die Stimme meiner Cousine Annette zu hören, und sie sagte genau dasselbe wie damals in dem alten Pfarrhof auf Falster – daß dies hier wahrhaftig eine gruselige Geschichte ist.

Ich habe lange überlegt, ob ich sie berichten soll, und wenn ich mich dazu durchgerungen habe, es zu tun, dann deswegen, weil ich meiner Ansicht nach dazu gezwungen bin. Das ist nicht nur eine Phrase, sondern es ist so. Ich bin dazu *gezwungen*.

Es gab mehr Kontra als Pro, um einmal den alten juristischen Ausdruck zu gebrauchen. Man soll nicht mit Dingen an die Öffentlichkeit treten, die dem Privatleben vorbehalten sind, aber an dieser Sache war etwas, das mich wurmte.

Es hat mich gewurmt und wurmt mich immer noch, daß ich nicht gleich begriffen habe, was los war. Denn eigentlich hat Lina mir davon erzählt. Manchmal rief sie mich an und redete gleich los. Schnell und so hektisch, daß mir im nachhinein klar wurde, wie nervös und verängstigt sie gewesen sein muß. Sie spickte ihren Wortschwall immer mit einer Menge «weißte» und «doch», kleinen Füllwörtern, die zu verstehen gaben, daß ich schließlich im Bilde war und Bescheid wußte. Was natürlich nicht so war. Ich fragte einige Male genauer nach, aber das meiste ging mir zum einen Ohr rein und zum andern wieder raus. Ich muß ehrlicherweise gestehen, daß ich meistens in meinen Papieren blätterte oder am PC herumspielte, während sie redete. Ich hatte nämlich selbst eine Menge zu bedenken.

Ich hatte ganz frisch in einer Anwaltsfirma angefangen, einer anerkannten und renommierten Sozietät. Jedenfalls hatte sie in der Branche ein gutes Renommee, obwohl ich mir nicht sicher bin, ob Anwälte in der Bevölkerung einen besonders guten Ruf haben. Ist das nicht ein bißchen so wie mit Journalisten und Politikern? Die Leute haben eigentlich kein besonders großes Vertrauen zu ihnen. Na ja, ist jetzt auch nicht so wichtig. Ich hatte jedenfalls massig zu tun, es gab unheimlich viel, in das ich mich einarbeiten mußte. War nix mit 37-Stunden-Woche. Ich war auch viel unterwegs. Praktisch hundertfünfzig Tage im Jahr, damals. Das kam daher, daß unsere Anwaltskanzlei sich auf EU-Recht spezialisiert hat, demzufolge war ich ständig auf dem Sprung nach Brüssel, Straßburg, Luxemburg und zurück. Das ist die eine Sache, die mich in der Rückschau ziemlich quält – daß ich nicht einmal Zeit hatte, mich richtig mit ihr zu unterhalten.

Die andere Sache, die mir vielleicht am allermeisten zu schaffen macht, ist die, daß ich nicht begriff – und bis heute nicht begriffen habe –, was da eigentlich im Gange war. Vielleicht versuche ich deswegen jetzt die Erklärung zu finden, die ich damals nicht fand, als ich Zeuge oder beinahe Zeuge der Ereignisse oder der Geschichte wurde, die zu erzählen ich mich durchgerungen habe.

Wenn ich auf den Verlauf der ganzen Sache zurückblicke, habe ich rein faktisch Teile der Geschichte selbst erlebt. Von anderen habe ich dagegen nur gehört. Jedenfalls habe ich versucht, eins und eins zusammenzuzählen und natürlich – denn so bin ich nun mal – auch wieder alles abzuziehen, was sich völlig unwahrscheinlich anhörte. Aber ich habe nichts, oder besser gesagt nicht sehr viel, davon verstanden.

Daß ich mich nun hingesetzt habe, um den ganzen Ablauf aufzuschreiben, hängt damit zusammen, daß die Frau, die bei Lina saubergemacht hat, eines Tages an meiner Tür klingelte. Es war ihre – tja, wie soll ich sagen, nicht «Putzfrau», denn das Wort hätte Lina nie in den Mund genommen, das war zu herablassend. «Raumpflegerin» war neutraler. Also es war Linas «Raumpflegerin», Frau Pedersen.

Es hört sich vielleicht wie der reine Größenwahnsinn an, daß Lina sich in der finanziellen Lage, in der sie sich befand, jemanden leistete, der bei ihr saubermachte. Aber Linas «Raumpflegerin» hatte schon viele Jahre bei ihrer Großmutter und dann bei ihrer Mutter geputzt, und als ihre Mutter starb, hatte Lina Frau Pedersen «geerbt».

Eines Abends klingelte also Frau Pedersen bei mir und fragte, ob ich Interesse an Linas Unterlagen hätte. Sie hatte alles zusammengesucht, und weil sie wußte, daß ich mich nicht nur für Lina interessierte, sondern auch für den alten Stoff, mit dem Lina sich beschäftigt hatte, wollte sie fragen, ob ich die Ordner nicht haben wollte. Sie konnte den Gedanken nicht ertragen, sie wegzuwerfen.

Ich sagte natürlich ja, was hätte ich auch sonst sagen sollen? Frau Pedersen meinte, daß sie ihre Tochter mit den Sachen vorbeischicken würde. «Sie hat ein eigenes Auto», sagte sie mit deutlichem Stolz in der Stimme.

Es dauerte noch einige Zeit, bevor Frau Pedersens Tochter wegen der Unterlagen anrief. Sie stellte sich natürlich nicht als «Frau Pedersens Tochter» vor, sondern nannte einen Namen, den ich nicht richtig verstand, denn ich hatte gerade eine neu gekaufte CD aufgelegt und die Lautstärke voll aufgedreht. Ich kriegte immerhin soviel mit, daß sie die Unterlagen, die ihre Mutter mir versprochen hatte, vorbeibringen wollte. Gleich, wenn es mir recht sei. Es war mir recht.

Ich wohne im vierten Stock, und als ich oben im Treppenhaus stand und auf sie wartete, merkte ich, daß sie wohl ziemlich schwer zu tragen hatte, denn ich konnte sehen, daß sie zwischendurch einen Karton auf dem Geländer absetzte. Ich ging ihr entgegen und nahm ihr den Karton ab.

Es handelte sich um einen ganz gewöhnlichen braunen Pappkarton, aber er war *wirklich* ziemlich schwer.

Die Welt, oder besser, die dänische Welt, ist ein Dorf, denn als ich Frau Pedersens Tochter sah, wurde mir bewußt, daß ich sie sehr gut kannte. Sie war Sekretärin in einem Anwaltsbüro gewesen, in dem ich als Student gejobbt hatte.

«Ach du bist das, Hanne?» sagte ich verblüfft. «Willst du nicht einen Moment reinkommen?»

«Ja, ich bin das, das hättest du nicht gedacht, was? Ich muß gleich weiter», sagte sie, aber dann überlegte sie es sich anders. «Na ja, fünf Minuten Zeit habe ich wohl.»

Wir gingen in meine Wohnung.

«Nett ist es hier», sagte sie. «Viel netter als bei anderen Junggesellen. Du bist doch Junggeselle, oder?»

«Ja», antwortete ich kurz. «Kann ich dir was anbieten? Einen Drink? Oder einen Kaffee?»

«Ach, zu einem Whisky würde ich nicht nein sagen, falls du einen da hast.»

«Hab ich. Ich komme viel rum, also Whisky ist genug da. Irischen oder schottischen? Malz oder normal? Eis oder Wasser? Oder Eis und Wasser?»

«Danke, kein Eis, nur Wasser und gerne aus der Leitung. Ansonsten ist mir egal, welche Whiskysorte. Nein, halt, wenn du schon fragst, dann am liebsten einen irischen.»

Ich schenkte ein, sie nahm das Glas, setzte sich und drehte es leicht in den Händen. Dann sagte sie: «Ich habe Lina ziemlich gut gekannt.»

Ich war verblüfft, wußte nicht, was ich darauf sagen sollte. Sie fuhr fort: «Sie hat mir ein bißchen von dem berichtet, was passiert ist. Wenn du willst, kann ich es dir gerne erzählen. Du hast das Ganze ja jetzt übernommen.»

«Das ist nett von dir. Kann gut sein, daß ich auf dein Angebot zurückkomme. Aber ich muß ja erst mal das ganze Zeug da in dem Karton sichten. Und im Moment habe ich unheimlich wenig Zeit», beeilte ich mich hinzuzufügen. «Es kommt alles so plötzlich.»

Ich weiß sehr wohl, daß es sich wie eine erbärmlich schlechte Ausrede anhörte. Aber so bin ich nun mal, ich kann es nicht leiden, wenn Leute über mich verfügen wollen. Ich will selbst das Tempo bestimmen, und eigentlich eigne ich mich auch nicht besonders als Angestellter, ich sollte selbständig sein.

«Wie du willst, die Sache ist nur, daß ich demnächst nach Schweden ziehe. Ich hab einen Job in Gävle gekriegt. Bin fast fertig mit Packen und Aufräumen, am nächsten Wochenende geht's los. Aber du kannst meine Telefonnummer von meiner Mutter kriegen, falls du irgendwann Lust haben solltest, darüber zu reden. Oder mich was zu fragen. Ich glaube, ich war wohl die letzte, die mit Lina gesprochen hat, bevor...»

Sie verstummte. Ich sagte erst mal nichts, dann riß ich mich zusammen und sagte, daß ich das garantiert tun würde, also sie anrufen.

«Meinst du nicht, daß du Heimweh kriegst, wenn du wegziehst?» fragte ich dann.

«Ja, vielleicht, aber es geht nun mal nicht anders.»

Das hörte sich ziemlich rätselhaft an, aber ich fragte nicht weiter. Ging mich ja auch nichts an.

«Laß uns miteinander reden, wenn du wieder mal hier in der Stadt bist. Ruf an, okay? Wir können ja mal frühstücken gehen.»

«Ja», sagte sie, aber ich war nicht überzeugt, daß sie es tun würde. Oder andersrum, ich war beinahe überzeugt, daß sie es nicht tun würde. Ich war es, der sie anrufen sollte.

Kurz darauf ging sie. Sie gab mir die Hand, und als sie sich zu mir umdrehte, bevor das Treppenhaus sie verschluckte, wußte ich, daß unsere Wege sich wieder kreuzen würden. Ich wußte nur nicht, warum ich mir dessen so sicher war.

Ich ging wieder in meine Wohnung, stellte mich ans Fenster und sah sie unten aus dem Haus kommen. Sie fuhr einen von diesen kleinen roten Japanern. Mir kam es so vor, als säße jemand auf dem Beifahrersitz. Dann leuchtete der Blinker des Autos auf, und einen Augenblick später war es verschwunden.

2

Nachdem Hanne weg war, ging ich in den Flur und inspizierte den Karton. Ich machte den Deckel auf und sah eine Reihe von roten Plastikordnern. Durch das Loch, das diese Dinger im Rücken haben, konnte ich sehen, daß sie ziemlich vollgestopft mit Papieren waren. Ich machte den Karton wieder zu. Ich hatte nicht die geringste Lust, sie näher zu untersuchen.

Eigentlich war ich ja über das alles hinweg, oder vielleicht sollte ich lieber sagen: Ich hatte es hinter mir gelassen. Ja, ich war weitergegangen, und das alles lag auf dem Weg hinter mir wie ein grauschwarzer, halb zusammengeschmolzener Schneehaufen.

Es ist schwer zu beschreiben, was dieser Haufen alles enthielt. Wenn ich daran denke, tut es weh. Verdammt weh. Natürlich nicht so sehr wie damals, als es gerade passiert war. Jetzt konnten mehrere Tage, ja bis zu einer Woche vergehen, ohne daß ich an sie dachte; ich hatte Abstand gewonnen oder besser, der Haufen lag so weit hinter mir auf meinem Weg, daß er dabei war, aus meinem Blickfeld zu verschwinden. Deshalb hatte ich nicht die geringste Lust, mich in Linas Unterlagen zu vertiefen. Es würde die Wunden nur wieder aufreißen.

Ich ließ den Karton ein paar Tage im Flur stehen, dann trug ich ihn in das kleine Zimmer, das ich mir als Rumpelkammer gönne. Dort war er sehr gut aufgehoben.

3

Bevor ich weitermache, muß ich ein bißchen über mich und Lina erzählen.

Wir lernten uns am RUC kennen, am Roskilde Universitäts Center, wo wir beide an einem Institut eingeschrieben waren, das kurz HUM-BAS genannt wurde. Es war nicht zu der chaotischen Zeit, als alle es unheimlich lustig am RUC fanden, sondern kurz nachdem das RUC sich entschieden hatte, etwas anderes zu sein als eine bierselige Chaos-Universität.

Lina und ich kamen aus unterschiedlichen Milieus. Meines war unheimlich bürgerlich und – wie ich zugeben muß – unheimlich langweilig, obwohl mein Vater ein Talent für schauerliche und gruselige Geschichten besaß. Das war auch schon fast das einzige Positive an ihm.

Er war Büroleiter in der Kommunalverwaltung von Gentofte und hatte mit der Müll- und Abfallentsorgung zu tun. Der Bereich hieß «Technische Verwaltung». Er entschied sich vor zwei Jahren, wie es so schön heißt, in den Ruhestand zu gehen. Meine Mutter arbeitete als Assistentin an einer der Schulzahnkliniken der Kommune. Etwas Grundsolideres kann man sich kaum vorstellen.

Wir wohnten in einem Haus oder, wie es in der Sprache der Immobilienmakler genannt wird, einer kleinen Villa auf der anderen Seite, sprich der West- und damit der falschen Seite des Lyngbyvej. Das wurmte meine Mutter zeitlebens, denn es ärgerte sie, daß nur Kleinbürger und langweilige Leute hier lebten, während die «richtigen» Leute auf der anderen, der noblen Seite wohnten. Mir war es egal, meinem Vater auch. Insgeheim amüsierte er sich über den Snobismus meiner Mutter, wie er das nannte.

Ich war und bin ein Einzelkind, also hatte ich es nicht leicht daheim. Aber ich hatte einen Haufen prima Kameraden, die genau wie ich ganz wild aufs Fußballspielen waren.

Als ich das Abitur hinter mir hatte, verkündete ich, auch für mich selbst überraschend, daß ich am RUC studieren wollte.

Meine Mutter hielt das für keine besonders gute Idee, denn in welche Kreise würde ich dort geraten? Mein Vater meinte, das müsse ich selbst entscheiden. Was sollte er auch sonst dazu sagen? So dumm war er nun doch nicht.

An meinem zweiten Tag am RUC traf ich Lina. Wir standen zusammen in der Schlange vor der Essensausgabe. Anschließend setzten wir uns an denselben fettigen Tisch in der Mensa und unterhielten uns über alles mögliche, und seitdem hingen wir ständig zusammen. Wir meldeten uns in dieselbe Projektgruppe und wurden ein Liebespaar. Das hielt knapp ein Jahr, und in diesem Jahr brachte Lina mir eine Menge bei. Plötzlich, als ich fast ihr sexuelles Niveau erreicht hatte, teilte sie mir eines Abends mit, daß es aus zwischen uns sei. Eine weitere Erklärung kriegte ich nicht.

Erst reagierte ich darauf mit Kummer, dann mit Wut, aber das ging vorbei, schneller, als ich geglaubt hatte. Anstatt ein Liebespaar zu sein, wurden wir enge Freunde. Ich hatte nicht geglaubt, daß so was möglich war. Aber das war es.

Lina kam aus einem völlig anderen Milieu als ich. Ihre Mutter war Designerin, das heißt, sie entwarf Kleidung und Möbel, aber vor allem Kleidung, und sie führte viele Jahre hindurch ein absolut antibürgerliches Leben mit flüchtigen Freundschaften, vielen Liebhabern und ausschweifenden Partys. Schließlich glitt die Partylöwin in den Alkoholmißbrauch ab, was zur Folge hatte, daß sie ihre Kunden verlor. Sie konnte ihre Termine nicht mehr einhalten, und das war in der Branche gleichbedeutend mit einem Todesurteil.

Deshalb fand Lina mein Zuhause wunderbar, und sie war *wahnsinnig* neidisch auf das Leben, das ich führte. Ihr schien, als habe es in ihrem Leben nichts anderes als eine verkaterte Mutter und elende Verhältnisse gegeben. Daß Schauspieler, Maler und andere aufregende Menschen in der mütterlichen Wohnung, die natürlich am Nikolaj Plads in Kopenhagen lag, ein und aus gingen, das hatte ihr nie etwas bedeutet. Nicht die Bohne. Sie hielt diese Leute für oberflächlich und beinahe sträflich egozentrisch – und für versaut. Als sie halb erwachsen war, hatten alle an ihr herumgetatscht, erzählte sie. Sie hatte einen richtigen Haß auf die Typen.

Obwohl Lina viele Kilometer Abstand zwischen sich und ihre Mutter und das ganze Drumherum brachte, konnte man ihr das Künstlermilieu immer noch sehr anmerken. Daß ihre Kleidung weder aus Daells Kaufhaus noch einem anderen gewöhnlichen Laden stammte, konnte sogar ein Esel wie ich erkennen. Die Sachen waren auf eine besondere Art geschnitten, und Lina verstand es auch, sie zu tragen.

Lina wollte irgendwas mit Literatur oder Geschichte machen. Schließlich entschied sie sich für Literatur, und als sie fertig war am HUM-BAS, schrieb sie sich an der Universität Kopenhagen ein. Ich ging auch einen anderen Weg, denn obwohl es vielleicht nicht verkehrt war, rein ideell gesehen, ein ausgebildeter Humanist zu sein, war ich doch zu dem Ergebnis gekommen, daß es mich nicht weiterbrachte. Schon damals gab es eine Menge arbeitsloser Geisteswissenschaftler mit Magistertitel. Also wechselte ich in ein ganz anderes Fach, nämlich Jura, und wenn mir damals einer gesagt hätte, daß ich dieses Fach einmal lieben würde, dann hätte ich demjenigen einen Vogel gezeigt. Aber ich fand tatsächlich Gefallen daran, absolvierte die Seminare relativ zügig, legte ein recht gutes Examen ab und bekam eine Anstellung in einer Anwaltskanzlei.

Lina brauchte sehr lange, um ihr Studium abzuschließen; sie probierte diese und jene Richtung aus, und als sie schließlich ihre Examina abgelegt hatte, landete sie in der Schlange der Arbeitslosen. Das kam ihr sehr gelegen, denn so konnte sie jeden Tag entweder in Det Kongelige Bibliotek oder ins Riksarkivet gehen und dort weiterstudieren. Dann erhielt sie ein Stipendium vom Carlsbergfonds, setzte ihre Studien fort und begann, Artikel zu veröffentlichen. Aber eine Stelle erhielt sie nicht.

Ihr Projekt, das große strahlende Projekt, befaßte sich mit den sogenannten «gelehrten Frauen» der vergangenen Jahrhunderte. Es sollte zur Promotion führen, und dann, so hoffte sie, würde sie eine Stelle bekommen. Nicht etwa, daß es sie bekümmert hätte, abwechselnd von Stipendien und Arbeitslosengeld zu leben, denn die Beträge waren fast dieselben, und ein Hundertkronenschein war ein Hundertkronenschein, egal aus welcher Kasse er stammte. Trotzdem war ihr klar, daß sie zum Ende kommen mußte, denn sie hatte nicht die geringste Lust, von der Arbeitsvermittlung irgendeinen beliebigen Job aufgedrückt zu kriegen. Ich bin sicher, daß sie es entwürdigend gefunden hätte, nicht selbst entscheiden zu können.

Obwohl wir Freunde waren, sahen wir uns in den letzten Jahren nicht besonders oft. Die Zeit rann mir wie Sand durch die Finger, und ich sagte mir immer wieder, daß ich sie jetzt aber *wirklich* anrufen und mich erkundigen mußte, wie sie vorankam, aber... Ich glaube, die meisten kennen dieses flaue Gefühl, wenn einem klar wird, daß man einen oder mehrere seiner Freunde schon viel zu lange vernachlässigt hat.

Es war ja auch nicht so, daß ich kein Interesse mehr an ihr gehabt hätte oder so was. Ich kam nur einfach nicht dazu. Meine Entschuldigung war, daß ich so viel um die Ohren hatte; ich arbeitete fast ununterbrochen, auch an den Wochenenden, und außerdem hatte ich eine neue Freundin. Das hielt ein paar Jahre. Wir sind nie zusammengezogen, aber wir waren natürlich ständig oder besser gesagt ziemlich oft zusammen. Birgitte war auch Anwältin und viel ehrgeiziger als ich. Dann verschwand sie aus meinem Leben; eines Tages hinterließ sie eine Nachricht auf meinem Anrufbeantworter, daß es aus war zwischen uns.

Das kam ziemlich abrupt und machte mir unheimlich zu schaffen, denn ich hatte gerade angefangen zu glauben, daß wir für immer zusammenbleiben würden, aber es sollte nicht sein. Kurz darauf tat sie sich mit einem Anwalt zusammen, der Sozius in einer der ganz großen Anwaltskanzleien war, und natürlich erhielt sie die Zulassung zum Obersten Gerichtshof.

Ein paar Wochen nach dem Bescheid auf dem Anrufbeantworter traf ich Lina zufällig auf dem Strøget. Ich hatte eigentlich vorgehabt, sie anzurufen und ihr davon zu erzählen, aber ich konnte mich nicht richtig überwinden. Das konnte ich auch nicht, als ich sie traf. Lina sah müde und niedergeschlagen aus und zitierte etwas aus einem Gedicht, an das ich mich natürlich nicht mehr erinnere, aber es war etwas so Düsteres, daß ich begriff: Wenn hier einer Probleme hatte, dann war sie das. Sie sagte allerdings nicht, worin die genau bestanden, und ich sagte auch nichts über meine eigenen.

Das war natürlich ein Zeichen dafür, daß Linas und meine Wege begonnen hatten sich zu trennen, ohne daß es uns bewußt wurde und obwohl wir uns immer noch mochten. Mit Sicherheit verschlossen wir die Augen ganz fest davor, aber es war offensichtlich, daß genau das geschah.

4

Der Schnee war harschig und an den Südhängen vereist, denn Ostern war diesmal spät – wir hatten schon Mitte April. Das Wetter war schön, der Himmel knallblau, die Berggipfel schimmerten hellviolett, und die Sonne benahm sich die ganze Woche, als wäre sie von der mächtigen norwegischen Touristikindustrie bestochen worden.

Weil ich im Winter keine Zeit für einen Urlaub gehabt hatte, war ich in der Osterwoche nach Norwegen ins Hallingdal gefahren. Die Abfahrtspisten waren, wie sich herausstellte, vollkommen ramponiert und unbefahrbar, also suchte ich mir eine Langlaufloipe aus, lieh mir andere Skier und machte mich auf den Weg, voller Hoffnung, in schöner Einsamkeit durch die Natur zu gleiten. Aber es war ein Betrieb wie an einem hektischen Werktag auf der Karl Johan, Oslos Einkaufsstraße.

Aus Protest gegen die Menschenmassen und die Apfelsinenschalen in der Loipe ging ich querfeldein ins Gelände. Hier war keiner. Zum Ausgleich fiel ich auf die Schnauze und merkte sofort, daß im Knie etwas kaputtgegangen war. Es tat höllisch weh, und während ich im Schnee lag und mich vor Schmerzen krümmte, wurde ich auch noch von einer Panikattacke überfallen. Ich erinnere mich nicht gerne daran, aber Tatsache ist, daß ich auf die denkbar unmännlichste Weise regelrecht hysterisch wurde. Mehrere Augenblicke lang glaubte ich wirklich, ich würde «jämmerlich umkommen».

«Jämmerlich umkommen» ist ein Ausdruck aus meiner Kindheit. Er stand in einer alten Ausgabe von *Brehms Tierleben* im Kapitel über Meerschweinchen. Diese Tiere würden, behauptete Herr Brehm, auf solch traurige Weise ihr Leben lassen müssen, wenn man sie in Gottes freier Natur aussetzte. Und nun lag ich hier und würde vielleicht auf dieselbe Weise wie ein Meerschweinchen einsam und jämmerlich umkommen.

So schlimm kam es dann doch nicht. Ich wurde ziemlich bald von drei energischen Norwegern gefunden. Sie fuhren ins Tal und besorgten einen Schneescooter, der mich zurück ins Hotel brachte.

Der Rest war dann nur noch schmerzhaft und peinlich, denn es gibt nichts, was komischer und gleichzeitig peinlicher ist als ein Däne, der aus seinem Skiurlaub eingegipst nach Hause kommt. Ich habe mal auf dem Genfer Flughafen gleich drei von der Sorte gesehen. Es war beinahe rührend. Und jetzt war ich selbst dran.

Um es kurz zu machen, nach einer Operation im Rigshospital hieß es ab nach Hause und vier Wochen Ruhe in Gips, und da unser Haus keinen Aufzug hat, konnte ich nicht ins Büro. Es war unerträglich langweilig, denn was fängt man mit sich an? Man guckt Fernsehen, aber weil ich es nicht aushielt, mir den ganzen Tag seichte Unterhaltungssendungen anzusehen, und weil ich auch keine ungelesenen Krimis mehr hatte, fiel mir eines Abends Linas Karton wieder ein.

Ich schleppte mich auf Krücken ins Nebenzimmer. Der Karton stand noch da, wo ich ihn hingestellt hatte. Meine Hauspflegehilfe – die vom Staat in solchen Fällen gestellte Putzkraft für Privathaushalte – hatte ihn ebenfalls nicht angefaßt, wie ich an der Staubschicht erkennen konnte. Ich bugsierte ihn irgendwie in die Stube. Als er da so stand, wurde mir klar, daß ich immer noch keine Lust hatte hineinzusehen.

Lina lebte nicht mehr, und ich wußte, daß die schmerzlichen Erinnerungen an diesen Tag wieder aufbrechen würden, diesen verdammten Tag, an dem auf einem der leuchtendroten Telefonzettel unserer Sekretärin gestanden hatte, daß ich eine mir unbekannte Nummer anrufen sollte.

Ich humpelte in die Küche und machte mir einen Tee. Ich nahm den besten, den ich hatte, einen Darjeeling First Flush; ich ließ ihn gehörig lange ziehen, ich balancierte ihn in die Stube, ich goß ihn ein, ich trank ihn – langsam –, all das nur, um den Augenblick hinauszuzögern, an dem ich gezwungen war, den Karton zu öffnen und den ersten Ordner herauszunehmen. Als es soweit war, bemerkte ich, daß auch ein Stapel großgeblümter Schreib- oder Kolleghefte und ein kleiner Stapel altertümlicher Disketten für einen Computertyp darin lag, der inzwischen nicht mehr gebaut wird. Ich ließ sie zusammen mit den Schreibheften liegen und konzentrierte mich auf die Ringordner.

Der, den ich als erstes zu fassen kriegte, enthielt nicht mehr als sechsundzwanzig Seiten. Sie waren handschriftlich numeriert.

Ich blätterte ein wenig darin und begann einen Abschnitt zu lesen, der ebenfalls numeriert war, aber nicht mit normalen Zahlen, sondern mit römischen Ziffern. VIII stand da.

VIII
Knutstorp
Anno 1579

Die Sonn scheynet auf Marck und Flur,
die Vögelein singen so süße

Gestern waren es neun. Neun flaumige, runde Bällchen. Heute sind ihrer noch sieben. Morgen werden es sechs oder fünf sein. Am nächsten Tage des Herrn ist vielleicht nur noch ein einziges übrig.

Wasserratten und Möwen haben sie geholt.

Sophie hatte mehrmals gesehen, wie eine große, braungefleckte Möwe, die sich in der Nähe aufhielt, mit dem Dorn an der Unterseite ihres Schnabels auf eines der gelbbraunen Bällchen eingehackt hatte, bis das Bällchen nicht mehr gelb und braun war, sondern ein rötlicher Klumpen, aus dem ein grauer Strang heraushing. Die Wasserratten machten kürzeren Prozeß; sie zogen einfach die gelben Bällchen unter Wasser, wenn sie auf das Ufer des Wallgrabens zu paddelten.

Sie hatte darüber nachgedacht, ob es der Wille und Ratschluß des Herrn war oder ob es so sein mußte, weil die Ratten und Möwen hungrig waren. Oder böse? Die Möwe hatte einen gelben Blick, der auf Bösartigkeit schließen ließ.

Heute morgen hatte sie darüber nachgegrübelt, was geschehen würde, falls jede einzelne Ente zehn oder elf Küken ausbrütete und alle überlebten und groß wurden und jede von diesen wieder zehn oder elf Küken großzog.

Ein wogender, bunter Teppich aus schnatternden, fressenden, kackenden Enten würde sich über alles hinweg ausbreiten. Sie würden Flügel an Flügel im Wallgraben liegen, sie würden alles niedertrampeln, sie wären überall, nirgends wäre man sicher vor ihnen. Ihr Rufen und Schnattern würde jeden anderen Laut übertönen.

Auf Knutstorp verspeiste man keine Enten aus dem Wallgraben, aber woanders tat man es, das wußte sie. Doch ihre

Frau Mutter fand das Fleisch nicht wohlschmeckend, auch wenn es mit allen Gewürzen des Orients eingerieben wurde. Es schmeckte zu sehr nach dem schlammigen Graben.

Sie lehnte die Stirn an die Fensterscheibe. Das Glas war dick und verzerrte die Welt. Die schlanken, hellgrünen Bäume oberhalb des Wirtschaftshofes wurden zu seltsam krummen Gewächsen. Nur wenn man sich einem kleinen, runden Flecken zuneigte und durch ihn hindurchblickte, konnte man die Dinge sehen, wie sie wirklich waren. Sie drückte ein Auge gegen den Flecken und schaute.

Auf der Bank hinter ihr lag das Nähzeug. Sie hatte es mit einem Schmerzensschrei fortgeworfen, denn ihr mittlerer Finger war von der Nadel so zerstochen, daß ihr jeder Stich in den Stoff Qualen bereitete.

Sophie wußte, daß sie ein bißchen sündigte, wenn auch nicht gegen das Gebot des Herrn, so doch gegen das ihrer Frau Mutter. Nähen, nähen und nähen sollte sie, denn es war nicht mehr viel Zeit bis zu *dem Tag*, an dem alles fertig sein mußte. Sie hatte nicht die geringste Lust dazu, auch wenn das kalte, windige Sommerwetter nichts anderes zuließ, aber ihr Finger schmerzte allzu sehr. Sie blies ihn mit ihrem Atem an.

Insgeheim schmollte sie und tat sich selbst ungemein leid, aber wenn sie nicht vorankam, war das vor allem die Schuld ihrer Frau Mutter. Ja, sie war schuld an allem, denn sie hatte den ganzen Vormittag ihre Ane mit Beschlag belegt, so daß sie ganz allein mit der Näharbeit dasaß. Und dann war noch die Sache mit dem Finger dazugekommen.

Noch ein Monat bis zu *dem Tag*.

Sophie wußte nicht, ob sie sich darauf freute oder davor fürchtete, aber davon ahnte niemand etwas. Die Sterne waren stumm.

Aus vielerlei Gründen würde es angenehm werden, der Herrschaft und der Aufsicht ihrer Frau Mutter zu entkommen. Beate Bille war mit den Jahren und der sich mehrenden Kinderschar eine schroffe und eigensinnige Frau geworden, so streng, schroff und eigensinnig, daß es für andere fast nicht auszuhalten war, jedenfalls nicht für ihre jüngste Tochter. Einzig und allein weil sie Frau Beate Bille war, wußte sie alles besser als irgend jemand sonst, ganz egal, ob dieser Jemand einem der ehrwürdigen und mächtigen Geschlechter derer von Kaas, Rosenkrantz, Friis oder Oxe angehörte.

Natürlich sollte man Vater und Mutter ehren, aber in ihrem tiefsten Herzen dachte Sophie, ob es dafür nicht irgendwo Grenzen gab. Allerdings verbot sie es sich, ihre Überlegungen und Gedanken jemals nach außen hin zu zeigen, denn sie war sich selbst vollkommen bewußt, daß ihre Gedanken aufrührerisch und damit sündig waren.

Deshalb verbarg sie sorgfältig ihr Gesicht und ihre Gedanken vor Ihm. Man sagte ja, daß Er alles sah. Aber es konnte doch trotzdem sein, daß Er nicht alles gleichzeitig unter Kontrolle hatte. Eines Tages würde Er sie jedoch für ihre Aufsässigkeit bestrafen. Das wußte sie. Alle bekamen ihre Strafe. Einige hier auf Erden, andere in der Hölle, die im Jenseits wartete. Es gab sie, das sagten alle. Eine Hölle mit Flammen und Teufeln, die manchen Menschen die Zungen herausrissen, während sie andere mit rotglühenden Eisen peinigten. Und sie hörten niemals auf. Niemals, und das war gerade das Schreckliche an der Ewigkeit. Aber es war noch so lange bis dahin, deshalb fürchtete Sophie sich fast mehr vor dem, was an *dem Tag* passieren würde.

Das ganze Drumherum mit dem Brautbett, dem Entkleiden, den betrunkenen Zuschauern, dem Laken mit den rotbraunen Flecken, das am nächsten Morgen vorgezeigt werden mußte.

Weh tun würde es außerdem – das wußte sie. Das hatte ihre Schwester Margrete erzählt. Zwar war das nicht von Dauer, aber wenn es nicht deswegen wäre, weil es zu den Pflichten eines Eheweibes gehörte, so hatte Margrete mit fester Stimme erklärt, würde *sie* jedenfalls lieber heute als morgen darauf verzichten. Andererseits hatte sie viele Male gesehen, daß die Stute bloß den Kopf schüttelte, wenn der Hengst sein ellenlanges Glied wieder aus ihr herauszog. Und die Hündin ging sogar zu ihrem Napf und fraß, als wäre nichts geschehen, wenn der Rüde genug von ihr hatte. Vielleicht war es also gar nicht so schlimm.

Obwohl Sophie sich einerseits vor *dem Tag* fürchtete, freute sie sich auch darauf. Sie würde eine vornehme Braut sein mit ihrem goldenen Umhang und dem perlenbestickten Rock aus feinster roter Seide. Beate Bille wußte sehr genau, was sich für eine Hochzeit in einer angesehenen und reichen Familie gehörte, auch wenn die Braut, so wie Sophie, die jüngste der Kinderschar war. Es wurde an nichts gespart, denn sie sollte die Herrin eines vornehmen Gutes werden, und ihr zukünftiger Gemahl war ein Mann, der Reichtum, Ansehen und Macht besaß.

Eriksholm war kein geringes Anwesen. Es war weniger altmodisch als Knutstorp und sogar noch reicher, und sie würde diejenige sein, die darüber herrschte. Ihr würden die Mägde gehorchen, auf sie würden ihre Augen und Ohren gerichtet sein, über sie würden sie klatschen und tratschen. Viel mehr über sie als über den Gutsherrn, jedenfalls wenn es sich so verhielt wie auf Knutstorp. *Ihre* Hände waren es auch, die sie fürchten würden.

Wenn sie fort war von ihrer Frau Mutter, würde sie auch besser das tun können, wonach sie sich fast mehr sehnte als nach allem anderen: Sie würde sich ihren Büchern hingeben. Nein, es gab doch etwas, das ihr noch mehr am Herzen lag: ihrem Bruder bei seinen Studien und Vermessungen behilflich sein.

Wäre sie ein Knabe gewesen, dann hätte sie auch studieren können! Erst an der Universität zu Kopenhagen und dann an den gelehrten Universitäten in deutschen Landen. Das hätte ihr tausendmal mehr gefallen als Monogramme in Leinen zu sticken.

«Schau», hatte er gesagt. «So schau doch nur.»

«Wo?» hatte sie gefragt. «Ich kann nichts sehen», und sie hatte den Kopf weit zurückgebeugt und in den nachtschwarzen, sternenfunkelnden Himmel gestarrt.

«Da, da ist er. Der da ist neu. Schau ihn dir an.»

Es stimmte, da war er, «der neue Stern», den er an einem kalten Novemberabend entdeckt hatte. Und den Abend darauf und den nächsten und wieder den nächsten hatten sie alle zusammen dagestanden und hinaufgestarrt. Und gefroren.

Trotzdem war es eine wunderbare Zeit im Kloster Herridsvad gewesen. Alle waren so geschäftig und heiter. Tychos Eifer war ansteckend. Und sie war ganz entzückt, daß sie dabeisein durfte.

Sie war glücklich, aber ihre beiden anderen Brüder Axel und Steen, die Kampfhähne, zogen sie damit auf, denn sie machten sich nichts aus ihren und Tychos Interessen und Studien. Vielleicht machten sie sich nicht einmal viel aus Tycho und ihr. Besonders über Tycho schienen sie sich zu ärgern.

Ihr Ärger rührte von verschiedenen Dingen her. Am meisten jedoch von Mißgunst. Von Neid über Tychos Berühmtheit, denn berühmt war er, und das konnten sie ihm weder verbieten noch wegnehmen. Und das gönnten sie ihm nicht, wobei sie gleichzeitig seine Tätigkeit, die ihm diese Berühmtheit verschafft hatte, unpassend für einen freien Mann fanden. Aber die beiden waren auch, aus Gründen, die Sophie nicht verstand, neidisch auf *sie*. Als ob sie ihnen etwas wegnähme, sie, ein Mädchen, das jüngste der Geschwister.

Die beiden erzählten jedem, der es hören wollte, daß sie gelehrte Frauenzimmer für das schlimmste Übel auf der ganzen christlichen Welt hielten. Wenn sie ihre Meinung kundgaben, und das taten sie bei jedem heiteren oder feierlichen Beisammensein, lachten sie dröhnend und schlugen einander vor Vergnügen auf die Schultern. Sie verstand überhaupt nicht, was daran so erheiternd war.

Otte, ihr Verlobter, wußte von ihren «gelehrten» Neigungen. Es tröstete sie ein wenig, daß er sich nie geringschätzig darüber geäußert hatte.

Sie kannte Otte, solange sie zurückdenken konnte, und sie waren einander versprochen, seit sie elf und er fünfundzwanzig war. Und obwohl sie nicht im geringsten verliebt in ihn war, schien er ihr vertraut und gut bekannt, also ging sie davon aus, daß alles gut werden würde.

Er war ganz gewiß kein Kostverächter, was die Dienstmägde betraf, die seinen Weg kreuzten; er hatte Kinder mit mehreren Mägden auf den Höfen rings um Eriksholm. Und auch wenn Herr Iver, der Gemeindepfarrer, immer mit strenger Miene über die Ehe und die Pflichten predigte, die sie mit sich brachte, so sah er doch über die unehelichen Kinder seines Gutsherrn hinweg. Er wußte nämlich so gut wie alle anderen, daß es nun einmal Unterschiede zwischen den Gelüsten eines adeligen Herrn und denen eines unfreien Bauern gab. Es gab gute Gründe, die ersteren zu akzeptieren.

Sie richtete sich auf. Die Glasscheibe verzerrte die Dinge erneut, und sie sah eine verdrehte Gestalt langsam um die Biegung geritten kommen. Wieder beugte sie sich zu dem runden Glasfleck und bemerkte, daß die Gestalt staubbedeckt war.

Die Wache rief den Reiter an. Er antwortete, aber sie konnte nicht hören, was er sagte, denn die Hunde hatten angeschlagen. Aber der Wachposten war es offenbar zufrieden, denn er ließ ihn in den Hof reiten.

Ihr fiel plötzlich ein, daß sie ihre beiden Hunde, Nova und Stella, den ganzen Vormittag nicht gehört hatte, und sie beschloß, für einen Augenblick hinunterzugehen und nach ihnen zu schauen.

Als sie sich auf dem Weg aus ihrer Kammer in einem kleinen Wandspiegel sah, bemerkte sie einen roten Fleck an der Stirn, verursacht durch die Fenstersprosse. Es sah aus, als hätte die Hand eines Riesen sie festgehalten.

5

An die enorme Verwirrung, die mich ergriff, nachdem ich diesen Abschnitt gelesen hatte, kann ich mich noch gut erinnern. Als ich den Ringordner nach der Lektüre dieser vier, fünf Seiten zuklappte, saß ich wohl mehrere Minuten da und starrte ins Leere. Ich erinnere mich auch noch an den Anblick meines eingegipsten Beines, das ich von mir gestreckt hatte. Ich war vollkommen verblüfft. Was war denn das für ein Zeug?

Gut, ich hatte natürlich begriffen, daß es um eine Person ging, die offenbar Sophie hieß, aber das hatte doch nichts mit dem zu tun, womit Lina sich ansonsten beschäftigte. Ich hatte einiges von dem gesehen, was Lina vorher verfaßt hatte. Das hier war anders oder besser, es war anders geschrieben.

Lina war Wissenschaftlerin, oder vielleicht sollte man eher sagen, sie wünschte sich, Wissenschaftlerin zu sein, und dann – ja, was dann? Dies hier war doch eine Art Roman. Das war *Fiktion*. Das hier war reine Fiktion. Sie mußte den Verstand verloren haben.

Hatte sie wirklich ihre Zeit damit vertrödelt, sich etwas auszudenken, einen Roman zu schreiben, anstatt diese verdammte Dissertation zu Ende zu bringen, damit sie einen vernünftigen Job bekam, eine gesicherte Position und was sonst noch alles dazugehörte zu einem ordentlichen Leben? Zu einem bürgerlichen Leben sicherlich, aber das war doch immer ihr Wunsch gewesen.

Oder war ich es, der sich gewünscht hatte, daß sie so leben sollte? In geordneten Verhältnissen, mit guter Stellung, nicht mehr von irgendwelchen Unterstützungszahlungen abhängig. Ich hatte immer – und habe es noch – einen Widerwillen gegen all die Leute, die von der Stütze leben. Ich habe sie satt, all die... Ja, ich merke, daß das Wort «Schmarotzer» mir auf der Zunge liegt. Ich verkneife es mir, denn so einer bin ich nun auch nicht. Aber es setzt einem schwer arbeitenden Menschen schon hart zu, daß achthunderttausend Dänen durchgefüttert werden, ohne daß sie etwas dafür tun oder jemals tun müssen.

Einige sind alt oder krank, das weiß ich wohl, aber was ist mit all den anderen? Was machen die eigentlich?

Natürlich kann es gut sein, daß manche von denen sich auf irgendeine Art nützlich machen, und die Gesellschaft stellt mittlerweile sicherlich auch schon schärfere Bedingungen. Aber noch nicht genug, das greift noch nicht richtig. Die meisten von denen machen doch gar nichts, die schlafen morgens lange, gehen ins Fitneßstudio und was sonst noch alles, obwohl es so unendlich viele Aufgaben gibt, mit denen man sie beschäftigen könnte. Denn es gibt massenhaft Dinge, die in unserer heutigen Gesellschaft nicht mehr getan werden.

Aber was sie zu tun bereit sind, muß unbedingt ihre «Entwicklung fördern» und «Inhalt» haben. Das einzige, womit man sie locken kann, ist, auf einer Gitarre herumzuklimpern und ihre Seele durch Musik zu erweitern. Für ordentliche, vernünftige Sachen kann man sie nicht begeistern. Dann reden sie gleich von Zwang. Du lieber Himmel! Wenn man sieht, wie wenig sie zum Gemeinwohl beitragen, könnte man leicht auf den Gedanken kommen, daß die staatlichen Stellen keine Ahnung haben, was sie da fördern. Es kommt mir tatsächlich so vor, als ob die Behörden nicht wissen, was sie mit den Leuten anfangen sollen. Ich hätte verschiedene Vorschläge, was es an Notwendigem und Sinnvollem für diese Menschen zu tun gäbe, natürlich ohne daß es als demütigend oder herabwürdigend aufgefaßt wird. So ist das ganz bestimmt nicht gemeint oder gedacht.

So saß ich lange da und grübelte vor mich hin, vor allem damit ich nicht weiter in Linas Papieren lesen mußte. Dann gab ich mir einen Ruck und schlug den Ringordner wieder auf und sah, daß hinter dem Kapitel, das ich gelesen hatte, weitere folgten, die ebenfalls mit römischen Ziffern numeriert waren. Es gibt nicht mehr viele, die römische Ziffern verwenden, auch unter den Juristen nicht.

XII
Eriksholm
Anno 1588

O Herr, laß mich nit sterben
in Unglaub noch Verzweyfflung

Die Sonne ließ sich nicht anfechten von dem, was in der Kammer vor sich ging, sondern sandte unverdrossen ihre Strahlen hinein, als wäre es ein ganz gewöhnlicher Tag und nicht einer der schlimmsten.

Sophie schien es mittlerweile, als habe sie nur schlimme Tage erlebt, und diese dauerten und dauerten immerfort. Quälend und hart waren sie, aber nun mußte das Ende doch bald nahe sein. Ottes Haut glich Pergament, und er atmete schwer.

Seine Familie war nun seit fast zwei Wochen um ihn versammelt, und gemeinsam mit Herrn Poul hatten sie gesungen und die Worte der Heiligen Schrift unendliche Male wiederholt, denn Otte sollte auf dem rechten Wege aus der Welt scheiden können.

Herr Poul hatte gebeten, man möge dunkles Tuch vor die Fenster hängen, aber dagegen hatte Otte protestiert, als er noch die Kraft dazu hatte. Es würde zeitig genug Nacht um ihn werden, ewige Nacht, hatte er mit klarer Stimme gesagt, deshalb wolle er Licht um sich haben, solange seine Augen noch sehen konnten.

Herr Poul hatte zwar in salbungsvollem Ton zu bedenken gegeben, daß ihm dies nicht passend erschien, aber sie hatte geantwortet, daß ihr das Wort des Gatten Gesetz sei. Ihre Entschlossenheit hatte sie selbst überrascht, aber Herr Poul stand ihrem Herzen auch nicht nahe. So erbärmlich und kleingeistig, wie er war. Und selbst das hätte sie gleichgültig gelassen, wenn er nicht so kriecherisch gewesen wäre, aber das war er. Sie wußte, daß er sich so aufführte, um sich ein wenig Extraeinkommen für seine zahllosen kleinen, verschlagenen Kinder zu verschaffen, die sich unten im Pfarrhof balgten.

Als Otte krank wurde und abzusehen war, daß es dem Ende entgegenging, hatte Herr Poul neuen Mut geschöpft; das Kriecherische war von ihm abgefallen, und er hatte eine bisher ungekannte Autorität an den Tag gelegt, die in scharfem Kontrast zu seinem fleckigen und abgeschabten Priestergewand stand. Nun kam seine große Zeit, das wußte er, denn seine Rolle war die zweitwichtigste, gleich nach dem Sterbenden. Sophie verdächtigte ihn, daß er zum Herrgott betete, nein, ihn gar anflehte, Er möge Otte noch eine Weile leben lassen, denn solange er so darniederlag, ging es Herrn Poul gut. In dieser Zeit galt er etwas. Ottes adlige Verwandte behandelten ihn mit einer Art Ehrerbietung, und er bekam darüber hinaus gut zu essen. Sie dachte flüchtig an die Schar auf dem Pfarrhof, vielleicht sollte sie ein paar Lebensmittel hinunterschicken.

Sophie war einen Moment hinausgegangen und schaute über die hellgrünen Wiesen, schaute auf die Bäume, die dabei waren, ihre Blätter zu entfalten. Schön war das, so schön. Die Luft war gut zu atmen, nicht stinkend und widerwärtig wie dort drinnen im Krankenzimmer. Wenn frische Luft hereinkäme, würde der Kranke bald von ihnen gehen, sagte Herr Poul, und er habe starke Zweifel, daß Herr Otte schon bereit dafür sei. Seine Sündenbekenntnisse könnten durchaus noch vertieft werden, fand er.

Es war besser, hier draußen zu sein als drinnen, und obwohl die schwarzen Tücher nicht vor die Fenster gezogen waren und die Sonne deshalb hineinscheinen konnte, blieb doch alles andere ausgeschlossen. Denn eine Sache war, daß Otte sonst sterben würde, aber eine andere und schlimmere war, daß der Teufel mit dem Windzug in das Krankenzimmer kommen würde, und wenn der Leibhaftige das tat, wäre alles vergebens und Otte wäre dazu verdammt, einen schrecklichen Tod zu sterben und für alle Ewigkeit in der Hölle zu schmoren.

Herr Poul hatte sie bei dieser Gelegenheit gefragt, ob sie wüßte, wie lange die Ewigkeit währte. Nun, hatte er dann gesagt, ohne ihre Antwort abzuwarten, sie möge sich den höchsten Berg auf der ganzen Welt vorstellen und dazu einen kleinen, winzigen Vogel. Einmal in tausend Jahren würde dieser kleine Vogel angeflogen kommen, sich auf dem Berggipfel niederlassen, um sich ein wenig auszuruhen, und bevor er wieder fortflöge, würde er seinen Schnabel ein klein wenig wetzen. Erst ein Streich mit der einen Schnabelseite, dann ein Streich mit der anderen. Dann würde er davonfliegen, und wenn tausend Jahre vergangen wären, würde er wiederkommen – natürlich nicht derselbe, sondern ein anderer kleiner Vogel –, und der würde genau dasselbe machen. Ein Streich mit der einen Schnabelseite, ein Streich mit der anderen. Wenn der Berg schließlich eines Tages vom Wetzen des Vogelschnabels vollkommen abgetragen sei, würde trotzdem erst ein winziger Augenblick der Ewigkeit verstrichen sein. Deshalb müsse man fortwährend versuchen, den Kranken dazu zu bringen, alle seine Sünden zu bekennen, damit Gott der Herr ihm vergeben und Herr Otte getreu der reinen lutherischen Lehre sterben könne.

Sophie hielt sich nicht gern im Krankenzimmer mit den vielen Menschen auf, die sich Tag und Nacht um das Bett drängten und sich ihres Gemahls bemächtigt hatten. Trotzdem war sie bestrebt, so oft dort drinnen zu sein, wie es ihr möglich war, obwohl sie viel zu tun hatte, zumal die Besucher gespeist werden wollten, und zwar möglichst gut und nicht zu knapp. Und Frankenwein und lübeckisch Bier wollten sie trinken. Das Bier, das sie selbst brauten, war nicht gut genug für diesen Anlaß. Außerdem war sie dort, weil Otte ruhiger war, wenn er sie im Zimmer wußte. War sie mehr als zehn Minuten fort, begann er zu wimmern, und Herr Poul und ein paar von Ottes Tanten huben sogleich laut und, was die Tanten betraf, durchdringend mit dem Absingen der frommen Psalmen an, die Eindruck auf den Sterbenden machen sollten, damit er seine Sünden bekannte. Sie sangen auch dann, wenn

Otte zu verstehen gab, daß er am liebsten schlafen würde. Sie setzten alles daran, daß er wieder und wieder beichten sollte. Sophie konnte nicht begreifen, warum einmal nicht ausreiche. Otte hatte ja seine Sünden bekannt, hatte Gott den Herrn um Vergebung gebeten und das heilige Abendmahl erhalten. Trotzdem ließen sie ihn nicht in Ruhe. Bekamen sie nie genug?

Nun hörte sie, wie sie wieder anhuben:
«Bedenke wohl der Höllen Qual und Zwang
Drin die Verdammten müssen brennen.
O Ewigkeit, wie bist du lang!
An dir kein Ende will erkennen.»

Keiner der Sippe fehlte mehr; die letzten waren gestern von nah und fern gekommen, um Otte entschlafen zu sehen oder eher seinen Kampf hinüber auf die andere Seite, hinüber an das Ufer des Todes. Und vom Ufer des Todes hinein in das Land, aus dem niemand zurückkehrte.

Sie glaubte nicht an die brennende Hölle mit all ihren Flammen. Das sah anders aus.

Das Land des Todes war nackt und abgebrannt; verkohlte Äste ragten aus dem graubraunen Sand, ein eisiger Wind blies immerfort, und kein Vogel sang. Ein wüstes Land. Und dorthin kam ein jeder Mensch, ganz gleich, ob er bereute oder nicht.

Der Tod hatte viel zuviel zu tun, um jedem Gerechtigkeit widerfahren zu lassen.

6

Meine Verwirrung wurde nicht geringer. Was war das nur für ein Zeug, mit dem sie ihre Zeit und ihre gedanklichen Anstrengungen verplempert hatte? Lina, total abgedreht! Ich wurde richtig ärgerlich und wollte gerade den roten Ordner gegen eines der Aufsatzhefte austauschen, denn mir fiel ein, daß vielleicht ein System dahintersteckte, als das Telefon klingelte. Es war die Chefsekretärin, die mir sagte, daß Torben, unser Chef, mich gerne sprechen würde. Ob es recht sei?

Ja, natürlich war es recht. Was sollte man denn anderes sagen, wenn er nun schon mal anrief und man wie alle anderen in dieser Gesellschaft auf seinen Job angewiesen war?

Torben hörte sich etwas atemlos an. Das tut er immer, aber es hat nicht besonders viel zu sagen. Ich glaube, er hält es für ein Zeichen von Energie, Charisma und Erfolg.

«Hallo, wie geht's dir?»

Ich sagte, es ginge mir den Umständen entsprechend wohl ganz gut, aber daß es ziemlich unbequem wäre, sich kaum bewegen zu können.

«Ja, mit Sport muß man vorsichtig sein.» Torben betrieb selbst keinen anderen Sport als das Zuknallen der Autotür. «Tut es weh?» fragte er höflich.

Ich überlegte, ob ich die Wahrheit sagen sollte, daß es nämlich verflucht weh tat, oder ob ich den großen Jungen spielen sollte. Ich entschied mich für den kleinen.

«Ja, ziemlich. Aber es wird schon», fügte ich beruhigend hinzu.

Er schien erleichtert.

«Das ist gut. Hör zu... Bist du noch dran?»

Ich war noch dran, und ich hörte zu. Es ging um ein paar Akten, die er mir liebend gerne zum Durchsehen geben würde, denn es war sehr eilig, einige neue EU-Richtlinien waren eingetroffen, und es war wichtig, daß wir sie gleich unter die Lupe nahmen und so weiter. Außerdem waren da noch ein paar andere Sachen, Verteidigungsmandate. Unsere Kanzlei gehörte nämlich zu denen, die Pflichtverteidiger stellte.

O ja, ich hatte die Botschaft sehr wohl verstanden.

«Schickt mir die Sachen einfach per Kurier», sagte ich. «Aber es wird ein bißchen länger dauern, ich muß einen Haufen Schmerzpillen schlucken, deshalb bin ich nicht so schnell wie sonst.»

Torben hörte nicht zu.

«Prima, die Sachen kommen per Expreß. Laß mich wissen, was du davon hältst. Es ist auch noch ein anderer Fall dabei. Über eine eventuelle Mandatsverletzung, ich habe dir sicher davon erzählt. Also bis dann. Gute Besserung.»

Die folgenden drei Tage war ich damit beschäftigt, Schriftsätze zu lesen, Eingaben zu verfassen und literweise Tee zu trinken. Ich trinke nämlich unglaublich viel Tee, und ich habe viele verschiedene Sorten. Sie stehen in der Küche aufgereiht in diversen Dosen. Einige davon sind hübsch, mit Bildern von Bergen und Frauen mit großen Hüten, andere sind gewöhnlich und ein bißchen schäbig. Ich sage mir immer wieder, daß ich die schäbigen endlich mal auswechseln muß. Ich habe praktisch Tee für jeden erdenklichen Anlaß. Wenn ich arbeiten muß, ziehe ich meistens einen kleinblättrigen Assam vor; er regt besser an als die anderen. Ich habe manchmal schon gedacht, ob ich vielleicht ein Tee-Abhängiger bin, mir geht es nämlich schlecht, wenn ich keinen Tee zu trinken kriege. Eigentlich ist mein Traumberuf nicht Anwalt, sondern Teekoster. In England. England muß es sein, ich war immer ganz verrückt nach England. Das habe ich von meinen Eltern.

Trotz des Tees fand ich mein derzeitiges Dasein nicht besonders amüsant. Endlich hatte ich die Akten durchgearbeitet, zurückgeschickt und mit Torben gesprochen, der ganz begeistert von meinem Einsatz war. Am Abend saß ich vor dem Fernseher und dämmerte vor mich hin, mein zusammengenageltes Bein sorgsam auf einem gepolsterten Hocker gelagert, den meine staatsfinanzierte Haushaltshilfe irgendwo im Keller aufgetrieben hatte.

Das Telefon tat kund, daß die Welt mich nicht vergessen hatte. Eine Frauenstimme war dran.

Die Stimme gehörte einer von Linas alten Freundinnen, Karen-Lis. Sie waren schon zusammen in den Kindergarten und in die Grundschule gegangen, und ich wußte, daß sie irgendwo im Gesundheitswesen arbeitete. Was sie dort genau machte, entzog sich meiner Kenntnis.

Nachdem wir die üblichen einleitenden Bemerkungen ausgetauscht und sie mir in angemessenen Worten ihr Mitgefühl ausgedrückt hatte – mit dem es allerdings wohl nicht allzu weit her war –, kam sie zur Sache.

«Bist du nicht so was wie Linas Nachlaßverwalter?»

«Nachlaßverwalter, nein, das bin ich nun weiß Gott nicht.»

«Aber du hast doch ihre Papiere?»

Das konnte ich ja nun nicht abstreiten. «Eine Frau hat sie mir gebracht.»

«Hanne, meinst du.»

«Ja, Hanne, kennst du sie?»

«Ja, flüchtig, ich rief sie an und wollte hören, wo Linas Papiere abgeblieben sind. Ich hatte plötzlich Angst, sie könnten verschwunden sein. Und sie sagte mir, daß du sie hättest und daß du der Nachlaßverwalter wärst.»

«Ich bin kein Nachlaßverwalter», wiederholte ich. «Ich habe nur die Papiere. Wieso interessiert dich das?»

«Also, ich habe vor ein paar Tagen einen dicken Umschlag gekriegt, der war so dick, daß er nicht in meinen Briefkasten paßte. Ich mußte ihn bei meinem Nachbarn abholen, wo der Postbote ihn abgegeben hatte. Es stand kein Absender drauf, und der Poststempel war unleserlich. Aber die Briefmarken sind schwedisch, und die Handschrift erinnert an Linas.»

«An Linas? Aber sie...»

«Ja, sieht so aus wie ihre Handschrift, und ich bin sicher, daß sie es auch ist. Der Umschlag muß also lange irgendwo gelegen und darauf gewartet haben, abgeschickt zu werden. Aber wer kann den geschickt haben?»

«Keine Ahnung. Was war denn drin? Irgendwas Interessantes, Spannendes?»

«Langsam, kommt gleich. Es waren handgeschriebene Aufzeichnungen drin, und soweit ich sehen kann, hat Lina sie geschrieben. Aber das meiste ist irgendein uraltes Zeug. Sieht aus wie alte Briefe. Jedenfalls schreibt man heute nicht mehr so. Es ist Linas Handschrift, da bin ich sicher. Aber wieso Schweden? Hatte Lina was mit Schweden zu tun? Und warum kommt das *jetzt?*»

«Ich weiß nicht mehr als du, außer daß ich hier auf meinem Krankenbett ein bißchen in Linas Papieren geblättert habe, und ich kann dir nur eins sagen, nämlich daß ich vollkommen durcheinander bin. Ich finde, das alles sieht irgendwie krank aus.»

«Krank? Wie meinst du das?»

Das zu erklären fiel mir natürlich ziemlich schwer.

«Ich glaube einfach, also ich meine ja nur, daß ich nicht verstehe, was das sein soll. Sieht aus wie etwas, das sie aus Spaß geschrieben hat.»

«Aus Spaß?»

«Ja, es ist nicht, du weißt schon, auf die Art verfaßt, wie man Abhandlungen oder Artikel schreibt. Es ist anders. Du kannst gerne herkommen und es dir ansehen. Du kannst den ganzen Kram auch gleich mitnehmen. Ich kann ja doch nichts damit anfangen, ich wollte nur nicht, daß es in den Müll wandert.»

«Ach, daran habe ich eigentlich kein Interesse. Ich habe mich nur gewundert wegen des Umschlags. Wenn er nicht von Lina ist, von wem ist er dann? Wer in Schweden kennt mich? Ich kenne da jedenfalls niemanden. Und was soll ich damit? Aber willst du ihn dir nicht vielleicht mal ansehen und mir erzählen, was das für Zeug ist?»

«Ich weiß es ja auch nicht. Aber komm gerne her. Ich habe Zeit genug oder vielmehr, ich habe die nächste Woche noch Zeit. Wann paßt es dir?»

«Da muß ich meinen Kalender holen», sagte sie. Der Hörer wurde hingelegt, ich hörte leichte Schritte, eine Tür wurde geöffnet, dann kamen die Schritte zurück.

«Was ist heute? Ist heute nicht Dienstag?»

«Ich glaube schon.»

«Ja, heute ist Dienstag. Dienstag, der zwölfte. Richtig?»
Richtig.
«Ich kann Mittwoch und Donnerstag nicht. Da haben wir bis spät abends offen. Weißt du, wir ziehen gerade ein großes Screening-Programm durch. Was hältst du von Freitag?»
«Paßt mir gut», sagte ich und überlegte, an was für einem Projekt sie wohl arbeiten mochte.
«Also abgemacht. Soll ich was zu essen mitbringen?»
Ich fand, das war eine gute Idee. Wir verabredeten, daß sie gleich nach der Arbeit so gegen fünf vorbeikommen würde.
«Meinst du, du könntest einen Blick drauf werfen?» fragte sie nochmal.
Ich versprach es, und ich war eigentlich inzwischen ein bißchen neugierig, was das wohl sein mochte. Hauptsache, mein eifriger Chef, der erfolgreiche Superanwalt Torben Iversen, schüttete mich nicht mit allzu vielen eiligen Fällen zu. Ich war mir fast sicher, daß er mich nicht so leicht davonkommen lassen würde, wo er nun gesehen hatte, wie er mich zum Arbeiten bringen konnte. Jetzt wollte ich lieber ein bißchen Zeit haben, um mir Linas Papiere genauer anzusehen; es konnte doch sein, daß mehr dahintersteckte, als ich zuerst gedacht hatte.

Als ich zurückhumpelte, um mir den nächsten Ordner zu holen, schien es mir, als hörte ich Linas leicht nasale Stimme, die irgend etwas zu mir sagte. Das war natürlich eine Halluzination.

Tote reden nicht.

XX
Eriksholm
Anno 1592

Der Jud ist ein gar schräcklich Mann,
bracht Jesus unserm Herrn den Tod

Die Neugier war auf Sophie herabgestoßen wie ein Habicht, als sie ihn im Wirtshaus hatte speisen sehen. Das erste, was ihr auffiel, waren seine langen, braunen Locken, die vor seinen Ohren herunterhingen. Aber sie entstellten ihn nicht, wie sie fand. Oder auf eine andere Art ausgedrückt: Er sah nicht so abstoßend aus wie diejenigen seiner Rassen- und Glaubensgenossen, die sie bisher auf ihren Reisen gesehen hatte. Er war auch nicht so alt wie diese, und obwohl er die traditionelle Kleidung der Juden trug, wirkte er nicht fremdartig. Nicht auf *diese* Weise fremdartig.

Er war zu diesem Zeitpunkt wohl um die fünfunddreißig Jahre, schlank und mit einem schmalen Gesicht, in dem ein Paar funkelnder, gescheiter Augen saß. Sein Bart war schwarz und wellig, von vereinzelten Silberfäden durchzogen.

Sie befand sich auf einer ihrer ersten Reisen als Witwe, reiste als die reiche Adelsdame, die sie war. Mit einem Wagen für das Gepäck und einer behaglichen Kutsche für sich selbst und ihre Zofe.

Das erste Mal hatte sie ihn in einer Herberge gesehen, eine Tagesreise von Hamburg entfernt. Damals hatte er am Katzentisch gesessen und gespeist, als sie und ihre Zofe die Gaststube betraten, um eine rasche Mahlzeit einzunehmen, während die Pferde gewechselt wurden. Der Wirt wollte ihn hinausjagen, als er ihrer ansichtig wurde, denn eine ehrbare Dame sollte ihre Mahlzeit nicht in Gegenwart eines Judenhundes einnehmen müssen, wie er ihr buckelnd mitteilte.

Sie gab ihm zu verstehen, daß er bleiben könne, er störe sie nicht.

Als der Jude seine Mahlzeit beendet hatte, wollte er bezahlen, und es entwickelte sich ein hitziges, aber für sie erheiterndes Palaver, denn er und der Wirt konnten sich über den Preis nicht einig werden. Sie verfolgte ihre Diskussion aus den Augenwinkeln, den Versuch des Wirtes, ihn auszuplündern, und den des Juden, so billig wie möglich davonzukommen. Nach einiger Zeit gab sie zu erkennen, daß das Palaver nun aufhören müsse. Sie wandte sich zu ihnen um und sagte laut und spitz: «Könntet Ihr, mein guter Wirt, Euer Wortgefecht mit den Gästen nicht an einem anderen Ort austragen? Es bereitet mir Kopfschmerzen.»

So dumm war der Wirt nicht, daß er nicht verstanden hätte, was sie meinte, und abrupt beendete er das Palaver.

Kurz darauf brach der Jude auf. Auf dem Weg hinaus machte er an ihrem Tisch halt, verbeugte sich nach orientalischer Art und segnete sie für ihre Großmütigkeit.

Sie wehrte ab, er verbeugte sich erneut vor ihr – und lächelte. Sie lächelte zurück und fühlte eine unbezähmbare Lust, sich mit ihm zu unterhalten. Es war lange her, daß sie mit jemand anderem als ihresgleichen gesprochen hatte, und sie konnte an seinen Augen ablesen, daß er etwas von dieser Welt wußte.

Sophie bat ihn, Platz zu nehmen. Ihre Zofe sprang auf und wich zwei Schritte zurück, und Sophie amüsierte sich darüber, wie der Schrecken sich auf ihrem runden Gesicht ausbreitete.

«Geh», sagte sie. «Ich rufe dich, wenn ich dich brauche.»

Das Mädchen lief entsetzt aus der Gaststube, und Sophie konnte ihre furchtsame Neugier beinahe riechen.

«Wie heißt Ihr, und woher kommt Ihr?» fragte sie.

Sein Name war Sechiel. Er wiederholte ihn: Sechiel – vom Stamme Levi –, unterwegs in die Stadt Hamburg oder genauer nach Altona, wo er früher gewohnt hatte.

Er erzählte mit leicht singender Stimme von seiner Reise in die Stadt. Er wollte dort Angehörige wiedersehen und Neuigkeiten hören. Vor einigen Jahren war er von dort aufgebrochen und hatte seitdem nirgends mehr fest gewohnt, sondern zog von Stadt zu Stadt und von Herrenhof zu Herrenhof, um seine Waren feilzubieten.

«Was bietet Ihr feil? Gold? Diamanten? Es wohnen viele Diamantenjuden in Hamburg, habe ich sagen hören.»

«Es gibt Besseres dort», hatte er geantwortet.

«Was könnte besser sein als Gold und Diamanten?»

«Wißt Ihr das nicht?»

«Nein. In meinem Leben bedeutet Gold viel.»

Er sah sie forschend an, dann sagte er: «Ich bringe die köstlichsten Blumen – falls man dafür bezahlt. Ihr kennt gewiß mich und meine Brüder gut genug, um zu wissen, daß wir Kaufleute sind.»

«Blumen? Welche?» Sophie merkte ihrer Stimme an, daß ihre Neugier geweckt war. «Welche Blumen?» wiederholte sie.

«Die teuersten, die schönsten. Diejenigen, die Grüße des Gartens überbringen.»

«Des Gartens?» Sophie war für einen Moment verwirrt. Konnte er *den* Garten meinen? «Welcher Garten?» fragte sie dann ein wenig tumb. «Doch nicht der?»

«Doch, der. Genau der.»

«Ihr verkauft Blumen aus dem Garten Eden?»

«Nicht direkt diese, aber welche, die genauso schön sind. Seidenfarbene – rote, violette, sonnengelbe. Schlanke, biegsame, lächelnde.»

«Verratet Ihr mir die Namen?»

«Könnt Ihr sie nicht erraten?» In seinen schwarzen Augen lag ein neckisches Funkeln. Er amüsierte sich ganz offenbar.

«Lavendel? Rosen? Nelken?» Sie dachte einen Moment nach. «Oder Päonien?»

«Sind Päonien Boten des Gartens? Ihr enttäuscht mich.»

«Dann erzählt es mir.»

«Die schönsten aller Blumen. Tulipane.»

«Tulipane? Ihr könnt mir Tulipane beschaffen? Seit Jahren will ich welche haben, aber niemand hat sie mir beschaffen können. Nicht in meinem Land. Habt Ihr welche bei Euch?»

«Nicht auf dieser Reise, da ich auf dem Rückweg bin. Aber ich werde dafür sorgen, daß Ihr die schönsten erhaltet. Sagt mir Euren Namen.»

Als er ihn vernahm, verneigte er sich tief vor ihr, als wäre sie die Königin von Saba, und bedachte sie mit einem tiefschwarzen Blick, der sie daran denken ließ, wie lange sie schon des Nachts keinen Mann mehr bei sich gehabt hatte. Dann erinnerte sie sich daran, daß er Jude war.

Es war nicht diese Begegnung gewesen, bei der sie seine Geschichte gehört hatte. Die erfuhr sie erst einige Jahre später.

Die ersten Zwiebeln erhielt sie durch einen Boten von ihm, und sie wußte noch gut, wie sie dagesessen und die trockenen braunen Kugeln angeschaut hatte, denen so gar nichts davon anzusehen war, daß sie in sich alle Herrlichkeit an Farben und Rankheit bargen. Kein Wunder, daß sie kostbar waren.

Trotzdem war sie zusammengezuckt, als der Bote den Preis nannte, und während sie die schweren Goldstücke abzählte, beschloß sie zu vergessen, was diese kleine Schachtel sie gekostet hatte. Als Antwort auf die Frage ihrer Schwester Margrete nach dem Preis hatte sie nur gesagt, es sei ein Geschenk. Von wem? Von einem Freund, hatte sie entgegnet, und sogar jetzt nach all den Jahren erinnerte sie sich noch an das Erröten ihrer Wangen und wie naiv sie gehofft hatte, Margrete möge es nicht bemerken. Aber Margrete sah leider alles.

Das erste Mal, als sie einen Tulipan von dem Moment an beobachtete, als er aus der Erde emporschoß wie eine selbstbewußte grüne Tüte, bis er kerzengerade, schimmernd und farbgesprenkelt seinen Kelch der Sonne entgegenreckte, war ihr, als wohnte sie einem kleinen Wunder bei. Sie erinnerte sich an ihr Erstaunen und ihre Neugier an jedem Morgen, den sie nachsehen ging, was weiter geschehen war. Ja, es war ein Wunder gewesen, und ihr Kräutergärtner hatte beinahe seinen Augen nicht getraut. Es war ein Wunder – aus einer Zeit, als es noch welche gab.

Die Zahl der Wunder war nach und nach sehr zusammengeschrumpft; manche sagten, daß ihre Zahl sich in dem Maße verringerte, wie die wahre Lehre sich durchsetzte. Alles war strenger, kälter und düsterer geworden. Ihr Tulipan war ein Gruß aus einer anderen Zeit.

An einem kalten Märztag einige Jahre später hatte er sich plötzlich auf Eriksholm gemeldet. Sie saß gerade in ihrer Schreibstube und las, als sie ein gewaltiges Spektakel unten im Hof hörte. Die Hunde bellten wie von Sinnen, und den lauten Stimmen konnte sie entnehmen, daß etwas Außergewöhnliches im Gange war.

Das Mädchen war ganz aufgeregt, als es ihr atemlos mitteilte, wer sie zu sprechen wünschte.

Doch, er war es. Magerer, als sie ihn in Erinnerung hatte, die Silberfäden durchzogen den braunen Bart inzwischen wie ein Flechtwerk, aber sein Blick war derselbe.

Sie bot ihm eine Mahlzeit an, er nahm das Angebot an, aß jedoch nur wenig. Hinterher fiel ihr ein, daß Juden andere Speisen zu sich nahmen als Christen. Er trank etwas von ihrem Wein, sie selbst trank auch zwei Gläser, und dann begann er zu erzählen. Plötzlich war sie in einer anderen Welt, bekannt und fremd zugleich.

Diese Welt hatte andere Farben und andere Gerüche, und sie wanderte auf Wüstenpfaden und durch die dunklen Gassen der Basare, roch den Weihrauch in Samarra und sah die Feuer in der Wüstennacht leuchten.

Sie fühlte, wie das Blut rascher in ihr pulste, als es das seit langem getan hatte, und als sie in seine schwarzen Augen blickte, entdeckte sie, daß sie goldgesprenkelt waren. Sie mußte sich hüten.

«Erzählt mir genauer, warum Ihr Altona verlassen habt. Daß Ihr es tatet, sagtet Ihr mir bei unserer letzten Begegnung.»

«Ihr erinnert Euch daran?»

«Ich erinnere mich stets daran, was Menschen mir erzählen.»

«Erinnerung ist nicht immer eine gesegnete Gabe. Manchmal ist einem mehr damit gedient, die Wunden und Stiche vergessen zu können, die die Welt einem beibringt.»
«Waren es Wunden und Stiche, die Euch zum Aufbruch veranlaßten?»
«Das mögt Ihr selbst entscheiden.»
Und dann erzählte er.

Sein Vater, er selbst und seine Brüder hatten im selben Haus in Altona gewohnt. Sie waren sephardische Juden und ernährten sich vom Handel mit edlen Metallen und Juwelen sowie den Tulipanzwiebeln. Sie hatten mehrere Geschäfte mit dem König von Dänemark abgeschlossen.

In Altona lebten recht viele Juden, und die Mehrzahl davon war wohlhabend. Sie heirateten in ihren Kreisen und lebten besser und sicherer als Juden andernorts.

Eines Abends war sein Vater nicht heimgekehrt. Sie wußten sofort, daß etwas nicht stimmte, auch weil die Hunde jaulten und sich merkwürdig aufführten.

Sie warteten, und am nächsten Tag schickten sie ihre Dienstboten in alle Richtungen aus, um nach ihm zu suchen. Vergebens.

Am Tag darauf suchten sie weiter, ebenso den nächsten und den übernächsten. Sie beteten, und der Rabbi kümmerte sich um die Mutter. Es vergingen mehrere Tage mit der Suche, aber niemand hatte etwas gehört oder gesehen.

Nachdem einige Monate verstrichen waren, hatten er und seine Brüder die schmerzliche Tatsache anerkannt, daß das Oberhaupt der Familie nicht mehr am Leben war. Ihre alte Mutter weigerte sich jedoch, das zu akzeptieren. Sie sprach weiterhin über ihren lieben Mann, als müßte er in wenigen Stunden heimkommen und das Essen für ihn bereitstehen wie gewohnt.

Die Familie nahm ihre Geschäfte wieder auf, aber nichts war mehr, wie es gewesen war und wie es sein sollte. Eine richtige Trauerzeit war nicht möglich. Im Jahr darauf starb die Mutter, den Namen ihres Gatten als letztes Wort auf den Lippen.

Drei Jahre später kam Bescheid von der Obrigkeit, man habe einen Dieb gefangen, der während des Verhörs plötzlich gestand, vor einigen Jahren einen alten Juden erschlagen und seine Leiche in die Esse eines stillgelegten Ofens eingemauert zu haben. Ob die Söhne dabeisein wollten, wenn man die Esse aufbrach. Es war ein Schornstein, der zum Haus des gegenüberliegenden Nachbarn gehörte.

Es war ihr Vater oder besser die Reste von ihm. Sie erkannten ihn daran, daß ihm am Zeigefinger der rechten Hand ein Glied fehlte.

Der Mörder wurde wenige Tage später gehenkt, verwundert darüber, daß man ihn für den Totschlag eines alten Juden hinrichtete.

Der Gedanke, daß sein Vater einsam und unbeweint in einem Schornstein gelegen hatte, war der Grund, daß er nicht länger in Altona leben wollte. Deshalb war er aufgebrochen, er betrachtete sich jetzt als einer, der überall zu Hause war. Er war ein Reisender, und einfältige Menschen hielten ihn für Ahasverus.

«Ahasverus, den ewigen Juden? Den, der...»

«Ja, genau den. Vielleicht bin ich es ja.»

«Wieso?»

«Manchmal ist es, als wäre ich da gewesen. Damals... an jenem Tag. Ich höre den Lärm, die vielen Stimmen, die Kommandorufe.» Er hielt inne und sank ein wenig in sich zusammen.

«Und?»

Er hörte sie nicht, sondern saß da und starrte auf etwas, das sie nicht sehen konnte. Dann veränderte sich seine Stimme, wurde tiefer und noch singender.

«Das Gesicht! Seht Ihr es nicht? Der Schweiß läuft daran hinunter und vermischt sich mit dem Blut aus den Wunden unter der Krone, die sie ihm tief in die Stirn gedrückt haben. Der Schmerz hat tiefe Furchen um seinen Mund gegraben. Er leidet, leidet, leidet. Er kann fast nicht gehen, die Last ist zu schwer für ihn.»

Dann verstummte er.
Sie merkte, daß ihr der Mund trocken wurde.
«Und dann?»
Er antwortete nicht, war in Trance versunken.
Es vergingen mehrere Minuten, ohne daß einer von ihnen etwas sagte.
«Was dann?» wiederholte sie schließlich.
Da erwachte er, beugte sich zu ihr und sagte: «Nichts. Es ist weg. Aber vielleicht bin ich Ahasver? Wer weiß?»
Dann zog er eine Schachtel mit Zwiebeln aus seinem weiten Gewand und gab sie ihr, als wäre sie ein kostbares Geschenk.
«Es gibt noch mehr, falls Ihr sie haben wollt.»
Später hatte sie selbst herausgefunden, wie man die Zwiebeln zog, und es war einer ihrer stolzesten Tage gewesen, als sie ihre erste Schachtel mit Zwiebeln an ihren Freund Johan Sparre schickte. Sie hatte sich viel Mühe gegeben mit ihrem Brief an ihn und hatte ihm genau geschrieben, wie und in welchem Muster die Zwiebeln gesetzt werden sollten. Es war ihr eine besondere Freude, denn Johan Sparre war immer sehr stolz auf seinen Garten gewesen, den er für den schönsten in ganz Skåne hielt.

Seit damals hatte Sophie ständig an Sechiel gedacht. Ob er immer noch von Ort zu Ort wanderte mit Tulipanzwiebeln unter seinem Kittel? Seine singende Stimme kam manchmal des Nachts zu ihr, sie hörte ihn von seinen Begegnungen unterwegs erzählen, und sie sah mit Schweiß vermischte Blutstropfen über sein Antlitz rinnen.

Sie wußte nicht, ob sie sich wünschte, Sechiel jemals wiederzutreffen.

7

Ich sagte schon, daß die Anwaltskanzlei, für die ich arbeite und die ich unpassenderweise mit meiner Krankmeldung belastete, sich auf EU- und Wettbewerbsrecht spezialisiert hat. Oder, wie wir es selbst nennen: auf alle Aspekte des EU-Rechts, darunter Insolvenzrecht, Steuerrecht, Verkehrsrecht und Energierecht.

Wenn ich das hier so aufzähle, hört es sich ein bißchen an wie in einer Werbebroschüre. Und wenn ich schon mal bei der Reklame bin, kann ich ja auch gleich sagen, daß unsere Firma dabei ist, sich nach Grönland auszudehnen. Na ja, also nicht direkt Grönland, aber auf Fälle die grönländischen Rechtsverhältnisse betreffend. Die wollen wir unheimlich gerne haben. Torben hegt den unerschütterlichen Glauben, daß auf diesem Gebiet eine Menge Geld zu verdienen ist. Bei dieser Gelegenheit ist er auf die Idee gekommen, daß Grönland eigentlich ein passendes Spezialgebiet für mich wäre, ganz egal, ob mir das gefällt oder nicht. Denn Brüssel ist eine Sache, die zwar manchmal hart genug sein kann, aber da gibt es zum Glück immer jemanden, den man kennt und mit dem man was essen gehen kann. Was ganz anderes – und weitaus schlimmer – ist Nuuk. Kalt und ungemütlich und ewig dunkel. Deswegen versuche ich mich davor zu drücken, und ich hoffe, es klappt. Ich kann Grönland nicht ausstehen.

Natürlich haben wir auch andere Fälle, gemischte könnte man sagen. Wir sind seit vielen Jahren, schon lange vor meiner Zeit – und das ist ein Vermächtnis von Torbens Vater, der im übrigen manchmal in der Kanzlei auftaucht und Torben durch seine Anwesenheit ein bißchen hektisch werden läßt –, auch gerichtsbestellte Pflichtverteidiger.

Das bringt bei weitem nicht das ein, was wir an Zeit dafür aufwenden, andererseits ist es manchmal direkt befreiend, irgendeinem armen Idioten aus der Klemme zu helfen, der im Suff Kleinholz aus einer Kneipe gemacht, drei Leute verprügelt und die Polizeibeamten auf das gröbste beleidigt hat.

Allerdings gibt es Arten von Mandaten, die wir nicht übernehmen. Scheidungen und Räumungsklagen. Ansonsten sind wir nicht sehr wählerisch. Aber wir halten uns auch fern von Fällen, an denen andere Anwälte sich schon versucht haben. Einmal wurden wir von einer Frau angerufen, die ihre Versicherungsgesellschaft verklagen wollte. Wie sich herausstellte, hatte sie schon sieben Anwälte dabei verschlissen. Wir lehnten dankend ab.

Wir sind fünf Anwälte und drei Referendare, plus Torben, der alles daransetzt, seine Pfoten in jeden verdammten Fall zu stecken, wenn man ihn läßt. Aber er ist tüchtig, direkt glänzend, wenn ihn der Fall interessiert, und ansonsten hat er uns gut unter der Fuchtel.

Alle Anwälte der Kanzlei sind Männer. Torben will keine Frauen, denn jedesmal wenn er eine Anwältin eingestellt hatte, wurde sie schwanger. Und mit diesen Geschichten hat er nichts am Hut. Erst Schwangerschaftsurlaub und danach Kinder, die bis fünf Uhr von der Krippe abgeholt werden müssen. Er behauptet sogar, ab drei Uhr wären die Gehirne der Mütter nur noch auf Windeln und Füttern programmiert. Ich kann ihn irgendwie verstehen, aber ich würde es nie wagen, seine Einstellung oder seine Vorgehensweise bei irgendeinem geselligen Beisammensein zu verteidigen. Man könnte Gefahr laufen, daß einem die Augen ausgekratzt werden.

Wenn man Anwalt ist, bekommt man einen Einblick in die menschliche Psyche wie sonst wohl nur noch Ärzte. Es sollte natürlich nicht das sein, was einen am meisten interessiert, das hat die juristische Seite zu sein; trotzdem hat mich die menschliche Dimension nach und nach immer mehr fasziniert. Torben weiß von meiner Neigung, und obwohl er selbst sich mehr auf Paragraphen und juristische Denkweisen verläßt, hat er nichts gegen die Art und Weise, wie ich an die Dinge herangehe. Ich glaube, wir ergänzen uns da ganz gut und zum Vorteil der Firma.

Einmal sagte er: «Gefühle und Jurisprudenz gehören nicht

zusammen. Für mich jedenfalls», ergänzte er. «Aber es ist in Ordnung, wenn du das mehr –», er wollte wohl «Emotionale» sagen, sagte dann aber, «Psychologische einbeziehst. Denn», so fügte er hinzu, «Rechtswissenschaft hat auch etwas mit Psychologie zu tun.»

Das zunehmende Interesse für die psychologische Seite kam bei mir im Laufe des letzten Jahres. Vielleicht hat es was damit zu tun, daß ich älter geworden bin, vielleicht auch damit, daß Birgitte mich verlassen hat, *who knows?* Aber jedenfalls wurde mir das endgültig bewußt, als ich wieder zurückhumpelte und mir eine von Linas Mappen nahm. Jetzt wollte ich ernsthaft versuchen, zu verstehen, worum es hier ging und was Lina beschäftigt hatte.

Ich nahm eines der geblümten Aufsatzhefte aus dem Karton. Auf den Umschlag war eine große 1 gemalt.

Ich habe heute nacht überlegt, ob es nicht vernünftiger wäre, ein Tagebuch zu führen, dann könnte ich verfolgen, wie das Projekt vorankommt und ob ich meine Fristen einhalte. Wenn mir das ganze unter den Händen wegbrechen sollte, könnte ich besser nachvollziehen, warum es schiefgegangen ist.

Gleich nachdem ich das gedacht hatte, ärgerte ich mich über mich selbst. Warum zum Teufel sollte es schiefgehen? Und ich bekam ein bißchen Angst, ob ich vielleicht auf dem Wege war, mich zu einer Pessimistin zu entwickeln, einer von denen, die im voraus ihre eigenen Niederlagen entwerfen. Es geht nicht schief, Lina, rief ich mir selbst zu und war froh, daß das Fenster wegen des Regens – natürlich regnete es, das tut es die ganze Zeit – nicht offenstand, denn es ist nicht weit bis zu den Nachbarn.

Es ist Abend, und das geblümte Heft mit seinen vielen leeren Seiten, das vor mir liegt, ist eines, das ich vor langer Zeit für irgendeinen Zweck gekauft habe, an den ich mich nicht mehr erinnere. Es ist richtig hübsch. Auf dem Umschlag sind Tulpen und Rosen, eine sonderbare Zusammenstellung, da die Tulpenzeit längst vorbei ist, wenn die Rosen zu blühen anfangen. Aber meine botanischen Kenntnisse sind ziemlich bescheiden. Ich habe praktisch gar keine. Wenn man die meisten Jahre seiner Kindheit am Nikolaj Plads gewohnt hat, kennt man kaum andere Blumen als die in den Blumenkästen und Grünanlagen.

Sophie dagegen kannte sich mit Blumen aus. Ich wünschte, ich hätte ihr Wissen und ihre Klugheit. Sie wußte bestimmt nicht nur, wozu die verschiedenen Pflanzen und Kräuter gut waren, sondern auch, was sie bedeuteten. So wie Shakespeare. Die Blumen, die Ophelia der Königin, Hamlets Mutter, überreicht, sind in der Blumensprache ein Symbol für Unkeuschheit, habe ich irgendwo gelesen.

Ich habe ein bißchen gezögert, das heutige Datum auf die erste Seite des Hefts zu schreiben, weil ich das Gefühl habe, es verpflichtet mich. Und vielleicht werde ich Zeit dafür brauchen, Zeit, die dem Projekt abgeht.

13. Oktober. Trübes Wetter in Kopenhagen. Gicht und schlechte Stimmung bis in alle Ewigkeit.

Gicht und schlechte Stimmung. Und nicht nur trübes Wetter, sondern Regenwetter. Nicht nur dänischer Normalregen, sondern ein beißend kalter, grauer Regen, ein Regen, der durch alle Wände dringt, ein Regen, der die Autobahnunterführungen unter Wasser gesetzt hat. Radio Kopenhagen sendet eine Verkehrswarnung nach der anderen, und trotzdem fahren die Autos hinein und sitzen fest.

Eigentlich ist es unglaublich und ziemlich lustig, daß so etwas passieren kann. All diese Mühe, all diese Warnungen, all diese Informationen, all diese vielen ernsten und besorgten Stimmen, und dann sitzen die Leute trotzdem fest. Das ist eine Art von Komik, die mir gefällt. Im selben Moment, als ich mir alle diese bescheuerten Autofahrer vorstelle, die im Wasser festsitzen, duscht ein Bus der Linie 9 mich und mein Fahrrad mit einem Schwall von Dreckwasser. Ich fluche und überlege, ob ich nicht wie der selige Johannes V. Jensen, der das mit der Gicht und dem trüben Wetter geschrieben hat, weit, weit weg von dem grauen, kalten Regen fahren sollte, weg von spritzenden Bussen und der schlechten Stimmung. *Ich* jedenfalls gerate so langsam in schlechte Stimmung.

Es ist nicht einfach Regen, es ist ein Wolkenbruch. Wolkenbruch. Ein seltsames Wort. Gerade als ich denke, daß es eines von diesen Wörtern ist, auf denen man ewig herumkauen kann, merke ich, daß der Regen durch meinen alten roten Baumwollmantel gedrungen ist, durch meine Jeans durch bis auf die nackte Haut. Ich hätte den Mantel nicht anziehen sollen. Ich weiß nämlich genau, daß er nicht sehr viel Wasser abhält; bestimmt, weil ich ihn selbst imprägniert habe und mir das nicht besonders gut gelungen ist.

Wolkenbruch. Das Wort taucht immer wieder auf. Auch heute nacht, als ich zwischendurch wach wurde. Da hat es schon geregnet. Ich sah auf die Uhr und stellte fest, daß es zum Glück immer noch Nacht war, und dann zog ich mir die Bettdecke über den Kopf und konnte gerade noch denken, wie gut, daß ich nicht unter einer der Brücken an der Themse schlafen muß, sondern mein eigenes, warmes, gemütliches, wenn auch einsames Anderthalb-Personen-Bett habe.

Die Ampel an Holmens Bro springt auf Rot. Die rechtsabbiegenden Autos spritzen alle, aber das ist eh schon egal – ich bin sowieso triefnaß. Als es grün wird, fahre ich langsam an, aber einer der eiligen Jungs hat offenbar nicht genug Phantasie, um sich vorzustellen, daß jemand auf dem Fahrrad geradeaus wollen könnte, und er streift mich beinahe. Ich muß bremsen, und zwar so heftig, daß ich fast das Gleichgewicht verliere. Ich fluche ihm hinterher, aber er ist natürlich weg, und die Fußgänger unter ihren Regenschirmen starren befremdet die verrückte Person an, die einem Auto hinterher brüllt, das schon Wasserfontänen spritzend um die Kurve bei der Slotskirke verschwunden ist.

Wolkenbruch. Plötzlich erinnere ich mich: «Der Wolkenbruch drang durch das Umschlagtuch, und Sophie merkte, daß ihre Schultern naß wurden.» Ich hatte die Worte gestern hingekritzelt, kurz bevor ich meine Sachen zusammenpackte und dem Aufsichtstypen im Lesesaal zum Abschied zunickte. Er hatte nicht zurückgenickt, sondern nur geistesabwesend in die graue Luft des Lesesaals gestarrt.

Ich bin nicht nach Hause gefahren, sondern ins Kino gegangen. Mir war einfach danach. Sie zeigten einen ziemlich hirnlosen Film, aber ich hatte meinen Spaß. Und darüber soll man ja bekanntermaßen nicht die Nase rümpfen. Hinterher fuhr ich gleich nach Hause und ging ins Bett. Das letzte, was ich hörte, bevor ich einschlief, war der Regen, der gegen die Scheiben schlug.

Wenn man so alt ist wie ich, also hart auf die Rente zugeht, sollte man erstens seine Dissertation schon längst abgeschlossen haben und zweitens wissen – und danach handeln –, daß es nicht zu einem ordentlichen Promotionsprojekt gehört, herumzulaufen und sich vorzustellen, was die sogenannten Analyseobjekte fühlen und denken. Überhaupt nicht. Aber trotzdem geistert mir dieser Quatsch die ganze Zeit durch den Kopf.

Die Wörter tauchen plötzlich auf, obwohl ich mich wirklich bemühe, sie zu verscheuchen, denn sie haben in einer vernünftigen wissenschaftlichen Arbeit nichts zu suchen.

Irgendwo halte ich nämlich an dem Gedanken fest, daß das, was ich mache, richtige Wissenschaft ist, obwohl ich in meinem tiefsten Innern sehr wohl weiß, daß es das eventuell nicht ist. Nicht so richtig, denn was ich mache, ist, daß ich mir vorzustellen versuche, wie die Dinge zusammenhängen, um dann in den Quellen Belege dafür zu finden. Keine Nachweise, nur Belege. Ich glaube, ich erspare mir auf diese Art das Durcharbeiten von einem Haufen Material. Ich weiß nicht, ob andere es auch so machen.

Aber ganz gleich, ob das wissenschaftlich ist oder nicht, ist es doch ein ziemliches Problem, daß ich begonnen habe mir vorzustellen, was eines meiner Analyseobjekte auf dem Weg durch den Regen gedacht haben mag.

Obwohl ich schon tausendmal hier war, muntert es mich jeden Tag wieder auf, wenn ich die lange Treppe zur Königlichen Bibliothek hinaufgehe. Der Atem des Ortes weht mir direkt ins Gesicht. Es heißt natürlich nicht «Atem», sondern «Geist». «Der Geist des Ortes», *genius loci*. Vielleicht ist es Spinnerei, aber trotzdem kommt es mir so vor, als ob etwas in der Atmosphäre hängengeblieben ist von all den Versuchen, die Welt zu durchdenken, Erklärungen und Zusammenhänge zu finden und den Leidenschaften und Sehnsüchten, die die Bücher in allen Sprachen der Welt enthalten, Namen zu geben. Es ist ganz sicher Unsinn, aber mir scheint, daß irgend etwas an dieser Atmosphäre hier drinnen anders ist als in anderen Bibliotheken.

Ich hänge meinen tropfnassen Lappen von Mantel nicht in das Spind, sondern an einen Garderobenhaken zum Trocknen; er ist so alt, daß ganz sicher keiner auf die Idee kommt, ihn zu klauen.

Ich trage mich in die Anwesenheitsliste ein, kriege meine Bücher ausgehändigt und gehe zu meinem Lieblingstisch, den noch kein anderer erobert hat. Ich schaue etwas neidisch zu meinem Gegenüber, denn er hat einen festen Tisch und muß nicht jeden Tag hinter sich aufräumen. Aber man muß gute Beziehungen haben, um einen festen Tisch zu kriegen, und die habe ich nicht.

Sophie Brahe – die Schwester des berühmten Tycho Brahe, sie ist es, in die ich mich verbissen habe. Und ich habe mich zum wer weiß wievielten Male festgefahren. Das muß ich zugeben. Ich werde mir noch die Zähne daran ausbeißen, denn es fällt mir so schwer, ihre Zeit und alles, was dazugehört, zu verstehen. Vieles ist so düster, und ich habe das Gefühl, daß das ganze sich zu einem bestimmten Zeitpunkt noch verschärft und immer dunkler wird. Vielleicht war es das, was ihren berühmten Bruder dazu bewog, sich abzusetzen.

Dänemark, was that ich dir, daß du so grausam stößest mich fort...

Sophies Leben war stürmisch, romantisch und mühselig. Sie konnte so viel, wußte so viel, aber der Schlüssel zu ihrem Innern ist weg, oder richtiger gesagt, ich habe ihn nie gehabt. Eigentlich kann ich sie nur von vorn sehen, wie eine flache Pappfigur. Und soviel ist mir klar, wenn man einen Menschen begreifen will, muß man ihn von allen Seiten betrachten. Aber Sophie zeigt nur ihre Fassade, ich kann nicht dahintersehen. Aber ich *will* sie sehen – von vorne, von hinten und von der Seite. Das ist mein Ehrgeiz. Aber entweder ist sie stumm und flach, oder sie verblaßt, und das, obwohl ich ihre Verliebtheit in Erik und ihre Begeisterung für ihn vollkommen verstehen kann. Erik Lange – den berühmtesten oder vielleicht eher berüchtigsten Goldmacher jener Zeit.

Ich glaube beinahe, ich habe alles gelesen, was es in dieser Bibliothek an Texten über Goldmacherei oder richtiger über Alchimie gibt, und das ist nicht leicht zu verstehen für jemanden mit einem verblichenen Universitätsabschluß in Sprachen. Eine Zeitlang dachte ich, daß die Goldmacherei vielleicht der Schlüssel zum Ganzen sein könnte, aber die Idee habe ich wieder aufgegeben, obwohl Sophie nicht dagegen war... Sie unterstützte Erik Lange. Tycho dagegen machte sich nichts aus Alchimie, obwohl er vertraut damit war.

Alchimie und Astrologie waren zu der Zeit zwei wichtige und gleichberechtigte Wissensgebiete. Die Astrologie war für Tycho Brahe ebenso wesentlich wie die Astronomie. Hier gab es keine Unterschiede. Und er kannte sich mit Horoskopen aus, stellte auf Anforderung sogar selbst welche. Das, was er für Christian IV. auf Befehl von dessen Vater erstellte, traf voll ins Schwarze. War es Können, Glück, oder hatten die Sterne gesprochen?

Kurz darauf bin ich mitten im 16. Jahrhundert versunken, so wie nun schon bald seit einem halben Jahr. Ich tauche erst wieder auf, als jemand an meinem Tisch vorbeigeht und leise «Tag» sagt. Nicht «Hallo», sondern «Tag». Es ist Victor –

mein Mentor. Er kommt nicht sehr oft her, er hat soviel anderes zu tun, aber heute stattet er der Bibliothek offensichtlich einen Besuch ab.

Natürlich kann man nicht Victor heißen, aber er heißt so, und es paßt zu ihm, denn er gehört zu den Eroberern. Er hat vor mehreren Jahren fast all die Macht erobert, die man an seinem Institut überhaupt erobern kann. Er sitzt in allen möglichen Kommissionen, Ausschüssen, Gremien und im Konzil. Eigentlich kann ich ihn sehr gut leiden, denn zu mir ist er immer nett, aber es wimmelt nur so von unfreundlichen Geschichten über ihn.

Aber sind die Leute jemals freundlich in unserer Branche, in der es zu wenig Stellen und zu viele Ambitionen gibt?

Als ich Victor sehe, habe ich auf der Stelle ein schlechtes Gewissen. Ich hätte längst einen Termin bei ihm machen müssen, denn ich habe ziemlich viel mit ihm zu besprechen, aber aus irgendeinem Grund, der mir selbst nicht klar ist, habe ich es versäumt, ihn aufzusuchen. Ich wollte ein bißchen mehr vorweisen können – oder besser gesagt, ich wollte es so gut wie fertig haben. Es würde meiner Selbstachtung besser tun.

Ich lächle ihn strahlend an, er kommt zurück und beugt sich zu mir herunter und sagt in diesem besonderen Lesesaal-Flüsterton: «Lange nicht gesehen. Geht's dir gut?»

«Ausgezeichnet. Viel zu tun, aber das hast du sicher auch.» Bevor er antworten kann, frage ich: «Hättest du vielleicht ein bißchen Zeit zum Reden?» und hoffe, daß er sie nicht hat. Nicht heute. Aber die Zeit der Wunder oder der Überraschungen ist noch nicht vorbei.

«Wollen wir einen Kaffee zusammen trinken?» Er sieht auf seine Uhr. «Sagen wir, um elf?»

Ich nicke zustimmend und ein bißchen geschmeichelt.

«Okay, prima, ich habe ein paar Sachen, die ich dir vorlegen kann. Und ein paar Probleme.»

«Die sind dazu da, daß man sie löst, oder? Und sonst geht es dir gut?»

«Hervorragend», sage ich und denke, daß ich lieber zusehen sollte, bis elf die Regenkatastrophe auszubessern, die vermutlich deutliche Spuren bei mir hinterlassen hat. Leider kann man in der Bibliothek keinen Lockenstab ausleihen.

Natürlich findet man die richtigen Papiere nicht, wenn man sie am nötigsten braucht. Ich blättere wieder und wieder in meinen Unterlagen. Ich dachte, ich hätte eine Liste mit Problemen und Fragen zum Sachwissen gemacht, denn Victor repräsentiert den Gipfel des Sachwissens. Vielleicht nicht mit dem großen Maßstab gemessen, aber mit dem des Instituts. Aber die Liste ist weg, ich könnte schreien. Das kann doch nicht wahr sein!

Ist es auch nicht, denn als ich die eine Mappe nochmal durchblättere, finde ich sie. Sie liegt ganz hinten. Gott sei Dank.

Die Uhr zeigt kurz vor halb, und ich beschließe, auf die Damentoilette zu gehen.

Die Damentoilette in der Königlichen Bibliothek ist nicht einfach eine Toilette. Sie ist etwas ganz Besonderes, und das Ausgefallenste daran ist, daß man zur eigentlichen Toilette ein paar Stufen hinaufgeht, genau wie bei einem Thron. Und die Trennwände und Türen sind aus Mahagoni. Sehr pompös. Bei der Modernisierung wurden Fliesen verlegt. Vorher waren die Wände nur gekalkt, und gekalkte Wände üben eine besondere Anziehungskraft auf Leute aus: Man kriegt Lust, sie zu bekritzeln. Es standen überwiegend die üblichen Klosprüche dran, aber einige waren anders, sie zielten auf den Oberbibliothekar oder den Direktor, wie sein Titel jetzt ist. Und jedesmal, wenn ich sie las – es waren drei –, habe ich darüber spekuliert, ob ein Angestellter oder ein Besucher sie verfaßt hat. Jetzt, wo überall Fliesen sind, stehen keine Sprüche mehr dran. Ich weiß nicht, ob das ein Fortschritt ist.

Ich gehe hinauf auf den Thron und wieder hinunter, ich wasche meine Hände und betrachte mich im Spiegel. Kein schöner Anblick. Ich beginne mit den Restaurierungsarbeiten. Zum Glück habe ich die ganze Schminkausrüstung dabei. Als ich beim Lidschatten angekommen bin und mich näher an

den Spiegel beuge, um besser sehen zu können, sehe ich ein Gesicht über meiner Schulter. Ein weißes, faltiges Gesicht, heftig geschminkt. Sie stinkt wie immer nach Fusel.
Nein, nicht jetzt, ich will jetzt nicht mit dir reden.
Warum willst du nichts von mir wissen?
Ich sage nichts, sondern denke, daß ich sie hasse. Das tue ich, seit ich zwölf bin, aber trotz meiner Haßgefühle läßt sie mich nicht in Ruhe. Sie taucht in den seltsamsten und unpassendsten Momenten auf, und obwohl ich sehr wohl weiß, daß nur ich sie sehen kann, und obwohl wir niemals laut miteinander reden – wir verstehen uns auch so –, kann ich ihre Aufdringlichkeit nicht ausstehen.

Ich lasse mir nichts anmerken, sie soll mich jetzt nicht belästigen. Ich muß meine Gedanken sammeln. Ich habe einen wichtigen Termin. Das andere Lid kriegt seine Farbe. Sie hat anscheinend verstanden, daß ich keine Zeit habe, denn sie ist wieder weg. Dann habe ich ein paar Sekunden lang ein schlechtes Gewissen, so wie üblich, und ich öffne – ich weiß nicht, zum wievielten Male – die Tür zu ihrem Zimmer im Krankenhaus, in das man sie eingewiesen hat.

Sie hatten die beiden anderen Patienten aus dem Zimmer hinaus auf den Gang geschoben, und da lag sie nun und rang nach Luft. Ihr Gesicht war gleichzeitig rot und weiß, und sie war weggetreten. Ihre eine Hand bewegte sich vor und zurück über die Bettdecke, als suchte sie nach jemandem, an dem sie sich festhalten konnte. Ich hätte sie nehmen können, aber ich tat es nicht.

Nach meiner Rechnung mußte es mindestens das fünfte Mal sein, daß sie versucht hatte, sich umzubringen, und jetzt wollte ich mich nicht länger benutzen lassen. Es war eine Art Erpressung, schien mir.

Ich ging hinaus, ich fuhr nach Hause, ich aß zu Abend, ich rief gegen halb neun im Krankenhaus an, und sie sagten mir ganz unbeteiligt und geschäftsmäßig, daß meine Mutter vor einer Stunde gestorben sei. So als würden sie mir mitteilen, sie sei bei einer Untersuchung oder gerade auf der Toilette.

Das Ergebnis meiner Make-up-Bemühungen ist nicht perfekt, aber unter den gegebenen Umständen wohl nicht besser hinzukriegen. Ich gehe wieder hinauf zu meinem Platz, noch zwölf Minuten bis zu unserem Treffen.

Woran *er* jetzt wohl denkt?

An die beiden Male mit uns? Mehr ist es nicht gewesen, denn er stand kurz vor der Abreise. Er hatte eine Gastprofessur an irgendeiner wahnsinnig renommierten amerikanischen Universität gekriegt und würde acht Monate wegbleiben. Wir verabredeten nicht, daß wir uns schreiben oder auf andere Weise Kontakt halten würden; ich hatte geglaubt oder vielmehr gehofft, daß er anrufen oder doch schreiben würde, aber das tat er nicht. Ich auch nicht, obwohl es mich in allen Fingern juckte, denn ich hatte natürlich mein Herz an ihn verloren, wenn auch nicht mein ganzes, aber doch ein großes Stück davon. Er hatte nichts dergleichen an mich verloren. Er war es so gewohnt. Ich war nur eines der vielen süßen jungen Dinger, die so liebenswürdig waren, sich von ihm flachlegen zu lassen. Er mochte uns, er amüsierte sich mit uns, aber mehr bedeuteten wir ihm nicht. Er hatte schließlich Familie.

Als er aus den USA zurück kam, war er freundlich, aber so distanziert, daß man nie geglaubt hätte, er habe jemals einen wichtigen Teil seines Körpers in meinen gesteckt oder vor Wollust in mein linkes Ohr gestöhnt.

Zwei Minuten nach elf sieht er zur Uhr hoch, schiebt den Stuhl zurück, steht auf, fährt sich durchs Haar – es ist auf genau die richtige sexy Art angegraut – und sieht zu mir hinüber. Er zeigt zur Uhr, ich nicke bestätigend, nehme meine beiden Ringmappen und gehe zur Tür. Dort treffen wir uns, er öffnet sie galant für mich, und wir gehen gemeinsam über den Steinfußboden und die Treppe hinunter. Keiner von uns sagt ein Wort.

An der Theke steht keine Schlange, wir nehmen uns jeder ein Tablett aus rotem Plastik.

«Was nimmst du?»

«Kaffee, bitte.»

«Wollen wir einen Kranzkuchen nehmen? Also ich nehme ein Stück.»

«Ich glaube, ich gönne mir eine Mohnschnecke.»

«*As you like it*, für mich jedenfalls Kranzkuchen. Übrigens habe ich in London nicht *As You Like It* gesehen, sondern eine hervorragende Aufführung von *The Tempest*. – Der Sturm», übersetzt er rasch, für den Fall, daß ich bei den vielen Schauspielen Shakespeares nicht die Originaltitel parat haben sollte. «Einfach herrlich. Sie sind so wahnsinnig gut, die Engländer. Sowas kriegen wir nie hin. In England müßte man leben. Die haben einen ganz anderen Horizont, sowohl gesellschaftlich als auch an den Universitäten.»

«Glaubst du wirklich, in Cambridge ist es besser? Oder meinetwegen in Oxford?»

«Davon bin ich überzeugt. Die sind nicht so kleinkariert. Womit verplempern wir denn unsere Zeit im Konzil? Mit Kleinkram. Wir kommen nie dazu, irgend etwas Wesentliches zu diskutieren. Pipifax, das ist es, was wir machen. Wenn man so etwas sieht wie den *Sturm*, kriegt man richtig Auftrieb. Die Kunst macht etwas mit einem, wenn sie eine solche Klasse hat. Du solltest mal rüberfahren. Wenn du kannst», fügt er hinzu. Plötzlich erinnert er sich an meine finanziellen Verhältnisse und wechselt den Gesichtsausdruck.

«Das kann ich mir im Moment nicht leisten. Meinst du nicht, ich sollte endlich fertig werden? Das hast du mir jedenfalls immer gepredigt.»

«Natürlich, klar, ich war nur dermaßen hingerissen, daß ich finde, alle sollten es sich ansehen. Nein, natürlich mußt du zusehen, daß du fertig wirst. Wollen wir uns da drüben hinsetzen?»

Kranzkuchen und Mohnschnecke werden verspeist, Victor wischt sich den Mund mit der Serviette ab, sieht mich an und sagt: «Du siehst bezaubernd aus, schön, dich zu sehen. Nun erzähl. Als wir uns das letzte Mal unterhalten haben, wolltest du dich gerade auf die letzte deiner gelehrten Damen stürzen. Ich verstehe immer noch nicht, warum du das Ganze nicht mit Sophie Brahe begonnen hast und deine Damen aus dem 18. Jahrhundert hast warten lassen.»

«Dann wäre ich nie weitergekommen, denn ich habe Probleme mir ihr. Na ja, nicht so sehr mit ihr, sondern mehr mit ihrer Zeit. Die kommt mir so schwierig vor. Ich begreife die religiösen Streitigkeiten nicht und die Dunkelheit, die sich herabsenkt. Ich kriege weder das eine noch das andere noch die Menschen richtig zu packen. Diese starrköpfigen, schwarzen Herren. Verstehst du, was ich meine? Und das ist wichtig. Ich denke, ich muß sie als Menschen verstehen. Ich begreife auch nicht, warum August der Starke von Sachsen sich da einmischt und warum sie ihn gewähren lassen. Wieso kann das einen solchen Einfluß auf die gelehrte Welt haben? Und einige der Texte sind ziemlich schwer. Die sind beinahe kryptisch. *Urania Titani*, das Gedicht, das Tycho Brahe an sie oder über sie geschrieben hat, ist fast nicht zu erschließen. Es wäre vielleicht einfacher, wenn sie es selbst geschrieben hätte.»

«Ich sehe nicht, welchen Unterschied das machen sollte. Ein Text ist ein Text...»

«...ist ein Text», ergänze ich. «Aber da ist noch etwas anderes, ich kann es manchmal nicht lassen, daran zu denken, was sie wohl gedacht hat, als sie herumreiste. Das beschäftigt mich. Du weißt ja, sie brach aus ihrem Leben auf in die Welt, um ihren Geliebten zu finden.»

«Ihren Geliebten?»

«Ja, genau. Erik Lange. Den Goldmacher.»

«Ach ja, jetzt erinnere ich mich. Du hast mir schon davon erzählt, ich hatte es nur vergessen.»

«Am meisten fasziniert mich, welche Gedanken und Gefühle sie bewegt haben, während sie über die matschigen Wege in Norddeutschland wanderte, in durchnäßten Kleidern, von –»

Victor macht ein Gesicht, als hätte er was in den falschen Hals gekriegt.

«Damit solltest du deine Zeit nicht verplempern. Diesen Luxus kannst du den Verfasserinnen von Trivialromanen überlassen... oder besser, den *mußt* du denen überlassen. Das ist nichts für eine seriöse Wissenschaftlerin. Und als solche willst du doch angesehen werden? Das war es, weswegen ich mich damals für dich eingesetzt habe, als du die Fondsmittel beantragt hast – und weswegen sie dir bewilligt wurden. Forschung ist eine Sache, ein Roman ist eine ganz andere, und solange es keine Quellen gibt, die dir solche Dinge belegen, solltest du deine Zeit nicht darauf verschwenden. Vergiß es, und konzentriere dich auf das Eigentliche: die Texte und ihren Kontext. Und jetzt laß uns zurückgehen. Ich habe schließlich nicht den ganzen Tag Zeit.»

Die Pikiertheit in seiner Stimme ist nicht zu überhören.

Dies ist nicht mein Tag, das kann man getrost sagen. Es ist sogar noch viel schlimmer, es ist ein Katastrophentag! Und zwar mit einem ganz dicken Ausrufezeichen.

Warum habe ich meine elende Klappe nicht gehalten? Warum in aller Welt habe ich herausposaunt, daß es mich beschäftigt, was sie gedacht hat? Es hätte mir von vornherein klar sein können – und müssen –, daß er so reagiert. Ich bin wirklich eine blöde Kuh.

Die Erkenntnis meines Fehltritts – womit ich nicht die lauwarme Affäre mit ihm meine, sondern daß ich ihn in meine Phantasien eingeweiht habe –, bringt mich dazu, meine Fingernägel abzukauen. Einen nach dem anderen, außer dem kleinen rechten Finger, denn den habe ich mir schon heute vormittag abgekaut. Ich beiße sorgfältig und langsam darauf herum und spucke jeden Splitter mit Nachdruck auf den grünen Nadelfilzteppich des Lesesaals.

Anschließend gestatte ich mir, zu ihm hinüber zu schauen. Er sitzt dekorativ in ein Buch versunken da. Den Stuhl etwas vom Tisch abgerückt und die Beine gemütlich gekreuzt. Er hat mich schon wieder vergessen.

Mein Seufzen läßt den Jurastudenten am anderen Ende des Tisches aufblicken. Er sieht mich einen Moment verwundert an.

Wenig später bin ich wieder bei der Arbeit. Ich fange an einem Punkt an, bei dem ich nicht sehr tief nachdenken muß: meinen Notizen. Man könnte sie sicherlich unter die Rubrik «Holterdipolter» einordnen. Wahrscheinlich habe ich das Projekt bis zum Stehkragen satt, weil ich mir diese Disziplinlosigkeit durchgehen lasse. Ich muß mich zusammenreißen. Ab sofort keine Schlenker mehr, kein Ausweichen auf Sophie, keine nächtlichen Schatten, nur noch solide Überlegungen auf der Basis echter Quellen und ein vernünftiger Zeitrahmen. Mein Kalender? Ich wühle auf meinem Tisch herum, da fällt mir ein, daß er draußen in der Tasche im Garderobenspind liegt.

Ich hole ihn. Jetzt werden Nägel mit Köpfen gemacht. Der heutige Tag hat mir ernsthaft klargemacht, daß es *so* nicht weitergeht, sondern nur anders. Auf die ordentliche Art.

Was haben wir heute? Den 13. Oktober. Das habe ich ja schon einmal aufgeschrieben. Wenn ich nun hier drinnen sitze und den halben Tag lese, von neun bis dreizehn Uhr, und anschließend gleich nach Hause gehe und die zweite Hälfte des Tages schreibe und am Abend noch Notizen mache, wann könnte ich dann fertig sein?

Wieviel Zeit brauche ich für Sophie? Zwei Wochen? Wenn ich jeden Tag zehn Stunden arbeite, einschließlich Samstag, müßte ich eigentlich in drei Wochen fertig sein können. Soll ich realistisch sein und mir selbst vier Wochen zubilligen? Das wäre dann der 11. November. Was war noch gleich am 11. November? Da war irgendwas, wir hatten das doch in der Schule. Irgendwas, worüber sie mit ernsten Stimmen gesprochen haben, irgendwas mit Soldaten. Ende des Ersten Weltkriegs. Genau, das war es. Damals hieß das nur «der Weltkrieg». Ja, am 11. November muß der Text stehen. Anschließend die Fußnoten, die Quellenverweise und das Layout. Zum Schluß müssen auch noch die holperigen Formulierungen ausgebügelt werden. Nicht komplett, sonst merkt der Gutachter nicht, daß es eine echte Forschungsleistung ist. «Staubtrocken» muß es sein, wie es der uralte Dozent, den wir

mal hatten, ausdrückte. Wieviel Zeit soll ich mir selbst dafür geben?
Ich sehe, wie meine Hand 31. Dezember, 24 Uhr schreibt. Nicht 0.00 Uhr, sondern 24.00 Uhr, wenn die bei uns eigentlich verbotenen Knallkörper losgehen, wird mein Werk, DAS WERK, endlich abgeschlossen sein. Da gibt es gar keinen Zweifel.
Ablieferung gleich nach den Weihnachtsferien, und dann werde ich, Lina mit dem verworrenen Leben, ein geachtetes Mitglied der wissenschaftlichen Gilde sein!
Stopp! Bin ich noch ganz dicht? Den Leuten ist es doch völlig wurscht, ob ich jemals fertig werde. Einzig und allein meiner befleckten Ehre und unauslöschlichen Eitelkeit wegen will ich endlich fertig werden. Nur meinetwegen und wegen niemandem sonst will ich mich anstrengen, den Mist bis zum 31. Dezember um Mitternacht fertig zu haben. Vielleicht sollte ich mir einen der verbotenen Knallkörper besorgen und ihn abfeuern? Vergiß es, Lina, du traust dich ja nicht mal, die Lunte von so einem Teufelsding anzuzünden.
Vielleicht sollte ich den Zeitplan sauber abschreiben, mit Angaben dazu, was ich in den jeweiligen Wochen geschafft haben will? Und ihn im Copyshop vergrößern und irgendwo hinhängen, wo ich ihn jeden Tag sehe. Im Badezimmer, gegenüber der Toilette? Da würde ich ihn nicht übersehen können.
Morgen fange ich an, so wahr ich Lina heiße, und von jetzt an ist es verboten, auf *diese* Weise an Sophie zu denken. Schluß damit. Ich greife zu den Quellen. Von jetzt an keine Schlenker mehr.
Ein paar Stunden später sage ich mir, nun ist es genug. Erst ab morgen soll der Zeitplan gelten. Heute ist noch ein normaler Tag. Ein ganz gewöhnlicher, verwirrter Lina-Tag.
Ich packe zusammen, liefere den Stapel Bücher am Tresen ab, nehme meinen verknitterten, klammfeuchten roten Mantel, und als ich die Treppe hinuntergehe, sehe ich Victor, im Schlepptau einen weizenblonden Pferdeschwanz, durch die

Drehtür gehen. Ich sehe eine Hälfte seines lächelnden Mundes, bevor das Drehkreuz ihn und den Pferdeschwanz nach draußen katapultiert.

Die Kontrolle braucht eine Ewigkeit, bis sie meine Tasche gefilzt hat, denn wie üblich leuchtet es rot auf, als ich auf den Zufallsgenerator drücke, der entscheidet, ob man überprüft wird oder nicht. Das passiert mir nicht nur oft, sondern jedes verdammte Mal. Das ist mein Schicksal.

Draußen auf der Treppe sehe ich Victor und den wippenden Pferdeschwanz mit Kurs auf die Arkaden des Rigsarkivet in der Oktoberdämmerung verschwinden.

Eifersucht ist ein ekelhaftes Gefühl.

8

Es ist nicht einfach, sich zu ernähren, wenn man nicht laufen kann. Dank meines Nachbarn, der mir ein paar Sachen mitbrachte, kam ich einigermaßen klar, aber es gab natürlich Grenzen für das, was ich ihm zumuten konnte. Und so war mein Vorrat nach und nach zusammengeschmolzen – auch an Tee, gar nicht zu reden von ausgefalleneren Sachen.

Meine Mutter machte sich natürlich Sorgen und rief mich jeden Tag an, nicht aus Gentofte, sondern aus Nyborg, wo sie und mein Vater jetzt wohnen. Sie sind dorthin gezogen, als mein Vater in Rente ging. Ich glaube eigentlich nicht, daß sie zu dem Zeitpunkt schon Lust hatte, mit ihrer Arbeit aufzuhören, aber sie tat es und stellte sich, als die gute Ehefrau, die sie nun einmal ist, darauf ein, eine gute Rentnersfrau zu sein.

Warum sie sich für Nyborg entschieden, weiß ich nicht, und ich habe es nie ganz verstanden. Nyborg! Aber es hing sicher damit zusammen, daß es dort schön ist. Oder war es die reinliche Gemeinde, die meinen Vater dorthin zog? Vielleicht freute er sich über ihren Anblick, ohne für die Reinhaltung verantwortlich zu sein. Wie auch immer, die meiste Zeit verbringt er damit, an dem langweiligen Haus herumzupusseln, das sie in einer langweiligen Wohnstraße gekauft haben, und mit dem Golfspielen. Erst glaubte ich nicht, daß Golf etwas für ihn wäre und daß er, der etwas zurückhaltende Mann, sich eine Ausrüstung für mehrere tausend Kronen kaufen würde. Aber das tat er, und meine Mutter findet es prima, denn so ist er fast jeden Vormittag weg, und das paßt ihr ganz ausgezeichnet. Ich glaube, daß sie ihn manchmal ganz gerne los ist.

Sie kannten niemanden in Nyborg, als sie dorthin zogen, und ich habe den Eindruck, daß sie jetzt, zwei Jahre später, immer noch nicht sehr viele Leute kennen. Dafür vermißt meine Mutter Kopenhagen und ihre Freundinnen – und ihre Arbeit –, während mein Vater sich sauwohl fühlt und es jedem erzählt, ob der es hören will oder nicht, daß man nichts Besseres tun kann, als in Rente zu gehen, und daß Nyborg im ganzen Land der schönste Ort ist, in dem man wohnen kann.

Am Morgen nachdem ich die letzten Lina-Ergüsse gelesen hatte, rief meine Mutter mich frohgestimmt an und sagte, jetzt würde sie mich *endlich* einmal besuchen. Sie habe geträumt, es ginge mir furchtbar schlecht. Ich konnte sie nicht aufhalten, und so klingelte sie nachmittags an meiner Tür, auf dieselbe Art, wie sie immer klingelt, nämlich dreimal kurz. Ich glaube, sie meint, daß es Überschwang und ein freudiges «Hier-bin-ich» signalisiert.

Sie sei erschüttert, wie schlecht ich aussehe, sagte sie, aber jetzt würde sie erst mal für Ordnung sorgen und sich darum kümmern, daß ich etwas Anständiges zu essen bekäme, denn das hätte ich doch sicher lange nicht?

Es wäre gelogen zu behaupten, daß ich es nicht herrlich fand, umsorgt zu werden, genau wie damals als kleiner Junge, wenn ich Mandelentzündung oder Grippe hatte.

Sie stürmte in die Stadt und kam mit großen Einkaufstüten zurück. Sie riß den Staubsauger aus dem Schrank und rauschte beinahe selig durch meine Zimmer. Hin und wieder hörte ich durch das Brummen des Staubsaugers irgendwas von wegen Unordnung und wie sehr man doch sehen könne, daß hier eine weibliche Hand fehle. Und sie hatte vollkommen recht. Meine Haushaltspflegekraft ist ein Mann, dem es mehr auf Schnelligkeit als auf Gründlichkeit ankommt. Aber das macht mir eigentlich nichts aus, ich bin nicht so furchtbar penibel.

«Was ist mit den Sachen hier? Wo soll ich die hinlegen?»

Sie hatte ein paar von Linas Ordnern auf dem Arm.

«Leg sie einfach in das kleine Zimmer. Ach nein, da sollst du ja schlafen. Leg sie hier auf den Tisch.»

«Die sehen ja nicht gerade schön aus. Nein, die sind in meinem Zimmer besser aufgehoben. Sind das Akten?»

Meine Mutter sagt «Akten» auf eine spezielle Art, die verrät, daß sie ziemlich stolz auf den Beruf ihres Sohnes ist. Dafür gibt es wirklich keinen Grund, denn Anwälte sind und bleiben nun mal die Müllwerker der menschlichen Gemeinschaft – Leute, die sich um die eher schmuddeligen Angelegenheiten unserer Gesellschaft kümmern.

«Nein», sagte ich. «Die haben jemand anderem gehört. Kannst du dich an Lina erinnern?»

Sie dachte einen Augenblick nach.

«Warte mal. War das nicht die... die... das etwas sonderbare Mädchen? Versteh mich nicht falsch, sie war wirklich ganz reizend. Aber...»

Meine Mutter konnte natürlich nicht begreifen, wie eine Frau ihrem Sohn einen anderen Mann vorziehen konnte, obwohl es ihr bestimmt sehr recht war, daß mich noch keine «geschnappt» hatte. Ich war irgendwie immer noch «der Ihre».

«Ja, Lina. Du weißt, daß...?»

«Lieber Himmel, ja. Entschuldige. Sie ist ja gestorben. Das hat dich sehr mitgenommen, ja, daran kann ich mich gut erinnern. Wie lange ist das jetzt her?»

«Ein halbes Jahr, nein, sieben Monate, glaube ich.»

«Woran ist sie gestorben?»
«Das weiß keiner so genau. Vielleicht hat sie Selbstmord begangen, vielleicht...»
«Vielleicht was?»
«Ach nichts. Lina starb ganz plötzlich, und das war und ist unheimlich tragisch. Sie fehlt mir sehr, damit du es nur weißt.»
«Das weiß ich, mein Junge. Ich merke es dir an. Die Art, wie du ihren Namen aussprichst, sagt mir alles.»
O Herr, gib mir Kraft, dachte ich. Mütter sind nur in sehr kleinen Portionen genießbar, nämlich in Form von Telefonaten, die höchstens sechs Minuten dauern.
Ich riß mich zusammen.
«Ich habe ihre Unterlagen geerbt. Da sitze ich jetzt dran. Sie sind wirklich sehr spannend. Sie war beinahe fertig mit einer wichtigen Arbeit über ein paar gelehrte Frauen aus vergangenen Zeiten.»
«Gelehrte Frauen? Hab ich noch nie was von gehört.»
«Das waren Frauen, vor allem adelige Frauen, die Bücher sammelten, als Bücher noch selten und teuer waren, die fremde Sprachen lernten und sich für komplizierte Themen interessierten, zu einer Zeit, als Gelehrsamkeit und Wissen einzig den Männern vorbehalten war.»
Ich war ganz stolz auf mich, und ich hatte das Gefühl, daß Lina irgendwo hier war und mir aufmunternd zulächelte.
«Bestimmt interessant», antwortete meine Mutter. «Es gibt sicher viele Dinge, von denen man nichts weiß. Soll ich uns einen Kaffee machen?»
Als ich nicht protestierte, eilte sie in die Küche, und zehn Minuten später saßen wir zusammen und aßen von ihren selbstgebackenen Keksen, die sie mitgebracht hatte. Sie hatte auch zwei Gläser selbst eingekochte Brombeerkonfitüre dabei, weil ich irgendwann vor ewig langer Zeit mal gesagt hatte, daß ich gerne Brombeeren mag.
Während wir so dasaßen, fiel mir plötzlich ein, daß Karen-Lis morgen kommen würde. Ich wollte ihr furchtbar ungerne

absagen, aber ich wollte auch nicht, daß meine Mutter dabeisaß und hörte, was sie über Lina zu erzählen hatte.

«Mama, hast du nicht Lust, dir ein schönes Theaterstück anzusehen, wo du schon mal hier bist?»

«Nein, ich möchte gerne mit dir zusammensein, es ist schon *so* lange her, seit wir das letzte Mal richtig miteinander gesprochen haben. Nur du und ich. Es gibt *so* viel zu –»

«Ja, aber das können wir doch immer noch machen. Gib mir doch gleich mal die Zeitung. Ich glaube, es gibt bestimmt etwas, das dir gefällt.»

Ich blätterte.

«Ja, sieh mal hier. Wie wär's mit der *Fledermaus* im Neuen Theater? Hättest du dazu nicht Lust? Das Theater ist frisch renoviert. Ist richtig schön geworden.»

«Na ja...» Sie zögerte. «Lust hätte ich eigentlich schon, ich habe einen Ausschnitt im Fernsehen gesehen, von der Premiere, und es schien sehr amüsant zu sein. Aber was ist mit dir?»

«Ach du, ich komme schon zurecht, und außerdem kommt morgen jemand, der mit mir etwas besprechen will.»

«Ich dachte, du bist krankgeschrieben? Können sie dich nicht einmal in Ruhe gesund werden lassen?»

«Man muß doch ein bißchen was zu tun haben. Sonst dreht man noch durch. Ich jedenfalls. Hast du keine Lust?»

«Doch, schon», kam es zögernd. «Wenn du meinst.»

«Fein, ich werde gleich mal hören, ob es noch Karten gibt.»

Ich griff zum Telefon, und nach ein bißchen Hin und Her hatte ich eine Karte in der dritten Reihe ergattert.

«Ach, darüber freue ich mich. Das ist ganz lieb von dir, Carsten. Jetzt mache ich erst mal ein paar gute Frikadellen, die ißt du doch so gerne. Und außerdem bleibe ich ja noch ein paar Tage.»

Karen-Lis war schmaler im Gesicht geworden, seit ich sie zuletzt gesehen hatte, und sie sah ziemlich müde aus. Nein, vielleicht nicht müde, sondern eher angespannt.

Karen-Lis ist ein Jahr älter als Lina und ich. Eine große Blonde mit üppigen Brüsten und einem runden, ausladenden Hintern. Sie sieht ein bißchen aus wie eine moderne «Mutter Dänemark», nur daß ihr die langen Zöpfe fehlen. An dem Abend hatte sie allerdings nicht viel von einer Mutter Dänemark an sich.

Meine Mutter hatte eine kalte Platte gemacht, wie sie es nannte, und ich hatte noch eine Flasche Chablis gefunden.

«Du hast viel zu tun?» fragte ich, während ich den Korkenzieher in den Korken der beschlagenen Flasche drehte.

«Im Moment läuft ein großes Screening-Programm. Alle Frauen über fünfzig sind aufgefordert, sich röntgen zu lassen. Und obwohl ziemlich viel darüber geschrieben worden ist – von wegen unnötige Krankheitsängste schüren und sowas –, kommen sie nur so geströmt. Die meisten aus Überzeugung oder auch weil sie sich nicht abzulehnen trauen. Die meisten glauben in dem Zusammenhang wohl an so was wie Nemesis.»

«Wieso das?»

«Stell dir vor, du als Frau würdest ein Mammakarzinom kriegen, Brustkrebs also, dann würdest du dir doch die schlimmsten Vorwürfe machen, daß du vielleicht hättest gerettet werden können, wenn du rechtzeitig zum Röntgen gegangen wärst. Wir wollen doch alle möglichst lange leben.»

«Ach so», sagte ich, denn was hätte ich auch sonst sagen sollen. Ich fühlte mich irgendwie außen vor. «Ist das interessant?» versuchte ich es dann.

«Na ja, was heißt interessant. Manchmal hat man echt genug von Brüsten. Wir sehen sie in allen Formen und Größen. Manche sehen aus wie dicke Würste, wenn wir sie zwischen die Glasplatten gepreßt haben, andere wieder sind so klein, daß man sie fast gar nicht festgemacht kriegt. Einige haben Warzenhöfe so groß wie Dessertteller, während die von anderen klitzeklein sind. Und die Farben sind auch alle verschieden. Auf die Art ist eine Menge Abwechslung dabei, aber auf Dauer gesehen kann man es schon satt kriegen.»

Ich hatte Schwierigkeiten, mir diese unzähligen Brüste vorzustellen, von denen sie sprach, und begnügte mich damit, die ihren zu betrachten und zu denken, was für viele verschiedene Arten von Jobs es doch auf der Welt gab.

Wir aßen und tranken, und langsam verlor sie den angespannten Ausdruck.

«Ich mache uns einen Kaffee», sagte sie und verschwand mit unseren Resten in der Küche. «Ich stelle die Sachen in den Kühlschrank. Ist noch genug übrig für morgen.»

Nach dem ersten Schluck Kaffee sagte sie: «Wir sollten vielleicht langsam auf das Thema kommen, weswegen ich heute hier bin. Zu dem komischen Brief, den ich gekriegt habe. Warte mal, ich hole ihn.»

Der Brief war ein großer, gefütterter Umschlag, der schon ein paarmal gebraucht war, wie ich sehen konnte, mit schwedischen Briefmarken und Poststempeln, die unmöglich zu entziffern waren. Name und Adresse von Karen-Lis waren mit großen Blockbuchstaben geschrieben. Ob es Linas Handschrift war, konnte ich nicht sagen.

«Darf ich mal sehen?» fragte ich und öffnete den Umschlag.

«Natürlich», sagte sie.

Ich steckte eine Hand hinein, und eine Spreizklammer, die noch drinnen steckte, riß mir die Haut auf, so daß sie blutete. Ich holte ein paar Papiere heraus und legte sie vor uns auf den Tisch.

Soweit ich sehen konnte, waren es ein paar richtig alte Dokumente. Briefe. Ja, es waren Briefe. Und ein paar krakelige Notizen, die ich nicht lesen konnte.

«Kannst du erkennen, was das ist?» fragte Karen-Lis. «Ich kann das nicht, aber für jemanden wie dich dürfte das wohl kein Problem sein.»

Alles zusammen war in einer Handschrift geschrieben, die ich kaum entziffern konnte. Aus den einzelnen Wörtern, die ich lesen konnte, ging hervor, daß sie in einem uralten Dänisch abgefaßt waren. Einer so alten Form, daß ich überhaupt nichts verstand.

«Hm», sagte ich überaus geistreich. «Sieht kompliziert aus. Hast du irgendwas davon verstanden?»

«Nicht die Spur, deshalb bin ich zu dir gekommen. Ich begreife eigentlich überhaupt nichts, weder von dem, was auf den Blättern hier steht, noch warum die jetzt auftauchen. Warum um Himmels willen ist dieser Umschlag an mich geschickt worden? Und war es Lina, die ihn adressiert hat? Es muß eigentlich so sein, denn wer in Schweden sollte mich kennen? Ich kenne jedenfalls keinen außer Carl Bildt, den Langweiler, und Pippi Langstrumpf.»

«Wann hast du das letzte Mal von Lina gehört?»

«Ich habe mir schon gedacht, daß du das fragen wirst, aber ich habe es mir tatsächlich aufgeschrieben. Hier steht's.» Sie zog einen kleinen, geblümten Kalender aus der Tasche. «Das war am 19. November. Ich erinnere mich noch genau. Es war wunderbares Wetter an dem Tag, das Novemberlicht ist etwas ganz Eigenartiges, und das Licht an dem Tag fiel mir auf. Mein Telefon steht auf der Fensterbank, und ich betrachtete die schrägen Sonnenstrahlen, während sie erzählte.»

«Was hat sie gesagt?» fragte ich wohl unnötigerweise.

«Sie sagte, daß jemand hinter ihr her wäre...»

«Hinter ihr her? Sie muß nicht ganz richtig im Kopf gewesen sein. Es ist doch niemand hinter einem her. Nicht hier bei uns.»

«Ich konnte mir das ja auch nicht vorstellen und fragte natürlich, wer denn dieser *Jemand* sei, aber darauf antwortete sie nicht. Sagte nur, sie sei sicher, daß ihr Telefon abgehört werde und daß man sie beschatte...»

«Beschatte...?»

«Ja, das hat sie gesagt. Sie war völlig durchgedreht. Oder soll ich lieber sagen, ihr ging es schlecht? Auch ihre Stimme war anders, tot irgendwie, glanzlos. Du weißt, ihre Stimme war immer hell, und das war sie nicht mehr.»

«Stand sie unter Drogen?»

«Komisch, daß du das fragst, denn das hab ich damals auch gedacht, ob sie vielleicht irgendwas genommen hat.»

«Was wollte sie denn eigentlich von dir?»

«Weiß ich nicht. Später habe ich gedacht, ob sie sich vielleicht von mir verabschieden wollte.»

«Verabschieden?»

«Ja, sie war überzeugt, daß ihr etwas passieren würde. Ich war einen Nachmittag kurz vorher bei ihr gewesen. Sie rief mich an und sagte, sie hätte Grippe und könnte nicht raus und ob ich ein paar Sachen für sie einkaufen würde. Das habe ich natürlich gerne gemacht, aber besonders krank wirkte sie eigentlich nicht. Mir schien eher, als ob sich sich nicht traute, nach draußen zu gehen. Und ein paar Tage später rief sie an und sagte auf gewisse Weise Lebewohl. Also sie sagte es nicht direkt, sondern ‹mach's gut›, und ‹paß auf dich auf›. So was sagte sie sonst nie. Sonst sagte sie immer nur ‹bis dann› und legte gleich auf.»

«Und jetzt hast du also ein Zeichen von ihr bekommen.»

«Ja, aber ich verstehe die Botschaft nicht. Tust du es?»

«Ich begreife gar nix, und ich verstehe auch nicht, was in diesen Papieren steht.»

«Glaubst du trotzdem, daß du sie entschlüsseln kannst, wenn du dich eine Weile damit beschäftigst? Als Jurist bist du doch daran gewöhnt, rätselhafte Texte zu lesen. Und ich kann das nicht. So was lernt man als einfache Radiologin nicht.»

«Ich will es gerne versuchen, aber ich bin auch nicht darin ausgebildet, derartig alte Texte zu verstehen. Die Jütischen Gesetze haben wir auf Neudänisch gelesen, und seitdem habe ich nichts mehr gelesen, das vor 1960 verfaßt wurde.»

«Ach wirklich? Aber sieh sie dir trotzdem gleich an, ja? Und was sollen wir tun, oder können wir überhaupt etwas tun?»

«Wir werden keinen Finger rühren. Das hier sieht im Moment natürlich noch alles rätselhaft aus, aber da ich nicht an Wunder glaube, muß es eine logische Erklärung geben, sowohl für den Brief als auch für die Tatsache, daß du ihn gerade jetzt kriegst. Den hat nicht der Himmel geschickt, soviel steht fest. Der hat es aufgegeben, mit uns zu korrespondieren. Das

letzte Mal war wohl die Sache mit Moses, und das ist bekanntermaßen schon ein paar Tage her.»
«Meine Einstellung dazu ist ein bißchen anders», sagte sie.
«Aber erzähl mir doch, wann du denn das letzte Mal mit ihr gesprochen hast. War das auch im November?»
Shit. Ich hatte gehofft, daß sie diese Frage nicht stellen würde, aber natürlich stellte sie die. Sie lag ja auch auf der Hand.
«Es ist ein bißchen seltsam, tja, das meiste in der Phase war seltsam und –»
Just in dem Moment hörte ich die drei fröhlichen Klingelzeichen meiner Mutter.
«Ach», sagte ich. «Das muß meine Mutter sein. Sie war im Theater. Sie hat keinen Schlüssel. Würdest du vielleicht...»
Karen-Lis öffnete, und kurz darauf hörte ich, wie sie sich begrüßten.
«Carsten, es war wunderbar. Einfach wunderbar. Ich glaube, das war die beste *Fledermaus*, die ich jemals gesehen habe. Einmal habe ich eine gesehen mit Hans Kurt in einer der Hauptrollen, ich hab vergessen, was er gespielt hat. Im Nørrebros Theater. Damals haben sie ständig solche Stücke da draußen gespielt, flotte und lustige Sachen. *Steuermann Karlsens Bräute* hieß eins, kann ich mich erinnern. Mit Poul Reichhardt. Aber das hier war auch entzückend. Sie haben so schön gesungen.»
Sie hielt plötzlich inne.
«Ach Entschuldigung, störe ich euch vielleicht? Ihr wolltet ja Fälle besprechen, nicht wahr?»
«Wir sprechen über einen ganz bestimmten Fall», sagte ich.
Meine Mutter sprang auf wie von der Tarantel gestochen.
«Entschuldigung vielmals, ich störe, ich werde gleich –»
«Sie stören nicht im geringsten», unterbrach Karen-Lis sie. «Und außerdem ist es schon spät. Ich muß auch sehen, daß ich heimkomme. Wir können an einem anderen Tag weiterreden, Carsten. Sieh dir die Papiere an, vielleicht kriegst du ja

etwas raus. Ruf mich aber auf jeden Fall an. Ich bin ziemlich gespannt, auch wenn es an den Tatsachen nichts mehr ändert. Gute Besserung für dein Bein, Carsten. Ruf an, wenn ich was für dich tun kann. Einkaufen zum Beispiel.»

Sie verschwand unter einem Schauer von Abschiedsfloskeln meiner Mutter.

«Das ist ja eine ganz Nette. Habe ich sie schon mal gesehen?»

«Ich glaube nicht. Sie ist eine gemeinsame Freundin von Lina und mir. Eigentlich von Lina, aber ich habe sie dann später auch kennengelernt.»

«Habt ihr von Lina gesprochen?»

«Ja, Mama, das haben wir», sagte ich und legte eine derartige Kälte in meine Stimme, daß sie nicht weiter zu fragen wagte.

Heute will ich zu Hause bleiben und aufräumen. Morgen kommt Frau Pedersen, und bevor sie ihren wöchentlichen Wirbel veranstaltet, räume ich immer ein bißchen auf. Meistens bin ich weg, wenn sie kommt, denn sonst verquatschen wir bloß die meiste Zeit. Sie hört sich gerne selbst reden, deswegen quasselt sie fast ohne Unterbrechung. Meistens über die Zeit, als ich noch klein war, als meine Mutter «ihre gute Zeit» hatte, und über meinen herrlichen Vater. Über die lustigen Tage.

Ich bin mal gespannt, wie lange Frau Pedersen noch durchhält. Ihre eine Hüfte ist wohl nicht in Ordnung, aber sie will nicht zum Arzt gehen. «Die haben ja doch keine Ahnung», erzählt sie mir immer. Nein, sie hat sich Tropfen aus der Drogerie besorgt, die würden schon helfen.

Ich kann mir Frau Pedersen natürlich überhaupt nicht leisten, aber ich bringe es nicht fertig, ihr das zu sagen. Sie ist immer ein Teil meines Lebens gewesen. Ich kann mich an die Zeit vor ihr gar nicht erinnern.

Wenn ich aufgeräumt habe, werde ich in den Lesesaal gehen, aber erst nach dem Mittagessen. Ein Stück Knäckebrot hier zu Hause ist nämlich billiger als die Kantine der Königlichen Bibliothek. Sie haben eine sehr gute Kantine, viel besser als die Mensa in der Universität, aber natürlich ist es da teurer als in meinen bescheidenen vier Wänden. Außerdem gibt es hier garantiert keine Verlockungen.

Mir fällt gerade ein, ich werde Carsten heute abend anrufen und ihm von meinem neuen disziplinierten Leben mit Arbeits- und Terminplan berichten. Das wird ihn freuen, denn er sitzt mir im Nacken, warum ich nicht schon lange fertig bin. Er selbst ist so ein pflichtbewußter guter Junge, hält immer alle Termine ein und ist so ordentlich, daß er seine Unterlagen sogar in Schnellheftern abheftet, was ich noch nie geschafft habe. Aber jetzt habe ich mir selbst ja auch vorgenommen, Ordnung zu halten, und mein Ringmappen-Projekt wird sich bestimmt mit seinen ordentlichen und peniblen Mappen messen können.

Ich glaube, es war sein Hang zur Pedanterie, der mich veranlaßt hat, mit ihm Schluß zu machen. Und dann seine Mutter. Sie war schrecklich. Nicht, daß sie mir direkt was getan hätte, es war eher die Art, wie sie mich angesehen hat. Sie rechnete mit dem Schlimmsten, das konnte ich sehen. Ich hatte zum Schluß das Gefühl, daß es ernst werden könnte und daß sie zu den Schwiegermüttern gehört, die sich in alles einmischen, von der Frühstücksmarmelade bis zum Windelwechseln. Ich hätte mir ihretwegen vielleicht nicht so viele Sorgen machen müssen, denn Carsten erzählte, daß seine Eltern nach Nyborg gezogen waren. Deshalb hätte es vielleicht gereicht, Fünen zu meiden. Karen-Lis mußte sich das alles anhören. Wir haben stundenlang über sie geredet. Karen-Lis meinte, das könnte man schon hinkriegen, solange die Liebe nur groß genug sei. Karen-Lis hatte ja auch gut reden, sie hatte zur selben Zeit einen wahnsinnig tollen Typen – ohne angehängte Mutter.

Nach Carsten hatte ich mehrere Beziehungen. Keine davon

hat lange gehalten. Vielleicht tauge ich überhaupt nicht dazu, einen Partner zu haben. Auf der anderen Seite... Ich tauge auch nicht dazu, alleine zu sein, und ich bin sicher, daß ich nicht lesbisch bin. Ich habe es einmal ausprobiert, auf einem Fest, wo ein Mädchen war, das absolut was mit mir anfangen wollte, aber es war nicht besonders lustig. Oder besser gesagt, es war nichts für mich. Nein, ich bin ganz gewöhnlich hetero, ich kriege es nur nicht gebacken. Vielleicht hätte ich bei Carsten bleiben sollen. Ich hätte seiner Mutter ja irgendein Gift geben können. Davon hat man ja schon öfter gehört.

Jetzt passiert mir das schon wieder, das ist eine absolute Schwäche von mir, daß ich an etwas völlig anderes denke, als ich eigentlich sollte. Ich muß, wenn ich aufgeräumt habe, mein Quellenverzeichnis durchsehen, bevor ich wie gesagt in die Bibliothek will. Hauptsache, ich kriege einen Platz. Nachmittags ist immer schwer einer zu kriegen.

Es war ein Platz frei am Ende eines der großen Tische. Da ist es nicht ganz so angenehm wie an den regulären Plätzen, aber man ist weitgehend ungestört. Ich habe ein paar neue Bücher dabei, das heißt solche, in die ich bisher nicht hineingesehen habe und die aus der Sekreta-Abteilung kommen. Einer der tüchtigen Bibliothekare hat mir neulich erzählt, daß ein Teil dieses Buchbestandes ursprünglich von Eriksholm stammt, Sophie Brahes Gutshof; und nicht genug damit, einige der Bücher sollen der Überlieferung nach sogar ihr gehört haben.

Das erste ist ein Gebetbuch von 1583. Es erheitert mich ein wenig, als ich sehe, daß es fast ungebraucht ist. Es war nicht gerade dieses Buch, in dem sie viel geblättert hat.

Das nächste ist Anders Sørensen Vedels *Antichristus Romanus. Leben und Thaten der Päpste Roms, von der Apostel Zeit bis zum Jahre 1571.* Ebenso wie das vorherige ist es in Pergament eingebunden, das mit der Zeit bräunlich geworden ist. Es hat keine Goldprägung, sondern schwarze Schrift auf dem Rücken.

Ich blättere darin herum. Dieses ist zum Ausgleich häufig

gebraucht. Müde schließe ich es wieder und sitze aus irgendeinem Grund da und streiche mit der Hand über seinen Rücken. Es ist angenehm anzufassen. Meine Hand streicht ein paarmal vor und zurück, und ich stutze, als ich irgendwie eine Erhöhung oder eher Verdickung im Einband fühle. Ich schlage es wieder auf und schaue mir den Inneneinband an. Dann vergleiche ich ihn mit dem vorderen Innendeckel. Ja, da ist ein Unterschied. Die Verdickung, die ich gespürt habe, ist tatsächlich vorhanden. Ich öffne und schließe das Buch ein paarmal und lasse meine Finger prüfend über den Einband gleiten. Da *ist* ein Unterschied zwischen Vorder- und Rückendeckel. Der hintere ist anders.

Ich öffne es erneut und sehe, daß da ein Riß oder eine Öffnung zwischen dem Papier auf der Innenseite und dem steifen Deckel ist. Ich traue mich nicht, etwas anderes zu tun, als zu schauen. Wenn ich anfangen würde, Papier und Deckel voneinander zu trennen, würde ich für alle Ewigkeit aus dem Lesesaal verwiesen werden. Was soll ich also tun? Nach Hause mitnehmen kann ich es nicht, denn Bücher, die älter als hundert Jahre sind, kann man nicht ausleihen. So sind die Regeln, und die sind wohl auch ganz vernünftig. Aber gerade jetzt paßt mir das gar nicht, denn ich habe das unbedingte Gefühl, daß etwas im Einband verborgen liegt. Etwas, das ich einfach *haben* muß.

Wie viele Aufseher sitzen an diesem Nachmittag vorne am Tresen? Zwei, wie üblich. Ich beschließe, daß ich in dem Moment, wo einer aufsteht und weggeht, mein Buch unter dem Pullover versteckt nach draußen schmuggeln werde. Ich versuche es. Das hört sich nicht besonders einfallsreich an, aber es müßte gehen.

Es ist ungewöhnlich ruhig an diesem Tag. Fast niemand kommt oder geht, und deshalb gibt es auch kein Gedränge am Tresen. Eine knappe Stunde vergeht. Ich tue so, als ob ich lese, aber die meiste Zeit schaue ich zu den beiden Männern, die da vorne am Tisch sitzen und mit Kleinkram beschäftigt sind.

Plötzlich tut sich etwas. Die Leute fangen an aufzubrechen, wahrscheinlich wollen sie zum Abendessen nach Hause. Andere kommen hastig herein, offenbar auf dem Heimweg von der Arbeit, aber sie wollen nur kurz etwas nachschauen. Sie sind vom heiligen Geist der Wissenschaft gepackt, wie ich sehen kann.

Da nehme ich all meinen Mut zusammen. Stecke das Buch unter den Pullover und gehe zielbewußt zur Tür, als ob ich auf die Toilette wollte. Das will ich ja auch.

Keiner sieht mich an; ich gehe einfach an den beiden Tresenwächtern vorbei, die mich keines Blickes würdigen. Auf dem Weg nach unten mache ich einen Abstecher zu meinem kleinen Garderobenschließfach in der untersten Reihe. Hier krame ich meine Kosmetiktasche heraus und nehme sie mit. Ich trage sie in der Hand, so daß alle sie sehen können.

Es ist nicht einfach, mit einem schweren Buch unter der Achsel ganz natürlich zu gehen. Ich klemme es an den Körper, so fest ich nur kann, und schlage innerlich drei Kreuze, daß die Damentoilette nicht noch weiter weg ist.

Dort ist zum Glück niemand. Die drei Türen zum Toiletten-Thron stehen allesamt offen. Ich nehme das Klo, das am weitesten entfernt ist.

Drinnen setze ich mich auf den Deckel und lasse das Buch auf meinen Schoß gleiten. Vielleicht habe ich mir das alles ja nur eingebildet. Ich streiche mit der Hand nochmal über die Rückseite. Doch, sie ist dicker als die Vorderseite, und am Rückendeckel ist manipuliert worden. Irgend jemand hat ihn irgendwann einmal aufgeschnitten, und ich bin mir fast sicher, daß etwas hineingeschoben wurde.

Die Frage ist natürlich, wie ich es herausfischen kann, ohne das Buch kaputtzumachen. Es ist ein altes, abgenutztes, aber schönes Stück, und alte schöne Bücher macht man nicht kaputt. Ich jedenfalls tue so was nicht.

In meiner Kosmetiktasche finde ich meine Nagelfeile, und vorsichtig versuche ich, ob ich damit die beiden Flächen voneinander lösen kann. Das kann ich nicht. Mit der Nagelfeile aber kann ich nicht schneiden, und hier muß geschnitten werden.

Eine Rasierklinge wäre jetzt das Instrument der Wahl, aber ich laufe nicht mit Rasierklingen in der Tasche herum. Ich schaue auf die Uhr, es ist erst Viertel nach vier, ich könnte gut noch eine Rasierklinge besorgen, bevor die Läden schließen. Aber soll ich wirklich mit dem Buch wieder hoch und dann auch noch damit raus? Ich halte das für ein unnötiges Risiko, also sehe ich mich nach einem Versteck um. Es gibt keins. In alten Zeiten mit den alten Toiletten hätte ich das Buch oben hinter dem Spülkasten verbergen können, aber heutzutage geht das nicht mehr. Es geht nicht anders, ich muß es wieder mitnehmen. Aber natürlich lege ich es nur solange in mein Garderobenfach.

Die Sonne ist bereits untergegangen, aber der Himmel im Westen ist noch flammend hell und die Regenwolken haben vergoldete Ränder. Die Häuser am Kanal träumen, so sehen sie jedenfalls aus. Einen Moment lang wünsche ich mir, ich hätte eine Wohnung dort.

Es sind viele Menschen auf der Straße. Eine große Traube steht an der Bushaltestelle Slotspladsen und wartet. Sie schauen hartnäckig und sehnsüchtig zu der Ecke, um die die Busse nach Amager kommen müssen.

Højbro Plads ist ein Chaos aus Bauwagen und aufgegrabenen Bürgersteigen. Ich bahne mir einen Weg durch die Leute auf dem Strøget, keiner von ihnen scheint es eilig zu haben. Flötentöne streifen mich; ein junger Mann steht vor der Bank und spielt auf einer Querflöte. Die letzten Strahlen der Abendsonne vergolden die ganze Szenerie.

Wo findet man bei Illum Rasierklingen? Ich gehe systematisch durch das Untergeschoß, von einem Tisch zum nächsten, von einem Regal zum anderen, und meine Systematik führt rasch zum Ergebnis. Ich kriege nur eine Schachtel mit zehn Stück, was ich mit dem Rest anfangen soll, weiß ich nicht.

Zurück in der Eingangshalle der Bibliothek, fische ich das

Buch wieder hervor. Diesmal ist noch jemand auf der Toilette. Ich schließe die Tür und warte einen Moment, dann spüle ich. Durch das Rauschen kann ich hören, wie die andere geht. Der Händetrockner pustet noch ein paar Sekunden, dann hört er auf, und es wird still.

Vorsichtig trenne ich die beiden Papierflächen voneinander, aber meine Finger sind viel zu dick, als daß ich sie in den Zwischenraum stecken könnte. Wieder muß ich hoch zu meinem Garderobenfach und die Kosmetiktasche holen, in der ich eine Pinzette habe.

Die Pinzette geht gerade so hinein. Ich merke, daß sie auf etwas stößt. Vorsichtig, vorsichtig dirigiere ich mit meinen Fingern die Pinzette zu der Stelle, und langsam ziehen die Greifer das heraus, was dort liegt. Es ist ein Stück vergilbtes, uraltes Papier, zweimal gefaltet. Ich wage fast nicht, es zu öffnen.

Einen Augenblick später höre ich mich selbst vor Überraschung japsen. Ist das nicht ihre Handschrift? Es sieht aus wie, doch, das ist ja, das ist ihre Signatur. Sogar in dem trüben Toilettenlicht bin ich so gut wie sicher, daß das auf dem vergilbten Papier von Sophie Brahe selbst geschrieben wurde. Aber was es ist, kann ich nicht erkennen. Es ist eine Mischung aus gewöhnlichen Buchstaben und ein paar merkwürdigen Rechtecken; einige davon durchbrochen von Punkten. Ich grüble. Hat das vielleicht etwas mit Horoskopen zu tun?

Ist das wirklich etwas, von dem niemand sonst etwas weiß, etwas, das ich entdeckt habe – wenn auch auf eine nicht ganz legale Weise?

Ich beschließe, daß es mein Eigentum ist, jedenfalls für die nächsten paar Monate.

9

Das Gespräch mit Karen-Lis hatte zur Folge, daß ich begann, über die verschiedenen Begebenheiten nachzudenken, und Stück für Stück tauchten einige der Sachen und Episoden auf, die ich glaubte vergessen zu haben.

Am nächsten Tag machte meine Mutter «eine Stippvisite in die Stadt», wie sie sagte, was sich absurd anhört, wenn man in Østerbro wohnt. Aber in «die Stadt» fuhr man damals eben, als man noch weit draußen in Gentofte wohnte.

Als sie endlich aus der Tür war, humpelte ich in die Küche, um Tee zu kochen. Ich stand erst eine Weile da und betrachtete meine Dosen, die meine Mutter sorgsam abgewaschen und in einer schnurgeraden Reihe aufgestellt hatte. Ich entschied mich für einen Panyong, denn der wird nicht bitter, mit ein wenig Paklon – der macht ebenso wach wie Kaffee. Es ist nicht so, daß ich keinen Kaffee mag, den mag ich sehr wohl. Das Problem mit dem Kaffee in Dänemark ist nur, daß er meistens furchtbar schmeckt. Das Ärgerliche an dem Panyong ist, daß er mindestens acht Minuten ziehen muß, besser zehn. Ich wartete, rührte um, schenkte ein, stellte die Tasse auf einen Tisch neben meinem Lieblingssessel, ließ mich selbst mit einem Seufzer darin nieder und legte das Bein auf einen Bürostuhl, den ich in die passende Höhe gebracht hatte – er war besser als der Hocker –, griff nach der Tasse, spürte den Dampf und den Duft und zwang mich dazu, mich zu erinnern.

Zuerst kam nichts, aber langsam tauchten sie auf: Gesprächsfetzen und vergessene Situationen aus meinem und Linas gemeinsamem Leben und aus der letzten Zeit.

Mir fiel eine groteske Situation ein, als wir einmal zusammen im Theater waren. Gerade als wir die Pause hinter uns gebracht hatten und wieder auf dem Weg zu unseren Plätzen waren, stürzte ein älterer Mann auf Lina zu, umarmte sie und küßte sie auf beide Wangen.

«Lina, du entzückendes Geschöpf», sagte er mehrere Male.

Ich merkte, wie sie erstarrte und sich aus seiner Umarmung wand. Er sprudelte über vor Begeisterung, sie wiederzusehen. Auf dem Weg ins Parkett flüsterte sie mir wütend zu: «Der hat wohl vollkommen vergessen, daß er einmal versucht hat, mich zu vergewaltigen. Zum Glück war er so besoffen, daß es ihm nicht gelungen ist.»

Viele andere Episoden tauchten vor meinem geistigen Auge auf, und plötzlich erinnerte ich mich an ein Telefongespräch, das wir irgendwann einmal geführt hatten. Ich kriegte nicht mehr zusammen, wann das gewesen war. Oktober oder November? Aber das würde ich herausfinden können, wenn ich in meinem Kalender nachschlug, denn darin notiere ich, wie alle anderen eingespannten Gewohnheitstiere, meine Verabredungen. Eines Tages rief sie plötzlich an, als ich gerade auf dem Weg nach Brüssel war. Sie hörte sich ein bißchen gehetzt an, als sie sagte, sie bräuchte meine Hilfe. Sie wollte auf keinen Fall sagen, um was es ging, sondern nur, daß es wichtig war. Ich freute mich, von ihr zu hören, war aber gleichzeitig ein bißchen ungeduldig, denn ich war auf dem Weg zum Taxi, und sie wollte nicht mit der Sprache raus, um was es ging. Ich weiß noch, daß mich das ziemlich nervte.

Während ich mich am darauffolgenden Tag in meinem Hotelzimmer langweilte, dachte ich einen Augenblick daran, sie anzurufen, kam aber wieder davon ab. Oder genauer gesagt, ich tat es nicht, weil ich ein bißchen Angst hatte, sie könnte mich in irgendein Problem hineinziehen, das massenhaft Zeit kosten würde.

Als ich nach Hause kam, waren ein paar Berichte zu schreiben, deshalb dauerte es mehrere Tage, bis ich mich aufraffte.

Mich aufraffte! Das hört sich merkwürdig an, aber ich erinnere mich, daß ich damals so dachte und fühlte. Für mich hatte Lina begonnen, etwas anstrengend zu werden.

Nun, jedenfalls hörte sie sich freudig überrascht an, als ich sie endlich anrief. Ja, beinahe aufgekratzt oder, wie ich bereits sagte, hektisch.

«Ich bin da einer Sache auf der Spur», sagte sie.

«Etwas Spannendes?»
«Wahnsinnig, etwas, von dem vor mir keiner was gewußt hat, und das ist ja das Beste, was einem in meinem Metier passieren kann.»
«Um was geht es?»
«Das möchtest du wohl zu gerne wissen? Sag ich dir aber nicht. Noch nicht. Ich muß es erst noch genauer untersuchen, deshalb fahre ich nach Schweden.»
«Kennst du jemanden in Schweden?»
«Nein, aber die Sache weist nach Schweden oder genauer nach Skåne, dort hat ja die Brahe-Sippe geherrscht.»
«Na, Könige waren sie ja wohl nicht.»
«Könige, nein, das waren sie nicht. Aber reich waren sie, haben das meiste Land besessen, und Skåne war ja der wohlhabendste Teil des Reiches», fügte sie ziemlich belehrend hinzu. «Und sie hatten Einfluß, vergiß nicht, das war vor dem Absolutismus. Der Adel hatte zwar nicht dieselbe Macht wie der König, war ihm aber doch auf vielfältige Weise gleichgestellt, ganz anders als später, als die Könige auf die Idee verfielen, sie seien vom Herrgott höchstselbst berufen.»
«Melde dich, wenn du zurück bist», sagte ich daraufhin. «Und es tut mir leid, daß ich dir neulich nicht helfen konnte. Worum ging es eigentlich?»
«Um Unterstützung bei der Entschlüsselung eines Codes.»
«Eines Codes?»
«Ja, verdammt nochmal, und er deutet nach Schweden.»
«Wo in Schweden?»
«Du bist ja richtig neugierig. Nach Trolleholm. Ein Herrensitz mit einer wunderbaren alten Bibliothek. Dort liegt der Schlüssel zur Lösung meines Rätsels – glaube ich doch.»
«Man hätte sich vielleicht auf Geschichte verlegen sollen, das hört sich spannend an.»
«Ist es auch – jetzt schon, aber man kann nichts damit verdienen, wie du weißt. Jedenfalls nichts im Vergleich zu den Riesensummen, die Anwälte heutzutage einsacken.»
«Manche Anwälte. Ich nicht.»

«Du wirst schon noch dahin kommen. Also bis dann.» Und damit hatte sie aufgelegt.

Wieso hatte ich dieses Gespräch völlig vergessen? Wieso verdrängte ich dauernd meine Erlebnisse mit Lina? Es gab noch mehr «vergessene» Ereignisse, das war mir vollkommen klar. Ich mußte unbedingt mit Karen-Lis sprechen, denn jetzt war ich wirklich neugierig geworden. Ich mußte all meine eigenen verdrängten Erinnerungen wieder ans Tageslicht holen. Es führte kein Weg daran vorbei.

Ich beschloß deshalb, daß ich mir in den allernächsten Tagen die Zeit nehmen würde, Licht in die ganze Sache zu bringen. Nur nicht gerade heute, denn ich merkte, daß ich keine Lust hatte, mich mit den wieder aufbrechenden Schuldgefühlen auseinanderzusetzen. Das tat nämlich weh, und außerdem würde meine Mutter bald wieder zurücksein. Ich wünschte, sie würde recht bald den Drang verspüren, nach Nyborg zurückzufahren.

Das tat sie zum Glück wenige Tage später. Sie war ganz sicher immer noch voll mütterlicher Sorge, aber mein Vater hatte angerufen und sie daran erinnert, daß er auch noch da war.

«Ich kann doch sehr gut den Bus zum Hauptbahnhof nehmen, es ist der helle Wahnsinn, Carsten, Geld für so was auszugeben», sagte sie, als ich fragte, wann das Taxi sie abholen solle.

«Ich bezahle, mach dir keine Gedanken darüber.»
«Aber das ist doch rausgeworfenes Geld, wo der Bus fast direkt vor der Tür abfährt.»
«Schluß jetzt, Mama. Ich will nicht, daß du mit dem Bus fährst, mit deinem Gepäck und allem. Wann geht der Zug?»
«12 Uhr 55, aber dann mußt du das Taxi früh genug bestellen, man kann nie wissen bei all dem Verkehr. Ich hatte ganz vergessen, wie viele Autos es in Kopenhagen gibt. In Nyborg gibt es ja kaum welche, gar kein Vergleich.»

Nein, in Nyborg gibt es keine Autos, die fahren nämlich alle außen herum, deshalb hat sie die nicht auf der Rechnung.

Ich glaube, sie hat nur ihre eigene friedliche Straße vor Augen und verschwendet keinen Gedanken an das Gedränge auf den Autobahnen.

Es war eine Erleichterung, als das Echo im Treppenhaus nach ihrem letzten gezwitscherten «Gute Besserung für dein Bein, Carsten» und «Mach's gut, mein Junge» verklungen war. Ich war gerade eben wieder in die Wohnung und ans Fenster gehumpelt, als ich das Taxi auch schon um die Ecke biegen sah. Ich schaute auf die Uhr. In drei Stunden und fünfunddreißig Minuten würde sie anrufen und sagen, daß sie gut zu Hause angekommen sei. Das machte sie immer, und deshalb war sie jedesmal ziemlich eingeschnappt, wenn ich selbst es vergaß. Dann rief sie an und fragte mit besorgter Stimme, ob ich auch gut heimgekommen sei.

Am nächsten Tag erreichte ich Karen-Lis.

«Wie geht's den Brüsten?» fragte ich, und es sollte sachlich-neutral klingen, aber ich hörte selbst eine ungewollte Ironie in meiner Stimme, als ich es sagte.

Sie ließ sich nichts anmerken.

«Danke, ausgezeichnet, ist viel zu tun. Danke für den netten Abend neulich.»

«Ich finde, wir sollten uns treffen und nochmal darüber reden, ich bin gar nicht dazu gekommen, das zu sagen, was ich wollte, und wir müssen auch sehen, ob wir herausfinden können, woher der Brief kommt. Ich glaube, ich habe dir nicht gesagt, daß Lina mir von einer Spur erzählt hat, die sie verfolgte und die nach Skåne führte. Zu einem Herrensitz mit einer Bibliothek, einer großen. Ich habe nur keine Ahnung von schwedischen Herrensitzen und ihren Bibliotheken. Die liegen so völlig außerhalb meiner Sphäre. Wie ist es bei dir?»

«Noch schlechter. Ich kenne überhaupt keinen Herrensitz in Schweden, ja, ich kenne Schweden fast überhaupt nicht. Es ist so groß und irgendwie so weit weg. Gibt es nicht Leute, die sagen, daß es ein Teil von Asien ist?»

«Doch, Asien fängt in Malmö an. Aber könntest du viel-

leicht in der Bibliothek ein Buch über schwedische Herrensitze für mich ausleihen, so was haben die bestimmt, und wenn du Zeit hast, könntest du mir das dann vorbeibringen? Das wäre super. Ich bin ja so verdammt angebunden. Du kriegst auch einen Drink oder eine Tasse Tee. Kannst du dir aussuchen.»
«Tee reicht mir völlig. Wie lange bist du noch in Gips?»
«Noch gut eine Woche. Dann wollen sie sich das Bein ansehen. Kommst du? Ich würde wahnsinnig gerne wissen, was es mit dem Ganzen auf sich hat.»
«Na klar. Ich könnte heute nach der Arbeit kommen. Und wenn nicht so viel los ist, kann ich so gegen halb fünf weg. Vielleicht klappt es ja. Ich rufe kurz vorher nochmal an, damit ich dich nicht überfalle. Übrigens ist es nicht sehr wahrscheinlich, daß sie ein Buch über unser Thema haben. Ich finde, sie haben nie das, was man sucht. Aber wer weiß, vielleicht haben wir diesmal ja Glück.»

XXIII
Hven
Anno 1594

Tanz und Herrligkeit
Tod und Ellend

Ein starker Kräuterduft wehte von den Heuhaufen der Bauern zu ihr herauf. Sie dufteten so kräftig, daß sie das Gefühl hatte, sich von einer Duftwolke zur nächsten zur bewegen. Die Sonne lachte und warf ihre Strahlen freigebig auf sie, den Burschen und die Insel im blaugrünen Sund.

Die Vögel sangen übermütig, und ihre Stimmen füllten ihren Kopf und sperrten alles andere aus, außer einem fast vergessenen Glücksgefühl. Eines wie dieses hatte sie jedenfalls seit vielen Jahren nicht mehr erlebt. Es tat gut, und es war wunderbar. Oder besser, es würde gut und wunderbar werden. Von jetzt an. Sophie hatte keinen Zweifel; so würde es werden. Gut und wunderbar. Nichts konnte es zerstören. Er war auf dem Weg zurück, zurück zu ihr; sie fühlte es mehr, als daß sie es wußte. Erik! Erik Lange. In ihrem Morgentraum hatte er sich ihr gezeigt, genauso wie er das erste Mal ausgesehen hatte, als sie einander begegneten – nicht nur im Spiegel der Seele, sondern in der roten Tiefe des Herzens.

Hier auf der Insel war es geschehen. An einem Tag im letzten Sommer, einem Tag, an dem die Hügel ausgesehen hatten wie herabgefallene Himmelsbrocken, so blau waren sie gewesen. Das kam von den Glockenblumen, denn sie bedeckten die Insel wie dicke Teppiche.

Heute waren keine Glockenblumen zu sehen, sie kamen erst später im Sommer, zusammen mit den Grashüpfern. An dem Tag, als sie einander fanden, waren Grashüpfer dagewesen, und wenn sie sich seine Stimme in Erinnerung rief, vermischte sie sich mit dem Liebeszirpen der Grillen.

Sophie und der Bursche, der ihre Sachen auf dem Rücken trug, gingen ohne Eile den Hügel von der Anlegestelle hinauf. Es war warm, und weil es das ganze Frühjahr nicht geregnet hatte, war der Weg knochentrocken und staubig. Nach einer Viertelstunde waren ihr Rocksaum und die Spitzen ihrer Schuhe, die bei jedem Schritt unter dem Saum hervorschauten, von einer dicken Schicht feinpudrigen, gelben Staubes bedeckt.

Sophie verlangsamte ihr Tempo, während der Bursche unverdrossen weiterging, ohne etwas zu sehen oder zu hören. Woran diese Leute wohl denken mochten? An nichts, außer daran, zu essen, zu trinken und so wenig wie möglich zu arbeiten. Das letztere war sicherlich nicht ganz einfach, wenn man in Diensten ihres gelehrten, übereifrigen und energischen Bruders stand, denn er war bekannt dafür, die Leute schwer und ausgiebig arbeiten zu lassen.

Die Bauern auf Hven hatten dem Vernehmen nach ihren

Schrecken immer noch nicht überwunden, daß sie plötzlich für ihren Lehnsherrn arbeiten sollten. Jetzt war es vorbei damit, ab dem Mittagessen Müßiggang zu treiben, so wie sie es auf den umliegenden Bauernhöfen zu tun pflegten. Wenn gebaut werden sollte, hieß das Arbeitspflicht von Sonnenaufgang bis Sonnenuntergang. Sie hatte den Verdacht, daß man Tycho für einen Bauernschinder hielt. Nein, es war nicht nur ein Verdacht. Sie war sich sicher, denn sie hatte es selbst aus Lives Mund gehört.

Live wußte genau Bescheid über alles, was nicht mit den Sternen zu tun hatte. Und wenn sie murmelte, daß die Bauern ihren Herrn als Bauernschinder bezeichneten, dann war das auch so. Und es gehörte nicht viel dazu, ein solches Etikett angehängt zu bekommen, besonders nicht, wenn man adelig war.

Sie blieb stehen und sah sich um. Der Geruch von Bärlauch kitzelte ihre Nase. Sie mochte ihn nicht. Trotzdem verweilte sie, wie jedesmal, wenn sie an diese Stelle kam, denn von hier hatte sie die beste Aussicht über die Insel. Zur einen Seite hin lag die bewaldete Küste Seelands, zur anderen die Steilküste von Skåne.

Die Farben des Sundes wechselten dauernd. Jetzt im Moment war er tiefgrün und dunkelbraun; hier und dort gekräuselt von tanzenden, weißen Wellenkämmen. Die grüne Farbe, die das Meer heute hatte, konnte sie sich gut für ein Kleid vorstellen, und der Kragen müßte genauso sein wie die leuchtenden Klöppelspitzen der Wellen.

Wenn sie an dieser Stelle haltmachte, war es nicht nur wegen der Lust, alles auf einmal in sich aufzunehmen; es war auch, weil man von hier aus Uranienborg nicht sehen konnte.

Nur die Insel, das Meer, Skånes steile Küste, der Himmel und seine Vögel waren zu sehen. Ging sie vierzig Schritte weiter den Weg hinauf, tauchte – wie von Zauberhand – das Schloß auf.

Der Anblick war jedesmal aufs neue überwältigend, und es

war immer noch kaum zu fassen, daß etwas so Herrliches und Raffiniertes wie das Schloß ihres Bruders mit seinen Türmen und Zinnen, Erkern und Verzierungen hier draußen auf dieser windumbrausten Insel in so kurzer Zeit entstanden war. Wenn sie daran dachte, wie lange es sonst manchmal dauern konnte, ein ganz gewöhnliches, schmuckloses, mittelgroßes Gebäude zu errichten. Aber es waren auch alle Hände dafür eingespannt worden, auch die der Unwilligen.

Sie seufzte vor Wohlbehagen und wollte gerade ihre Wanderung fortsetzen, als ein schwarzer Schatten wie ein Pfeil an ihr vorüberschoß. Sie folgte ihm mit den Augen und sah einen Falken, der einen kleinen, braunen Vogel schlug.

Viele Menschen hielten solche Ereignisse für das Omen böser Zeiten, auch ihr Bruder tat das. Ein Hase, der seinen Weg kreuzte, ließ ihn auf dem Absatz kehrtmachen und einen anderen Weg suchen, der ihn zu seinem Bestimmungsort brachte. Sie war nicht so. Es brauchte schon schlimmere Dinge, um sie das Zittern zu lehren. Alles *war* gut, *mußte* es sein. Und die Sterne sagten das auch.

Vierzig Schritte weiter tauchte das Märchenschloß über der Anhöhe auf, eingerahmt von seinen grünen Wallanlagen. Heute zeigte es sich von seiner schönsten Seite. Die Sonne tauchte es in gleißendes Licht, die Schatten der Statuen bildeten ein eigenartiges Muster auf den Mauern, und die Dachzinnen glänzten golden.

Alles war still, ungewöhnlich still. Niemand war auf dem kreisrunden Platz vor dem Schloß, außer den üblichen scharrenden Hühnern und anderem Geflügel war kein Mensch zu sehen. Ihr wurde seltsam zumute, denn ihr Bruder und seine Assistenten klagten ständig darüber, daß es niemals still war auf Uranienborg. Was war geschehen? Wo waren sie alle? Sie blieb einen Moment stehen und blickte sich besorgt um. Da kam eine kleine Gestalt angelaufen. Es war der zwergwüchsige Gehilfe ihres Bruders. Er schoß aus der Tür und nahm Kurs auf Stjerneborg.

Ihr Bursche war am Portal angekommen und hatte seine

Last auf der Erde abgesetzt, so daß der Zwerg beinahe darüber fiel. Er blickte auf und bemerkte sie. Sofort riß er seine fettige Kappe vom Kopf und machte eine absichtlich ungeschickte Verbeugung.

«Du hast es eilig? Ist etwas geschehen?»

«Die Gnädigste möge mir verzeihen. Ich habe einen heiklen Auftrag, das ist es, womit ich beschäftigt bin, aber ich weiß, daß der Hochwohlgeborene in der Bibliothek ist, zusammen mit einigen anderen Junkern, die er gerade abjunkert.»

«Ich habe gefragt, ob etwas geschehen ist. Hier scheint alles so still.»

«Der kleine Jeppe weiß nichts, kann nichts. Der Herr selbst möge es erklären. Ich kenne keine Erklärungen, weiß nichts, kenne auch Meister Nichts nicht, ihn, der über das Universum herrscht. Nichts verschwindet», sagte er, und dann hastete er weiter hinüber nach Stjerneborg.

Sophie spürte, wie ihr ein nervöser Schauer über den Rücken lief. Sie kam jedoch nicht dazu, noch weiter über das seltsame Benehmen des Gnoms nachzudenken, denn ein anderer Mann trat heraus. Es war Flemløse, der engste Vertraute ihres Bruders. Er sah nicht ganz so verwirrt aus, aber daß auch ihn etwas bedrückte, war offensichtlich. Er grüßte sie respektvoll, machte aber keine Anstalten, etwas zu sagen. Er wirkte unruhig und aufgewühlt.

«Ist etwas geschehen? Mir scheint, Ihr seht bedrückt aus. Ist mein Bruder schlechter Stimmung?»

«Keineswegs, Madame. Der Herr ist nur sehr beschäftigt.»

«Warum ist Jeppe beinahe geflohen, als er mich sah? Er machte den Eindruck, als säße ihm Furcht und Schrecken im Nacken. Geht es Euch auch so?»

«Verzeiht mir, Madame, aber ich kann darauf nicht antworten.» Es war ihm deutlich anzusehen, wie unwohl er sich fühlte. «Es kommt mir nicht zu...», fuhr er fort, hielt dann aber inne.

«Was kommt Euch nicht zu?»

«Ihr solltet Euren Herrn Bruder fragen. Es kommt mir nicht zu, über Dinge zu sprechen, die ich vielleicht nicht ganz verstanden habe. Aber soll ich Eurem Herrn Bruder nicht Bescheid sagen, daß Ihr angekommen seid? Er hat Euch gewiß nicht erwartet.»

«Ja, ich komme unangemeldet. Ich bekam Lust, meinen Bruder und seine Familie zu besuchen. Aber Ihr sollt ihn nicht stören, ich werde meine Schwägerin aufsuchen. Ich weiß, wo ich sie finde.»

Frau Kirstine saß im Wintergarten, zusammen mit ihren Kindern. Sie nähte an irgendeinem Kleidungsstück, während der Knabe Klötzchen gegeneinander schlug und das kleine Mädchen damit beschäftigt war, Docken von Stickgarn zu zerrupfen. Die Luft im Raum war quälend stickig, wenn man direkt von draußen hereinkam.

Sophie sah sofort, daß etwas nicht stimmte. Die Frau ihres Bruders, die trotz der Geburten und ihres schwellenden Bauches immer eine flinke, hübsche Frau mit roten, runden Wangen und leuchtend blauen Augen gewesen war, war in den letzten Jahren welk geworden. Ihre Wangen waren schmaler geworden, und ein neuer, strenger Zug hatte sich um den Mund gebildet und zog ihn nach unten. Es stand ihr nicht zu Gesichte.

Kirstine erhob sich rasch, als sie ihrer ansichtig wurde, und knickste tief, was sie immer tat, obwohl sie das als legale Gemahlin ihres Bruders nicht zu tun brauchte. Aber Kirstines Kindheit und Jugend auf einem armseligen Pfarrhof zusammen mit vierzehn anderen hungrigen Mäulern und die eingebleute Demut saßen ihr tief in den Knochen, und es war ihr nie gelungen, ihre unstandesgemäßen Manieren abzulegen.

Sophie wußte, daß Kirstine sie liebte, weil sie als einzige aus der ganzen Brahe-Sippe sie voll und ganz als rechtmäßige Ehefrau ihres Bruders akzeptierte. Die anderen verachteten sie, so wie sie alle verachteten, die nicht sechzehn adlige Ahnen vorweisen konnten. Und sie verachteten, nein haßten

Sophie, weil sie durch ihre Anerkennung Kirstines die Sippe und das, wofür die Sippe stand, verriet.

«Du siehst besorgt aus, meine Liebe. Was ist geschehen? Irgend etwas stimmt hier nicht.»

«Es ist...» Kirstine hielt inne und suchte nach etwas, mit dem sie die Tränen fortwischen konnte, denn die hatten bei Sophies Frage zu rinnen begonnen, aber sie fand nichts, also wischte sie sie mit dem Handrücken fort. Dann schniefte sie hörbar.

«Es ist der Kanzler», flüsterte sie. «Er hat meinem Herrn und Gebieter geschrieben, daß der König sehr erzürnt ist.»

«Der König erzürnt? Worüber denn?»

«Darüber, daß die Kapelle in Roskilde nicht instandgesetzt ist und daß es hineingeregnet hat. Er schreibt außerdem, daß ihm das Lehen hier entzogen wird.»

«Er muß verrückt sein. So etwas macht man doch nicht. Dieser Flecken hier ist der berühmteste in allen Reichen und Ländern des Königs, und ohne die Einkünfte des Lehens geht es nicht. Was wollte man wohl ohne sie anfangen? Womit sollte man dann noch prahlen? Mit nichts, gar nichts. Deshalb hat dieser Flecken einen großen Wert, gerade auch für Seine Majestät. Ist nicht der König von Schottland gekommen und hat deinen Mann besucht? Ist nicht Seine Königliche Majestät höchstselbst gekommen? Hat dein Mann Seiner Majestät nicht einen Himmelsglobus verehrt, über den Er sich über alle Maßen gefreut hat? Hat dein Mann nicht Seiner Majestät seinen untertänigsten Respekt erwiesen? Hat...»

«Doch, das ist ja alles richtig. Aber der König kommt nicht mehr, und», jetzt begann sie zu schluchzen, so daß Sophie Mühe hatte zu verstehen, was sie sagte, «alle bringen ihm nur noch Haß entgegen. Alle zusammen, in jeder Hinsicht. Und», sie senkte die Stimme, «sie sagen, er ist ein Hexenmeister.»

«Nein, nun hör aber auf. So etwas sagt man nicht über deinen Mann, meinen Bruder, ihn, der mehr Glanz über das Königreich gebracht hat als irgend jemand sonst, ihn, der –»

«Das alles gilt nicht mehr. Und Ihr wißt doch wohl, was

man mit Hexenmeistern macht, oder? Wenn nicht, dann erzähle ich es Euch.» Ihre Augen waren groß und leer geworden, und ihre Stimme bekam einen hysterischen Ton.

Sophie ging zu ihrer Schwägerin, umarmte sie und zog sie an sich. Sie spürte, wie Kirstines Körper bebte.

«Schweig still. Es führt zu nichts. Hexenmeister, nein und nochmals nein. So handelt der König von Dänemark nicht. Denk nur an all das, was sein Vater, der alte König, für deinen Mann, meinen Bruder, getan hat.»

«Sprecht selbst mit ihm. Hört selbst, was er zu sagen hat. Achtet auf die dunklen Wolken, die seine Stirn ständig überschatten. Hört so wie ich, wie seine Zähne des Nachts mahlen. Heulen und Zähneklappern, Zähneknirschen und Schluchzen, ich kann es nicht länger ertragen.»

«Unsinn», sagte Sophie schärfer, als sie eigentlich beabsichtigt hatte. Aber ihr Ton schien ihr doch nicht unangemessen, denn mit dem hier mußte Schluß sein, bevor Kirstine den Verstand verlor.

Die beiden Kinder saßen mittlerweile ganz still da und schauten auf ihre Mutter. Das kleine Mädchen war bleich, es preßte eines seiner Garndocken fest mit den Händen, während der Knabe sich auf den Zeigefinger biß.

«Ich werde jetzt meinen Bruder aufsuchen, denn bevor ich es nicht aus seinem eigenen Mund gehört habe, glaube ich das alles nicht. Du hast schon immer überall Gespenster gesehen, Kirstine. Die Welt ist nicht so schlecht, wie du sie darstellst. Hexenmeister! Nein, nein, und nochmals nein! Auf diese Weise verfährt man nicht mit einem aus der Brahe-Sippe und schon gar nicht mit ihm, der mehr Glanz über Dänemarks König gebracht hat als irgendein anderer dänischer Mann.»

Sophie registrierte, daß ihre letzten Worte mehr wie eine Beschwörung klangen denn wie ein Argument.

Zu Hause nehme ich mein rosengeblümtes Schreibheft hervor. Mein Tagebuch, *my diary, mon journal* – es schwillt bereits an.

Es stört mich inzwischen, daß ich mir ein geblümtes Heft ausgesucht habe. Ein nüchterner grauer Kollegblock wie damals in der Schule, das wäre viel passender gewesen. Ich werde mir in den nächsten Tagen ein neues holen. Vielleicht sollte ich wirklich ein graues kaufen.

Ich bin ganz schön aufgeregt. Man stelle sich vor, ich habe ein Dokument gefunden, das von *ihr selbst* verfaßt wurde, von Sophie Brahe Ottesdatter! Ich bin absolut überzeugt davon, daß es wichtig ist.

Ich unterwerfe mich selbst der strengsten Disziplin, indem ich mich nicht sofort über mein gestohlenes Dokument hermache. Ich mache mir erst was zu essen, schaufle es rein, putze meinen Schreibtisch sorgfältig ab, stelle die Lampe so hin, daß der Lichtkegel genau auf die Stelle fällt, wo ich das Dokument hinlegen will – ihr Dokument.

Dann nehme ich es hervor, und mit einer Behutsamkeit, die ganz im Gegensatz zu meinem Eifer steht, entfalte ich es vorsichtig und lege es auf den Tisch. Erst jetzt beginne ich mich zu fragen, ob es wirklich ihre Handschrift ist. Aber ich bleibe dabei, sage mir selbst, daß sie es ist. Basta! Es ist keine Abschrift, es ist ein Original von ihrer Hand. Ich bin mir ganz sicher – dreihundertprozentig!

Dann entdecke ich, daß es kein Brief ist. Jedenfalls gibt es keinen Adressaten.

Ich mache einen Versuch, es zu entziffern. Die ersten Zeilen bereiten mir keine nennenswerten Probleme, obwohl ich nicht gerade Weltmeister im Handschriftenlesen bin: «Ich Sophia Brahe O.D. schreyb dises hernider daß es erinnert bleybe so mir Übel geschicht. Sintemalen ich fuercht daß Jemannd nach meinem Läben mir tracht. Die Sterne wüssen es, mein Leyb schreyt es heraus. Mars im Saturnus mit einer Conjunctio im Juppiter! Ich hoff ich kan mit Gottes Hilff der Gefaar entfleuchen. Fortan schreyb ich so in einer geschlos-

sen Spraach, dafür daß nit Tychos noch meine Feynde es sollen erkennen. Der Schlüssel find sich in disem Buche.»
Das war nicht schwierig zu verstehen. Aber der Rest! Einfach unverständlich. Vierecke und Dreiecke, Winkel und Dreiecke mit Punkten. Ich betrachte sie lange und bin vollkommen überzeugt, daß es ein Code ist. Ein Code. Es hilft mir nur nichts, denn ich bin absolut blind, wenn es sich um Codes handelt. Ich habe noch nie einen knacken können. Ich weiß das, denn ein paar der Jungs auf dem Gymnasium hatten sich Codesysteme ausgedacht. Sie fanden es ungeheuer witzig, sich ihre Ansichten über die Mädchen in einer verschlüsselten Sprache mitzuteilen. Mein Gehirn ist, das fand ich schon damals heraus, nicht dafür geschaffen, auf diese Art zu denken, deshalb habe ich nie herausgekriegt, was sie über mich schrieben. Mein Gehirn kann überhaupt nichts. Ich drehe und wende das Papier ein paarmal hin und her, ohne daß es dadurch verständlicher wird. Wen kenne ich, der sowas kann? Irgendeinen muß es doch geben. Wer ist so ein Spürhund, und wer hat diese Art von Intelligenz, die dafür nötig ist? Und wer würde das alles für sich behalten? Und außerdem darf niemand wissen, wie ich an das Dokument gekommen bin. Während ich mich meinen Spekulationen hingebe, klingelt das Telefon. Ich zucke zusammen.

Natürlich. Falsche Nummer. Ich grüble weiter. Dann habe ich die Lösung. Carsten selbstverständlich. Für so was ist er der Richtige. Er liebt es, Rätsel zu lösen.

Sein Anrufbeantworter bittet mich, eine Nachricht zu hinterlassen, er will dann so schnell wie möglich zurückrufen. Ich lege den Hörer auf, ich finde nicht, daß dies für einen Anrufbeantworter geeignet ist. Dann ärgere ich mich und rufe nochmal an, und ich höre mich selbst sagen, daß es wichtig ist.

Ich lese das, was ich lesen kann, wieder und immer wieder. Wovon handelt es? Was hat sie gedacht, als sie dies aufgeschrieben hat? Was meint sie mit «der Schlüssel find sich in disem Buche»? Dann begreife ich – «beinahe», wie Peter Plys immer sagt. Das hier ist für einen oder mehrere andere gedacht, denn es gibt keinen Grund, einen Text mit einem Code zu verschlüsseln, wenn ihn niemand entschlüsseln kann. Wer war es, der das hier lesen sollte?

Dann taucht sie wieder auf, Sophie. Was hat sie gedacht und gefühlt, als sie das hier geschrieben hat? War sie aufgeregt oder ängstlich? Oder war sie nüchtern und entschlossen? Während meine Gedanken im Kopf herumwirbeln, taucht Victors pikierte Stimme auf, und ich höre ihn wieder sagen, daß ich *mit so was* doch gefälligst nicht meine Zeit und meine ausgezeichneten Talente verplempern soll.

Ich merke, wie mein Zorn und mein Trotz in mir anschwillt. Darüber braucht er sich nun wirklich keinen Kopf zu machen. Das entscheide ich selbst, und wenn ich Lust habe, mir vorzustellen, was Sophie Brahe damals gedacht hat, dann tue ich das. Und ich will es obendrein noch aufschreiben! So! Ich bin frei, und wenn ich mit der Dissertation nicht rechtzeitig fertig werde, dann ist das auch egal. Kein Mensch muß in diesem Land verhungern, auch wenn er nicht mit seiner Diss fertig wird. Ich habe die *Freiheit*, zu tun und zu lassen, was ich will. Morgen früh werde ich damit anfangen, alles aufzuschreiben, was sie meiner Meinung nach gedacht hat. Vielleicht finde ich auf diese Weise besser Zugang zu ihrem Leben und beginne zu verstehen, was ich bis jetzt nicht verstanden habe.

Die ganze Nacht schwirrt es mir im Kopf herum. Warum glaubte sie, daß man sie verfolgt? Und was war mit Tycho Brahe? Ich weiß nicht genug über ihn, wie ich merke. Ich weiß, daß er sich vom König schlecht behandelt fühlte und deshalb Hven und später Kopenhagen verließ und daß der König außer sich vor Zorn darüber war, daß er floh. War es nicht so, daß er sich rächte, indem er Uranienborg abreißen ließ? Ich muß mir eine Biographie über Tycho Brahe besorgen. Und Carsten erreichen.

Carsten hört offenbar seinen Anrufbeantworter nicht ab, denn er ruft nicht zurück. Ich versuche es nochmal. Er ist nicht da. Ich zögere ein wenig, ihn in seiner Kanzlei anzurufen, denn ich habe einen Mordsrespekt vor Anwaltskanzleien. Der Gebührenzähler tickt schon, kaum daß man seinen Namen genannt hat. Aber dann fällt mir ein, daß ich ja ihrer Telefontante nicht sagen muß, wer dran ist.

Aber das muß ich dann doch, weil sie fragt, wen sie durchstellen soll.

«Ach, hallo Lina!» Carsten hört sich freudig überrascht an. «Ist ja schon wieder verdammt lange her. *How goes it?* Alles in Ordnung bei dir?»

Ich versichere ihm, daß dem so ist, aber daß ich trotzdem seine Hilfe brauche.

«Und wobei, wenn ich fragen darf? Irgendwelche Probleme?»

Ich verneine, sage nur, daß ich seine Hilfe und sachkundige Meinung für meine Diss brauche.

Das kann er sich erst mal gar nicht vorstellen und will es genauer erklärt haben. Aber ich weigere mich, ihm das am Telefon zu sagen.

«Wir müssen uns sehen», sage ich. «Am Telefon ist es so schwierig.»

«So schlimm?»

«Nein, aber ich möchte lieber unter vier Augen mit dir darüber sprechen. Außerdem ist es etwas, das du dir ansehen mußt.»

«Natürlich gerne, es ist nur verdammt eng in der nächsten Zeit. Ich habe furchtbar viel um die Ohren. Denn ich habe da eine Sache, mit der *muß* ich fertig werden, und dann fliege ich heute nachmittag auf einen Sprung nach Brüssel und von dort nach Straßburg, und damit nicht genug muß ich direkt von dort aus nach London, wo ich mich mit ein paar Kollegen treffe. Ich bin praktisch die ganze Woche weg. Kann ich dich nicht anrufen, wenn ich wieder zurück bin? Ich bringe dir auch eine Flasche mit. Hattest du nicht immer eine Vorliebe für Drambuie?»

Obwohl mich die Aussicht auf eine Flasche Drambuie ein wenig tröstet, merke ich doch, daß mich eine Riesenenttäuschung packt. Ich brauche ihn *jetzt*, nicht in einer Woche. Ich halte es einfach nicht so lange aus. Aber ich sage ihm nichts davon, sage nur, daß es okay ist, und wünsche ihm eine gute Reise.

Nachdem ich aufgelegt habe, bleibe ich eine Weile sitzen und betrachte meine abgekauten Fingernägel. Schön sieht das nicht aus. Wenn Carsten mir nicht helfen kann, bleibt mir nichts anderes übrig, als in die Bibliothek zu gehen und nach einem Buch über Code-Zertrümmerung zu fragen, oder wie immer das heißen mag.

Ich starre Sophies Vierecke und Dreiecke mit und ohne Punkte an. Sie müssen irgendein System bilden, aber ich sehe das System nicht, ich sehe nur ihre schiefen Vierecke und ebenso schiefen Dreiecke.

Die Feder, die sie benutzt hat, ist meisterhaft geschnitten worden, denn die Schrift ist fein und deutlich. Hat sie ein besonderes Messer benutzt, um sie zurechtzuschneiden? Und welcher Vogel hat seine Feder dafür hergegeben? Vielleicht hat sie eine Rabenfeder verwendet. Ich meine mich zu erinnern, daß eine Rabenfeder am besten geeignet sein soll. Aber konnte sie sich eine Rabenfeder überhaupt leisten, wenn sie nicht einmal genug Geld für Strümpfe, geschweige denn Schuhe hatte? Aber vielleicht wurde das hier geschrieben, bevor sie verarmte? Sie war ja einmal reich und konnte sich so viele Rabenfedern kaufen, wie ihr Herz begehrte.

Aber hatte ein Rabe nicht auch mit Kummer und Unglück zu tun? Mir ist, als hätte ich seinen Schrei im Morgengrauen gehört.

XXV
Kopenhagen
Anno 1597

Er der seine Thaten
mit Fleyß und Eiffer zum Rume fürt

Sophie sah stumm auf ihren berühmten Bruder. Er schritt die Stube auf und ab, die Hände auf dem Rücken verschränkt, und machte aus seinem maßlosen Zorn keinen Hehl. Sein graues Haar stand nach allen Seiten ab, seine unschöne Nase war angeschwollen, die Augen waren rot und verquollen, und es war offensichtlich, daß er mehrere Nächte lang nicht geschlafen hatte.

«Mercurius. Er ist es, ich weiß es. Seine Hand, sein Wille stehen hinter all dem. Er ist die ganze Zeit da. Ich werde ihn töten. Ich werde ihn zum Duell fordern, ich –»

«Du wirst ihn nicht fordern. Das wäre viel zu gefährlich. Der Wahnsinn muß dich gepackt haben.»

Aber Tycho hörte nicht auf das, was sie sagte. Er war versunken in seiner maßlosen Wut.

«Ich stelle mich ihm in den Weg, wenn er vom König kommt, dann schlage ich ihm meinen Handschuh ins Gesicht, und morgen wird Mercurius ein toter Mann sein. Die Spitze meines Degens wird ihren Weg in seine Herzgrube zu finden wissen, und dort wird sie sitzen und zittern, während sein verderbtes Blut aus ihm heraustropft.»

«Tycho, bezähme dich, so hör doch. Das machst du nicht. Besinne dich. Es muß dir doch klar sein, wenn du Mercurius beleidigst, erst dann fällst du wirklich in Ungnade, die richtige, eiskalte, lebensgefährliche Ungnade. So etwas darfst du nicht tun. Höre, was ich dir sage, Tycho.» Sie versuchte, ihrer Stimme einen entschlossenen und gleichzeitig eindringlichen Klang zu geben.

«Du *mußt* endlich hören, was ich sage, wenigstens dieses eine Mal. Du kränkst weder Mercurius, Valkendorf noch sonst jemanden aus dem Rat. Besonders Mercurius ist gefährlich. Beleidigst du ihn, bist du des Todes. Ja, ich meine es genau so. Du mußt doch wissen –»

«Schweig, Weib. Willst du mich etwa zurechtweisen?»

«Das tue ich, wenn du außer dir bist, in einer Stimmung, in der dich offenbar niemand erreichen kann, dann muß ich, deine Schwester, die dir näher steht als sonst jemand, dir doch sagen, daß du dich irrst. Den hohen Herren kann man nicht mit Zorn beikommen. Sie haben mehr Macht als du, sie werden allzeit gewinnen.»

«Was können sie mir denn tun? Mir, Tycho Brahe, einem dänischen Adligen, bekannt und gerühmt in allen Reichen des Königs, mir, der größeren Glanz über Dänemarks König und Dänemarks Namen gebracht hat als irgend jemand sonst. Ich sage, als irgend jemand sonst. Hörst du das?»

«Ja, ich höre dich. Aber hast du nicht gemerkt, daß die Zeiten sich geändert haben? Diejenigen, die dem jungen König nahestehen, die denken anders, die *sind* anders. Die wollen etwas anderes. Die Zeiten verdüstern sich, du selbst hast es gesagt. Sie werden einen Grund finden, dich der Ketzerei anzuklagen, bist du dir dessen bewußt? Deine Gedanken, deine Medizin werden sie zu Schwarzer Kunst erklären. Und kennst du die Strafe dafür?»

«Sag es.»

«Den Scheiterhaufen. Aber weil du aus gutem dänischem Adel bist, wirst du vielleicht allergütigst begnadigt und geköpft – oder erwürgt, bevor die Flammen des Scheiterhaufens dich umlodern.»

«Ich weigere mich, deinen Worten noch länger Gehör zu schenken.»

«Du mußt, hier geht es um Leben oder Tod – für dich, aber es geht auch um deine Kinder und um dein angetrautes Weib. Was glaubst du, was ihr widerfährt, wenn du nicht mehr bist? Und deinen Kindern? Sie werden im besten Falle verstoßen und können ihre adlige Herkunft vergessen. Sie werden –»

«Halt ein, du zerbrichst mich.» Er war stehengeblieben

und sah sie ratlos an. Sie bemerkte, daß er seine Hände unablässig öffnete und schloß. «Hilf mir doch, Schwester. Was soll ich tun? Sag es mir. Und sag mir auch, was ich verbrochen habe. Warum hassen sie mich?»
«Tycho, Bruder, weißt du das nicht? Kennst du deine Landsleute so schlecht? Weißt du nicht, daß sie dich hintergehen? Hast du die Zeichen nicht gesehen? Ich habe es, aber ich schwieg. Aus Rücksicht auf dich und aus Rücksicht auf unser gutes Verhältnis. Jetzt aber ist es Zeit, daß du die Augen öffnest und die Dinge siehst, wie sie wirklich sind. Du kannst nicht in dieser Stadt bleiben. Du mußt fort. Schnell. Du befindest dich in äußerster Gefahr. Ich fürchte jeden Tag, daß der Kanzler Leute aussendet, die dich einsperren in deinem Haus, so daß du darum bitten mußt, hinausgehen zu dürfen. Sterne betrachten des Nachts auf den Wällen? Niemals wieder. Du wärest ein Gefangener in deinen eigenen vier Wänden. Und das wäre nur der erste Schritt. Der nächste –»
«Halt ein. Ich ertrage es nicht länger. Sag mir lieber, was ich tun soll.»
«Verlaß das Land. Fahre fort von hier, Tycho, je eher, desto besser. Fahre weit fort, weit fort von Dänemark.»

Ich glaube, ich bin an einem wichtigen Punkt angekommen. Vielleicht an dem berühmten *point of no return*. Es passierte heute nacht. Ob der Punkt mich erreichte oder ich ihn, weiß ich nicht, aber irgendwann im Laufe der Nacht wurde mir absolut klar, daß ich auf *meine* Weise über Sophie schreiben will und damit auf Victor, seine guten Ratschläge, Gefühle und akademische Besserwisserei pfeife. Er kann mich mal kreuzweise, an einer ganz bestimmten Stelle.
Ich habe mir eine extra Tasse Kaffee neben den Computer gestellt – eine uralte Kiste übrigens, aber im *Blauen Blatt* wurde an dem Tag, als ich einen kaufen wollte, kein anderer angeboten. Dafür heißt er «Sir Henry». Ich bin ganz begei-

stert von Sir Henry und hoffe, daß das Wesen guter Laune ist – er ist ein «Wesen» mit einem gewissen Eigenwillen. Natürlich ist das Unsinn, wie ich gelernt habe. Ein PC macht nichts anderes als das, was man ihm sagt, aber meiner ist da von ganz anderer Art. Oder vielleicht ist er auch bloß so alt, daß die Desintegration – das ist etwas, so habe ich gelesen, was auch mit Leuten passiert, die saufen oder kiffen – schon begonnen hat. Aber ich hoffe doch, daß das «Wesen» durchhält, bis das alles hier überstanden ist.

Als allererstes muß ich herausfinden, warum Sophie Brahe angefangen hat, in einem Code zu schreiben, und natürlich auch, was der Code bedeutet. Er muß irgendwo erklärt sein, und irgend jemand war damals in der Lage, ihn zu entschlüsseln. Alle Codes können von mehr als einer Person gelesen werden. Codes sind zwar geheim, aber es gibt immer mindestens zwei Eingeweihte.

Ich schlage mein altes Lexikon auf, aber dem sicherlich sehr ehrenwerten Redakteur des Werkes schien zu dem Begriff offenbar nur der «Code civil» und der «Code Napoléon» erwähnenswert, beides alte französische Gesetzbücher. Es hilft nichts, ich muß in die Bibliothek, aber ich merke, daß ich keine Lust habe, nach draußen zu gehen, obwohl das Wetter ganz ordentlich zu sein scheint. Zumindest regnet es nicht, und die grauen Wolken sind von einem klaren Oktoberhimmel abgelöst worden, der wie ein schöner blauer Deckel oben auf unserem Hinterhof liegt. Von der Sonne merke ich zu dieser Jahreszeit hier drinnen in meinem Arbeitszimmer nicht viel. Nur wenige Wochen vor und nach Sommeranfang scheint sie gerade eben auf meinen Schreibtisch und meine blauen Wände. Denn das Zimmer geht auf den Hof hinaus, und es ist ein echter Kopenhagener Hinterhof, eng und grau. Außerdem ist er so eine Art Lärmtrichter, man kann hier oben alles hören, was unten passiert.

Nicht, daß viel passieren würde. Morgens holen die Leute ihre Fahrräder aus dem Ständer und stellen sie am späten Nachmittag wieder dort ab. Einer nach dem anderen leeren sie ihre Müllbeutel in die Tonnen, und einmal pro Woche, unglaublich früh morgens, werden die Müllcontainer unter ohrenbetäubendem Spektakel aus dem hintersten Hinterhof durch den «Vorhof» an die Straße gekarrt. Sie könnten auch gut den anderen, direkten Weg nehmen, denn vor ein paar Jahren wurde extra ein Tor genau zu diesem Zweck angelegt, aber das wird nicht benutzt. Die Container *müssen* offenbar den lautesten Weg nehmen. Das ganze Haus wird davon wach, und ich habe nicht den geringsten Zweifel, daß die Leute von der Müllabfuhr den Lärm, den sie veranstalten, aus tiefstem Herzen genießen. Sie halten es wohl für eine gerechte Strafe dafür, daß sie selbst in aller Herrgottsfrühe raus müssen, während wir anderen noch in den Federn liegen und den Schlaf der Ungerechten schlafen.

Anstatt in die Bibliothek zu gehen, beschließe ich, daß ich über Sophie schreiben und versuchen will herauszufinden, aus welchen Elementen der Code besteht – das müßte doch sogar ich hinkriegen. Ich habe keine Lust zu warten, bis Carsten sich den Staub seiner EU-Mission von den Füßen geschüttelt hat.

Aber so einfach ist das gar nicht, auch wenn es einfach aussieht, und meine Geduld ist nicht sehr groß.

Zuerst eine Beschreibung: Ein Stück Papier aus jener Zeit. Daran gibt es keinen Zweifel. Es ist kein gutes Papier, es erinnert an das handgeschöpfte Blatt, das ich mal aus Italien gekriegt habe. Es wurde in einer alten Papiermühle in Italien irgendwo in der Nähe von Amalfi hergestellt.

Das Papier hier ist noch gröber. Es trägt ein Wasserzeichen.

Es ist etwas schmaler als ein A4-Blatt.

Es ist mit Buchstaben und Zeichen bedeckt. Ganz oben die normalen Buchstaben und Sophie Brahes Namenszug und darunter die Winkel, Vierecke, Dreiecke mit und ohne Punkte. Das bedeutet zweifellos etwas. Aber was?

Wer hat eine Ahnung von dieser Art Codesystem? Vielleicht sollte ich in die Krystalgade gehen. Die müßten was darüber haben. Die Königliche Bibliothek sicher auch, aber da dauert es immer mehrere Tage, bis die Bücher da sind. So lange kann ich einfach nicht warten.

Wer weiß etwas darüber? Mein Gehirn rotiert, aber es tauchen keine Namen auf. Irgend jemanden muß es geben. Ich bin nicht die erste, die über einen Code aus dem ausgehenden 16. Jahrhundert stolpert. Wenn Sophie einen Code benutzt, dann müssen es auch andere getan haben.

Ja, natürlich. Der alte Jantzen. Wenn er nicht inzwischen tot ist oder senil, dann muß er etwas darüber wissen. Er hat einmal vor langer Zeit über einen alten Engländer geschrieben, der vorzugsweise geheime Alphabete verwendete, und obwohl er selbst kein Engländer ist, gelang es Jantzen, eines der wichtigsten zu entschlüsseln. Man sagte ihm damals nach, er sei in England fast eine Berühmtheit.

Ich greife mir das Telefonbuch. Jantzen, Jantzen. Davon gibt es eine ganze Reihe. Was hat Jantzen eigentlich gemacht? Er hatte keinen Job, soviel weiß ich noch. Er muß inzwischen alt sein. Es ist schon viele Jahre her, seit ich ihm zuletzt lauschte. Mit Jantzen redete man nicht, man lauschte ihm. Vielleicht ist er umgezogen. Ist er nicht in dem Alter, in dem man Leute in einem Pflegeheim wegschließt? Er muß an die achtzig sein.

Da, da steht er! Bernhard Jantzen, Dronninglundvej 18. Das ist in Vanløse. Hört sich an, als wäre es am Arsch der Welt.

Eine Viertelstunde später ziehe ich die Tür hinter mir zu, ich bin auf dem Weg zu Jantzen. Vielleicht kann er sich ja an mich erinnern und hat auch nichts dagegen, sich mit mir über Geheimschriften zu unterhalten. Ich habe «mein» Papier dabei, vorsichtig in eine Plastikhülle gesteckt, die wiederum in einen gelben Ringordner geheftet ist. Der Ringordner liegt in meiner großen Tasche, die ich sorgsam mit einem Spanngummi auf dem Gepäckträger meines Fahrrads befestigt habe.

Unterwegs rufe ich mir in Erinnerung, was ich über Bernhard Jantzen weiß.

Das erste Mal begegnete ich ihm in der Stadtbücherei, wo ich ein paarmal die Woche Bücher in die Regale sortierte. Eine von den öffentlichen Kommunalbibliotheken, wirklich kein besonders anregender Ort. Seit damals wird mir immer schlecht, wenn ich ein altes, schwarzledern gebundenes Buch in die Hände kriege. Die riechen auf eine ganz bestimmte Weise, und ich kann mich erinnern, nachdem ich drei Stunden mit dieser Art Bücher zu tun hatte, die sich fast alle klebrig anfaßten und muffig rochen, war mir dermaßen kotzübel, daß ich nichts essen konnte, wenn ich nach Hause kam. Wäre meiner Mutter irgend jemand außer ihrer eigenen Person wichtig gewesen, dann hätte sie sich vielleicht Sorgen gemacht. Aber das tat sie nicht.

Einer der Leihkunden, der jedesmal kam, wenn ich Dienst hatte, war Jantzen.

Damals war er natürlich noch nicht so alt, und er unterschied sich deutlich von den anderen Ausleihern. Er lieh sich eine Unmenge von Büchern aus. Ich wußte natürlich nicht, ob er all die Bücher, die er nach Hause schleppte, auch wirklich las, aber ich glaube doch, er tat es. Manchmal hörte ich, wie er sich mit einem der alten Bibliothekare über Bücher unterhielt, und man konnte merken, daß er wahnsinnig viel wußte.

Später traf ich ihn an der Universitätsbibliothek in der Fiolstræde. Das war damals, als die Humanisten ihr Institut noch dort hatten. Er erkannte mich aus der Stadtbibliothek wieder, und wir unterhielten uns über dieses und jenes. Er fragte nach meinen Studienfächern, und eines Tages fragte ich ihn, was er machte. Und das war alles mögliche. Mir wurde klar, daß er keinen festen Job hatte, sondern sein Leben damit verbrachte, zu forschen und zu schreiben. Wovon er lebte, wußte ich damals nicht. Später erfuhr ich, daß er von seinem Vermögen zehrte. Es war nicht groß, wie mir mein Informant, ein anderer Bibliotheksbenutzer, sagte, aber dadurch, daß er äußerst bescheiden lebte, reichte es gerade eben für seinen Lebensunterhalt. Das Finanzamt saß ihm jedes Jahr wieder im Nacken, weil es ihn der Steuerhinterziehung verdächtigte, denn niemand, so sagten sie anscheinend, könne von so wenig leben. «Doch, ich kann», war Jantzens stetige Antwort.

Wie dem auch sei, ich fand jedenfalls heraus, daß er sich mit Mystik beschäftigte. Mit allen möglichen mystischen Sachen, Tarot, Astrologie, Alchimie, Kabbalistik, Zahlenmystik und weiß der Henker. Nicht, daß er irgend etwas davon geglaubt hätte, aber ich kann mich erinnern, daß er einmal, als wir einen Becher Automatenkaffee zusammen tranken, erzählte, daß er versuchen wollte, die Verrücktheiten der Menschen zu verstehen. Vielleicht war er selbst ein bißchen verrückt.

Ich habe ihn natürlich nie besucht; unsere Bekanntschaft war eine reine Bibliotheksbekanntschaft.

Bernhard Jantzen wohnt, wie sich herausstellt, in einem kleinen, halbvergammelten, vernachlässigten Mietshaus. Er drückt auf den Summer, kaum daß ich geklingelt habe. Bis ins Treppenhaus riecht es nach alten Büchern. Es ist nicht der altbekannte muffige Gestank nach Bibliotheksschwarten, sondern ein anderer Geruch – der nach wirklich alten Büchern.

Überall sind Bücher. In dem winzig kleinen Flur sind Regale bis zur Decke gezogen und vollgestopft mit Büchern. Bestimmt in zwei Reihen hintereinander. Drinnen in der Stube wiederum Regale vom Boden bis zur Decke, und ebenfalls vollgestopft mit Büchern. Auf dem Fußboden türmen sich Stapel von Büchern vor den Regalen und mitten im Zimmer, angelehnt an Tisch- und Stuhlbeine. Auf den beiden Tischen liegen Haufen von Büchern und Türme von Papier.

Die Tür zu einem zweiten Zimmer steht offen, und ich sehe einen Diwan. Auch hier überall Bücher. Ich frage mich einen Moment, ob er vielleicht auf einem Stapel Bücher schläft und ob die Küche ebenso voller Bücher ist.

Jantzen ist nicht auf Besuch eingerichtet.

«Es kommt sonst nie jemand her», sagt er, während er meine Jacke an der Garderobe aufzuhängen versucht, auf einem Haken voller Mäntel. «Aber ich freue mich natürlich», sagt er unbeholfen. «Kann ich dir einen Kaffee anbieten? Es macht überhaupt keine Umstände.»

Ich sage natürlich ja, und er eilt hinaus in die Küche, die offenbar seit mindestens fünfzig Jahren keinen Maler mehr gesehen hat.

«Setz dich doch rein», sagt er zu mir, während er Wasser in einen Kessel füllt.

Es ist schwer vorstellbar, wo er den Kaffee hinstellen will, denn ich sehe nirgends einen freien Fleck. Kurz darauf balanciert er zwei Becher auf einem Tablett herein und sieht sich um.

«Es ist nur Nescafé – anderen habe ich leider nicht.» Er nimmt selbst einen der Becher und setzt sich in einen abgenutzen Lehnsessel.

Dann sieht er mich an und fragt: «Also, was kann ich für dich tun?»

Mir scheint plötzlich, daß sein Tonfall ein klein wenig aggressiv ist, aber ich glaube nicht, daß er das beabsichtigt hat.

«Ja, wie ich schon am Telefon sagte, ich möchte gern, daß Sie mir etwas über Codes erzählen.»

«Codes?»

«Ja, Sie wissen schon, Buchstaben- und Zifferncodes. Geheime Zeichen aus alten Zeiten.»

«Warum interessierst du dich dafür?»

«Ich habe etwas gefunden, das wie ein Code aussieht. Aber ich werde nicht daraus schlau. War es üblich, daß man im 16. und 17. Jahrhundert Codes verwendet hat? Und war es nicht so, daß Ihr Francis Bacon die Geheimsprache zu seinem Spezialgebiet gemacht hat?»

«Spezialgebiet, was heißt Spezialgebiet? Die meisten schreibenden Leute damals haben sich einer Geheimsprache bedient. Man lebte schließlich in einem System, in dem es vor Agenten und Spionen nur so wimmelte. Die Regierung saß auf wackeligem Stuhl, und deshalb hatte sie ein Heer von Zuträgern in ihren Diensten. Gegen die hat das Volk sich geschützt, und eine Methode war der Gebrauch von Codes. Und als Bacon auf seiner absoluten Höhe war, hat er ebenfalls ein System erdacht, das man als klassisches betrachtete.»

«Wenn aber eine Geheimsprache allgemein bekannt ist, dann verliert sie doch ihren Wert, oder nicht? Wenn alle sie benutzen und alle sie entschlüsseln können, dann könnte man doch ebensogut unverschlüsselt schreiben?»

«Du hast vollkommen recht. Und das war tatsächlich auch der Grund, daß man die Codes nach und nach aufgab, jedenfalls nicht mehr in dem Ausmaß verwendete wie zur Zeit Bacons und der Königin.»

«Der Königin? Welcher Königin?» frage ich ziemlich begriffsstutzig.

«Es gab nur eine Königin, Elisabeth I. – die Königin von Francis Bacon, dem Baron Verulam of Verulam, Viscount of St. Albans, und die von William Shakespeare, dem Schauspieler aus Stratford.»

«Also er hat einen Code erfunden?» frage ich immer noch töricht.

«Mehrere, und er hat das ‹Grundgesetz› der Codierung formuliert.»

«Wie heißt das?»

Jantzen antwortet nicht darauf, sondern fährt nur mit seiner Erläuterung fort: «Er hat die Anforderungen an eine Geheimsprache spezifiziert. So sagte er beispielsweise, daß ein Code nicht allzu kompliziert zu schreiben oder zu lesen sein darf, aber daß es andererseits unmöglich sein muß, ihn zu dechiffrieren, und schließlich, daß er unverdächtig sein muß.»

«Unverdächtig?»

«Ja, man darf ihm nicht ansehen, daß er ein Code ist. Er soll vollkommen harmlos aussehen.»

«Waren denn seine Codes so leicht zu lesen und trotzdem so unmöglich zu knacken?»

«Nein, natürlich nicht. Sein eigener ‹Meistercode› ist unglaublich schwer zu schreiben, wenn auch weniger schwer zu knacken, aber für sein System wurde er in der gelehrten Welt gerühmt.»

«Und was beinhaltet das?»

«Es mußte ein Buchdrucker eingeweiht werden, denn der

Code verbarg sich im gedruckten Text eines Buches. Einige der Buchstaben hatten kleine eingebaute Variationen, die nur derjenige erkennen konnte, der davon wußte.»

«Hört sich an, als wäre es nur etwas für Leute, die Einfluß auf solche Dinge hatten», sage ich und denke, daß ich mir über dieses Modell nun wirklich keine Gedanken zu machen brauche.

«Soll ich noch mehr von Bacons Modell erzählen?»

«Ich glaube, das ist nicht nötig, denn der Code, der mir in die Hände gefallen ist, wurde von Hand geschrieben, deshalb kann ich das mit dem Buchdrucker wohl getrost vergessen.»

Aber ganz gleich, was ich sage, er fährt trotzdem mit seinen Erklärungen fort.

«Die meisten Codes arbeiten mit Buchstabenhäufigkeit. Der häufigste Buchstaben im Englischen – wie übrigens auch im Dänischen und Deutschen – ist das E. Dann kommt das T im Englischen, während im Französischen N die Nummer zwei ist, im Italienischen ist es das I, im Spanischen das A und so weiter. Es gibt auch einige Buchstabenkombinationen, die sich in den jeweiligen Sprachen voneinander unterscheiden. Im Englischen – auch in dem zu Bacons Zeit – ist th der häufigste Diagraph und –»

«Hat er sich auch mit Zahlen beschäftigt?»

«Nicht speziell. Aber Zahlencodes waren recht weit verbreitet, noch öfter Kombinationen aus Zahlen und Buchstaben, und dann gab es noch Zeichencodes.»

«Zeichen? Das ist der, in dem meiner geschrieben ist.»

«Deiner?»

«Ja, mein Code. Das Papier, das ich gefunden habe – aus jener Zeit.»

«Welcher Zeit?»

«Ich glaube, obwohl ich es nicht mit Bestimmtheit sagen kann, daß es aus den 1590er Jahren ist.»

«Das ist ziemlich alt.»

«Wissen Sie etwas über dänische Code-Traditionen?»

«Nicht viel, denn das hat mich nie sonderlich interessiert,

aber ich weiß, daß unter anderem Tycho Brahe zum Teil verschlüsselt geschrieben hat, wenn es um geheime Sachen ging, also Chemie und so etwas. Ist er es, auf den du gestoßen bist?»
«Beinahe. Seine Schwester.»
«Ach richtig, er hatte ja eine Schwester. Sophie Brahe, hieß sie nicht so? Doch, jetzt erinnere ich mich. Wird sie nicht etwas überbewertet?»
Ich hätte fast einen Schock gekriegt. Überbewertet? Er hatte wohl nicht mehr alle Tassen im Schrank!
«Ich würde nicht sagen, daß sie überschätzt wird. Sie war eine der gelehrtesten Frauen ihrer Zeit. Sie –»
«Nun, ihr Ruhm gründet sich doch in erster Linie auf ein Gedicht, daß sie noch nicht einmal selbst verfaßt hat. Ihr Bruder hat es geschrieben. Ist es nicht so?»
«Doch, schon. Aber sie hat so viele andere Sachen gemacht.»
«Und was?»
«Sie hat Gärten angelegt, eine umfangreiche, ja erschöpfende Familienchronik verfaßt, Wirkweisen von Medikamenten beschrieben, so gibt es zum Beispiel aus ihrer Hand ein Rezept für ein Pest-Elixier, sie hat –»
«Aber Mädel, das ist doch nichts. Sie ist nur der Anhang eines großen Mannes, sie ist seine Schwester, und ihr Name hat nur überlebt, weil man glaubte, sie habe dieses Gedicht geschrieben. Heißt es nicht *Urania* nochwas?»
«*Urania Titani.*»
«Richtig, jetzt erinnere ich mich genau», kommt es selbstzufrieden von Jantzen. «Im Gegensatz zu meinen Altersgenossen, deren Kopf so gut wie leergefegt ist und die sich an nichts mehr erinnern. Aber was willst du mit ihr? Ist das nicht vergeudete Zeit?»
«Nein, Herr Jantzen. Sie *ist* interessant. Auch wegen ihres Schicksals.»
«Sie hatte ihr Herz an diesen Windhund von Goldmacher verloren, war es nicht so? Sich seinetwegen über die Normen

ihrer Familie hinweggesetzt, ja sogar seine Ehre über alles andere gestellt.»

«Das sehe ich nicht so», versuche ich sie zu verteidigen.

«Sie ist einfach ihrem Herzen gefolgt.» Das hört sich naiv an, ich merke es selbst. Jetzt sagt er bestimmt, daß ich gehen soll.

Aber er tut es nicht, sondern fährt fort: «Na ja, aber sagtest du nicht, du hast etwas Interessantes, das von ihrer Hand stammt?»

«Ich weiß nicht, ob es interessant ist, weil ich es nicht lesen kann. Es ist das, was Sie einen Zeichencode genannt haben, soweit ich das erkennen kann. Würden Sie vielleicht mal einen Blick darauf werfen?»

Jantzen antwortet nicht, sondern streckt seine Hand aus.

«Es ist in meiner Tasche, draußen im Flur.»

Ich gehe hin, hole meine Ringmappe mit der Plastikhülle und gebe sie ihm.

Jantzen nimmt «mein» Dokument vorsichtig entgegen und legt es oben auf ein großes Buch. Dann wühlt er zwischen den Haufen auf dem Tisch und fischt eine Lupe hervor.

Er studiert es lange. Dann blickt er auf, läßt seine Augen suchend über das Durcheinander auf dem Tisch schweifen und sagt: «Gib mir doch mal das Blatt Papier dort.»

Ich reiche es ihm. Er fängt an zu schreiben, zeichnet Linien, radiert, schreibt wieder, und nach acht langen Minuten sagt er: «Das ist sehr einfach. Aber man wird nicht schlau daraus.»

10

Ich wäre um ein Haar aus dem Fenster gesprungen – wenn ich auf die Fensterbank hätte klettern können. Aber meine eingeschränkte Bewegungsfreiheit ließ es noch nicht mal zu, daß ich mir das Leben nahm. Ich *konnte* das alles einfach nicht länger aushalten. Nicht meine weißen Wände und mein grünblaues Sofa, nicht das elende Fernsehprogramm, in dem sie *nie* auch nur einen einzigen vernünftigen Film brachten, wenn ich einen sehen wollte. Erbärmliche Serien waren das einzige, was sie zustande kriegten.

Ich war kurz davor durchzudrehen, obwohl ich wußte, daß meine Freiheit Minute für Minute näher rückte. Aber was, wenn das verdammte Knie immer noch nicht wieder in Ordnung war? Dann würde ich darauf bestehen, daß man mir das Bein amputierte, denn ich konnte es nicht ertragen, noch eine einzige Stunde länger in dieser Bude zu hocken.

Gerade als meine Depression auf ihrem Höhepunkt oder besser an ihrem tiefsten Punkt angekommen war, klingelte das Telefon. Es war Karen-Lis, die mir mit heller, fröhlicher Stimme erzählte, daß sie ein Buch über Herrensitze in Skåne gefunden hatte und daß sie sicher war, heute etwas früher gehen zu können, weil nicht viele Brüste auf dem Plan standen – offenbar machten sie einen Tag Pause –, und daß sie uns etwas Leckeres mitbringen würde.

Nach ihrem Anruf war es unmöglich, die Depression auf ihrem bisherigen Stand zu halten. Ich stellte fest, daß ich mich tatsächlich auf ihren Besuch freute.

In meiner Wohnung sah es nicht besonders gut aus. Wie konnte ein einzelner Mensch nur ein solches Chaos verbreiten? Einem Menschen, einem von der Erziehung her – ganz sicher nicht von Natur aus – ordentlichen Menschen konnte es doch nicht, sollte es doch nicht möglich sein, innerhalb weniger Tage ein verhältnismäßig aufgeräumtes Zimmer (schließlich hatte meine Mutter hier gerade mit ordnender Hand gewirkt) in ein Schlachtfeld zu verwandeln. Aber genau so sah es hier aus. Ich griff nach meinem Krückstock und begann mit dem Aufräumen.

Eine halbe Stunde später waren jedenfalls die Konturen meines Heims schon wieder zu erahnen, und eine weitere halbe Stunde später hätte man meinen können, meine Mutter sei zurückgekommen.

Inzwischen war es ein Uhr geworden. Sollte ich im Büro anrufen und sie an meine Existenz erinnern? Ich vermißte sie tatsächlich, die anderen und Kirsten, meine Sekretärin. Na ja, sie betreute auch ein paar von den anderen Kollegen, aber überwiegend war sie «meine». Ich war sogar drauf und dran, den atemlosen Torben und die Akten zu vermissen. Lieber Himmel, ich vermißte die Akten! Das mußte ein Anzeichen dafür sein, daß mein Knie schon fast wieder in Ordnung war.

Die Hausarbeit nimmt einen ganz schön mit, wenn man nur ein Bein und einen Arm zur Verfügung hat, und ich war beinahe müde, als mir endlich schien, daß man sich in meinen vier Wänden wieder einigermaßen aufhalten konnte. Ich ließ mich aufseufzend in meinen Sessel sinken und wollte gerade mein Bein auf den Hocker legen, als mir Linas Ordner, Hefte und Disketten einfielen. Vielleicht sollte ich versuchen, mir einen klaren Überblick zu verschaffen, was sie eigentlich enthielten, kurz gesagt, ein Inhaltsverzeichnis anlegen. War da nicht auch noch mehr gewesen als nur die Ordner?

Der Karton stand natürlich noch da. Ich hatte die Mappen, in denen ich gelesen hatte, wieder zurückgelegt, aber natürlich war ich nicht so vernünftig gewesen, aufzuschreiben, was ich schon gelesen hatte. Nur ein paar Kapitel hatte ich relativ sorgfältig durchgelesen, andere hatte ich nur überflogen, und einen ganzen Teil hatte ich überhaupt noch nicht gelesen. Ich war dazu übergegangen, das Gelesene als «Kapitel» zu bezeichnen, denn mittlerweile kam es mir so vor, als wären es Abschnitte von etwas Umfassenderem. Aber von was?

Ich fischte die Ringordner heraus und legte sie auf den Schreibtisch. Sofort sah es wieder unaufgeräumt aus, aber daran war nichts zu ändern. Die Mappen enthielten alle nicht sehr viel. Ich wunderte mich ein bißchen, daß sie so viele davon angelegt hatte, denn genaugenommen hätte das alles leicht in zwei Büroordner gepaßt. Und wie viele waren es? Acht rote Ringordner und sieben geblümte Schreibhefte. Schließlich war da noch die Handvoll Disketten in diesem veralteten Format.

Wieder wurde mir unbehaglich bei dem Gedanken, mit

etwas konfrontiert zu werden, was ich am liebsten vergessen wollte. Aber nun, wo Karen-Lis kam, führte kein Weg mehr daran vorbei.

Um den Moment noch ein bißchen hinauszuzögern, hievte ich mich aus dem Sessel, humpelte in die Küche und setzte Teewasser auf. Ich überlegte ein paar Minuten lang, welchen Tee ich nehmen sollte, und wählte dann einen großblättrigen mit Stückchen von Orangenschalen. Ein bißchen zu sehr parfümiert für meinen Geschmack, aber ich mußte ihn endlich mal aufbrauchen.

Während ich mit dem Meßlöffel den Tee genau abmaß, dachte ich an meine schlanken, braunhäutigen Teefrauen mit den großen geflochtenen Hüten. «Meine» Teefrauen, die Tag für Tag an den grünen Berghängen Teeblätter mit ihren Händen pflückten – hier wurden keine Maschinen eingesetzt – und die Ernte in Körben auf ihren Rücken von den Hängen ins Tal trugen oder die Blätter sortierten, Stunde um Stunde, Jahr für Jahr, ihr Leben lang.

Ich genoß meinen Tee, sah hinaus in das klare, grelle Tageslicht und stellte fest, daß meine Fenster vollkommen verdreckt waren. Fensterputzen gehörte auch nicht zu den Pflichten meiner Haushaltshilfe. Und es war so mühsam, sich einen guten Fensterputzer zu suchen.

Lieber Himmel, wie sehr ich mich bemühte, mich vor dem ganzen zu drücken. Ich fand mich schon selbst beinahe albern. Ich seufzte und griff nach einem der wild geblümten Schreibhefte, richtige Frauenhefte, so was würde ein Mann sich niemals zulegen.

Ich schlug es auf, nur die ersten drei Seiten waren beschrieben, ich las sie rasch durch – und klappte das Heft wieder zu.

Karen-Lis kam. Sie wirkte munter, aber sie hatte dunkle Ränder unter den Augen.

«Mann, bin ich vielleicht geschafft», seufzte sie, als sie sich in «meinen» Sessel fallen ließ. «Diese Brüste! Obwohl es heute gar nicht so viele waren. Aber man sagt dauernd dasselbe, und manchmal macht mir die Angst der Frauen richtig zu schaffen. Denn sie sind alle ein bißchen ängstlich. Meine Theorie ist, wenn man mammographiert wird, dann wird man einen Moment lang gezwungen, an seinen eigenen Tod zu denken. Dann strömt den Leuten die Angst aus allen Poren. Angst riecht ganz eigenartig, wußtest du das? Das setzt mir manchmal unheimlich zu. Vielleicht ist das nur Einbildung, aber den anderen geht es auch so, also muß da wohl was dran sein. Ach, entschuldige, habe ich dir deinen Platz weggenommen? Du sitzt wohl am liebsten hier», sagte sie, als sie bemerkte, daß ich mich in meinem eigenen Zimmer ein bißchen hilflos umsah.

Sie wechselte hinüber aufs Sofa, und ich nahm meinen gewohnten Platz ein und legte das Bein hoch.

«Hier», sagte sie, «hier hast du deine schonischen Schlösser», und damit gab sie mir das Buch. «Reich müßte man sein, das sag ich dir. Da sind ein paar Anwesen drin, Junge, da könnte ich mir auch vorstellen zu wohnen. Aber wir wollten ja was über Linas Aufenthalt da oben herausfinden. Was hat sie gemacht? Wann hat sie das gemacht? Mit wem hatte sie Kontakt? Und wer hat Linas Umschlag aufbewahrt und mir nach so langer Zeit zugeschickt? Wir müssen wohl nach Schweden fahren. Aber natürlich erst, wenn du wieder fit bist.»

Ich fing an, in dem Buch über Skåne zu blättern, und sah Bilder von einem prächtigen Herrenhaus nach dem anderen. Ich mußte Karen-Lis recht geben, es waren eine ganze Reihe schöner Anwesen darunter, in denen ich mir auch gut vorstellen konnte zu wohnen.

Plötzlich sah ich vor meinem geistigen Auge, wie ich an einem sonnigen Frühlingsmorgen das schwere Eichenportal öffne, um auf die alte Steintreppe hinauszutreten und über eine herrliche, frühlingsgrüne Landschaft zu blicken, in die schimmernde Seen eingebettet liegen. Ich höre mich selbst die kühle, frische Luft in tiefen, zufriedenen Zügen einatmen. Meine Zufriedenheit wird noch dadurch gesteigert, daß ich weiß, irgendein dienstbarer Geist bereitet mir inzwischen mein Frühstücksmahl dort drinnen hinter den jahrhundertealten Steinmauern.

«Du hast mir erzählt, daß Lina sagte, das Anwesen hieß irgendwas mit ‹Troll›?»

«Ja, das Anwesen, das sie besuchen wollte, um nach alten Büchern zu fahnden, heißt Trolleholm. Es soll sehr bekannt sein für seine alte Bibliothek. Wußtest du, daß sie ihre Zeit damit verbracht hat, über eine gewisse Sophie Brahe zu schreiben?»

«Nicht direkt. Sie war eine der alten gelehrten Damen, oder?»

«Ja, aber Lina warf praktisch alles andere über Bord und schrieb zuletzt nur noch über diese Sophie und komischerweise wohl auch über sich selbst, so verrückt es sich anhört. Sie schrieb keine wissenschaftliche Abhandlung, sondern etwas ganz anderes. Am besten, du liest es selbst. Ich finde es ziemlich merkwürdig. Aber ich weiß über solche Sachen auch nicht gut Bescheid.»

«Es muß also jemanden geben, der Verbindung nach Trolleholm hat, meinst du nicht?»

Ich hatte in dem Buch Trolleholm gefunden, das auf den Bildern aussah wie ein Schloß aus Grimms Märchen. Plötzlich stand der Name da. Sophies Name. Ich las nämlich, daß einer der Schloßtürme «Sophie Brahes Turm» heißt. Sie war es! Sie existierte, sie war Wirklichkeit. Ich weiß gar nicht, warum ich darüber so froh war.

«Hier, nimm mal, ich hole uns was zu trinken.»

Karen-Lis nahm das Buch und fragte aufgeregt, welche Stelle ich meinte. Kurz darauf kam ich mit einer Flasche gutem, genau richtig gekühltem Elsässer zurück.

«Nun lies schon», wiederholte ich, und Karen-Lis vertiefte sich in das Buch. Sie las überraschend langsam.

«Also, in alten Zeiten hieß es Eriksholm, hier wohnte Sophie, und dann brannte es ab und wurde wieder aufgebaut und modernisiert, von irgendeinem Dänen, der alle Adelssitze ruinierte, indem er sie im Stil mittelalterlicher Ritterburgen

umbaute.» Sie las weiter. «Hier steht das mit der Bibliothek. Daß es eine ganz ungewöhnliche Bibliothek beherbergt, vollgestopft mit alten Büchern. Da ist sie also hingefahren und hat es sich angeguckt, und dort –»
«Genau, dort liegt einer der Schlüssel zu dem ganzen.»
«Ich glaube, es ist der Hauptschlüssel», sagte Karen-Lis und leerte ihr Glas in einem Zug.

Lina kommt – ihr Harfen spielet auf!
Singt von der reinen Liebe Süße!
Lina kommt – hin vor der Schönen Füße,
O Natur, streu deine Blüten aus zuhauf!

Viele Jahre lang hat mich mein Name furchtbar geärgert. Lina zu heißen, so wie eine schwindsüchtige Dame, die ein uralter Dichter aus der Ferne angebetet hat, fand ich unerträglich. Ich haßte den Namen Lina und fragte meine Mutter mindestens tausendmal, warum ich keinen weniger ausgefallenen Namen hatte haben können. Lene oder Lena wäre ja noch gegangen, aber Lina! Besonders bescheuert fand ich ihn, als mir aufging, daß es zwar ein «literarischer» Name war, aber meine Mutter damals keine Ahnung davon gehabt hatte, als ich getauft wurde. Das wurde ich übrigens unheimlich spät, ich war schon so schwer, daß meine arme Patin einen Krampf in den Armen kriegte und mich beinahe fallen gelassen hätte.

«Warum Lina?» fragte ich sie. «Wo du doch noch nicht mal gewußt hast, wer Lina war?»

«Mein Gott, er klang einfach so romantisch und anders, deshalb. Ich wollte doch, daß du romantisch und anders sein solltest, keine, die ist wie alle anderen.»

Tatsächlich wünschte ich mir nichts mehr, als genauso zu sein wie alle anderen. Mein Wunschtraum ging noch weiter, nämlich auch genauso zu leben wie alle anderen, eine ganz normale Familie zu haben, herzlich gerne mit einem langweiligen Vater, der morgens ganz normal zur Arbeit ging, und einer Mutter, die nicht exzentrisch war und so merkwürdig aussah, daß die Kinder auf dem Schulhof stehenblieben und sie anstarrten, wenn sie ein seltenes Mal in der Schule auftauchte. Außerdem hätte ich auch gerne einen großen Bruder oder eine kleine Schwester gehabt. Ich wurde mir nie ganz schlüssig, welches Modell mir lieber war, aber jedenfalls eins von beiden.

Und mein Vater?

Ich habe ihn hin und wieder gesehen. Manchmal fiel es ihm urplötzlich ein, mich anzurufen und zu fragen, ob ich mit ihm ins Kino gehen oder mich in irgendeinem Restaurant mit ihm treffen wollte.

Wir hatten nie ein besonders enges Verhältnis. Er hatte wieder geheiratet und neue Kinder gekriegt, so daß für mich kein Platz war. Er sagte es natürlich nicht so direkt, aber mir wurde nach und nach klar, daß es so war. Als ich aufs Gymnasium ging, steckte er mir manchmal ein paar Geldscheine zu, schärfte mir aber gleichzeitig ein, daß Mutter nichts davon mitkriegen durfte, sonst würde ja alles doch nur «dafür» draufgehen. Und «dafür», das war natürlich Schnaps.

Wenn meine Mutter voll war, lamentierte sie gerne über meinen Vater, der ihr nie etwas Gutes getan hätte, sondern immer nur auf ihr herumgetrampelt sei, und dann bedachte sie ihn mit einem Schwall übler Schimpfwörter. Ich hatte dann immer ein Bild vor Augen, wie all die Flüche und Schimpfwörter aus ihrem rotgemalten, verzerrten Mund flossen und sich um seinen Hals legten wie eine Kette aus Mühlsteinen. Schließlich konnte mein großer, schöner Vater unter dem Gewicht der Steine fast nicht mehr den Kopf heben.

Vielleicht hätte ich noch ein vernünftiges und gutes Verhältnis zu ihm aufbauen können, aber als er fünfundfünfzig war, kippte er plötzlich auf der Treppe zu seinem Zahnarzt um.

Ich weiß genau, warum ich hier sitze und meine Zeit damit

vergeude, an ihn zu denken. Ich vermisse ihn, glaube ich – das ist die schlichte, aber wahre Erklärung.

Mein Seufzen übertönt einen Moment lang das Summen von Sir Henry.

Ich reiße mich zusammen oder besser, ich versuche, mich zusammenzureißen, und betrachte meine Notizen von dem Treffen mit Jantzen.

Wenn man den Code geknackt hat, wie es so schön heißt, ist nicht schwer zu entziffern, was da steht. Ich kontrollierte seine Auflösung, sie stimmte:

GYLDEN BOG LEO 14.10

Aber das war erst der erste Schritt, denn ich begriff immer noch nicht, was das heißen sollte. Jantzen hatte recht, das war ziemlich interessant, auch wenn er starke Bedenken geäußert hatte, ob man das auch von Sophie sagen konnte.

Das war ein richtiger Schlag für mich, denn seit nunmehr vielen Jahren glaube ich, daß sie eine interessante und wichtige Person gewesen ist. Vielleicht denken alle anderen über Sophie Brahe dasselbe wie Jantzen? Vielleicht ist es ja wirklich Wahnsinn, meine Zeit mit ihr zu verplempern?

Ich schiebe den Gedanken von mir. Sie *ist* interessant. Das ist mein Ausgangspunkt, und daran will ich – und muß ich – festhalten, besonders jetzt, wo ich den Pfad der Wissenschaftlichkeit zugunsten meiner eigenen Beschreibung und Interpretation verlassen habe.

Gylden Bog, Goldenes Buch. Was ist ein goldenes Buch? Wo gab es ein goldenes Buch? Und was meinte sie mit «Leo»? Und warum war das alles als Code geschrieben? Was war so gefährlich daran, daß es in verschlüsselter Form aufgeschrieben werden mußte?

XXVIII
Eriksholm
Anno 1597

Dise Arzney welche vermittelst Gottes Gnaden
Ein Remedium sey gegen alle häfftigen Kranckheiten

Sophie fröstelte, obwohl sie den Tisch dicht an das Feuer gezogen hatte. Die Holzscheite glühten und schickten hin und wieder Funkenstöße empor, die an Sternschnuppenregen in einer Augustnacht erinnerten. Trotzdem waren ihre Füße und ihre Beine eiskalt.

Sie war in eine Arbeit vertieft, die sie sich selbst vor langer Zeit auferlegt, aber immer wieder vor sich hergeschoben hatte. Sie hatte keine Kraft mehr, fühlte sich leer und schwach, schaffte nicht einmal den Weg hinaus in ihren Garten. Dabei kam ihr Gärtner jeden Morgen zu ihr und fragte, ob sie nicht sehen wolle, wie schön ihre *wisteria chinensis* blühe, und erbat sich ihre Anweisungen für die neuen Rosenbüsche. Wo sollten sie eingepflanzt werden? Aber er mußte sich mit dem Bescheid begnügen, daß er nach eigenem Gutdünken damit verfahren solle.

So hatte sie sich noch nie vorher in ihrem Leben gefühlt. Nie war es ihr gleichgültig gewesen, daß die Sonne aufging, nie hatte sie den Tag oder die Nacht gefürchtet. Aber jetzt, in dieser Zeit, lief alles in die verkehrte Richtung.

Erik war wieder auf Reisen in Norddeutschland, auf seiner ewigen Jagd nach Gold, die ihn sein ganzes Vermögen gekostet hatte, und falls er jemals wieder seinen Fuß in eines der Länder und Reiche des Königs setzte, würde man ihn wegen seiner Schulden in den Kerker werfen. Tycho saß in Kopenhagen und schäumte vor Wut darüber, wie der König ihn behandelte, daß er nämlich tat, als existiere er gar nicht, und ihre und Tychos Familie sprach über nichts anderes mehr, als daß Tychos Benehmen die Familienehre beschädige. Sie wagte gar nicht daran zu denken, was die Familie sagen würde, falls oder besser wenn sie heiratete. Sie taten alle so, als wüßten sie nicht, daß sie und Erik verlobt waren, aber wenn es zur Heirat kam, konnten sie nicht länger die Augen davor verschließen. Gott im Himmel! Sie seufzte so laut, daß ihre beiden spitznasigen Hunde zu ihren Füßen die Köpfe hoben und sie einen Moment ansahen. Dann legten sie gleichzeitig die Köpfe zurück auf die Pfoten, schmatzten kurz und schliefen weiter. Sophie wünschte sich, sie hätte das Schlafvermögen eines Hundes. Die hatten nie Probleme in dieser Hinsicht. Dann seufzte sie nochmals und blickte auf das, was sie geschrieben hatte:

Pest-Elixier
Mit Gottes Hilfe ist dieses Elixier wohlgeeignet gegen ernste Krankheiten wie Pest und alle *morbi epidemici*.
Zuerst nehme man ein Pfund des vornehmsten venezianischen oder alexandrinischen Theriak und tue es in einen hohen, langhalsigen Glaskolben. Einen guten Spiritus, der über einem milden Feuer dreimal gereinigt wurde, gieße man sodann darüber; man nehme so viel, daß er den Theriak drei Finger breit bedeckt. Gut verschließen, damit der Spiritus nicht entweicht. Darauf stelle man den Kolben eine Woche lang in ein lauwarmes Sand- oder Wasserbad, auf daß der Spiritus die Wirkstoffe des Theriak ausziehe. Anschließend soll die Materie, die sich nun ausgefällt hat, durch ein rauhes Papier filtert werden, auf daß sich das Reine vom Unreinen scheide. Die abgefilterte Flüssigkeit ist rötlich und durchsichtig, und diese gieße man wiederum in einen Glaskolben. An dem Kolben appliziere man einen Verschluß mit Kühlrohr und an seinem Ende ein Behältnis, um die durch die Destillation hervorgebrachte Materie aufzufangen. Nachdem alles sorgsam abgedichtet ist, destilliere man den Inhalt des Kolbens langsam in einem mittleren Sand- oder Wasserbad, bis der Spiritus sich gänzlich in dem Auffangbehältnis befindet und die Theriak-Essenz auf dem Boden des Kolbens eine Konsistenz ähnlich der von

Honig hat, aber nun von dunkelbraun-rötlicher Farbe ist. Den Theriak-Spiritus im Auffangbehältnis gieße man in ein Glas, das sorgfältig verschlossen werden muß. Nun kann man sich morgens an Stelle eines anderen *aqua vitae* einen kleinen Schluck dieser Flüssigkeit einverleiben, da es ein wenig der Theriak-Essenz enthält und somit vorbeugend wirkt, insbesondere, wenn es zwei oder drei Mal mit Wacholderöl versetzt, beschwefelt und im Sand- oder Wasserbad präpariert wird. Die Theriak-Essenz wird auf diese Weise verbessert und verstärkt...

Es war ziemlich anstrengend, das Heilmittel zu entwickeln und auszuprobieren und anschließend diese Anleitung aufzuschreiben, aber Sophie hatte sich selbst auferlegt, das Wichtigste niederzuschreiben und vielleicht mehrere Exemplare davon anfertigen zu lassen, so daß es unter den Leuten Verbreitung fand. Denn es ging das Gerücht, die Pest sei im Land, und sie war überzeugt, daß dieses Elixier das beste Mittel dagegen war, das es gab.

Wenn sie sich nicht ganz im klaren darüber war, ob sie das Rezept kopieren lassen sollte, dann lag das daran, daß sie von Jens Porse gehört hatte, die Professoren in Kopenhagen seien empört über diese Art von «Teufelsgebräu», wie sie es nannten. Wie es hieß, seien mehrere Zusammenkünfte im Konsistorium abgehalten worden, und die Leute raunten, daß einige der Professoren die Rezeptverfasser für Gefolgsleute Satans hielten.

Sie hatte versucht, die Sterne zu befragen, aber ihre Fähigkeiten waren nicht gut genug. Jedenfalls hatte sie keine Antwort erhalten.

Wieder atmete sie tief durch. Sie wollte es tun! Dieses Elixier konnte vielleicht einige gute Menschen davor bewahren, den Schwarzen Tod zu sterben. Also mußte sie dem entgegensehen, was da kommen mochte, und eine Adelige wie sie mit Gütern, Familie und Reichtum würde nicht gefährdet sein. Sie glaubte nicht daran, sie *wollte* nicht daran glauben.

Sie tauchte ihre gute, fein geschnittene Rabenfeder in das Tintenfaß und schrieb: «Man nehme also 10 oder 20 Tropfen, je nach Gewicht und Zustand des Patienten, mit einem Teelöffel destillierten Wassers...»

11

Morgen, morgen, morgen. Ich weiß heute noch, wie das Wort «morgen» in mir sang und klang. Endlich würde ich befreit werden. Ich war für 8 Uhr 15 in die Ambulanz bestellt. Ich sah mich selbst mit meinen Krücken dort hineinhumpeln und leicht und frei mit den Dingern unter dem Arm wieder hinausgehen. Herrlich würde das sein. Der letzte Tag in meinem Gefängnis zog sich unendlich in die Länge, es war überhaupt kein Ende abzusehen. Deshalb rief ich meine Eltern an.

Meine Mutter war dran. Das ist sie immer. Mein Vater kann das Telefon nicht leiden. Es stört ihn, und man kann sich am Telefon nicht mit ihm unterhalten. Er sagt zur Not zwei, drei Sätze, aber immer kurz. Ein Telefon ist nämlich seiner Meinung nach für kurze Mitteilungen da. Ich weiß nicht, wie oft ich ihn das habe sagen hören. Er sagte es ständig und mit hundertprozentiger Sicherheit immer dann, wenn er alle drei Monate den Umschlag mit der Telefonrechnung aufmachte. Er öffnete ihn immer sehr sorgsam, fast ein bißchen erwartungsvoll mit einem silbernen Brieföffner, den er zur Konfirmation bekommen hatte. Meine Mutter verzog sich, wenn er die Telefonrechnung öffnete. Ihre Zufluchtsstätte war die Küche, und während er sein Mantra über den richtigen Gebrauch des Telefons herunterleierte, zog sie mit hitzigen Bewegungen Schubladen auf und zu und knallte Bratpfannen und Kochtöpfe mit gewaltigem Lärm auf den Gasherd. Sie liebt nämlich ihr Telefon, und sie liebt es, ausgiebig zu telefonieren.

Doch, es ging ihnen gut, sehr gut sogar, aber sie machten sich ja *solche* Sorgen um mich. Ob ich auch sicher war, daß ich nichts zurückbehielt? Und künftig mußt du wirklich vorsichtiger sein, mein Junge. Ich fragte, ob es etwas Neues gab, und sie erzählte mir von einem Sonntagsausflug, den sie nach Egeskov gemacht hatten. Ich nahm mir die Zeitung und überflog sie, während Mutter redete und redete. Ich versprach, gleich anzurufen, wenn ich mit dem Arzt gesprochen hatte.

Dann sagte sie plötzlich: «Ich kann mich erinnern, daß du mal erzählt hast, Lina, deine ehemalige Freundin, würde sich für Astrologie interessieren. War das auch schon so, als ihr euch kennengelernt habt?»

Ich antwortete nicht darauf, sondern fragte, warum sie das gerade jetzt wissen wollte.

Nun, sie hatte über alles nachgedacht, und es war ja nicht so, daß sie etwas gegen Lina gehabt hätte, sie war nur so... Sie suchte nach dem passenden Wort, und dann kam es: anders. Trotzdem hatte sie sich darüber gewundert, daß Lina sich so intensiv damit befaßte. Und sie hatte darüber nachgedacht, ob das, was später passiert war, etwas damit zu tun haben könnte.

Ich antwortete wahrheitsgemäß, daß Lina sich im Rahmen ihrer wissenschaftlichen Arbeit auch mit Astrologie beschäftigt hatte, daß ich aber ansonsten nichts darüber wußte. Das war nichts, was mich interessiert hatte.

«Aber hat sie sich auch damit beschäftigt, als ihr verlobt wart?»

«Wir waren nicht verlobt, Mama. Wir waren zusammen, wir hatten eine Beziehung, aber mehr nicht.»

«Ach», kam es ein bißchen spitz durch den Hörer. «Na ja, aber damals war sie auch schon ganz angetan davon, und das erschien mir doch etwas bizarr.»

«Bizarr» ist eines der Lieblingswörter meiner Mutter. Sie verwendet es, wenn sie sich ein kleines bißchen rächen will.

«Mama, warum erwähnst du das gerade jetzt?»

«Ich habe nur darüber nachgedacht. Und über sie. Wir haben doch darüber gesprochen, als ich bei dir war.»

Ich hatte keine Lust, mich mit meiner Mutter über Lina zu unterhalten, und fragte, wie es meinem Vater ginge.

«Ausgezeichnet, willst du mit ihm sprechen?»

Ich wußte eigentlich nicht so recht, worüber ich mit ihm sprechen sollte, aber sie wollte es offenbar gerne. Ich konnte Gemurmel hören. Dann war meine Mutter wieder dran.

«Papa sagt, ich soll dich grüßen. Er hat sich gerade mit einem seiner Kästen hingesetzt.»

Die «Kästen» waren die Schmetterlingssammlung meines Vaters. Sie war ziemlich umfangreich, einige seiner Exemplare waren sogar recht selten, und er verstand wirklich viel von Schmetterlingen. Seit er Rentner war, hatte er zwei kleinere Artikel in der *Dansk Entomologisk Tidsskrift* veröffentlicht. Der eine handelte von Schwalbenschwänzen; worum es bei dem anderen ging, weiß ich nicht mehr.

«Ein andermal», hörte ich ihn aus dem Hintergrund rufen.

«Schön, daß du angerufen hast, Carsten. Melde dich bald mal wieder, mein Junge. Tschüß, du.»

Ich seufzte und wunderte mich wieder einmal, warum ich immer ein bißchen verstimmt war, wenn ich mit ihnen telefoniert hatte. Kam es daher, daß ihre Welt so klein, so kleingeistig geworden war?

Plötzlich kam mir eine Idee. Ich humpelte zum Regal und zog das Telefonbuch heraus.

Sie waren sehr freundlich im Schwedischen Touristikbüro, halfen mir auf jede erdenkliche Weise und kriegten sogar die Telefonnummer von Trolleholm heraus.

Eine sanfte schonische Mädchenstimme versicherte mir, daß ich Trolleholm am Hörer hatte, und ich fragte, ob ich vielleicht einmal das Schloß von innen besichtigen könnte. Ich sei interessiert an Sophie Brahe.

«Ach so, Sie auch.» Sie klang auf einmal sehr schwedisch. «Im Moment interessieren sich unglaublich viele Dänen für Sophie Brahe, aber das Schloß ist für Publikum nicht geöffnet, auch nicht für Leute, die über Sophie Brahe forschen. Aber den Park kann man natürlich besichtigen», fügte sie hinzu.

Ich sagte, das könne doch nicht richtig sein, daß ich, der ich ein seriöses Anliegen hätte, das Schloß nicht von innen besichtigen und mir ein Bild davon machen könnte, wie es aussah. Ich würde selbstverständlich auch dafür zahlen.

Sie erwiderte, der Herr Graf sei bisher sehr großzügig gewesen, habe aber Probleme mit einer Dänin gehabt, die so angetan von Sophie Brahe gewesen sei, daß sie sogar versucht habe, eines der Bücher aus der Bibliothek mitzunehmen. Nur weil man die Polizei eingeschaltet habe, sei es gelungen, das Buch zurückzubekommen.

Nach diesem Vorfall habe der Herr Graf den Zutritt zur Bibliothek untersagt. Nur er könne eine Ausnahmegenehmigung erteilen. Sie sei dazu nicht befugt. Und der Herr Graf befinde sich im Ausland.

«Wann kommt er wieder?» fragte ich.

«Er wohnt im Ausland», kam es zurück.

«Wo?»

«In New York.»

«Könnten Sie mir nicht seine Telefonnummer geben? Dann rufe ich dort an und frage ihn.»

«Er hat eine Geheimnummer», erwiderte sie lakonisch.

«Seien Sie eine gute Fee», bettelte ich in meinem besten selbstgestrickten Schwedisch, «helfen Sie mir, und ich werde Sie mit Gold aufwiegen.»

«Schreiben Sie uns, dann werde ich sehen, was ich tun kann», antwortete sie und legte auf.

Ich schrieb sofort einen höflichen Brief in meinem besten Advokatenstil an den Grafen. Es passiert selten, daß ich an solche Leute schreibe, aber der Brief sah recht beeindruckend aus. Ich bat um die Erlaubnis, der Bibliothek auf Trolleholm zu wissenschaftlichen Zwecken einen Studienbesuch abstatten zu dürfen, da ich an der Geschichte der Sophie Brahe interessiert sei.

Ich unterließ es zu erwähnen, daß ich leider nur allzu gut die dänische Frau kannte, die bei dem Versuch, ein Buch aus der Bibliothek zu stehlen, erwischt worden war.

XXIX
Eriksholm
Anno 1597

Sey mein Schild, mein Schutz und Weer
Wider den Teüfel und alle böse Creatur

Sophie tat lange so, als ob sie sie nicht hörte, aber als sie nicht verschwand, sondern ganz im Gegenteil weiterhin stehenblieb, mußte sie schließlich notgedrungen ihren Blick von ihrer Schreibarbeit heben und ihn auf die Magd richten, die krampfhaft ihre Schürze zwischen den Händen wand. Ihre Augen waren vor Angst weit aufgerissen.

«Was willst du?»

«Ich habe ihn wieder gesehen.» Bei dem Wort «ihn» senkte sich ihre Stimme zu einem kaum hörbaren Flüstern.

«Sprich lauter, ich verstehe dich nicht.»

Die Magd knüllte verzweifelt ihre Schürze. Dann riß sie sich zusammen.

«Er verschwand durch das Fenster, als ich die Tür öffnete. Ich habe so schreckliche Angst.»

Ihre Stimme war fast nicht wiederzuerkennen, und sie sah aus, als hätte sie etwas Entsetzliches erlebt.

«Was hast du gesehen?»

«Ich sah den Quast von seinem Schweif. Ein großer, schwarzer Quast, aus dem Funken sprühten. Ich habe solche Angst», wiederholte sie.

«Was hast du noch gesehen?»

«Nichts, aber er hinterließ einen entsetzlichen Gestank.»

«Nach was? Sag!»

«Nach faulen Eiern.»

«Unsinn. Nimm dich zusammen, Weib, sonst kann ich dich nicht gebrauchen. Ich will nichts mehr hören von deinem ewigen Gerede. Der Teufel höchstselbst kommt nicht zu einer Dienstmagd wie dir. Warum sollte er sich dir zeigen und nicht mir, kannst du mir das vielleicht erklären?»

Die Magd schüttelte den Kopf.
«Das kann ich nicht, aber ich habe ihn wirklich gesehen.»
Bei den letzten Worten wurde ihre Stimme trotzig.
«Ich verbiete dir dieses Geschwätz. Der Teufel kommt nicht hierher, besinne dich! Gebrauche deinen gesunden Verstand. Warum sollte er das tun?»
Die Magd schwieg und senkte den Blick auf den schwarzgetäfelten Boden.
«Antworte, oder ich werde...»
Sophie spürte, wie der Zorn in ihr hochstieg, schob rasch ihren Stuhl zurück und ging zu der Magd, die immer noch auf den Boden starrte.
«Sieh mich an.»
Die Magd sah hoch, und Sophie schlug ihr, so hart sie konnte, ins Gesicht. Zuerst mit der Handfläche, dann mit dem Handrücken. Der Magd schossen bei den Schlägen die Tränen in die Augen, und sie unterdrückte einen Schmerzensschrei.
«Hast du jetzt verstanden? Du hast den Teufel nicht gesehen, er kommt nicht hierher. Geht das endlich in deinen Kopf? Wenn ich dich noch einmal davon sprechen höre, lasse ich dich in den Keller zu den Ratten sperren. Das hier ist gefährlich, gefährlich, begreifst du das nicht? Gefährlich für dich, aber auch für die anderen. Mach dir klar, daß du eine Katze oder ein anderes Tier gesehen hast, und glaube daran. Und jetzt fort mit dir.»
Sophie rieb sich die Hand, denn sie schmerzte. Aber es war notwendig gewesen. Dieser Art Gewäsch mußte von Anfang an hart begegnet werden, bevor es sich ausbreitete und alle anderen auf dem Gut ansteckte. Wenn der Pfarrer Wind davon bekam, konnte es ernste Folgen haben und sich zu wer weiß was entwickeln. Es waren bereits mehrere Hexenprozesse abgehalten worden, und alle hatten damit geendet, daß eine oder mehrere Personen auf dem Scheiterhaufen verbrannt wurden. Frauen, allesamt Frauen, junge und alte. Überwiegend alte. Und auch wenn ihre Magd einfältig war,

sollte sie doch nicht auf eine Leiter gebunden und ins Feuer geworfen werden.

Sophie griff zur Feder und begann erneut mit dem Brief an ihren Bruder, der sich im Schloß Wandsbek aufhielt und auf eine Audienz beim Kaiser wartete. Sie beneidete ihn einerseits, aber andererseits auch wieder nicht, denn sie wußte, wie sehr es ihn schmerzte, daß er gezwungen gewesen war, das Land zu verlassen. Sie wollte ihm schreiben, daß sein Feind Mercurius etwas in Gang gebracht hatte, das ihm beim Kaiser schaden konnte. Das hatte sie aus zuverlässiger Quelle erfahren. Ihr Informant hatte auch berichtet, der innere Zirkel sei erbittert darüber, daß Tycho ihnen entkommen sei, und werde alles daransetzen, ihm zu schaden.

Das überraschte sie nicht, sie hatte damit gerechnet. Sie wußte, daß diese Art Leute immer darauf bedacht waren, sich zu rächen.

Mercurius! Sie wünschte ihm den Tod an den Hals.

Goldenes Buch, was meinte sie damit? Ich zerbreche mir wie irrsinnig den Kopf darüber, wo der Hund wohl begraben liegt. Quatsch, ich suche nach keinem Hund, ich suche nach dem Schlüssel, der Erklärung.

Welche Bücher sind golden? Ich schaue meine eigenen Bücher an. Keines davon ist golden. Ihre Rücken sehen genauso aus, wie Buchrücken für gewöhnlich aussehen, rot, blau, braun mit schwarzem, blauem, rotem Aufdruck – aber meistens schwarz. Einige wenige haben tatsächlich einen goldfarbenen Aufdruck auf dem Rücken. Das ist ermutigend, aber die Goldprägung allein heißt noch lange nicht, daß sie goldene Bücher sind.

Hat irgend jemand etwas über Sophies Bücher geschrieben? Ich sehe meine Notizen durch, so gut es geht. Sie sind wie üblich völlig durcheinander. Ich finde nichts, aber ich habe mir auch nicht alles aufgeschrieben, was ich gelesen habe. So systematisch bin ich leider nicht. Ich setze mich hin und denke nach. Denke. *Denke.*

Welche Bücher hätte man Ende des 16. Jahrhunderts in etwas Goldfarbenes gebunden? Ich versuche zu rekapitulieren, was ich über Tycho Brahe und seine Bücher gelesen habe. Er sammelte Bücher, schrieb selbst einige und druckte sie auch. Er baute auch eine Papiermühle auf Hven. Aber ich kann mich nicht daran erinnern, gelesen zu haben, daß seine Bücher golden waren.

Wenn es nun gar kein wirklich goldenes Buch ist, sondern wenn «golden» im übertragenen Sinne verstanden werden soll, was könnte es dann für eines sein?

In meinem Kopf regt sich keine Antwort. Mein Gehirn hat den Geist aufgegeben.

Ich gehe in die Küche und fülle Wasser in den elektrischen Wasserkocher, der nicht mehr von allein abschaltet und deshalb bestimmt lebensgefährlich ist. Aber ich muß irgendwas tun, um meine grauen Zellen wieder zum Leben zu erwecken.

Verdammt, ich muß unbedingt mit jemandem reden.

Plötzlich habe ich wahnsinnig Lust, mit Carsten zu sprechen. Und sei es nur, um ihn ein bißchen aufzuziehen. Er ist mittlerweile ein richtiger angepaßter Yuppie geworden. Sieht aus wie einer Anzeige für Boss-Klamotten entstiegen. Aber ich mag ihn immer noch. Nochmal, wäre er nicht so unsäglich nett gewesen und hätte es seine Mutter nicht gegeben, dann wären wir vielleicht zusammengeblieben. Aber mit ihr war einfach kein Auskommen.

Ein einziges Mal hat sie meine Mutter getroffen. Es war eine regelrechte Katastrophe.

Meine Mutter war natürlich stockbesoffen und hatte Rollschuhe unter den Füßen, so wirkte es jedenfalls, als sie Carstens Mutter ins Wohnzimmer führte. Sie stolperte und versuchte wild mit den Armen rudernd ihr Gleichgewicht zu halten. Sie gackerte und gackerte, während sie hinknallte, und selbst als sie auf dem Boden lag, gackerte sie immer noch.

Schnaps macht die Leute offenbar unempfindlich für Schmerzen.

Carstens Mutter sah aus, als hätte sie statt der Damentoilette versehentlich die Tür zum Männerpissoir erwischt. Ihre Mimik war vollkommen eingefroren.

Natürlich haßte ich meine Mutter dafür, daß sie auf diese Weise nach Kräften dafür sorgte, daß Carsten und seine Mutter, und ganz besonders seine Mutter, einen schiefen und verzerrten Eindruck von uns kriegen mußten. Ich wollte, daß wir normal wirkten, daß wir normal *waren*, freundlich und vernünftig und absolut lebenstüchtig.

Doch der Eindruck, den meine Mutter mit ihrer Rutschpartie und ihrem gackernden Gelächter auf Carstens Mutter machte, entsprach genau der Wirklichkeit. Denn sie *war* so. Sie war nicht ordentlich und normal, sie war verrückt. Und obwohl ich sie natürlich anschrie, wie gemein und hinterhältig sie sei und nur darauf aus, mir alles kaputtzumachen, war sie auf ihre Weise auch befreiend, verglichen mit der ordentlichen, langweiligen und leicht bösartigen Mutter, mit der Carsten gesegnet ist.

Carstens Vater ist bei weitem nicht so unangenehm, ihn konnte ich gut leiden. Er war überhaupt nicht wie seine Frau, er war viel, tja, wie soll ich es nennen – farbenfroher vielleicht, obwohl er von seinem Äußeren her bestimmt nicht farbenfroher war, denn er hatte immer graue Sachen an. Alles war grau, ausgenommen der Schlips, der konnte schon mal blau sein. Aber er hatte für vieles Interesse, und ich glaube, er beschäftigte sich nur so intensiv mit seinen diversen verrückten Hobbys, damit er etwas für sich selbst hatte, etwas, in das sich seine Frau nicht einmischte. Wer würde sich denn schon für Schmetterlinge interessieren, wenn er nicht eine Ausrede bräuchte, um etwas anderem zu entgehen?

Ein paar seiner Schmetterlinge waren wunderschön. Große Dinger, die früher einmal in den Dschungeln Südamerikas herumgeflattert waren. Ihre Flügel leuchteten in allen Farben, die es auf Gottes Erde gibt. Strahlendes Hellblau, Pink,

Smaragdgrün, Orange, Zitronengelb und Schwarz in einer solchen Tiefe und Intensität, wie ich sie nirgendwo anders gesehen habe als bei den großen, armen, aufgespießten Schmetterlingen in ihren Kästen bei Carsten zu Hause in Vangede.

Zu meiner Überraschung ist Carsten an seinem Platz. Ich frage ihn, ob die Geschäfte schlecht gehen, weil er nicht unterwegs ist. Er fragt, wie es mir geht. Ich antworte nicht ganz ehrlich, daß es mir blendend geht. Er flunkert ebenfalls ein bißchen und sagt, es geht ihm phantastisch. Könnte gar nicht besser sein. Er hat bloß so viel Arbeit, so viel, daß er es an der Schulter hat. Sie tut weh, auch nachts.

«Du mußt zum Physiotherapeuten», sage ich.

«Wohin?»

«Zu einem Krankengymnasten.»

«Kommt nicht in Frage, von so einem lasse ich mich nicht foltern. Das wird schon wieder. Wenn nicht, muß ich eben eine Wärmflasche drauflegen. Das hilft, hat meine Mutter gesagt, aber ich bin noch nicht dazu gekommen, und außerdem habe ich auch gar keine.»

Er macht eine Pause, und auf einmal höre ich mich selbst erzählen. Es kommt etwas unsortiert, und ich vergesse wohl in der Eile, daß er nicht ganz auf dem laufenden ist. Das fällt mir allerdings erst hinterher ein.

Plötzlich geht mir ein ganzer Kronleuchter auf. Natürlich, selbstverständlich, anders kann es gar nicht sein.

«Hörst du mir überhaupt zu?» fragt Carsten in dem Moment. Jetzt ist er an der Reihe, denn so sind die Regeln für ein Gespräch unter Freunden, und deshalb hat er angefangen von einem Mann zu erzählen, dem er aus irgendeiner Klemme geholfen hat.

«Entschuldige», sage ich, «aber ich glaube, bei mir brennt was an. Es riecht irgendwie ganz brenzlig. Wollen wir uns nicht mal wieder treffen? Es ist schon so lange her», rufe ich ins Telefon und knalle den Hörer auf, ohne seine Antwort abzuwarten. Aber ich habe keine Zeit zu verlieren.

Denn jetzt weiß ich, was sie mit ihrem goldenen Buch und dem Löwen gemeint hat. Es kann einfach nicht anders sein. Der Wasserkocher ist endgültig durchgeschmort, ich habe es kommen sehen. Ich reiße das Fenster weit auf.

12

Natürlich kam ich nicht aus der Ambulanz herausgetanzt, die Krücken über dem Kopf schwingend. Ich humpelte immer noch, aber der behandelnde Arzt war einigermaßen zufrieden. Er sagte mir, obwohl es schon ganz gut aussehe, sei es noch ein langer Weg, bis alles wieder richtig in Ordnung sei, und der lange Weg heiße systematisches Reha-Training. Er zeigte mir ein paar Übungen, und es tat weh. Es war natürlich naiv gewesen, etwas anderes zu glauben. Aber man kann sich ja Schmerzen und Einschränkungen nicht vorstellen – ich kann es jedenfalls nicht.

Trotzdem verzichtete ich zumindest auf eine der beiden Krücken, und als ich nach Hause kam, rief ich in der Kanzlei an und sagte, daß ich vermutlich am nächsten Tag kommen würde, und sie schienen alle begeistert zu sein bei dem Gedanken, mich wiederzusehen. Wahrscheinlich waren sie vor allem begeistert, meine wertvolle Arbeitskraft wieder zur Verfügung zu haben.

Jetzt hatte ich wohl keine Zeit mehr, den Rest von Linas Ergüssen durchzulesen, aber nach Schweden mußten Karen-Lis und ich trotzdem, falls eine positive Antwort vom Grafen kam.

Der Anrufbeantworter von Karen-Lis verkündete, daß sie im Moment leider nicht selbst an den Apparat kommen könne, was natürlich nichts anderes hieß, als daß sie arbeiten war. Im Telefonbuch fand ich ihre Mammographieklinik, also machte ich einen Versuch. Nachdem man mich einige Male verbunden hatte, war sie dran.

Ich erzählte ihr, was ich unternommen hatte, und sie fand meine Initiative gut, fragte aber, was wir tun sollten, falls der Graf ablehnte. Es konnte doch gut sein, daß er nicht noch mehr diebische Dänen in seinem Schloß haben wollte. Ich sagte, daß ich an diese Möglichkeit überhaupt nicht denken wolle, denn natürlich würde er uns die Erlaubnis geben.

«Hast du inzwischen rausgekriegt, was auf den Papieren aus dem Umschlag steht?»

Das hatte ich natürlich nicht, aber ich sagte, daß ich das heute tun wolle, weil ich ab morgen wohl kaum noch Zeit dafür haben würde. Wir verabredeten, daß wir ohne Rücksicht auf irgendwelche Arbeit auf jeden Fall nach Schweden fahren würden, falls – wie sie sagte, und wenn, wie ich sagte – die Zusage aus unserem schwedischen Schloß käme.

Ich konnte nicht lesen, was in den alten Briefen stand. Wie ich Karen-Lis schon gesagt hatte, verstehe ich altes Dänisch nicht, aber nicht nur das Altdänische stellte ein Problem dar. Zwei der Blätter waren auf Latein abgefaßt, und ich habe nie mehr Latein gelernt als die paar juristischen Begriffe, die jedem Jurastudenten eingetrichtert werden.

Ich dachte darüber nach, wer mir bei der Entzifferung helfen könnte. Irgendwo mußte es doch einen Menschen geben, der so etwas konnte. Wer befaßte sich mit etwas so Absonderlichem wie Altdänisch? Ich griff zum Telefonbuch, gab es aber schnell wieder auf. Plötzlich hatte ich einen Geistesblitz. Die Universität natürlich. Da mußte irgendein bärtiger Greis sitzen, der auf dem Gebiet forschte.

Die Stimme in der Telefonzentrale hatte einen etwas erstaunten Unterton, sagte dann aber «Moment bitte», und nach ein paar Klingelzeichen meldete sich eine helle Frauenstimme. Doch, dabei könne sie mir bestimmt behilflich sein. Ich sagte, daß ich die Dokumente ungerne mit der Post schicken wolle, aber sobald ich etwas beweglicher wäre, ich sei nämlich momentan durch einen Knieschaden etwas behindert, würde ich sehr gerne persönlich vorbeikommen. Ob ich das dürfe? Ich ginge davon aus, daß es irgendwann nächste

Woche soweit sei. Und Latein, ob es bei ihnen jemanden gebe, der Latein könne? Damit, so meinte sie, könne sie mir wohl auch aushelfen. Ich bedankte mich artig und sagte, daß ich mich darauf freue, sie kennenzulernen. Sie beendete das Gespräch mit einem trockenen «ganz meinerseits».

Gerade als ich mich von der Frauenstimme verabschiedet hatte, klingelte das Telefon. Es war Hanne, Frau Pedersens Tochter, die aus Gävle anrief. Sie wollte hören, wie es mir so ging und ob ich herausgefunden hätte, was mit Lina passiert war.

Ich trug ziemlich dick auf und sagte, daß ich damit rechnete, in Kürze eine Art Erklärung zu finden, aber daß ich immer noch nicht wüßte, was sie, Hanne, wußte.

Gerade deswegen riefe sie an, denn sie sei demnächst in Kopenhagen, und das sei doch eine gute Gelegenheit, sich zu treffen. Sie wolle sehr gerne erzählen, was sie mitgekriegt habe, und wenn ich der Sache wirklich auf den Grund gehen wolle, würde sie mir empfehlen, daß ich ihre Mutter anriefe.

Ich schwindelte unverschämt und sagte, daß ich das auch schon vorgehabt hätte, aber mein Bein hätte mir solche Schmerzen verursacht, daß ich beinahe an nichts anderes mehr habe denken können.

Es endete damit, daß ich vorschlug, in der kommenden Woche im *Alsace* zu frühstücken.

Wenn ich nun schon mitten in der Lina-Sache steckte, konnte ich ebensogut gleich den Anruf bei Frau Pedersen hinter mich bringen, überlegte ich. Vielleicht hatte ich ja Glück, und sie war nicht zu Hause.

Sie war es. Danke, ihr ging es gut. Man wurde ja nicht jünger, und da stellten sich so allerlei Beschwerden ein. Ihre eine Hüfte sei ganz schlimm, sie stände auf der Warteliste für eine Operation, aber so was dauere ja. Nix von wegen, man bräuchte nicht länger als drei Monate zu warten, so was galt wohl nicht für solche wie sie. Und man wußte ja schließlich auch nicht, ob das gutging. Man hörte doch soviel über verpfuschte Hüftoperationen. Aber sie wollte das trotzdem machen lassen, denn sie konnte vor Schmerzen nicht mehr schlafen.

Ich fragte, ob sie Hanne gar nicht vermisse. Das tat sie natürlich, aber sie hatte ja zum Glück noch ihre andere Tochter Ulla und deren Hund. Sie wohnten ganz in der Nähe, und wenn die Tochter wegmußte, durfte sie auf den Hund aufpassen. Der mochte sie beinahe ebenso gerne wie Ulla.

Dann kam ich zum Punkt und fragte, ob sie sich an etwas von dem erinnerte, was Lina zuletzt erzählt hatte, und ob sie wüßte, womit sie beschäftigt gewesen war.

Doch, das wußte sie. Lina war ja ganz gefesselt von einer, die Sophie hieß, und zwar über lange Zeit. Aber da war auch noch was anderes gewesen. Irgendwas mit einem Ausländer. Den einen Tag war er dagewesen, als sie zum Aufräumen kam. Ein Norweger oder Schwede. Sie konnte den Unterschied nicht heraushören, und sie hatte auch nicht verstanden, worüber sie sich unterhielten. Soweit sie das beurteilen konnte, waren sie kein Liebespaar gewesen, jedenfalls zu dem Zeitpunkt noch nicht, denn er hatte auf dem Sofa übernachtet. Er war mehrere Tage geblieben, denn als sie am folgenden Mittwoch kam, war er gerade abgereist. Seine Bettwäsche lag auf dem Boden, und Lina gehörte nicht zu denjenigen, die so was einfach herumliegen ließen. Auf ihre Weise war sie schon ordentlich, die Lina. Aber über so was ließ sich am Telefon so schlecht sprechen. Ich konnte hören, wie ihre Stimme dünn wurde und zu zittern anfing.

«Hätten Sie nicht Lust, bei mir eine Tasse Tee zu trinken, dann können wir uns besser unterhalten», hörte ich mich sagen.

«Doch, gern», kam es etwas zögerlich. «Wenn ich vielleicht lieber eine Tasse Kaffee haben könnte, ich mache mir nicht soviel aus Tee, muß ich dir sagen.» Kleine Pause. «Wir sind doch immer noch per du, oder? Aber ich muß auch nicht unbedingt was trinken.»

Ich versprach ihr einen Kaffee, und wir verabredeten uns für den späten Donnerstag nachmittag. Dann brauchte ich jedenfalls kein schlechtes Gewissen zu haben, wenn ich ihre Tochter eine Woche später traf.

Erschöpft von all dem Gerede über Lina legte ich mich aufs Sofa, ich war todmüde, und in meinem Knie pochte und schmerzte es. In der Ambulanz hatten sie was von Schmerztabletten gesagt, die ich nehmen könne, und mir fünf davon sowie ein Rezept über weitere zehn in die Hand gedrückt. Die passen wirklich auf, daß man auch ja keine Gelegenheit kriegt, tablettensüchtig zu werden. Oder vielleicht sparen sie auch bloß Arzneikosten.

Ich erinnere mich, daß ich wieder aufstand, in die Küche humpelte, eine Pille schluckte und mir gleichzeitig einen Tee kochte. Es war der Rest von meinem Fancy Choicest Oolong aus Taiwan.

XXX
Kopenhagen
Anno 1597

Ich habe vil Übel getriben
In all meiner ganzen Zeyt

Die Segel – eines nach dem anderen – wurden vom Wind erfaßt, füllten sich und rundeten sich wie der Leib einer schwangeren Frau. Am Kielwasserstreifen konnte Sophie erkennen, daß das Schiff Fahrt aufzunehmen begann; schon jetzt waren die Männer oben in den Rahen klein wie Puppen.

Mehrere Tage lang war der Wind zu schwach gewesen, aber in der Nacht kam endlich eine frische Brise aus Südost, und am frühen Morgen hatten sie die schlaftrunkenen Kinder und die letzten Sachen an Bord gebracht.

Ihre Schwägerin war ganz durcheinander und bekümmert gewesen; ihre Haube war verrutscht, und sie wirkte eher wie eine Kaufmannsfrau, die entdeckt hatte, daß der Geliebte ihres Dienstmädchens eine Speckseite gestohlen hatte, und gar nicht wie die Gattin des stolzen Tycho Brahe.

Sophie saß in ihrer Kutsche, mehr vor Unruhe als vor Kälte fröstelnd, und wartete darauf, daß das Schiff mit ihrem Bruder und seiner Familie in den morgendlichen Dunst davonglitt.

Der Abschied war wortkarg vonstatten gegangen, alle hatten «Auf baldiges Wiedersehen» gesagt, und Sophie hatte versprechen müssen, daß sie, sobald der Vertrag mit dem Kaiser geschlossen war und die Familie sich in Prag niedergelassen hatte, auf einen langen Besuch kommen würde. Eine beschwerliche Reise, aber nicht so schwierig und beschwerlich, daß sie nicht zu bewältigen gewesen wäre.

Es war allerhöchste Zeit, daß Tycho das Land verließ. Sie hatte von ihrem Informanten erfahren, daß man darauf drängte, ihn seiner letzten Privilegien zu berauben, um ihn anschließend vor Gericht zu stellen. Und es war – genau wie sie ihm vorhergesagt hatte – sein Metier als Zauberer und Magier, auf das man eine Anklage gründen wollte.

Ihre Quelle war sicher und verläßlich und würde sie nicht verraten, aber sie wußte, daß sie sich mit diesem Kontakt in ein tückisches und lebensgefährliches Fahrwasser begeben hatte, in dem es ebensoviel Feinde gab wie Sterne am Himmel und wo alle Arten von Waffen benutzt wurden. Die am häufigsten gebrauchten waren solche, die den Widersacher aus dem Hinterhalt trafen.

Der Hauptfeind war und blieb Mercurius. Tycho hatte in seiner inneren Aufgewühltheit kurz vor der Abreise von ihr verlangt, ihm bei ihrem Seelenheil zu schwören, daß sie niemals verraten werde, wer Mercurius war. Denn überall waren Denunzianten, jeder war in Gefahr, und niemand konnte mehr sicher sein, daß nicht auch die freien Männer des Staates vor Gericht gestellt wurden. Anklagen wegen Hexerei waren im ganzen Land üblich geworden, und hinter diesen Anklagen verbarg sich häufig genug etwas anderes. Nun, nicht gerade, wenn es um eine armselige Kuh ging, die plötzlich verrückt wurde und wie wild herumtobte, und man denjenigen ausfindig machen wollte, der seinen bösen Blick auf das Tier geworfen hatte. Diese Art Anklagen waren fast immer berechtigt, aber viele andere waren vorgeschoben.

Jetzt war das Schiff aus den Augen verschwunden, vom Dunst verschluckt, und ihre Lieben waren fort, auf dem Weg in ein unbekanntes Schicksal.

Würde es ein gutes Schicksal sein? Ob Tycho wohl selbst glaubte, daß die Möglichkeiten in der Fremde besser waren als in Dänemark? Auch wenn er sagte, daß es überall auf der Welt einen Himmel gab, so war doch nicht sicher, ob es ihm so ergehen würde, wie er es sich wünschte. Und eines würde ihm ganz gewiß begegnen: Mißgunst. Dieses Gefühl, das wußte sie, war überall dasselbe. Das war es, was Tycho hier im Land den Boden unter den Füßen weggezogen hatte.

Sie mißgönnten ihm! Gönnten ihm nicht die Ehre, gönnten ihm nicht den Ruhm.

Sophie rief den Kutscher an, er möge fahren, und langsam setzte sich ihr Wagen in Bewegung und fuhr zurück in die Stadt. Sie hatte versprochen, sich darum zu kümmern, daß im Haus in der Farvergade alles seine Ordnung hatte, vor allen Dingen, daß keine Papiere herumlagen, die nicht für fremde Augen bestimmt waren; man könnte sonst auf die Idee kommen, sie falsch zu deuten. Denn obwohl die Familie lange darauf gewartet hatte, war der Aufbruch hastig und fieberhaft vonstatten gegangen.

Das Rascheln ihrer Röcke hörte sich an wie Sturmgebraus, und ihre Schritte dröhnten wie die eines Riesen, als sie durch die verlassenen Räume ging. Obwohl die meisten Möbel zurückgeblieben waren, wirkte das Haus traurig und ausgestorben. Ein Spielzeug hier, ein achtlos hingeworfener Rock da, eine angefangene Stickerei dort.

In Tychos Kammer lagen einige Papiere. Entwürfe, hatte er gesagt, nichts Wichtiges. Die wichtigen Unterlagen hatte er in seiner Rocktasche verstaut. Trotzdem nahm sie die Blätter an sich, um sie zu verbrennen.

Die Verlassenheit des Hauses erschien ihr grausam und unerträglich; das Weinen saß ihr im Hals. Ein Schluchzen entrang sich ihrer Kehle, sie sank auf eine Bank und ließ ihren Tränen freien Lauf.

O du Herrgott im Himmel! Sie war zutiefst überzeugt, daß sie Tycho zum letzten Mal gesehen hatte. Sie wußte so sicher, wie die Sonne über das Himmelsgewölbe wandert, daß sie nie mehr sein Charisma erleben würde, das Spiel seiner Augen und seine rasche Auffassungsgabe dessen, was wichtig und wesentlich war, denn sie würde niemals bis nach Prag kommen. Obwohl sie die Sterne dazu nicht befragt hatte, wußte sie es.

Dann gewann der Zorn die Oberhand über die Trauer, und wieder einmal wünschte sie Mercurius den Tod. Den *Tod*. Aber damit nicht genug, sie wünschte ihm einen grausamen und bösen Tod.

Sein gepeinigtes Stöhnen. Er wälzt sich wild auf seinem Lager, er schreit vor Schmerzen und Elend. Jetzt krümmt er sich voller Qual zusammen, jetzt verkrampfen sich seine Glieder, jetzt, jetzt...

Sophie ließ ihre Vorstellung fahren. Nein, so nicht, so sollte es auch nicht sein, aber er verdiente es, daß die Welt ihn in seiner ganzen Erbärmlichkeit erkannte. Und obwohl sie gelobt hatte, niemals, unter keinen Umständen zu sagen, wer er war, beschloß sie, es aufzuschreiben. Es in einer geheimen Niederschrift festzuhalten, die doch nicht so geheim war, daß man sie nicht entschlüsseln konnte. Aber die Auflösung selbst sollte sich woanders befinden. Das Geheimnis sollte mit einem vergoldeten Doppelschloß gesichert sein, aber Mercurius' Name würde nicht bis in alle Ewigkeit verborgen bleiben.

Auf dem Tisch lagen noch einige Schreibutensilien, ein paar Blatt Papier und eine abgenutzte Feder. Sie setzte sich und begann zu schreiben.

Leo, Leo... Löwe, was ist das noch für ein Haus, in dem der Löwe steht? Hat es was mit Gold zu tun? Es fällt mir schwer, mich zu erinnern, auch weil ich mich für Astrologie nie besonders interessiert habe. Seitdem ich weiß, daß die Horoskope in den Zeitungen immer von dem Redakteur verfaßt werden, der an dem Tag zufällig nichts Besseres zu tun hat und also überhaupt keine Ahnung von Astrologie zu haben braucht, seitdem lese ich keine Zeitungshoroskope mehr. Auch den Zeitschriften traue ich nicht über den Weg. Ich habe mal von der Frau eines Direktors gehört, die sich zu Hause langweilte und deshalb einen Fernkurs in Astrologie belegte. Als sie den hinter sich gebracht hatte, diente sie sich bei allen möglichen Redaktionen als Horoskoptante an, und tatsächlich gelang es ihr mit einer riesigen Portion Dreistigkeit und ebensoviel Glück, bei der größten aller dänischen Zeitschriften zu landen. Jetzt grinst sie aus der rechten oberen Ecke hämisch jedem Leser entgegen, der neugierig darauf ist, was die Sterne für ihn bereithalten. Seitdem ich *das* herausgekriegt hatte, lese ich keine Zeitschriftenhoroskope mehr. Selbst dann nicht, wenn ich alle drei Monate mal beim Friseur bin.

Zeitschriftenhoroskope haben nichts mit der klassischen Sterndeutung zu tun, auch wenn manche Begriffe und Formulierungen dieselben sind. Soviel weiß ich, und ich weiß auch, daß die Denkweise schwer zu verstehen ist, die hinter der alten Astrologie stand. Damals dachte man auf eine andere Art, gewissermaßen in Einheiten. Das weiß ich, obwohl ich vieles andere trotz meiner ganzen Leserei nicht weiß. Aber ich erinnere mich auch ohne Bücher daran, daß der Wassermann, das Zeichen des Saturn, im elften Haus steht. Aber in welchem Haus steht der Löwe? Da fällt mir ein, daß die Einteilung in Häuser bei der klassischen Astrologie sehr leicht problematisch werden kann.

Sophie wurde im Zeichen des Löwen geboren, am 24. August 1559. Damit hätten wir also den Löwen. Aber dann fällt mir ein, daß Tag und Monat nicht sicher belegt sind. Es wird irgendwo auch ein anderes Geburtsdatum genannt. Ich schlage nach. Ja, genau, der 22. September, und das hat nichts mehr mit Löwe zu tun.

Und was stimmt nun? Dabei war ich mir so sicher, daß es um einen astrologischen Löwen geht, daß ich den armen Carsten nicht mal ausreden ließ.

Löwe und etwas Goldenes. Aber was bedeuten die Zahlen? Sollte das was mit der Bibel zu tun haben? Sophie war natürlich bibelfest, wie die meisten derjenigen, die lesen und schreiben konnten, und in einem ihrer Briefe schreibt sie von der goldenen Quelle der Weisheit. Das könnte ein Wink sein. Und dann kann es sich nur um die Bibel handeln. Es *ist* die Bibel.

Eines der berühmten Aha-Erlebnisse breitet sich in mir aus. Wie angenehm. Es *kann* nur das Buch der Bücher gemeint sein. Mir wird klar, das alles andere ausgeschlossen ist. Es handelt sich um die Bibel. Aber welche Bibel? Denn ich glaube, daß sie nicht an die Bibel im weiteren Sinne gedacht hat, sondern allein an die kanonischen Schriften der christlichen Kirche. Ich bin überzeugt, daß es sich um eine ganz bestimmte Bibel handelt. War es eine, die sie besaß? Und wo befindet die sich jetzt?

Gibt es irgendwo eine Aufstellung, was ihre Bibliothek enthielt? Daran habe ich bisher noch gar nicht gedacht. Und was ist aus den Büchern geworden? Hat sie sie mitgenommen oder auf Eriksholm zurückgelassen, als sie in die Welt hinaus aufbrach, um Erik Lange wiederzufinden? Darüber weiß ich nichts, aber ich versuche mir mit meinem neuzeitlichen Bewußtsein vorzustellen, was ich, Lina, machen würde, wenn ich in die Welt hinaus ziehen und nach meinem Geliebten suchen wollte. Würde ich dann meine Bücher einpacken und mitnehmen? Ganz sicher nicht, sie wären furchtbar schwer. Sie könnten noch so teuer gewesen sein, das würde mich in der Situation völlig kalt lassen, und Sophie ist Geld immer egal gewesen, jedenfalls solange sie welches besaß. Ich würde nur ein paar Klamotten mitnehmen, vor allem solche, in denen ich gut aussehe, und dann natürlich Geld oder Schmuck. Soviel wie möglich. Wieviel sie wohl mitnahm? Allzuviel kann es nicht gewesen sein, denn sie klagte darüber, so arm zu sein, daß sie nicht einmal genug Geld für Strümpfe oder Röcke hatte und daß Eriks Sachen gepfändet wurden. Oder vielleicht hat sie ihm ihre Schmuckstücke auch für seine teuren Experimente gegeben, und er hat sie direkt in den Schmelztiegel geworfen, wer weiß?

Ich muß die Bibelausgabe finden, die vielleicht – oder vielleicht auch nicht – etwas Goldenes an sich hat. Das mit dem Gold muß ja nicht buchstäblich so gemeint sein.

Als ich an diesem Punkt angekommen bin, ist der Rest ein Kinderspiel. Mit dem Löwen kann nur der Evangelist Markus gemeint sein, und die Zahlen sind natürlich ein Hinweis auf Kapitel und Vers seines Evangeliums.

Meine eigene Bibel – eine alte Ausgabe, in der «Angesicht» noch nicht zu «Gesicht» geworden ist und Joseph mit seinem vertrauten Weibe «geschätzet» wird, anstatt an einer Volkszählung teilzunehmen – ist seit langem unberührt. Es staubt richtig, als ich sie aus dem Regal ziehe.

Obwohl ich diese Bibel damals vor vielen Jahren bekommen habe, als ich anti-konfirmiert wurde, sind die Seiten des Markus-Evangeliums noch nie umgeblättert worden. Sie kleben eine Idee zusammen. Während ich so blättere, muß ich an meine Anti-Konfirmationsfeier denken, die meine Mutter arrangierte und zu der sie eine Menge Leute einlud. Nicht etwa ich hatte entschieden, daß ich nicht konfirmiert werden wollte, sondern meine Mutter. In ihren Augen war eine Konfirmation einfach spießbürgerlich, und das war nun wirklich das letzte, was sie und ihresgleichen sein wollten.

Meine Oma schenkte mir aus Protest gegen meine Mutter und ihre verrückten Ideen eine Bibel. Das gehörte sich so, sagte sie, und wenn meine Mutter sich selbst als kirchenfern und unreligiös bezeichnete, mußte das ja noch lange nicht heißen, daß ich keine Möglichkeit haben sollte, in dem Buch zu lesen, auf dem unsere gesamte abendländische Kultur gegründet ist. Ich weiß noch genau, daß ich in dem anschließenden lautstarken Wortgefecht zu meiner Mutter hielt und deshalb meine Bibel weit weg stellte, ins oberste Regalfach, außer Sichtweite. Und obwohl ich seitdem mehrmals umgezogen bin, hat sie nie einen anderen Platz erhalten.

Ich habe das 14. Kapitel gefunden. Es handelt von Ostern, und in Vers 10 geht es um Judas.

Der Vers lautet in all seiner Schlichtheit:

Und Judas Ischariot, einer von den Zwölfen, ging hin zu den Hohepriestern, auf daß er ihn verriete.

13

«Hier ist Frau Pedersen», tönte es durch die Gegensprechanlage, Donnerstag nachmittag, zwei Minuten vor fünf. Ich drückte auf den Summer, öffnete die Wohnungstür und humpelte zurück in die Stube, um die Zeitungen auf einen Haufen zu legen. Ich hatte nicht damit gerechnet, daß sie so pünktlich sein würde.

«Bin ich zu früh?» war das erste, was sie sagte, als sie etwas außer Atem auf meinem Treppenabsatz angekommen war. «Es ist so schwer abzuschätzen mit den Bussen. Die fahren nie nach Plan.»

Ich nahm ihr die Jacke ab, sie schaute in den Spiegel und fuhr sich über ihre kurzen grauen Haare, während sie munter weiterplauderte.

«Ich weiß gar nicht, warum die Leute alle zum Einkaufen in die Stadt fahren müssen. Hinterher tut es ihnen ja doch wieder leid. Aber so ist das heutzutage. Kaufen, kaufen, das ist die Hauptsache. Ich frage mich bloß, wo die alle das Geld hernehmen. Die meisten sind doch arbeitslos.»

«Na, nicht die meisten. Ein paar. Die meisten haben zum Glück Arbeit, und viele verdienen nicht schlecht. Wir Dänen hatten noch nie soviel Geld wie jetzt. Aber ich gebe dir recht, viel zu viele leben auf Staatskosten.»

«Meinst du jetzt die Volksrentner? Ich kann dir versichern, daß wir nicht viel haben. Glaubst du, du würdest mit meiner Rente auskommen? Die staatlich gesicherte Volksrente und ein magerer Mietzuschuß, das ist alles. Den Heizkostenzuschuß haben sie letztes Jahr gestrichen.»

Ich mußte einräumen, daß mir das wohl schwerfallen würde.

«Na siehst du, und wenn ich mal keinen mehr habe, bei dem ich putzen kann, wird es verdammt eng. Nix mehr mit Rotwein.»

«Trinkst du Rotwein zum Essen?»

«Zum Abendessen, mittags nicht. Ja, das tue ich. Soll gut fürs Herz sein, sagt man. Aber dafür bleibt nichts übrig bei der kleinen Volksrente. Nett hast du es hier.»

Sie hatte sich in meinem Sofa niedergelassen und sah sich um.

«Hast du jemanden, der bei dir putzt?»

Ich antwortete wahrheitsgemäß, daß ich einen jungen Mann hatte, der saubermachte.

«Von einer Reinigungsfirma? Einer von den großen?»

Ich erzählte ihr den Sachverhalt.

«Ach so. Aber falls du jemanden brauchst, der nach Hausfrauenart putzt, ich wäre noch frei. Ich habe im Moment nur eine Stelle, und ich könnte gut noch einen zweiten Kunden schaffen, und hier ist ja nicht viel zu tun.»

Das kam etwas überraschend, und ich wußte nicht, ob ich das wirklich wollte. Aber es war heikel, das Angebot rundheraus abzulehnen.

«Hört sich gut an. Ich melde mich, wenn mein Vertrag mit der Firma ausläuft. Noch nicht zum nächsten Ersten, aber zum folgenden. Könntest du dir wirklich vorstellen, ganz bis hierher zu fahren?»

Irgendwie fühlte ich mich überrumpelt. Ich fand, daß es unhöflich wäre, nein zu sagen, aber ich merkte auch, daß ich keine große Lust hatte, unter Kuratel von Frau Pedersen zu stehen. Also saß ich in der Zwickmühle.

«Ich hole erst mal den Kaffee», sagte ich und humpelte in die Küche.

Frau Pedersen blieb stocksteif auf dem Sofa sitzen und erlaubte sich keine Entspannung; sie machte einen offiziellen Besuch, das war deutlich.

Ich hatte meinen Nachbarn gebeten, mir zwei Stück Sahnetorte und ein paar Rosinenwecken mitzubringen, als er heute vormittag einkaufen war. Die Tortenstücke waren inzwischen ziemlich lädiert. Ich versuchte sie auszubessern, so gut es ging.

Wir tranken Kaffee, das heißt, ich trank Tee, einen reichlich uninteressanten Ceylon. Ich erzählte ihr, daß ich keinen Kaffee vertrug. Das konnte sie gar nicht verstehen, denn sie hatte noch nie von Leuten gehört, die keinen Kaffee vertrugen.

«Ich kriege Ausschlag davon», schwindelte ich. «Große Quaddeln am Hals und im Gesicht. Sieht nicht schön aus und juckt entsetzlich.»

«Hm», sagte sie, nahm den letzten Bissen Torte und faltete die Serviette zusammen. «Hast du Linas Aufzeichnungen gelesen?»

«Ja, jedenfalls das meiste davon.»

«Und was denkst du?»

«Interessant, aber verwirrend. Eigentlich sind es viele verschiedene Sachen. Eine Art Beschreibung, was passiert ist, und dann ein historischer Roman – oder eher einzelne Kapitel davon. Sie hat über eine gewisse Sophie Brahe geschrieben, die Schwester von –»

«Tycho Brahe. Ja, das weiß ich wohl. Sie war eine interessante und schöne Frau.»

«Weißt du darüber Bescheid?»

«Ja, Lina hat mir davon erzählt, und ich habe ihre Sachen auch gelesen.»

«Du hast ihre Aufzeichnungen gelesen?» Ich hörte, wie erstaunt meine Stimme klang.

«Ich sag ja, sie hat mir davon erzählt, und sie meinte, daß ich es gerne lesen dürfte. Es lag ja alles auf ihrem Schreibtisch. Und das habe ich getan – aber erst hinterher. Ich wollte mich da nicht einmischen. Und zuerst dachte ich auch, ich würde das sowieso nicht verstehen.»

«Aber dann hast du es verstanden?»

«Na ja, nicht gleich, aber als es dann so...», sie suchte nach dem richtigen Wort, «so unheimlich wurde – ich wollte versuchen, das alles richtig zu verstehen, und deshalb habe ich die Papiere durchgelesen, bevor ich sie in den Karton packte. Außerdem wollte ich wissen, ob da was über den Mann drinstand, der bei ihr gewohnt hat.»

«Und – steht was über ihn drin?» fragte ich neugierig.

«Aber ja, hast du das denn nicht gelesen?»

«Nein», gab ich zu. «Mir ging es nicht so gut. Du weißt, mein Knie...»

«Na, dann solltest du das aber nachholen. Bevor du das nicht getan hast, können wir kaum vernünftig reden. Wir müssen denselben Kenntnisstand haben. Das siehst du doch ein, oder? Ich schlage vor, daß du bis Ende nächster Woche alles gelesen hast. Es ist eilig.»

Frau Pedersen war größer und breiter geworden, während sie sprach. Die zerbrechliche Frau war verschwunden zugunsten einer – tja, ich wußte selbst nicht so recht, an wen sie mich erinnerte.

Wenig später fiel es mir ein. Sie erinnerte mich an eine der alten Frauen, die zur Wikingerzeit auf Island lebten. Keine Ahnung, warum ich sie mir auf Island vorstellte.

«Gut, ich fange also am Ersten hier an. Zweimal die Woche. Die Firma mußt du kündigen. Es wird dir besser gehen, wenn hier richtig saubergemacht wird, und noch besser, wenn wir beide das alles aufgeklärt haben.»

Frau Pedersen stimmte ein gurgelndes Lachen an, bei dem der rote Kunststoffgaumen ihrer oberen Gebißreihe sichtbar wurde.

Eine alte isländische Seherin – eine Völva mit Zahnprothese, das war sie, jetzt war ich mir sicher. Ich spürte den wohlbekannten eisigen Schauer an meiner Wirbelsäule hochkriechen.

Ein Mann in einem Baum. Er hängt dort und pendelt hin und her. Dreißig Silberlinge und ein furchtbarer Tod. Das ist die richtige Geschichte für Carsten, er liebt – oder liebte – Gruselgeschichten, egal ob er sie erzählt kriegte oder sie selbst erzählte. Er konnte immer die meisten von Grimms Märchen auswendig.

Ich habe mal irgendwo gelesen, daß alle den Verrat lieben, aber den Verräter hassen. Jedenfalls haßten sie Judas. Die Reise in eine Finsternis, die kein Licht erhellen kann, ist das Schicksal des Verräters, sagt man, und Judas begegnete der Finsternis dort, wo sie am tiefsten und grausamsten ist – dort, wo man allein ist.

Aber wer war Sophies Judas, und wo war sein Platz in ihrem Umfeld?

Ich bin überzeugt, daß die Antwort in ihrer Bibel steht, aber wo ist ihre Bibel? Verschollen? Verbrannt, verkauft? Oder steht sie noch in der Bibliothek auf Eriksholm, das jetzt nicht mehr Eriksholm heißt? Hat Sophies Judas etwas mit Erik Lange zu tun oder mit Tycho Brahe? Mit Tychos Abreise aus Dänemark? Das glaube ich schon eher, ich denke nicht, daß es ihre Beziehung zu Erik betraf. Denn was wog schwerer? Was wiegt schwerer? Ein Geliebter oder ein Bruder?

Bei Sophie habe ich da überhaupt keine Zweifel. Der Bruder. Warum, weiß ich nicht, denn für ihren Geliebten hat sie alles stehen- und liegenlassen. Aber irgendwo tief in mir fühle ich, daß Tycho ihr wichtiger war. Er war vielleicht das Allerwichtigste für sie, obwohl sie die Bürde auf sich nahm, ihn um ein ganzes Menschenalter zu überleben.

Ja, es ist möglich, die Bibliothek auf Trolleholm, wie Eriksholm jetzt heißt, zu besichtigen. Aber die freundliche Stimme am Telefon konnte mir zu den Büchern keine Auskunft geben. Ich sei jedoch herzlich willkommen, sagte sie in ihrem niedlichen schonischen Tonfall. Wann ich denn kommen wollte? Morgen, sagte ich.

Ich muß mir ein Auto mieten, anders kommt man nur schwer dorthin. Ich sehe auf die Uhr, doch, ich kriege wohl noch eins, wenn ich mich beeile. Geld kann ich auch auf der Fähre noch eintauschen.

Es ist lange her, seit ich zuletzt ein Auto gesteuert habe. Die ersten paar Kilometer hakt die Kupplung, und der Wagen röchelt erbärmlich beim Schalten, ein Glück, daß die Tussi vom Leihwagenschalter das nicht hören kann. Dann habe ich den Kniff raus und fange an, das mobile Gefühl zu genießen, obwohl viel Verkehr ist. Dänen sind und bleiben hoffnungslose Autofahrer, stur und verbissen. Vielleicht bin ich selbst so, denke ich, als ich bei Spätgelb über die Ampel brettere. Auf der anderen Seite der Kreuzung gestehe ich mir ein, daß es wohl doch schon Rot war.

Ich nehme Kurs Richtung Norden.

Auf der Autobahn nach Helsingør ist um einiges mehr Betrieb als damals bei meiner letzten Fahrt. Aber alle Leute kaufen neue Autos, heißt es, und darüber sind die Wirtschaftsexperten – und die Autohändler – zufrieden, denn die Zahl der verkauften Autos ist im heutigen Dänemark die Meßlatte für unser aller Wohlergehen.

Oben am Fähranleger treten mir die Schweißperlen auf die Stirn. Es ist schwer für jemand Ungeübten. Aber es geht, ich werde ohne Probleme an Bord der Fähre dirigiert. Ich denke sogar daran, die Handbremse anzuziehen, bevor ich meine Blechkiste verlasse. Ich gehe an Deck und schaue mir die Rentner an, die zusammen mit den Lastwagenfahrern die Mehrheit der Passagiere stellen. Ich kaufe eine Packung Pfefferminzschokolade im Sonderangebot.

In Helsingborg ist es nicht ganz einfach, aus der Stadt zu kommen, aber auch das gelingt mir. Ich fange an, mich in meinem kleinen Peugeot sicher zu fühlen. Ich spüre das prickelnde Gefühl, im Ausland zu sein. Lange her seit dem letzten Mal. Schon hier, bloß ein paar Kilometer auf der anderen Seite, ist alles anders. Na ja, nicht die Landschaft, aber die Schilder, die Straßen – die dänischen sind schöner –, die Art zu fahren.

Es ist nicht schwer, Svalöv zu finden und den Wegweiser nach Trolleholm. Plötzlich tauchen fünf Türme zwischen den Bäumen auf. Fünf Türme zeugen von Macht und Reichtum.

Wie sich herausstellt, gehört die nette Stimme am Telefon einer hübschen jungen Frau. Sie heißt mich willkommen, als wäre ich eine alte Bekannte. Sie entschuldigt sich, sie habe so viel zu tun, ob ich nicht allein in die Bibliothek gehen könnte. Ich soll mich gerne überall umschauen. Ein paar Leute sitzen im «Roten Zimmer» und arbeiten, also wenn ich den Raum freundlichweise nicht betreten würde, wäre es ganz prima.

Das Anwesen ist groß, und es ist perfekt. Reichtum, wohin das Auge blickt. Ich gehe herum und genieße das alles, streichle über die Gobelins, folge mit einem Finger der Schnitzerei auf der Armlehne eines Rokokostuhls.

Die Bibliothek ist oben im ersten Stock. Sie ist die reine Pracht. Holztäfelung im neugotischen Stil des ausgehenden letzten Jahrhunderts und Massen von Büchern. Es gibt Alkoven mit Regalen und eine Galerie. Eine Treppe am einen Ende des Saals führt dort hinauf. Am anderen Ende ist ein Kamin, allerdings ohne Feuer, und darüber hängt ein Spiegel. An der einen Längsseite steht eine Vitrine, in der ein aufgeschlagenes Buch liegt. Der Druck ist wunderschön. Ich sehe, daß die Ränder mit handgeschriebenen Kommentaren versehen sind.

Ich beginne an den Regalen entlangzugehen. In den unteren Fächern stehen vorwiegend Bücher über schwedische Geschichte, eins neben dem anderen, und über Herrensitze und

Architektur. Dann kommt die Geschichte Europas. Sieht nicht so aus, als wären es neuere Bücher. Es ist eine Sammlung im Stillstand, ein Abbild der Interessen des Sammlers und seiner Zeit. Es duftet nach einer Vergangenheit, in der Bücher ein Zeichen von Reichtum und Kultur waren.

Oben auf der Galerie dann die Belletristik. Reihen alter, schön gebundener Exemplare aus der Blütezeit der Romantik.

Dann finde ich die Bibeln. Es sind viele, ebenso wie die Gesangbücher zahlreich sind. Einige sind gebunden in etwas, das einmal weißes Leder gewesen sein muß, aber die meisten sind schwarz. «Emmerence Ehrensvärd, 1808» steht in einer Bibel. Aber es sind keine goldenen darunter und auch keine aus Sophies Zeit. Die älteste stammt vom Anfang des 18. Jahrhunderts. Hatte sie vielleicht überhaupt keine Bibel? Waren die zur damaligen Zeit noch nicht übersetzt? Plötzlich kann ich mich an keine Bibelübersetzung erinnern, weder ins Schwedische noch ins Dänische.

Woran hat sie gedacht, als sie das niederschrieb?

Ich vertiefe mich in die alten Bücher, irgendwo muß es eine Spur geben, hoffe ich, sonst war mein ganzer Ausflug umsonst. Ich sehe mich um, ob ich etwas über die Sammlung finde und wann sie begonnen wurde. Steht nicht irgendwo etwas über die Bücher auf Eriksholm?

Irgendwann höre ich Stimmen, dann verschwinden sie wieder. Ich mache Licht an, denn es ist schummrig. Nochmals gehe ich an den Regalen entlang, diesmal wirklich systematisch, um ganz sicher zu sein, daß ich nichts übersehe.

In einer der Seitengalerien stehen ein paar schwarze Pappkartons. Ich ziehe einen hervor, er ist mit alten Dokumenten vollgestopft. Ich schütte sie auf einen Tisch. Es sind Briefe, geschrieben auf vergilbtem Papier. «Eriksholm, ... 1723» steht auf einem.

Möglicherweise sind noch ältere Papiere dazwischen. Jetzt heißt es, planvoll vorzugehen. Ich sehe die Kartons durch und habe das Glück auf meiner Seite. Da liegen ein paar Briefe vom Anfang des 17. Jahrhunderts. Sie sind schwer zu lesen, sowohl wegen der Sprache als auch wegen der Beleuchtung, die ist nicht für das Entziffern von Handschriften vorgesehen. Wenn ich bloß eine Kopie davon machen könnte, dann könnte ich die in aller Ruhe studieren. Ob die hier vielleicht einen Fotokopierer im Büro haben?

Mit den Dokumenten in der Hand gehe ich durch die vielen prächtigen Räume, die gewundene Treppe hinunter, komme ins Vestibül und gehe einen Korridor entlang, dessen tiefrote Wände mit alten Kupferstichen bedeckt sind.

Es ist niemand im Büro, das im Gegensatz zu den übrigen Räumen mit modernem Mobiliar ausgestattet ist, mit Computern und diversen anderen Büromaschinen. Ich warte eine Weile, gehe zurück und versuche jemanden zu finden, den ich fragen kann, ob das mit den Kopien in Ordnung geht. Das Haus wirkt verlassen. Also beschließe ich, auf eigene Faust «meine» Briefe zu kopieren.

Auch auf meinem Weg zurück in die Bibliothek treffe ich keine Menschenseele. Einen Moment lang überlege ich, ob ich die Originale mitnehmen und die Kopien in die schwarzen Pappkartons zurücklegen soll. Ich schlage den Gedanken in den Wind, aber er kommt immer wieder hoch.

Oben in der Bibliothek gehe ich ein weiteres Mal die Regale entlang, dann fasse ich einen Entschluß oder besser gesagt, der Entschluß faßt mich – ich werde Kopien und Originale vertauschen. Ich kann ja jederzeit wiederkommen und sie zurücktauschen.

Während ich über den alten Dokumenten sitze, werde ich nervös. Es ist immerhin eine Art Diebstahl. Aber steht nicht das Interesse der Forschung über allem anderen? An meinen staubigen Fingern kann ich sehen, daß die Papiere unzählige Jahre nicht angefaßt wurden. Ich wage es, ich tausche die Dokumente aus, aber ich traue mich nicht, damit hinauszugehen. In meiner Tasche finde ich einen braunen Umschlag, den ich für Bankauszüge gebraucht habe. Ich lege «meine Briefe» hinein und schreibe die Adresse von Karen-Lis drauf. Warum gerade ihre, kann ich eigentlich nicht erklären. Wir haben seit langem nicht mehr miteinander gesprochen, aber ich weiß, daß sie da ist und daß ich ihr vertrauen kann.

Ich gehe wieder hinauf auf die Galerie, um ein letztes Mal die religiösen Bücher durchzusehen. *Markus, komm herus*, singe ich einen Abzählreim vor mich hin. Auf einmal merke ich, daß ich einen Mordshunger habe. Ob man hier was zu essen kriegen kann? Das niedliche schonische Fräulein muß mich vergessen haben. Ein letzter Versuch noch, bevor ich fahre. Ich ziehe eine Bibel heraus, die ich ganz bestimmt schon einmal in der Hand hatte, und setze mich auf die kleine Treppe am Ende der Galerie. Am Galeriegeländer hängt ein Haken, und an dem Haken hängt eine fast hochgerollte Leinwand für einen Overheadprojektor oder eine Filmvorführung. Man sitzt hier oben beinahe vollkommen verborgen. Ich blättere meine Bibel durch. Blatt für Blatt, verzweifelt fast, bis ich bei Markus ankomme. Ich habe das Gefühl, mitten in einem Versteckspiel zu sein.

Während ich so dasitze, geht die Bibliothekstür auf, und zwei Männer kommen herein. Sie unterhalten sich in verbissenem Ton. Ich kann nicht hören, was sie sagen. Dann hebt einer der beiden die Stimme.

«Lennart, du kannst das hier ebensogut vergessen, das führt zu nichts. Der Zug ist *abgefahren*, du mußt den Tatsachen ins Auge sehen, es gibt keinen Platz für dich in der neuen Direktion. Ich weiß auch, daß wir das als eine Möglichkeit besprochen haben, als wir in die Verhandlungen gingen, aber immer nur als eine Möglichkeit. Und leider...»

Er senkt die Stimme wieder auf normale Lautstärke, der Tonfall wird jovial-aufmunternd. «Das hat wirklich nichts mit deinen Qualifikationen zu tun, aber du weißt so gut wie ich, daß es immer kompliziert ist, wenn zwei Firmen sich vereinigen. Du hast so viel Erfahrung. Such dir etwas anderes, du findest doch bestimmt was, ein Mann mit deinen Talenten...»

Der Mann namens Lennart klingt bitter und eiskalt: «Weißt du, was du bist? Du bist ein Schwein, ein Scheißkerl. Total verlogen. Aber so einfach kommst du mir nicht davon –

das verspreche ich dir. Ich habe mir deine schmutzigen Tricks genau gemerkt, und in Zukunft werde ich sie gegen dich verwenden. Du hast wohl vergessen, was ich über Iron-Gate weiß und über das große russische Abenteuer, um nur ein paar kleinere Details zu erwähnen.»

«Willst du mir etwa drohen? Das ist noch keinem gut bekommen. Ich denke, wir sollten unser Gespräch jetzt besser beenden.»

«Wie du willst. Du weißt ja, wo du mich findest, falls dir aufgehen sollte, welche riesige Dummheit du begehst.»

Das Wort «Dummheit» hallt beinahe wie Donner durch den Raum, und dann geht er, soweit ich hören kann, mit schnellen Schritten aus der Bibliothek.

Ich verhalte mich mucksmäuschenstill und hoffe inständig, daß mich der andere nicht entdeckt. Nichts ist peinlicher als etwas anhören zu müssen, das einen nichts angeht. Und schon gar nicht so was wie das hier. Hoffentlich geht er bald.

Aber er geht nicht. Ich höre seine Schritte und sehe von meinem Platz auf der Treppe aus, daß er langsam zum anderen Ende der Bibliothek schlendert. Er bleibt vor dem Kamin stehen, steckt eine Hand in die Jackentasche und zieht ein Zigarettenetui heraus – ich wußte gar nicht, daß es noch Leute gibt, die silberne Zigarettenetuis benutzen. Das Etui macht ein kleines metallisches Geräusch, als er es zuschnappen läßt. Er steckt es wieder in die Jackentasche, die Hand sucht nach etwas anderem, vermutlich Streichhölzern oder so was. Und richtig, ein goldenes Feuerzeug taucht aus den Tiefen des Jacketts auf. Ein kleiner, scharfer Laut, dann glüht die Zigarette auf. Er inhaliert tief, betrachtet sich im Spiegel, glättet seine Frisur mit der linken Hand – und entdeckt mich. Seine Bewegungen werden langsamer, dann dreht er sich um und geht gelassenen Schrittes aus der Bibliothek.

14

Es ist nicht einfach, Carsten zu heißen und ein schwacher junger Mann zu sein. Man kriegt kein Bein mehr auf die Erde, wenn die Weiber erst das Zepter an sich gerissen haben. Von wegen schwaches Geschlecht! Das ist der größte Quatsch, den sich jemals ein Mensch ausgedacht hat. O nein, wir sind es, die Unterstützung brauchen. Zuwendung übrigens auch, das ist der Boden, auf dem wir gedeihen, gar nicht zu reden von Verständnis. Verstehen Frauen Männer? Und wollen sie das überhaupt?

Als Frau Pedersen ging – und als sie sich steifbeinig die Treppe hinunter bewegte –, war sie wieder die Frau Pedersen, die ich von früher her kannte. Nur daß sie noch ein bißchen zarter und zerbrechlicher wirkte.

Ich beschloß, mich davon nicht anfechten zu lassen; sie sollte nicht darüber bestimmen, was ich wollte und was nicht.

Anstatt in Linas albernen Aufzeichnungen weiterzulesen, zappte ich durch alle Fernsehkanäle und blieb bei einer englischsprachigen Serie hängen, von der ich weiß Gott nicht viel verstand, aber sie war gut gespielt. Es ging um irgendwelche Leute, die auf einer Unfallstation Dienst taten.

Erst als ich im Bett lag, dachte ich wieder an Lina und Frau Pedersen. Was hatte sie über einen Mann erzählt? Einen Mann, der bei Lina gewohnt hatte?

Ich bin eigentlich kein eifersüchtiger Typ, aber auf einmal fühlte ich die Eifersucht an mir nagen. Wer zum Teufel war dieser Kerl? Wer war er, und was hatte er Lina bedeutet? Meiner Meinung nach hatte ich ein Recht, das zu erfahren. Mir ging auf, daß entweder Frau Pedersen darüber Bescheid wußte oder Hanne oder beide. Mir ging ein ganzer Kronleuchter auf. Vielleicht hatte Hanne *das* gemeint, als wir damals miteinander sprachen und sie sagte, daß sie etwas wüßte.

Ich war froh darüber, daß ich mich mit Hanne zum Frühstück verabredet hatte. Aber ich konnte es kaum noch abwarten bis dahin. Vielleicht sollte ich sie gleich morgen anrufen?

War es nicht bald morgen? Mir kam es so vor, als würde ich schon tagelang hier liegen und mich quälen.

War es nicht auch möglich, daß Karen-Lis etwas über den Mann in Linas Bett wußte? Ich bezweifelte das, denn sonst hätte sie es mir bestimmt erzählt. Wir hatten ja über eine ganze Menge gesprochen. Auf einmal kamen mir Bedenken wegen Hanne, denn wenn ich mit ihr redete, war es dann nicht dasselbe, als wenn ich mit der Völva höchstpersönlich sprach?

Ich fand keinen Schlaf. Wälzte mich von einer Seite auf die andere. Aber ich muß trotzdem geschlafen haben, denn ich erinnere mich an Bruchstücke eines unendlich langen Films, in dem Lina wilde Sexorgien mit einem Mann ohne Gesicht feierte. Sie vereinigten sich auf alle erdenkliche Arten und in allen möglichen Stellungen, sie waren unermüdlich zugange und Lina unersättlich. War sie auch so gewesen, als wir damals zusammen waren?

Das Telefon düdelte mir ins Ohr, und als ich halb bewußtlos den Arm danach ausstreckte, sah ich auf meiner Uhr, daß es kurz nach zehn war. So lange kann ich normalerweise überhaupt nicht schlafen.

Es war unsere Sekretärin. Ob ich ihnen wohl helfen könne? Torben habe mir etwas auf den Schreibtisch gelegt, und das sei sehr eilig. Ob es mir recht sei, wenn sie einen Fahrradkurier damit zu mir schicke?

Ich hatte mich noch nicht vollständig angezogen, als es auch schon unten an der Tür klingelte. Jawoll, ein Päckchen für mich aus meiner Firma. Ganz schön schwer. Ich ließ es erst mal liegen, setzte eine Kanne Teewasser auf und schmierte mir ein paar dürftige Scheiben Knäckebrot.

Erst als die Abenddämmerung in meine bescheidene Wohnung Einzug gehalten hatte, war ich einigermaßen durch mit dem selbstverordneten Quantum an Arbeit. Ein Quantum, das groß genug war, damit die Kanzlei mich für einen wertvollen Mitarbeiter hielt, und nicht so voluminös, daß man mir nachsagen konnte, ich wäre ein Streber.

Hanne war zu Hause. Sie fragte, ob ich unser Frühstück absagen wollte, was ich verneinen konnte.

«Ich bin bloß so neugierig. Ich habe erfahren – übrigens von deiner Mutter –, daß Lina bis zuletzt oder fast bis zuletzt einen Mann bei sich wohnen hatte. Weißt du, wer das war?»

«Ich weiß nicht, wie er hieß. Das einzige, was ich sicher weiß, ist, daß er Schwede war.»

«Schwede? Wo hat sie ihn kennengelernt?»

«In Schweden, nehme ich an.»

«Damals, als sie dort festgehalten wurde?»

«Keine Ahnung, ob das gerade zu der Zeit war. Ein Schwede, mehr weiß ich nicht, und es tut mir leid, dir das sagen zu müssen, aber sie war verknallt in ihn.»

«Das muß dir nicht leid tun. Zwischen mir und Lina war nichts.»

«Ach nein?»

«Na ja, früher mal.»

«Heißt es nicht immer, alte Liebe rostet –»

«Blödes Gequatsche. Ich bin doch froh, wenn sie jemanden hatte, in den sie verliebt war. Hoffentlich beruhte es auf Gegenseitigkeit.»

«Das entzieht sich meiner Kenntnis.»

«Mehr weißt du nicht?»

«Nee du, bloß daß sie ihn in Schweden kennengelernt hat und daß er eine Zeitlang bei ihr wohnte. Er ist ja auch wieder ausgezogen. Ich hatte den Eindruck, daß er sich bei Lina versteckt hielt.»

«Versteckt? War er auf der Flucht?»

«Jedenfalls kam es mir so vor. Aber sie tat ja immer so geheimnisvoll, sprach meist in Rätseln. Bei all ihrer Verliebtheit, und sie war wirklich in ihn verknallt, war sie dermaßen nervös und unkonzentriert. Da muß irgendwas gewesen sein, das sie gequält hat.»

«Und du hast keine Ahnung, was das gewesen sein könnte?»

«Nein, aber da war was. Sie war hinter irgendwas her, mir

kam sie in der letzten Zeit auch so verändert vor. Bist du dir denn wirklich sicher, daß du nichts weißt?»
Und dann legte sie einfach auf. Ich stand lange da, starrte wie blöde auf mein Telefon. Warum hatte sie das jetzt gemacht? War sie irgendwie sauer auf mich? Ich fand nicht, daß ich was Dummes oder Verkehrtes gesagt hätte. Aber wie war das noch gleich mit den Weibern?

XXXI
Norddeutschland
Anno 1599

Sonn und Mond und die Sterne dazu
Ihren Scheyn wir nun täglich geniessen

Es war bewölkt, und es hatte genieselt. Das Umschlagtuch, das sie fest um Kopf und Schultern geschlungen hatte, war naß, der Saum ihres Rockes durchweicht und verschmutzt. Aber kalt war es nicht.

Die Zeit war ihr davongelaufen, oder vielleicht hatte sie sich auch verrechnet; die Abenddämmerung war hereingebrochen, lange bevor es Anzeichen dafür gab, daß sie sich der Stadt näherte. Sie hatte voller Zuversicht geglaubt, noch vor der Dunkelheit dort einzutreffen.

Sophie überlegte kurz, ob sie an die Tür eines der Häuser klopfen sollte, die sie erkennen konnte, aber sie schob den Gedanken wieder fort. Sie war nicht erpicht darauf, abgewiesen zu werden wie eine Bettlerin, nicht erpicht darauf, daß man den Hund auf sie hetzte, und sie hatte keine Lust, sich zu rechtfertigen. Das hatte sie allzu oft tun müssen. Deshalb beschloß sie weiterzugehen, bis sie die Stadt erreichte.

Die Gegend war flach und der Weg schlammig, so daß sie Mühe hatte zu erkennen, wie sie ihre Schritte setzen mußte. Plötzlich knickte sie mit dem Knöchel um, rutschte aus und fiel hin. Als sie wieder auf die Beine kam, merkte sie, daß sie bis auf die Haut durchnäßt war. Gleich darauf begann sie zu frieren.

Auf einmal wurde es heller, jetzt konnte sie sehen, wohin sie ihre Füße setzte. Dann rissen die Wolken auf, und ein fast voller Mond erschien und hüllte Bäume und Büsche, Steine und die Grassoden vor ihr in ein bleiches Licht. Sie nickte dem Mond dankbar zu, *ihn* kannte sie, mit ihm hatte sie oft gesprochen. Nicht, daß er ihr jemals geantwortet hätte. Das taten die Planeten auch nicht, keiner von ihnen sprach auf *diese* Weise. Ihre Sprache war anders, stumm, aber Sophie war immer überzeugt gewesen, daß sie redeten. Nicht mit den Menschen, aber untereinander. Irgendwo gab es vielleicht sogar jemanden, der ihr melodisches Raunen hören konnte.

Sophie legte für einen Moment den Kopf in den Nacken, um das Himmelsgewölbe über sich zu betrachten, aber abgesehen von dem kleinen Riß, durch den der Mond lugte, war es bewölkt. Die Wolken hatten silberne Ränder.

Im Mondlicht konnte sie erkennen, daß sie sich einer Bucht näherte. Zur Linken lagen eine Reihe Häuser, oder es waren wohl eher Hütten. Ihre struppigen Reetdächer schimmerten silbern. Weiter hinten konnte sie eine Mühle ausmachen, und draußen in der Bucht lagen ein paar Boote. Auf dem einen war eine schwarze Schattengestalt dabei, ein Segel zu hissen. Ein anderer Schatten stakte sein Boot durch den Schilfgürtel am Ufer.

Zwei Hunde kamen auf sie zu und umkreisten sie mehrmals; der eine knurrte, während der andere spielerisch an ihr hochsprang; es war noch ein Welpe, wenn auch ein großer. Trotzdem schlug sie nach ihm mit dem knotigen Stock, den sie seit einiger Zeit mit sich führte. Sie traf ihn, so daß er aufjaulte und leise knurrend davonhinkte. Aber Sophie hatte keine Angst vor ihm, dazu hatte sie schon zu viele seiner bissigen Artgenossen getroffen. Hunde mußten zu spüren kriegen, wer der Mächtigere war, sonst wurden sie frech. Der andere kläffte wütend, verzog sich aber gleichfalls.

Dann glitt eine graue Wolkendecke über den Mond und hüllte ihn ein, der silberne Schimmer verschwand, es wurde wieder finster. Alles, was sie erkennen konnte, war ein schwacher Lichtschein, der aus einem der Häuser kam. Sie starrte auf das Fenster, um etwas von dem Leben dort drinnen zu erhaschen, aber alles, was sie sehen konnte, waren ein paar verwischte Schatten.

Sophie versuchte sich auszurechnen, wie lange sie noch gehen mußte, bevor sie Eckernförde erreichte.

Sie war ganz sicher, daß sie ihn dort finden würde.

Das Licht hatte sich verändert, die Schatten der Alleebäume waren lang geworden, die Landschaft melancholisch.

Es war schon spät, aber das schonische Mädchen wollte gerne plaudern. Anscheinend hatte sie ihre dringenden Arbeiten erledigt, und ich versuchte, etwas über das Anwesen herauszukriegen. Ob man hier übernachten könne und solche Sachen. Das sei für Touristen nicht möglich, sagte sie, man müsse Mitglied sein, oder besser gesagt, der Arbeitgeber müsse Mitglied sein in einer Art «Executive Club», und dann könne man das Schloß für Tagungen und repräsentative Anlässe mieten. Das taten viele. Sie kamen von weit her, auch aus dem Ausland. Sie kamen in großen Autos, mit Privatflugzeugen, die meisten aus England, Deutschland und der Schweiz. Aus diesem Grund war wenige Kilometer von Trolleholm entfernt ein Flugplatz angelegt worden. Es handelte sich um gehobene Gäste, die hohe Ansprüche stellten. Als sie das sagte, zeigte sich ein müder Zug um ihre schwungvoll rotgemalten Lippen. Dann wechselte sie das Thema. Ob ich gefunden hätte, was ich suchte? Ich mußte ihr sagen, daß ich das leider nicht hatte, aber daß es ein großes Erlebnis für mich gewesen sei, diesen Ort zu besuchen. Dann fragte ich, ohne vorher darüber nachgedacht zu haben, aber die Frage kam plötzlich in mir hoch, ob sie jemals Sophie Brahe gesehen hätte. Man hörte ja manchmal von Leuten, die in alten Gemäuern neblige Gestalten sahen, Gespenster sozusagen.

«Nein, hier gibt es keine Gespenster», erklärte sie mit Bestimmtheit. «Überhaupt keine.» Aber während sie das sagte, wandte sie den Kopf und sah über die Schulter nach hinten. Nur einen kurzen Moment. Das war irgendwie befriedigend.

«Entschuldigung, aber ich muß jetzt weitermachen», sagte sie dann und öffnete mir die Tür. Jetzt wollte sie mich loswerden, das war offensichtlich. Ich verabschiedete mich und bedankte mich nochmal bei ihr. Hinterher rechnete ich mir aus, daß wir wohl so sechs, sieben Minuten geplaudert hatten.

Es war viel Verkehr, die Leute waren auf dem Weg von der Arbeit nach Hause. Ich dachte kurz darüber nach, womit man in dieser Ecke wohl sein Brot verdienen konnte. Schweden und seinen Einwohnern geht es nicht besonders gut, sagt man bei uns in Dänemark, aber man merkt es ihnen nicht an. Aber eines wußte ich doch, und zwar, daß die schwedische Krone, also die Währung, nicht viel wert ist. Meine Mutter hatte damals immer von all den reichen Schweden erzählt und wie beklagenswert schwachbrüstig doch die dänische Krone sei. Ja, tatsächlich «schwachbrüstig», genau den Ausdruck gebrauchte sie. Jetzt ist es umgekehrt, aber ich bin nicht stolz drauf. Warum sollte ich auch? Wechselkurse sind was für Bankleute und Spekulanten. Ob die beiden in der Bibliothek Spekulanten waren? Und was hatte der eine Typ mit «Iron-Gate» gemeint? Vielleicht hatte ich falsch gehört, und er hatte «Iran-Gate» gesagt?

Es machte richtig Spaß zu fahren, und ich überlegte, wie es wohl wäre, wenn man jeden Tag ein Auto zur Verfügung hätte. Bequem – und absolut überflüssig.

Dann hörte ich eine Sirene, und im Rückspiegel sah ich ein Auto mit Blaulicht auf dem Dach, das sich rasch näherte. Brav fuhr ich an die Seite, um es passieren zu lassen. Es überholte mich, und ich sah den Aufdruck POLIS an der Seite. Aber es fuhr nicht weiter, sondern pflanzte sich vor meinen Wagen, so daß ich bremsen mußte, und der Uniformierte auf dem Beifahrersitz gab mir ein Zeichen, daß ich anhalten sollte.

Er war jung und schwedenblond und kam auf mich zu. Ich kurbelte das Fenster herunter, und er fragte, wo ich herkäme. Ich antwortete wahrheitsgemäß: von Trolleholm. Er bat mich, aus dem Auto zu steigen. Ich tat, was er wollte, und fühlte mich ein bißchen belästigt. Ich hatte nichts verbrochen, ich war eine dänische Staatsbürgerin auf einem legalen Forschungsbesuch in Schweden. Er bat mich, nein, er verlangte, daß ich den Kofferraum öffnete. Ich fummelte mit dem Schlüssel herum, ich wußte nicht, in welche Richtung ich ihn drehen mußte.

Inzwischen war auch der andere Uniformierte aus dem Auto gestiegen. Er war älter und sah aus, als hätte er das Sagen. Keiner von beiden sagte ein Wort. Ich drehte den Schlüssel erst nach links und dann nach rechts, und die Kofferraumhaube öffnete sich.

«Na, da sieh mal einer an», sagte der ältere. «Wie erklären Sie sich das da?»

Ich wußte nicht, was er meinte. Er zeigte auf etwas, das hinten im Kofferraum lag. Ich beugte mich hinunter und sah ein großes Buch dort liegen. Ich holte Atem und hätte mich fast verschluckt, denn obwohl es zugeschlagen war, erkannte ich doch das große alte Buch wieder, das in Trolleholm in der Vitrine gelegen hatte.

«Damit habe ich nichts zu tun», sagte ich und merkte selbst, wie absolut blöd sich das anhörte.

«Ah ja», sagte der eine. «Würden Sie so freundlich sein, sich in unseren Wagen zu setzen? Larsson wird uns in Ihrem Auto folgen.»

«Nein, wirklich», sagte ich. «Ich habe mit dem Buch nichts zu tun. *Ich* habe es jedenfalls nicht dahin gelegt.»

Er hörte nicht auf mich, sondern machte den Kofferraum

zu und gab Larsson den Schlüssel. «Wenn ich dann bitten dürfte», sagte er.

«Nein», sagte ich wieder, gab es dann aber auf. Er öffnete mir die Tür zum Rücksitz, machte sie sorgfältig zu und setzte sich ans Steuer.

Ich habe von Polizeiwagen gehört, die sich von innen nicht öffnen lassen, aber so einer war es nicht, in dem ich nun saß. Er sah ganz normal aus, aber ich hatte trotzdem wenig Lust auszuprobieren, ob ich entkommen könnte. Ich war wie gelähmt. Was sollte das alles? Wer hatte das Buch aus der Vitrine in meinen Kofferraum gelegt? Was war hier im Gange?, dachte ich immer und immer wieder, und die ganze Fahrt über konnte ich an nichts anderes denken. Ich drehte mich um und sah die Scheinwerfer «meines» metallicgrünen Peugeots direkt hinter mir.

Wie weit fuhren wir? Ich weiß nicht, vielleicht hundert Kilometer, vielleicht fünfzehn, mein Gefühl für Raum und Zeit war wie weggeblasen.

Die Gegend um mich herum veränderte sich, die Landschaft zog sich immer mehr zurück, die Häuser lösten sich auf, Hügel und Wälder verschwanden. Nur die Straße und die Straßenschilder blieben übrig.

Dann erreichten wir eine Stadt, bogen um eine Ecke, fuhren auf einen Hof und hielten an.

«Da wären wir», sagte mein Chauffeur und zog die Handbremse an.

Wir gingen über den Hof, dann durch eine Tür, und ich hatte nicht den leisesten Zweifel, daß ich auf einer Polizeiwache war – zum ersten Mal in meinem Leben. Noch dazu im Ausland, noch dazu als Verhaftete.

15

Um ganz ehrlich zu sein, war ich, Carsten K. Andersen, vielleicht einfach nur eifersüchtig. Rückwirkend eifersüchtig, wenn man das so sagen kann.

Immerhin brauchte ich eine Weile, um herauszufinden, daß es eine wirkliche, wenn auch banale Eifersucht war, die mich seit neuestem erfüllte. Eine andere Erklärung hatte ich nicht dafür, daß ich immer noch ständig von einer Lina träumte, die ihre Sexspiele mit allen anderen außer mir spielte, und das erzeugte in mir einerseits Wut und andererseits eine enorme sexuelle Erregung.

In mir und meinem Gefühlsleben ging alles drunter und drüber, denn ich wollte natürlich herausfinden, was passiert war, aber gleichzeitig hatte ich überhaupt keine Lust, alles bis ins Detail zu erfahren. Und in dieser Situation ging mir auf, daß ich Lina immer noch liebte.

Wenn wir zusammengeblieben wären, dann hätten sich die Dinge sicher nicht so entwickelt, weder für sie noch für mich. Denn obwohl ich mich selbst und das Leben, das ich führe, für erfolgreich halte, ist es doch – wenn ich die paar Annehmlichkeiten und den zollfreien Whisky abziehe – ein ziemlich leeres und trauriges Dasein. Mein arbeitsreicher Juristenberuf kann meine Einsamkeit nur schlecht kaschieren.

Ich stellte mir vor, wie es wohl wäre, wenn Lina und ich heute noch zusammen wären. Ich stellte mir vor, daß wir ein Kind hätten und in eine schicke, aber unpraktische Maisonettewohnung in der Upsalagade gezogen wären. Wir hätten vielleicht ab und zu darüber gestritten, wer dran war, das Kind aus der Krippe oder dem Kindergarten abzuholen. Anschließend hätten wir abends sicher eine Flasche Chianti aus dem Netto-Markt zusammen geleert, vielleicht auch etwas herumgealbert – und uns am Morgen geliebt, bevor das Kind wach wurde. Obwohl letzteres bestimmt nie passiert, kleine Kinder sind immer schon wach, lange bevor die erschöpften Eltern aus ihren Träumen emportauchen.

Das Ganze war natürlich absoluter Blödsinn – Hirngespinste. Es wäre ja doch nie was aus uns geworden. Deshalb war es vollkommen absurd, daß ich so lange nach ihrem Tod entdeckte, daß ich sie immer noch liebte. Aber ich setzte mich in meinem Bett auf und verfluchte mich, daß ich damals, als noch Zeit war, nichts unternommen hatte, um sie zu halten. Ich hatte sie doch geliebt.

«Sie geliebt!» Die beiden Worte überraschten mich. Solche Gedanken hatte ich vorher nie zugelassen. Ich war immer der Meinung, es wäre cool, seine Gefühle nicht zuzulassen und sie auch nicht in die Tat umzusetzen. Ich war mir nicht bewußt gewesen, daß Lina mir so viel bedeutete.

Nach einer unruhigen und anstrengenden Nacht humpelte ich ins Bad und kniff die Augen zu, als ich mich im Spiegel sah. Ich sah aus wie – eigentlich kann ich gar nicht richtig beschreiben, wie ich aussah. Aber ich bekam einen Eindruck davon, wie ich aussehen würde, wenn ich fünfundfünfzig war, seit zwei Jahren keinen Urlaub gemacht und seit zwei Wochen keine Nacht mehr geschlafen hatte. Der Anblick gefiel mir nicht.

Eigentlich hatte ich vorgehabt, ins Büro zu gehen und der ganzen Belegschaft zu zeigen, daß ich ein Mensch aus Fleisch und Blut war und nicht nur eine Stimme am Telefon. Aber ich beschloß, diesen Auftritt um einen Tag zu verschieben – sie sollten mich nicht mit dieser Mixtur aus Falten und dunklen Schatten unter den Augen sehen. Es würde mir garantiert besser gehen, wenn ich noch einen Tag wartete. Ich bin nämlich von Natur aus Optimist, sonst hätte ich die unerschöpfliche Besorgnis meiner Mutter gar nicht ausgehalten.

Mein Morgentee war ein richtiger Hammer ohne jedwede mildernden Umstände. Ein banaler Ceylon, der nicht sehr raffiniert schmeckt, aber darauf konnte ich heute auch gut verzichten. Ich machte ihn superstark, um mich von den quälenden nächtlichen Träumen zu befreien. Obwohl ich sie nicht gerade Alpträume nennen würde, denn sie waren auch voller Lust gewesen.

Linas Beisetzung dagegen war ein wirklicher Alptraum gewesen. Ihre Tante hatte sich um das Arrangement gekümmert, und ihr war nichts Besseres eingefallen als das Krematorium Bispebjerg – der kleine Saal.

Beisetzungen sind immer schlimm, aber mit einer kirchlichen Trauerfeier kann man sie leichter ertragen, ich jedenfalls kann das. Denn in einer Kirche spürt man – gleichgültig, ob man gläubig ist oder nicht – etwas, das man wohl Geist nennt. Zumindest macht die gemeinsame Andacht immer einen tiefen Eindruck auf mich.

Draußen in Bispebjerg dagegen spürte ich nichts anderes als den Wunsch, möglichst schnell abzuhauen. Dort ist es kalt und furchtbar; es gibt keinen schrecklicheren Ort.

Woran ich mich bei Linas Beisetzung am besten erinnere, ist ein Paar, das sich verlaufen hatte. Sie kamen unmittelbar vor Beginn der kurzen Veranstaltung herein, legten einen Strauß zu den anderen und setzten sich. Kurz darauf begannen sie, sich umzuschauen, und langsam ging ihnen auf, daß sie offensichtlich niemanden der Anwesenden kannten. Sie knuffte ihn diskret in die Seite, er nickte ihr zu, und eine Sekunde später erhoben sie sich, kramten ihre Blumen wieder aus dem Haufen hervor und gingen mit hängenden Schultern hinaus. Vermutlich gehörten sie zu der Trauerfeier im großen Saal.

Linas Tante war völlig in Tränen aufgelöst. Frau Pedersen saß so steif da, als hätte sie einen Stock verschluckt, und wischte sich die Augen mit einem großen, weißen Herrentaschentuch. Karen-Lis war sehr blaß und hatte tiefe Schatten unter den Augen. Sogar Linas Mentor, der aus Presse, Funk und Fernsehen wohlbekannte Herr Superprofessor, war an diesem Tag erschienen.

Hätte ich damals gewußt, was ich heute weiß, hätte ich ihm vielleicht eine runtergehauen. Es wäre die Sensation gewesen, und ich bin sicher, daß es Lina gefallen hätte.

Hinterher war die Trauergemeinde ins Café gleich gegenüber dem Krematorium geladen. Hier war die Stimmung erbärmlich, niemand sagte ein Wort, und die allgemeine Lockerung, die sich für gewöhnlich nach einer Beisetzung einstellt, wollte nicht kommen. Jeder war zutiefst bedrückt, und niemand traute sich zu fragen, was doch alle so brennend wissen wollten.

Ich beschloß über meiner dritten Tasse Tee, Linas Ordner und Schreibhefte durchzugehen, bevor ich mich der Sportseite widmete, um herauszufinden, was sie über diesen ominösen Schweden geschrieben hatte.

Vielleicht war es ja noch nicht zu spät, ihm eine Kugel durch den Kopf zu schießen. Das war es doch wohl, was man als Ehrenmann in den längst versunkenen Zeiten tat, von denen Lina so gefesselt war.

Ich glaube nicht, daß ich jemals dieses Gefühl von verlorengegangener Freiheit vergesse. Ich habe nicht gewußt, daß es *so* schrecklich ist. Ja, mehr als das, es ist erstickend.

Von dem Moment an, als ich mein Leben in meine eigenen Hände nahm, will sagen, von dem Tag an, als ich mich endlich von meiner Mutter löste, habe ich alles selbst entschieden. Entschieden, wohin ich gehen wollte, entschieden, wann ich gehen wollte, alles selbst entschieden. Ich ertrage es nicht, daß jemand über mich bestimmt. Für ein Individuum in einer modernen, durchregulierten Gesellschaft ist mein Freiheitsempfinden sicherlich überentwickelt.

Das war auch einer der Gründe, warum ich mich von Carsten getrennt habe. Er wollte über mich bestimmen. Fragte mich, wo ich gewesen war, was ich gemacht hatte. Nicht, daß er mich verdächtigt hätte, mit einem anderen ins Bett gehüpft zu sein – er fragte, weil er gerne etwas über mein Leben wissen wollte. Ich fand es einfach unerträglich, mir kam es so vor, als ob er mir meine Hände auf dem Rücken fesselte und meine Füße an einen Pfahl band.

Und jetzt auf einmal konnte ich nicht mehr selbst bestimmen. Meine Freiheit war mir von zwei blonden, breitschultrigen schwedischen Polizisten genommen worden.

Der eine vor mir, der andere hinter mir gingen wir durch eine Tür auf der Rückseite des niedrigen, gelben Ziegelsteingebäudes. Erst kamen wir in einen Korridor mit weißen Türen und danach in einen großen Raum. An der Wand stand eine Bank aus hellem schwedischem Holz. Sie gaben mir zu verstehen, daß ich mich da hinsetzen sollte.

Ich sah mich um – der Raum war groß und wirkte recht freundlich. Es gab vier Schreibtische, jeweils paarweise einander gegenübergestellt. An den Wänden helle Regale mit Plastikordnern.

Es sah aus wie ein beliebiges skandinavisches Büro. Nur das Wort POLIS erinnerte mich daran, wo ich mich befand.

Der eine der Beamten, der ältere von beiden, verschwand, der andere setzte sich an einen der Schreibtische und nahm den *Expressen* aus der Schreibtischschublade. Er sah aus, als ob er mich vergessen hätte. So saßen wir eine Weile. Er vertieft in seine Zeitung, ich in mein Schicksal.

«Ich habe das Buch nicht genommen», sagte ich schließlich mit Nachdruck. Ich ertrug sein Schweigen nicht. «Ich klaue keine Bücher, ich studiere sie.»

Er tat so, als habe er mich nicht gehört, und las weiter in seiner Zeitung.

Ich wiederholte zornig, daß ich das Buch nicht in meinen Kofferraum gelegt hatte. Er hörte nicht zu. Ich rief, so laut ich konnte. Ich glaube, ich schrie beinahe.

Das wirkte. Er stand auf, kam zu mir herüber, packte mich an den Schultern, und ehe ich mich versah, hörte ich eine Metalltür hinter mir ins Schloß fallen.

Ich hämmerte mit beiden Fäusten gegen die verschrammte weiße Stahltür und rief weiterhin, daß ich nichts gestohlen hatte, daß ich es nicht gewesen war, daß ich unschuldig war. Unschuldig!

Schließlich taten mir meine Hände dermaßen weh, daß ich aufgeben mußte. Die Tränen flossen mir übers Gesicht, ich schluchzte vor Aufregung und Selbstmitleid. Ich ließ mich auf einen Stuhl fallen, der neben einem hellbraunen Tisch mit Kunststoffplatte stand.

Mitten in meinem Geheule fiel mir plötzlich ein, daß ich ja die Dokumente mit den Fotokopien vertauscht hatte. Es stimmte, was sie behaupteten. Ich war eine Diebin, eine richtige Diebin. Ich muß schamrot geworden sein. Aber wo waren sie jetzt, die Dokumente? Hatten die Bullen sie entdeckt? Dann entfuhr mir ein Seufzer der Erleichterung: Ich hatte sie ja gar nicht dabei. Ich hatte den Umschlag in der Bibliothek liegenlassen, er lag in dem Regalfach, wo die schwarzen Pappkartons standen. Ach, Gott sei dank. Ich war *keine* Diebin.

Sie ließen mich da allein hocken und warteten ab, bis ich mich beruhigt hatte, viele Jahre lang. So schien es mir jedenfalls. Ich hatte keine Ahnung, was ich tun sollte. Was passiert, wenn man in einem fremden Land inhaftiert wird? Es gibt doch so was wie eine Botschaft. Ist es nicht die Aufgabe von Botschaften, in Not geratenen Landsleuten zu helfen?

Endlich wurde die Tür aufgeschlossen, und der Beamte kam herein und gab mir zu verstehen, daß ich ihm folgen sollte.

In dem großen Raum mit der hellen Birkenholzbank sagte man mir, ich solle mich auf einen Stuhl neben einen der Schreibtische setzen. Hier saß der zweite Beamte, der ältere der beiden.

Er sah mich an und fragte: «Haben Sie sich inzwischen beruhigt?»

Ich reagierte nicht darauf. Ich hatte genug damit zu tun, mir einzuschärfen, daß ich mich unter gar keinen Umständen wieder aufregen durfte. Sonst war ich verloren.

Er nahm mich in die Mangel, wieder und wieder, fragte mich immer wieder dasselbe. Ich erkärte ihm, wieder und wieder und jedesmal wieder, daß ich dieses verdammte Buch nicht angefaßt hatte. Daß ich mit der jungen Frau im Büro einige Minuten lang gesprochen hatte und daß irgendwer diese Zeit

genutzt haben mußte, das Buch in meinen Kofferraum zu legen. Aber er wollte mir nicht glauben und fragte wieder und wieder nach. Ich versuchte es erneut, sprach laut und eindringlich. Er mußte doch endlich mal begreifen, daß ich es nicht gewesen war. So was würde mir nicht im Traum einfallen. Ich machte solche Sachen nicht. Ich war Wissenschaftlerin. Sah ich etwa aus wie eine Diebin? Ich verlangte, daß er –
Er unterbrach mich ärgerlich. Wenn hier einer die Fragen stellte, dann war er das und nicht ich. Schließlich war ich diejenige, die unter Verdacht stand.

Verdacht. Das Wort wurmte mich. Verdacht. Ich hatte nichts verbrochen, nicht das geringste. Jedenfalls nichts, das hier zur Diskussion stand. Ich merkte, daß ich jeden Moment anfangen würde zu heulen, und diesen Triumph gönnte ich ihm nicht, diesem großen, rotblonden schwedischen Polizisten.

«Aber Sie müssen mir doch glauben...», sagte ich gerade voller Verzweiflung, als die Tür aufging und ein Mann hereintrat. Ich hatte ihn noch nie vorher gesehen. Er war verhältnismäßig jung, ziemlich gutaussehend und hatte eine dunkelgrüne Windjacke an, auf der «Tenson» stand. Er stellte sich an den Tresen und sah mich an, wie ich da zusammengesunken auf meinem Stuhl saß.

Der jüngere Beamte stand auf und ging zu ihm hin.

«Sie ist unschuldig», hörte ich den Mann sagen. «Vollkommen unschuldig.»

Der junge Beamte versuchte, ihn zum Schweigen zu bringen. Aber der Mann achtete nicht darauf.

«Sind Sie taub? Sie hat nichts gestohlen. Die Sache stinkt doch gewaltig.»

Er sagte es so laut, daß «mein» Beamter aufmerksam wurde, sich erhob und zum Tresen ging, an dem der junge Mann mit der Tenson-Jacke stand.

«Ich sag's nochmal. Sie ist unschuldig», wiederholte er.

Eine Stunde später standen wir – er und ich – draußen vor der Polizeiwache in Eslöv. Es war inzwischen dunkel geworden, der Wind hatte aufgefrischt und trieb Laubwirbel vor sich her, und wir, der Tenson-Mann und ich, waren bestimmt die letzten Menschen in dieser Ecke von Skåne. Es fuhren keine Autos, es lärmten keine Mopeds, kein einziger Fußgänger war zu sehen. Eslöv bereitete sich auf die Nachtruhe vor.

«Tja, also», sagte der Tenson-Mann und erzählte, daß er Axel Fersen hieße. Er war groß, wie ich beiläufig registrierte. Aber er hätte lieber nichts sagen sollen, denn jetzt schossen mir die Tränen aus den Augen, und mein ganzer Körper begann zu zittern.

«Was is'n los?» sagte er erschrocken, als ich losheulte und gar nicht wieder aufhören konnte. «Na, war aber auch schlimm», fügte er hinzu. *«Bloody bastards»*, sagte er dann auf englisch und fragte: «Hast du 'n Auto?»

Einen Augenblick später saßen wir in dem kleinen, grünschimmernden Peugeot, bloß weg aus Eslöv, und ich schwor mir selbst, daß ich nie mehr im Leben einen Fuß in dieses Kaff in Skåne setzen würde, selbst wenn ich so alt werden sollte wie Live, die Haushälterin damals auf Uranienborg. Niemals wieder.

Live war eine seltsame Person. Sie wurde weit über hundert Jahre alt, und auf Fredriksborg hängt ein Bild von ihr, ganz für sich alleine, weil sie so alt geworden ist.

Einmal saß sie im Schaukelstuhl vor ihrem Haus und dachte an ihr Leben zurück, als ein uralter Mann vorbeikam. Sie kannten einander gut und hatten sich manches Mal unterhalten, insbesondere über die Leiden des Alters.

Er blieb stehen und sagte mit dünner, heiserer Stimme: «Ach ja, der liebe Gott hat uns beide vergessen.»

«Pssst, nicht so laut», antwortete Live. «Paß bloß auf, daß Er uns nicht hört.»

Ich habe keine Ahnung, warum ich an diesen skurrilen Wortwechsel denken mußte, nachdem ich gerade von einem jungen und ziemlich attraktiven Mann gerettet worden war.

Vielleicht weil ich nicht wußte, was ich sagen sollte, denn wie bedankt man sich bei jemandem, der genau das Richtige getan hat, wo doch das Richtige etwas so Banales und gleichzeitig so unheimliche Seltenes ist?
Ich riß mich zusammen.
«Vielen herzlichen Dank. Ich bin dir wirklich...» Ich wollte sagen «unheimlich dankbar», aber ich konnte nicht vor lauter Flennen, und es ist verdammt schwierig, mit tränenverschleierten Augen auf Straßen zu fahren, die einem unbekannt sind.

Nach einem tiefen Seufzer, zweimal Hochziehen und einer verstümmelten Entschuldigung probierte ich es erneut: «Erzähl von vorne, okay?»

«Na klar, aber du mußt anfangen, sonst weiß ich überhaupt nicht mehr, was los ist. Erzähl doch einfach, was du gesehen hast und wer dich gesehen hat.»

Das war schnell getan. Ich erzählte ihm von dem jungen Mädchen, der Empfangsdame sozusagen, und von den beiden Männern in der Bibliothek. Er ließ mich nicht ausreden.

«Das ist es, damit hängt das zusammen, logisch. Du hast etwas gehört und gesehen, was du besser nicht gehört und gesehen hättest.» Er machte eine nachdenkliche Pause. «Sie müssen Angst vor dir haben», sagte er, und ich meinte in seiner Stimme eine Spur von Bewunderung zu hören.

«Ja gut, aber warum machen die dann so was? Erst jetzt weiß ich doch, daß ich was ‹Gefährliches› gehört habe oder wie immer du das nennen willst. Das wußte ich doch da noch nicht, erst jetzt wird klar, daß es etwas Brisantes gewesen sein muß. Sonst hätte ich doch keinen Gedanken mehr daran verschwendet.»

«Ja und nein. Wenn sie dir einen Diebstahl anhängen könnten, würdest du doch Einreiseverbot nach Schweden kriegen, und dann wären sie ziemlich sicher, nie wieder was von dir zu hören. Einer Person mit Vorstrafenregister schenkt man doch keinen Glauben. Okay, ich weiß ja nicht, ob so was dahintersteckt, aber es könnte eine Erklärung sein. Eine andere habe ich auch nicht.»

«Aber wie bist *du* denn in die ganze Geschichte hineingeraten? Und wo soll ich dich hinfahren?»

Auf meine erste Frage antwortete er nicht, sagte nur: «Nimm mich mit bis Helsingborg, dann fahr ich mit 'm Zug weiter. Du fährst doch nach Helsingborg, oder?»

Das hatte ich vor, ich wollte nach Hause, heim in mein Vaterland, weg von Polizei und Verdächtigungen.

Ein paar Tropfen klatschten an die Frontscheibe, und einen Moment später begann es zu gießen. Ich schaltete die Scheibenwischer auf volle Leistung, aber trotzdem kam soviel Wasser runter, daß ich fast nichts erkennen konnte. Alles war Wasser, dunkel-trübes Wasser. «Regenwetter in Kopenhagen». Johannes V. Jensens Verse kamen in mir hoch, aber ich war ja nicht in Kopenhagen. Das Auto segelte beinahe dahin, ich konnte kaum sehen, wohin ich fuhr. Krampfhaft hielt ich das Steuer umklammert, mein Beifahrer war völlig entspannt.

«Du fährst nicht oft, oder?» fragte er.

«Nein. Merkt man das?»

«Ja, deine Schultern kleben beinahe an den Ohren. Versuch doch mal, dich nicht so zu verkrampfen.»

«Ich seh fast nichts, das Auto gehorcht nicht richtig, ich kenne die Straße nicht, und...»

«Soll ich lieber fahren?»

«Nichts lieber als das, aber ich steig nicht aus. Wenn du außen rumgehst, dann rutsche ich rüber.»

Ich setzte den Blinker und fuhr rechts ran, ohne zu wissen, ob da überhaupt irgendeine tragfähige Bankette war. Doch, da war eine. Wir tauschten die Plätze, er legte den Gang ein, und sofort merkte ich, daß das mit den hochgezogenen Schultern gestimmt hatte.

Die Scheibenwischer schaufelten mit aller Kraft und Geschwindigkeit. Ein greller Strahl schnitt sich durch die Nacht, mein Chauffeur blendete ab, das tat der entgegenkommende

Fahrer ebenfalls und fuhr an uns vorbei, eine Wasserfontäne spritzend.

Ich saß auf meinem Beifahrersitz und betrachtete meinen Retter und Chauffeur. Er war wirklich attraktiv. Ebenmäßiges Gesicht, blond, kurze Haare. Seine Tenson-Jacke stand offen und enthüllte einen Hemdkragen unter dem dunkelblauen Pullover.

Mehrere Kilometer lang sagte keiner von uns ein Wort, dann konnte ich meinen Mund nicht länger halten.

«Du hast mir immer noch nicht erzählt, was du für eine Rolle bei dem Ganzen hier spielst. Was hast du im Schloß gemacht, und wie bist du zur Polizeiwache gekommen, wo du doch kein Auto hast, und...»

«Um mit deiner letzten Frage anzufangen: Das war auch wirklich nicht einfach. Wo mein eigenes Auto ist? Ja, also ich bin mit ein paar anderen zum Schloß gefahren. Mein Auto steht zu Hause, wo ich wohne.»

«Und wo ist das?»

«In Kristianstad.»

«Was hast du im Schloß gemacht?»

«Wir waren ein paar Leute, die einen Strategieplan für die kommenden zwei Jahre diskutieren wollten, und um die nötige Ruhe dafür zu haben, sind wir zum Schloß gefahren. Wir haben sozusagen ein Abonnement darauf.»

«Ja gut, aber wie bist du in ‹meine› Sache reingekommen?»

«Ich habe was gehört, und ich habe was gesehen.»

«Arbeitest du in derselben Firma wie dieser Lennart, den ich in der Bibliothek...»

Ich konnte meinen Satz nicht beenden, denn plötzlich tauchte direkt hinter uns ein Auto auf. Der Fahrer hatte ein irrwitziges Tempo drauf, er blendete uns mit der Lichthupe und wollte offenbar überholen, obwohl kein Platz dafür war, und drängte uns von der Fahrbahn. Ich hörte meinen Chauffeur fluchen, seine Fingerknöchel am Lenkrad leuchteten weiß, wir rasten auf den Grünstreifen, er bremste mit aller

Kraft und rief mir gleichzeitig «Festhalten!» zu. Das gelang mir gerade noch rechtzeitig, und das war vielleicht der Grund, daß mir nicht viel passiert ist, als das Auto, mein kleiner, grüner, schnurrender Peugeot, mit dem Kühler voran im Graben landete.

Mein Chauffeur fluchte laut. Dann fragte er: «Hast du dir was getan?»

Ich fühlte nach und schüttelte den Kopf. Mein Mund war trocken wie Sandpapier. Dann flüsterte ich: «Sind das etwa deine Freunde aus der Firma, die so einen Fahrstil draufhaben? Wenn ja, würde ich vorschlagen, daß sie noch ein paar Fahrstunden nehmen.» Ich machte eine Pause, dann fragte ich ziemlich dumm, aber in dem Moment fühlte ich mich einfach dumm, was er jetzt tun wolle und ob er damit rechne, daß seine Freunde zurückkommen würden.

«Das sind nicht meine Freunde, und ich habe keine Ahnung, was hier los ist. Und was wir jetzt tun? Wohl das einzig Logische: Wir schieben das Auto aus dem Graben.»

Ich sah hinaus auf die Grabenwand vor mir. Das gelbweiße Licht der Scheinwerfer ließ regennasses Gras, Beifußstengel und welke Samenkapseln glänzen. Regentropfen klatschten gegen die Scheibe. Ich konnte jetzt schon merken, wie der kalte Regen meinen Rücken runterlaufen würde. Ein richtiger Wolkenbruch.

Nicht genug, daß es von oben schüttete, der Graben war auch voller Wasser, deshalb war es keine leichte Aktion.

Nach vier Versuchen gelang es uns, den Peugeot wieder auf die Straße zu schieben. Wir sahen uns an, und ich brach in ein hysterisches Gelächter aus, als ich meinen Retter in einen Golem aus Schlamm verwandelt sah. Mir war klar, daß ich selbst auch wie eine Lehmfigur aussehen mußte.

«Scheiße», sagte ich. «Und was machen wir jetzt?»

«Weiterfahren. Es sind nur noch zehn Kilometer bis Helsingborg, und die Fähren gehen die ganze Nacht, falls du nach Hause willst. Du könntest ja auch in einem Hotel übernachten.»

«Was glaubst du wohl, was die sagen, wenn die mich in dem Zustand sehen.»

«Wir gehen vorher bei einer Tankstelle auf die Toilette, dann werden sie dich schon aufnehmen. Also, was willst du?»

Ich antwortete nicht, denn ich fühlte mich jetzt nicht in der Lage, eine Entscheidung zu treffen.

Fünf Kilometer weiter tauchte eine Tankstelle aus dem Regen auf. Sie wollten gerade schließen, aber es gelang meinem Chauffeur mit Geld und guten Worten, erst mir und anschließend sich selbst Zugang zur Toilette zu verschaffen.

«Entzückend», sagte er, als er mich wieder rauskommen sah. Fünf Minuten später sah er auch wieder wie ein Mensch aus, aber seine Tenson-Jacke war immer noch mit großen Schlammflecken verschmutzt.

«Ich werde versuchen, nach Dänemark zurückzufahren», sagte ich. «Mir scheint, Schweden ist ein ziemlich heißes Pflaster. Ich wußte nicht, daß das schwedische ‹Volksheim› eher dem Wilden Westen gleicht als einem zivilisierten skandinavischen Land. Ich ziehe Dänemark vor, da ist mir nie so was wie das hier passiert. Bei uns gibt es so was nicht.»

«Okay, ich kann dich verstehen. Ich fahre dich zum Fähranleger.»

Ganz Helsingborg war inzwischen zu Bett gegangen. Die hohen, schwach beleuchteten Hafenspeicher ragten bedrohlich in die Nacht. Ein nasser Fuchs schnürte mit gesenkter Rute direkt vor der Einfahrt zum Fähranleger über die Straße. Er drehte eine Sekunde lang den Kopf zu uns, und ich sah direkt in seine leuchtenden Pupillen.

Mein Chauffeur stieg aus und ging zu einem Mann mit einem Sprechfunkgerät und Reflektorstreifen um Bauch und Beine, um ihn was zu fragen. Der Mann gab eine lange Antwort und deutete nachdrücklich in eine Richtung. Mein Chauffeur kam zurück zum Auto, öffnete die Tür, beugte sich zu mir rein und sagte aufmunternd: «Du hast Glück, es geht noch eine. Sie sind gerade dabei, einen Zug an Bord zu rangieren, und ein paar Autos nehmen sie auch noch mit. Okay?»

«Danke für deine Hilfe», sagte ich und stieg aus dem Wagen. Ich fühlte mich plötzlich unsäglich verloren mitten in all dem Regen, der Dunkelheit und dem öden Hafengelände.

«Und was machst du jetzt?»

«Ich komm schon klar. Mach's gut und danke fürs Mitnehmen.» Er hob die Hand zu einer Art Gruß und ging rasch in Richtung Stadtzentrum davon.

XXXV
Eckernförde
Anno 1602

Reich mit Gaben,
Licht und Leben ich dich überhauffe

Sophie fuhr mit der Hand den Strumpf entlang bis zu dem Loch, das einmal die Ferse gewesen war. Sie wußte schon, daß da ein Loch war und daß es jeden Tag größer wurde, deshalb war ihre Geste eigentlich überflüssig. Die Strümpfe, ihr einziges Paar, hatten schon seit Wochen keine Fersen mehr, aber auf törichte Art hatte sie auf ein Wunder gehofft. Doch es gab keine Wunder mehr. Nur die Papisten glaubten noch an so etwas. Hier im Norden, in den Landen der reinen Lutherschen Lehre, war die Zeit der Wunder endgültig vorbei.

Trotz der fersenlosen Strümpfe war sie leichten Mutes, fühlte sie sich wie eine der Schwalben, die wie schwirrende Pfeile durch die Luft schossen. Denn in drei Tagen würde ihre Hochzeit sein, und obwohl es sich nicht schickte, mit fersenlosen Strümpfen in den heiligen Stand der Ehe zu treten, sollte ihr das die Freude nicht nehmen. Ihre Freude.

Die Strümpfe waren nicht das schlimmste. Schlimmer

stand es um den Rock, der in Fetzen hing, aber Eriks bestickte Kleider hingen bei einem verschlagenen Pfandleiher in der Stadt, und der wollte sie nicht herausrücken, nicht einmal für einen einzigen Tag.

Das kleine Hochzeitsfest, zu dem sie und Erik einige wenige Adlige der Umgegend eingeladen hatten, würde in größter Armseligkeit vonstatten gehen.

Die üppige Tafel auf Knutstorp damals vor vielen Jahren, als sie das erste Mal einem Mann gegeben wurde, tauchte vor ihrem geistigen Auge auf und verschwand sogleich wieder. Eine solche Tafel, hatte sie einmal gedacht, gehörte zu einer richtigen Hochzeit unter Adligen. Ohne sie konnte man nicht heiraten. Genausowenig wie ohne die goldenen Ketten, Samtleibchen, bestickten Kleider, die Ströme französischen Weines, die linnene Wäsche und die goldene Seide. Die Hochzeit, die Erik und sie in diesen Tagen vorbereiteten, würde eine andere sein – aber dennoch eine Hochzeit, eine Heirat zwischen zwei Adligen, denn sie war immer noch von gutem dänischem Adel. Ihre Ahnenreihe konnte ihr niemand nehmen, auch wenn das Haus, das sie und Erik hier in Eckernförde gemietet hatten, alles andere als vornehm war, geschweige denn prachtvoll. An die Hochzeitstafel würde sich niemand ihrer Üppigkeit wegen erinnern, sondern wegen ihrer Ärmlichkeit, denn sie würde mit Holztellern und einer einzigen Zinnschüssel gedeckt sein, aber es war *ihre* Hochzeit mit Erik. Endlich würde die Sonne die beiden Fische fangen. Sie hatte so schrecklich lange dazu gebraucht.

Sie hätten nicht so viele Jahre damit warten sollen. Sie hätten damals heiraten sollen, als sie noch die Süße der Jugend im Leib trug, damals, als ihr Angesicht noch glatt und jung war, damals, als ihre Augen blank waren und strahlten.

Obwohl sie keinen Spiegel mehr besaß, wußte sie nur zu gut, daß die Furien des Alters tiefe Spuren in ihr Gesicht gepflügt und Kummer und Sorgen ihre runden Wangen ausgezehrt hatten. Das Haar, das sie für ihn herunterlassen würde, war nicht mehr golden, es war grau wie damals das ihrer Frau Mutter und so dünn wie Grashalme auf einem Sandboden.

Hundertsechsundvierzig Jahre alt war sie mittlerweile – die Zeit des Wartens hatte sie um hundert Jahre altern lassen.

Aber wann hätten sie es tun sollen? Erik war all die Jahre lang ruhelos umhergestreift, um zu erschaffen, wofür er sein Leben eingesetzt hatte – den Stein der Weisen, das rote Gold, den puren Reichtum.

Tycho, ihr seliger, unendlich vermißter Bruder, hatte es ihr gesagt, und er hatte es geschrieben. Gesagt und geschrieben, daß er nicht glaubte, daß die Stoffe sich dem Menschen auf diese Weise fügten und daß Erik schon vor langer Zeit sein Jagen und Streben danach hätte aufgeben sollen. Denn es würde ihm nur Unglück bringen.

Unglück? Nein, aber Sorgen und den Kummer, der Erniedrigung heißt. Aber Erik behauptete felsenfest, daß sie eines Tages vor ihm und sich selbst würden zugeben müssen, daß sie sich geirrt hatten. Daß Erik Lange jemand war, an den sich die Nachwelt erinnern würde, weil er seine Experimente unbeirrt durchführte, weil er in die Tat umsetzte, wovon alle Welt bloß träumte – Reichtum zu erschaffen.

Der Fehler der anderen war, erzählte er ihr, daß sie auf halbem Wege aufgaben. Ja, sogar noch früher. Wenn ihre siedenden Reagenzien nach einigen Jahren immer noch nicht die Antwort gebracht hatten, gaben sie auf. Ihre Labore verstaubten, die kostbaren Glaskolben zerbrachen und die Flüssigkeiten verdampften. Aber er, Erik Lange, von gutem dänischem Adel, machte weiter. Im Gegensatz zu ihnen gab er nicht auf. Er würde es ihnen beweisen!

Sobald sie eine gewisse Summe beisammen hatten, würden sie wieder fortreisen. Und von jetzt an würde sie ihn begleiten. Nie mehr sollte sie daheim sitzen und auf ihn warten. Nie mehr sollte sie allein die Straßen entlangwandern und fühlen, wie der Regen durch Umschlagtuch und Kleider bis auf die Haut drang. Von jetzt an würden sie zu zweit sein. Und wenn es so kam, wie sie erhoffte, dann würden sie nicht zu Fuß gehen, sondern gefahren werden.

Erik hatte sich auf den Weg nach Rendsburg gemacht, um mit einem Bankier zu sprechen, der auf der Durchreise war, aber er kam morgen zurück, und übermorgen würden sie auch vor Gott vereint sein. Vor den Menschen waren sie seit mehr als fünf Jahren ein Paar und für einander doppelt so lange.

Sophie erhob sich und legte die Strümpfe aus der Hand. Es lohnte nicht, Garn darauf zu verschwenden. Entweder mußte sie ganz ohne Strümpfe gehen oder mit diesen ohne Fersen. Sie würde wohl diese nehmen. Fersenlose Strümpfe wärmten immer noch mehr als gar keine.

Gibt es nicht für den «Tag danach» diese «Sorgenfrei-Pille», mit der man vermeiden kann, neun Monate etwas Unerwünschtes mit sich herumzutragen?

Eine solche Pille könnte ich jetzt gut gebrauchen, um meine Erinnerungen an den gestrigen Tag abzutreiben.

Ich bezeichne meine Erlebnisse bewußt als «Erinnerungen», denn das Wort Erinnerung beinhaltet eine zeitliche Distanz, und irgendwie kommt es mir vor, als wäre es sehr, sehr lange her, daß die weiße verschrammte Stahltür auf der Polizeiwache in Eslöv sich hinter mir schloß.

Es war schon nach drei Uhr, als ich endlich zu Hause ankam. Ich war völlig erschöpft, konnte aber trotzdem nicht einschlafen. Ich kriegte bis gegen sechs kein Auge zu, dafür schlief ich dann anschließend so tief, wie ich wohl noch nie in meinem Leben geschlafen habe.

Das Telefon weckte mich. Es war Carsten, der mich ganz lieb fragte, ob ich mein Problem hatte lösen können. Ich glaube, er war einigermaßen verwundert, daß ich immer noch im Bett lag, wo ich doch gar nicht krank war. Als ich ihm erzählte, daß ich erst sehr spät ins Bett gekommen war, fragte er nur, ob es schön gewesen sei mit meinem Freund. Da gab ich es auf und sagte, ich würde ihn ein andermal zurückrufen.

Jetzt ist es gleich schon wieder dunkel, und ich kann immer noch nicht wieder zu mir selbst finden und habe keine Ahnung, in was für eine Sache ich da geraten bin. Ich habe ein Gefühl, als ob ich mitten in einem klebrigen Netz sitze, das auf eine Art geknüpft ist, die ich nicht durchschaue.

Und mein Retter? Wer war er? Und was war seine Rolle? Er hat mir keine zufriedenstellende Erklärung gegeben. Ist mir die ganze Zeit ausgewichen. So durcheinander war ich nicht, daß ich seine vielen Ausweichmanöver nicht bemerkt hätte. Arbeitet er nun in derselben Firma wie dieser «Lennart» oder nicht? Kopfzerbrechen macht mir auch eine zweite Sache, nämlich warum es so schlimm – und gefährlich – war, daß ich das bewußte Gespräch mitgehört habe. Ich hätte es doch bestimmt sofort wieder vergessen, aber jetzt erinnere ich mich daran, auch weil ich alles aufgeschrieben habe. So langsam verwende ich meine ganze Zeit darauf zu schreiben, an meiner eigenen Geschichte und an Sophies. Im Moment vor allem an meiner eigenen.

Ich schreibe ein Heft nach dem anderen voll. Ich sitze auch an Sir Henry und schreibe über Sophie, so gut es mir eben möglich ist, drucke es aus und schreibe wieder. Der Rest des Projekts kann erst mal liegenbleiben und als Dateien auf den alten Disketten schmoren. Ich schreibe, drucke aus und grüble.

Woher kamen die Leute? Was war das für eine Firma? «Strategiediskussion» über was? Aber eins ist so gut wie sicher, sie haben bestimmt eine Menge Geld und Zeit dafür investiert. Strategien und Evaluierungen sind das, worauf die heutigen Menschen ihre größte Aufmerksamkeit und das meiste Geld verwenden, während sie sich kaum darum scheren, was zwischen diesen Stadien liegt. *Das* erscheint ihnen nicht annähernd so wichtig.

Jetzt ärgert es mich, daß ich nicht mehr über meinen Retter erfahren habe. Ich hätte ihn hartnäckiger fragen müssen.

Irgendwann hätte er vielleicht alles erzählt. Ich komme mir vor wie die Kleine in den Superman-Filmen, die auch nicht weiß, wer ihr tapferer fliegender Held ist. Sie empfindet sicherlich eine Leere, genau wie ich sie fühle. Wer war er, warum hat er mir geholfen, und warum wollte er die Wahrheit nicht sagen? Denn ich bin überzeugt, daß er das nicht getan hat.

Ich mache mir eine Tasse Hagebuttentee und gehe wieder ins Bett. Unmittelbar bevor ich in den Schlaf abdrifte, höre ich eine Stahltür klappen, und mir bricht der Angstschweiß aus.

Meine schwedischen Erlebnisse haben tiefe Spuren bei mir hinterlassen. Es fällt mir schwer, darüber hinwegzukommen. Wenn ich mich an Sir Henry setze, um weiter an Sophie Brahe zu arbeiten, tauchen die Ereignisse immer und immer wieder auf. Sobald ich im «aktuellen Dokument» bin, wie es in Sir Henrys eigenartiger Sprache heißt, erscheinen sie und blockieren mich, und ich kann auch nicht richtig schlafen.

Die ersten beiden Nächte danach habe ich so tief geschlafen wie nie zuvor, aber dann war auch das vorbei. Jetzt schlafe ich eine Stunde oder zwei, dann wache ich auf und bin hellwach, obwohl ich natürlich todmüde bin. So geht das Nacht für Nacht.

Erst habe ich versucht, nachts zu arbeiten, aber das war unmöglich. Dann habe ich mir irgendeinen schrecklichen Kräutertee gemacht, der schlaffördernd wirken sollte, aber er wirkte überhaupt nicht. Jetzt stehe ich einfach auf und mache den Fernseher an.

Die ausländischen Kanäle senden die ganze Nacht. Einer der deutschen bringt was ganz Merkwürdiges. Sie haben eine Kamera in die Führerkabine eines Zuges montiert, und der Zug fährt stundenlang, ohne anzuhalten, fährt einfach still und friedlich immer vor sich hin. Das ist einfach das optimale Fernsehprogramm, und eigentlich müßte man nach fünf Minuten Zugucken tief und fest eingeschlafen sein.

Wenn ich nicht mit diesem Fernsehzug fahre, denn auch Züge werden irgendwann schließlich langweilig, sehe ich mir Serien und Unterhaltungssendungen aus England an. Die Unterhaltungsshows sind ganz genauso idiotisch wie in Dänemark, aber die englischen laufen etwas zügiger über die Mattscheibe.

Nach ein paar Stunden gehe ich probehalber wieder ins Bett und falle in einen bleischweren Schlaf, aus dem ich erst spät vormittags wieder aufwache, schweißgebadet und mit trüben Gedanken.

Ich gebe es auf, mich weiter in Sophies Mysterium zu vertiefen. Wo soll ich suchen? Soll ich alle alten Bibeln in der Königlichen Bibliothek durchforsten in der Hoffnung, daß was dabei rauskommt? Ein bißchen viel Aufwand für eine minimale Erfolgsaussicht. Aber im Fall des Falles wäre das natürlich ein Wahnsinnsknüller.

Ich denke, sie hatte ganz einfach Angst, als sie ihre Aufzeichnungen verschlüsselte. Sie war ängstlich, aber bei klarem Verstand. Irgend etwas war im Gange, irgend etwas drohte zu passieren, vielleicht nicht ihr, aber ihrem geliebten Bruder.

Keines der Bücher über Tycho Brahe, die ich ausgeliehen habe, erklärt den Grund für seine Abreise aus Dänemark. Alle sagen unisono, daß er ein Bauernschinder war und daß er die Kapelle in Roskilde verwahrlosen ließ, wo Frederik II., der Vater des amtierenden Königs, sich von seinem hektischen Erdenleben ausruhte. Außerdem war Tycho hochmütig und ungeduldig. Er behandelte die Leute wie Dreck, benutzte sie und warf sie weg, heißt es. Soll ich das glauben?

Was tat Sophie? Hat sie ihn getröstet, oder lebte sie nur noch für Erik Lange? Und was war mit ihrem Sohn? War es ihr Schicksal, zwischen dem Sohn, dem Bruder und dem Geliebten hin- und hergerissen zu werden, und fiel es ihr schwer zu entscheiden, wem von ihnen ihre größte Loyalität gehörte?

Ich glaube, sie hat sich um ihren Bruder gekümmert, soviel es ihr nur möglich war. Wie alt war ihr Sohn zu dem Zeitpunkt, als Tycho Brahe das Land verließ? Ich muß zusehen, daß ich das alles kläre, denn ich *will* diese Dissertation, oder was es nun immer wird, endlich abschließen. Die Frage ist nur, ob ich es auf meine Weise tun kann oder ob es letztendlich doch nach Victors Nase geht?

16

Ach wie war das schön, wieder ein normaler Mensch zu sein. Obwohl weder ich noch mein armes Bein so beweglich wie früher waren, schaffte ich es doch die Treppe hinunter, in ein Taxi und die Treppe zur Kanzlei hinauf. Letzteres ging ein bißchen langsam, denn das Büro liegt im dritten Stock, ohne Fahrstuhl. Den vermissen wir manchmal doch sehr. Ich weiß, daß Torben mit dem Eigentümer gesprochen hat, ob man nicht einen Aufzug einbauen könnte, aber bisher ohne Ergebnis. Ich habe ihm daraufhin vorgeschlagen, das ganze Haus zu kaufen. Wenn er das täte, könnte er ja einfach einen Aufzug außen am Haus anbringen. Er rechnete es durch, holte einen Kostenvoranschlag ein und ließ die Idee dann wieder fallen. Es wäre kein gutes Geschäft, meinte er.

Ich fand alles ganz wunderbar. Die Sekretärinnen waren netter und um einiges hübscher, als ich sie in Erinnerung hatte, die Stimmung war einigermaßen munter und die Stapel, die auf mich warteten, riesig. Auf der anderen Seite war es schon merkwürdig, so gezeigt zu kriegen, daß sie mich wirklich brauchten. Ich hatte manchmal fast daran gezweifelt. Man kriegt ja leicht seltsame Ideen, wenn man kampfunfähig zu Hause hockt.

Torben und ich hatten eine Besprechung unter vier Augen, während der er mich über die aktuellen Fälle unterrichtete, und als ich aus seinem Büro ging, hatte ich genug Arbeit, um mehrere Wochen lang ohne jegliche Pause, sei es Wochenende oder Feiertag, durchzuschuften. Mit einem Wort: Ich versank in einem Sumpf von Arbeit. Einerseits freute mich das irgendwie, andererseits fand ich es beschissen, aber so ist das nun mal in meinem Job, genauso wie in vielen anderen Branchen.

Ich erzähle das nur, um deutlich zu machen, daß ich in der darauffolgenden Zeit keine Muße hatte, um an irgend etwas anderes zu denken, und das schloß auch Lina und ihr Schicksal ein. Das ging so lange, bis meine Sekretärin, der ich meinen Kalender und meine Terminplanung überlasse, eines Tages hereinkam und mich daran erinnerte, daß ich eine Verabredung zum Frühstück mit irgendwem hätte. Ob sie einen Tisch bestellen solle? War es nicht im «Alsace»?

Ich hatte zu diesem Zeitpunkt Hanne und unsere Verabredung vollkommen verdrängt, und ich stellte fest, daß ich keine große Lust hatte, die Verabredung einzuhalten. Aber weil ich noch viel weniger Lust hatte, Frau Pedersen anzurufen und sie da mit reinzuziehen, blieb mir wohl nichts anderes übrig, als mit Hanne wie verabredet zu frühstücken.

Sie saß ganz allein an einem Tisch, als ich ins «Alsace» kam. Ein Glas Weißwein vor sich und einen langen, dünnen Zigarillo in der Hand, von einer Sorte, wie man sie hier fast nie sieht. Diese Dinger sind ja ganz dekorativ, aber sie stinken genauso furchtbar wie alle Zigarillos.

Es mußte ihr wohl recht gut gehen, denn sie hatte einen Nerzmantel über den Nachbarstuhl geworfen. Ihre Tasche war eine von den teuren Vuittons.

«Warum hast du neulich einfach aufgelegt?» war das erste, was ich sie fragte, als ich mich zu ihr gesetzt und wir bestellt hatten. «Du hast mir eine Frage gestellt und dann aufgelegt. Ich hatte keine Chance zu antworten.»

«Ich konnte einfach nicht glauben, daß du keine Ahnung hattest, hinter was sie her war. Lina hat mir nämlich gesagt: ‹Carsten weiß über alles Bescheid›, und deshalb war ich überzeugt, daß du im Bilde warst, oder anders gesagt, daß sie dir von all dem erzählt hat. Und als du so getan hast, als wüßtest du von gar nichts, ist mir der Kragen geplatzt. Entschuldige bitte.»

Ich wußte nicht, was ich darauf antworten sollte. Denn sie hatte recht und gleichzeitig unrecht. Was Lina erzählte, war so merkwürdig, daß ich mir sagte, es paßt ja alles nicht zusammen, und sie tischt mir das nur auf, um endlich in Ruhe gelassen zu werden – von mir. Wir waren ja fertig miteinander, das hatte ich mir jedenfalls eingebildet.

Es stimmt, daß sie mich eines Tages anrief und sagte: «Carsten, wir müssen reden. Es gibt etwas, das du wissen mußt.» Und dann hatte sie hinzugefügt: «Es ist wichtig.»

Ich denke nicht gern daran. Sie hatte mich um etwas gebeten, und ich habe es ausgeschlagen. So was wie das, was sie mir erzählte, passiert weder in Dänemark noch in Schweden. In beiden Ländern sind die Bürger sicher, jedenfalls im Vergleich zu unzähligen anderen Ländern und Gesellschaften. Sicher, jawohl. Hier paßt jeder auf jeden auf. Die Behörden kümmern sich, warnen die Bürger vor allen möglichen Gefahren, stellen Schilder auf, wenn es auch nur das entfernteste Risiko für Steinschlag gibt oder der Bordstein höher als normal ist, ohne daß die Freiheit der Einwohner gleichzeitig eingeschränkt wird. Eigentlich leben die Menschen in Skandinavien in einem fast perfekten Gesellschaftssystem voller Sicherheit und Freiheit. Wo hat man so was sonst noch? Und das ganze Gerede über die hochgefährliche russische Mafia, die angeblich hereindrängt, entspringt, so dachte ich – und denke ich immer noch –, wohl vor allem den Wunschträumen dänischer Journalisten. Inzwischen gibt es keine DDR, keine Sowjetunion und keine Spione mehr, gegen die wir uns wehren müßten, also heißt der Feind heute Mafia. So als ob wir immer noch einen Feind und ein Feindbild bräuchten. Ohne Feinde geht es anscheinend nicht.

«Erzähl mir doch einfach, was du weißt», sagte Hanne nun. «Denn ihr habt doch bestimmt darüber gesprochen. Das hat sie mir gesagt. Also erzähl, sonst kommen wir ja nie zu einem Ergebnis.»

«Wollen wir nicht erst essen?» fragte ich.

«Meinetwegen, aber komm nicht auf die Idee, dich zu drükken. Jetzt mußt du erzählen. Denn irgendwas ist doch passiert, oder?»

Ich nickte. Ja, es war etwas passiert. Es war tatsächlich das letzte Mal, daß ich Lina «live» erlebte, wenn ich das so sagen darf. Später telefonierten wir nur noch miteinander.

Es wurde ein sehr langes Frühstück. Der junge Kellner umrundete unseren Tisch mehrmals, als ob er sich vergewissern wollte, daß alles in Ordnung sei. Jedesmal bestellte ich noch mehr Wein.

Es wurde auch ein sehr langer Monolog meinerseits. Hanne saß bloß da mit ihren Zigarillos und rauchte, trank und sah mich an. Zwischendurch schien es mir, als könnte ich in ihr auch ihre Mutter entdecken, und das machte mich ein wenig nervös. Unter was für Weiber war ich da geraten? Hexen und Seherinnen?

Der Bericht vom letzten Treffen zwischen Lina und mir wurde eine lange Geschichte, denn als ich mich erst mal warm geredet hatte, mußte ich alles loswerden, meine angestauten Schuldgefühle und meine zahllosen Selbstvorwürfe. Hinterher habe ich oft überlegt, ob ich vielleicht wie ein Mann wirkte, der gerade von seiner Frau verlassen worden ist oder mitten in einer Scheidung steckt. Ich will mir gar nicht ausmalen, was die anderen Gäste wohl gedacht haben. Aber an dem Tag war mir alles schnurzegal.

Eines Tages Anfang Dezember hatte eine unserer Sekretärinnen bei mir durchgerufen und gesagt, da wäre jemand, der mich sprechen wolle. Die betreffende Person hatte weder ihren Namen gesagt, noch was sie wollte, nur, daß sie keinen Termin bei mir hatte. Ob es mir passen würde?

Ich brummte ein bißchen unwillig, sagte dann aber, sie solle die Betreffende hereinbitten. Ich überflog meinen Schreibtisch mit einem schnellen Blick, er war natürlich nicht gerade aufgeräumt, aber wenn unangemeldete Besucher kommen, müssen sie auch ein bißchen kreatives Chaos ertragen können.

Es war lange her, daß ich Lina zuletzt gesehen hatte, und ich war ganz erschrocken, wie dünn und mitgenommen sie aussah. Gleichzeitig war sie schöner, als ich sie jemals erlebt hatte. So kam es mir jedenfalls vor. Ihr Gesicht leuchtete auf eine besondere Weise, die bestimmt nichts mit ihrem Make-up zu tun hatte, da bin ich sicher. Das Leuchten kam von innen.

Sie war sehr schön und sehr nervös. Oder eher ängstlich. Das zeigte sich ziemlich schnell.

Nachdem ich ihr versichert hatte, wie angenehm überrascht ich sei, sie zu sehen, noch dazu in meinem Büro, fragte ich natürlich, ob ich etwas für sie tun könne. Und dann kam es: «Jemand ist hinter mir her.»

«Hinter dir? Du machst Witze.»

«Das ist kein Witz, du mußt mir glauben, Carsten, und du darfst nicht darüber lachen, denn es ist *wirklich* etwas im Gange. Versprich mir, daß du nicht lachst und mich nicht unterbrichst, bevor ich dir erzählt habe, was mir solche Angst macht.»

«Lina, du hast Angst? Die hast du doch nie gehabt.»

«Früher vielleicht nicht, aber jetzt dafür um so mehr. Hör zu.»

Und dann erzählte sie von ihrem Telefon. Es war irgendwie anders als sonst. Als ob da ein winziges Echo war, wenn sie sprach. Das war die eine Sache. Die andere war, daß es seit mehreren Wochen zu allen möglichen, sprich unmöglichen Tages- und Nachtzeiten klingelte. Es klingelte praktisch jede Nacht. Bis sie vor kurzem den Stecker ausgestöpselt hatte, um überhaupt schlafen zu können. Und es war jemand am anderen Ende, da war sie ganz sicher. Das war keine Fehlverbindung.

«Hast du daran gedacht, dir eine Geheimnummer geben zu lassen?» fragte ich daraufhin. «Das geht ganz einfach.»

Ja, sie hatte daran gedacht, aber den Gedanken wieder aufgegeben, denn dann würde sie keiner mehr erreichen, und sie war so darauf angewiesen, daß die Leute sie erreichen konnten.

«Na, dann stört es dich ja wohl doch nicht so sehr, sonst würdest du lieber eine Geheimnummer in Kauf nehmen als diesen Telefonterror.»

Das mußte sie zugeben, denn die telefonischen Belästigungen waren nicht das Schlimmste. Viel schlimmer war – und sie war sich da ganz sicher –, daß jemand sie verfolgte. Daß sie beschattet wurde.

Beschattet! Das war zuviel. Ich bekam plötzlich Angst um sie. War sie jetzt völlig durchgedreht? Aber sie machte einen ganz vernünftigen Eindruck, als sie das sagte. Ich bat sie zu beschreiben, worin sich diese «Beschattung» äußere.

Und sie erzählte. Ständig patrouillierten ein oder zwei Typen auf der anderen Straßenseite. Manchmal war es einer, manchmal waren es zwei. Meistens standen sie vor dem gegenüberliegenden Haus herum, rauchten und plauderten, wenn sie zu zweit waren, und der eine aß die meiste Zeit Nüsse. Sie war überzeugt, daß die beiden sie beobachteten. Sie überwachten. Manchmal sah sie sie unten im Hof, wo sie herumgingen und die Fahrräder und die abgestellten Kinderwagen begutachteten.

«Wie sehen sie aus?» fragte ich inquisitorisch, und Lina zog einen Zettel aus der Jackentasche.

«Ich hab es aufgeschrieben, denn ich dachte mir schon, daß du das fragen würdest», sagte sie. «Es sind keine Gespenster, sie sind echt.»

Beide waren mittelgroß, der eine mit schwarzen Locken, der andere glatthaarig und dunkelblond. Der Gelockte trug meistens Bartstoppeln, der andere einen Vollbart. Einer der beiden hatte dunkle Augen, meinte sie. Keine Südländer, sagte sie, noch bevor ich fragen konnte. Dafür seien sie zu breitgesichtig.

Breitgesichtig. Ein merkwürdiges Wort. Ich kann mich erinnern, daß ich auch an dem Tag darüber stolperte.

«Was machen sie?» fragte ich logischerweise. «Stehen sie bloß da und starren zu dir hoch?»

Das machten sie nicht, sie folgten ihr, wenn sie das Haus

verließ. Nicht unmittelbar, aber wenn sie zum Beispiel in die Königliche Bibliothek ging, um ein paar Sachen zu überprüfen, kam der eine der beiden meist etwas später herein. Entweder in den Lesesaal, wo er sich dann hinsetzte und sie beobachtete, falls ein Platz frei war, oder er saß draußen in der Halle und wartete.

Einmal war sie zu ihm hingegangen und hatte gefragt, was er von ihr wolle, aber er hatte so getan, als hätte er sie überhaupt nicht verstanden, hatte den Kopf geschüttelt und etwas in einer Sprache gesagt, die sie nicht kannte. Auch an diesem Morgen hatte er unten vor ihrer Tür gestanden, aber sie war über den Hof in den zweiten Hinterhof gegangen, hatte die abgeschlossene Tür mit einer Plastikkarte geöffnet und war auf diesem Weg über eine Nebenstraße entwischt.

«Aber ich halte das nicht länger durch», sagte sie, und ich konnte ihr ansehen, daß sie nicht übertrieb. Sie war offenbar fertig mit den Nerven.

In der Cafeteria haben sie heute «klassischen Apfelkuchen mit Schlagsahne» im Angebot.

Ich sollte natürlich nicht, aber im Moment geht es mir genau so wie diesem alten englischen Dandy, dem Schriftsteller Oscar Wilde, der gesagt hat, er könne allem widerstehen – nur nicht der Versuchung. Ich nehme ein großes Stück mit einem Klacks Johannisbeergelee obendrauf und einen großen Becher Kaffee. Ich sitze an meinem Lieblingstisch in der Kantine der Königlichen Bibliothek.

Ich habe ihn fast ganz für mich alleine.

Die meiste Zeit des Tages habe ich oben in der Bibelsammlung verbracht und alte Bibeln durchgeblättert. Aber bis jetzt ohne Erfolg. Ich schlage überall die bewußte Stelle auf, Markus-Evangelium Kapitel 14, um herauszufinden, ob der Schlüssel zu meinem kleinen Rätsel irgendwo darin versteckt ist. Aber noch bin ich auf nichts dergleichen gestoßen. Ich habe beschlossen, falls ich bei der Durchsicht der Bibelsammlung in der Königlichen Bibliothek nichts finde, werde ich aufgeben und schreiben: «Die Spur verlief leider im Sand.» Ich rechne damit, irgendwann morgen mit den Bibeln durch zu sein.

So langsam fange ich an, über meine schwedischen Erlebnisse hinwegzukommen, obwohl das Gefühl von Scham und Erniedrigung sich in Abständen immer noch meldet. Ich weiß nicht, wie es anderen geht, aber für mich ist Erniedrigung eines der schlimmsten Gefühle, die man haben kann.

Das Gefühl der Erniedrigung steckt mir tief in den Knochen, obwohl ich versucht habe, die Erlebnisse aufzuarbeiten – lieber Himmel, was einem alles an verdammten Psychologenausdrücken im Kopf steckt –, indem ich ganz intensiv daran denke. Denn meine Selbsttherapie besteht darin, die ganze Zeit an das Unangenehmste und Schlimmste zu denken. Trotzdem bin ich fix und fertig, wenn ich die Stahltür dröhnend zuschlagen höre.

Der Apfelkuchen schmeckt so gut, wie er aussieht. Ich überlege einen Moment lang, ob ich noch ein Stück nehmen soll, lasse es dann aber. Einmal sündigen muß reichen. Ich hole mir noch einen Becher Kaffee.

Jetzt ist die Kantine auf einmal ziemlich voll. Das Personal strömt herein, um einen Tee zu trinken. An allen Tischen sitzen Leute. Eine vergessene *Information* liegt auf dem Tisch, ich nehme sie und blättere sie durch. Irgendwie habe ich keine große Lust, wieder nach oben zu den Bibeln zu gehen.

Ich vertiefe mich in einen Schauerartikel über die offenbar unausweichliche Zukunft der Erde, mit erschöpften Energievorräten, vergiftetem Wasser und einem gigantischen Loch in der Ozonschicht. Der Verfasser des Artikels aalt sich wollüstig in den bevorstehenden Katastrophen. Alle werden von ihm verdammt, nur die Radfahrer nicht. Das muntert mich richtig auf, und ich bin stolz auf mich und mein gefährliches Radfahrerleben.

Plötzlich spüre ich, daß mich jemand beobachtet. Ich blicke

hoch und tatsächlich, vor mir steht ein Mann. Er ist relativ groß und hat eine Tenson-Windjacke an.

Ich fang an, am ganzen Körper zu zittern.

«Hallo», sagt er. «Arbeitest du hier?»

«Hallo», sage ich ebenfalls. «Ja und nein. Ich bin keine Angestellte, ich bin nur studienhalber hier.» Dann durchzuckt es mich. «Wie hast du mich gefunden? Und was willst du von mir? Du hast doch bestimmt nicht mal eben zufällig in der Kantine der Königlichen Bibliothek in Kopenhagen zu tun?»

«Darf ich mich setzen?» fragt er und nimmt sich einen Stuhl, ohne meine Antwort abzuwarten.

«Wieso fragst du überhaupt? Und was willst du von mir?» wiederhole ich und habe keine Ahnung, wie ich mich verhalten soll. «Nochmal danke für deine Hilfe», füge ich hinzu, denn ohne ihn wär es mir wohl richtig schlecht ergangen. Trotzdem paßt es mir nicht, daß er jetzt hier vor mir sitzt. Wo ich gerade dabei war, über alles hinwegzukommen.

«Sehen, wie es dir geht. Ob du deinen Zusammenstoß mit der schwedischen Obrigkeit gut überstanden hast», antwortet er und legt ein Paar Handschuhe auf den Tisch.

«Nett von dir, aber wenn du mich hier drinnen gefunden hast, hättest du mich doch auch telefonisch ausfindig machen können. Vielleicht wäre es mir ja lieber gewesen, auf diese Weise mit dir zu sprechen.»

«Das ging leider nicht», antwortet er.

«Wieso nicht?»

«Wir müssen reden», sagt er daraufhin. «Es ist verdammt wichtig. Jetzt bin ich es, der ein Problem hat. Würdest du mir helfen?» Er sieht sich um. «Können wir nicht woanders reden? Hier sind so viele Leute.»

«Laß uns nach oben gehen», schlage ich vor.

Oben ist eine Ausstellung über dänische Verwaltungsgeschichte. Sie ist nicht besonders interessant, und deshalb sind auch keine Besucher da.

«Hier sind wir bestimmt ungestört», sage ich. Ich habe keine große Lust, ihn mit zu mir nach Hause zu nehmen.

Eigentlich will ich am liebsten, daß er aus meinem Leben verschwindet.

«Also erzähl, was los ist», sage ich und bin selbst überrascht über meine Ungeduld. Die ist neu für mich.

«Ich stecke in Schwierigkeiten», sagt er daraufhin mit gedämpfter Stimme. «In großen Schwierigkeiten. Ich muß irgendwo unterkriechen.»

Ich antworte nicht, starre ihn bloß an und versuche eine Erklärung zu finden.

«Warum?» frage ich dann.

Eine Stunde später sitzen wir bei mir zu Hause. Ich habe Kaffee gemacht, er blättert in einem Stapel Bücher, der auf dem Tisch vor meinem IKEA-Sofa liegt. Das von meiner Mutter habe ich damals zum Sperrmüll gegeben, es waren zu viele unangenehme Flecken darauf. Manche davon waren unsichtbar, nur nicht für mich.

«So müßte man wohnen», sagte er. «Richtig nett hast du's hier.»

Wenn einer so was sagt, ist man natürlich immer geschmeichelt und findet denjenigen gleich intelligent und gut erzogen. Ich muß mich zusammenreißen, damit ich nicht darauf reinfalle.

«Danke», sage ich nur und verkneife mir weitere Worte. Ich gieße Milch in den Kaffee und ertappe mich selbst dabei, wie ich unaufhörlich in meiner Tasse rühre. Ich merke, daß ich unheimlich nervös bin.

Als er keine Anstalten macht zu erzählen, beuge ich mich vor und sage: «Jetzt mal raus mit der Sprache. Was hast du für Probleme, und haben deine Probleme was mit mir zu tun?»

«Hast du was dagegen, wenn ich rauche?» fragt er daraufhin. Ich schüttle den Kopf.

«Du kannst gerne rauchen, aber erzähl mir *endlich*, was los ist», wiederhole ich. «Hat es was mit dem zu tun, was ich in der Bibliothek auf Trolleholm mitgehört habe?»

Er schweigt endlos lange, so kommt es mir jedenfalls vor,

und raucht. Sein Blick folgt dem Rauch, der in blaugrauen Kringeln zur Zimmerdecke steigt.

«Es ist nicht ganz einfach. Aber jetzt sollst du erfahren, was ich weiß.»

«Alles?» platzt es aus mir heraus.

«Fast alles.»

Es fällt mir nicht unbedingt leicht, seiner Erzählung zu folgen, denn ich habe nie in denselben Bahnen gedacht, wie er es tut und wie es offenbar in Teilen des Wirtschaftslebens üblich ist.

Die Geschichte dreht sich darum, auf dem neuen, großen, aber auch schwierigen russischen Markt Fuß zu fassen. Hier gibt es ein phantastisches Marktpotential, das aber schwer zu erschließen ist. Es geht leichter, wenn man ein bißchen mit Dollars schmiert. Sofort wird alles viel, viel einfacher.

Axels Computerfirma möchte gerne auf den russischen Markt, aber das wollen viele andere Firmen auch. Besonders energisch versuchen das die Deutschen, aber die Dänen stehen ihnen nicht viel nach. Als seine Firma sich ein paarmal den Kopf eingerannt hatte, dämmerte es ihnen, daß es ohne Bestechung und Beschützer nicht ging. Deshalb nahmen sie Kontakt zu Leuten auf, die nach seiner Einschätzung Verbindung zur Mafia haben oder die sogar zu ihr gehören.

Sie bezahlten, und eine Weile lief es sehr gut, aber dann stellten ihre Verbindungsleute höhere Forderungen, und als sie nicht darauf reagierten, mußten sie erleben, daß eine kleinere Ladung Computer unbrauchbar war, als sie mit Software bestückt werden sollte. Irgendwer hatte einfach die Festplatten entfernt. Die Polizei wollte in der Sache nichts unternehmen, und ein paar Tage später kam eine neue Forderung in Gestalt eines formvollendeten Briefes, in dem man den mißlichen Vorfall bedauerte und erneut die Zahlung weiterer Schutzgelder «vorschlug». Vollkommen klassisch, vollkommen banal.

Sie hatten bezahlt, dann aber beschlossen, daß es das letzte Mal sein sollte, weil sie einsahen, daß es für sie immer teurer werden würde.

Dieselben Folgen wie beim ersten Mal, und außerdem wurde einer ihrer eigenen Leute, der den Transport begleitete, niedergestochen. Er überlebte, obwohl einer seiner Lungenflügel durchlöchert worden war.

Diesmal ließen sie sich von den Behörden nicht abwimmeln und verlangten, direkt mit einem hochrangigen Polizeibeamten zu sprechen, den sie kannten. Der meinte, sie müßten sich irren. Es seien sicher nur ganz gewöhnliche Gauner gewesen, und natürlich werde man alles unternehmen, um sie zu kriegen, aber an ein Verbrechen von der Art, wie sie es ihm gegenüber angedeutet hatten, glaubte er nicht, ja, er war sogar überzeugt, daß eine solche Kriminalität nicht existiere.

Der Vorfall machte ziemlich schnell die Runde, und die Firma erhielt einen Rüffel von der schwedischen Botschaft: Man wünsche von offizieller schwedischer Seite nicht, daß an den Behauptungen über eine Mafia festgehalten werde. Die Person, unter deren Verantwortung das russische Abenteuer fiel, wurde angewiesen, die Sache selbst in die Hand zu nehmen, was bedeutete, daß man erneut Verhandlungen mit den russischen Verbindungsleuten aufnahm, noch mehr Geld zahlte und sicher sein konnte, kräftig über den Tisch gezogen zu werden.

Bei der «Strategiedebatte» auf Trolleholm ging es einerseits um ein Personalproblem – man hatte eine kleinere Konkurrenzfirma aufgekauft und jetzt zu viele «Häuptlinge» –, zum anderen um die Probleme in Rußland, in die sich nach und nach immer mehr Leute einmischten. Sogar das Außenministerium hatte sich eingeschaltet. Bei dieser Gelegenheit war nochmals betont worden, daß die Mafia ihre Finger im Spiel habe. Außerdem hatte die Firma den starken Verdacht, daß sie abgehört wurden, und Axel war sich ganz sicher, daß einer ihrer eigenen Leute ein Doppelspiel spielte.

Er hatte beschlossen, die Firma zu verlassen, war aber

natürlich darauf gefaßt, daß er bei seinem Wissen in Gefahr sein könnte. Und tatsächlich waren bei ihm zu Hause verschiedene Dinge vorgefallen, unter anderem hatte man seine Wohnung durchsucht, eines Tages seine Autoreifen zerstochen, an einem anderen Tag die Sitze und die Innenverkleidung aufgeschlitzt, so daß sein Auto kaum jemals wieder in seinen ursprünglichen Zustand zurückzuversetzen sein würde, und schließlich war er neulich in Malmö vor ein Auto geschubst worden, als er an einer Fußgängerampel stand und auf Grün wartete. All das zeigte ihm, daß er in Gefahr war, und deshalb hatte er beschlossen, nach Dänemark abzuhauen.

«Wie hast du mich gefunden?»

«Das war nicht schwer. Du hast ja damals einen Mietwagen gefahren, und die Nummer der Autovermietung stand im Telefonbuch. Alles weitere war einfach. Ich habe gesehen, wie du heute morgen von zu Hause weg bist, und mir gedacht, daß du zur Bibliothek fährst. Ich mußte nur noch ein paar Sachen erledigen, bevor ich dich suchen konnte – und jetzt bin ich hier. Bist du nun zufrieden?»

«Ich kann nicht sagen, daß ich viel von dem verstanden habe, was du erzählt hast, und ich kann ja auch nicht nachprüfen, ob das alles stimmt. Es könnte ebensogut eine erfundene Story sein.»

Ich wundere mich ein bißchen, daß ich nicht auf der Stelle von seiner Geschichte überzeugt bin, daß sich offenbar irgend etwas in mir sträubt, ihm zu glauben. Habe ich vor etwas Angst?

Er zieht seine Schachtel Philipp Morris aus der Tasche, angelt sich eine Zigarette heraus und dreht und wendet sie ein paarmal, dann beginnt er damit zu spielen. Es sieht aus wie der Anfang eines Zauberkunststücks, deshalb rechne ich jeden Augenblick damit, daß sie sich vor meinen Augen in Luft auflöst.

«Ich kann dir nicht viel mehr oder viel anderes erzählen», sagt er dann. «Da sind auch viele Sachen, die mir selbst noch nicht klar sind. Aber könntest du mich nicht trotzdem ein paar

Tage bei dir wohnen lassen? Das würde alles viel einfacher machen.»

Es ist schwer, einem Mann eine Bitte abzuschlagen, der einen nach bester Cowboymanier vor einem Schicksal gerettet hat, das fast noch schlimmer ist als die Schwierigkeiten, in die Frauen sich sonst immer verwickeln.

«Okay», sage ich also, «du kannst hierbleiben», aber es liegt keine besondere Freude in meiner Stimme. Ich merke, daß ich mich verwirrt fühle und ein bißchen Angst habe. Keine Ahnung, wovor.

XXXIX
Eckernförde
Anno 1602

Des Mondes Scheyn und Straalen
Lässet das Herze erblüyen

Sophie stand am Fenster und sah hinaus. Es war klar und still, endlich einmal hielt der Wind inne in seinem ewigen, pfeifenden Brausen. Hier auf dem flachen Land, wo nichts ihm Widerstand bot, schien er niemals zu schweigen. Windstille Tage waren so selten wie eine Perle in einer Muschel. Die Bäume, die hier wuchsen, neigten sich alle in dieselbe Richtung, von dem unaufhörlichen Wind dazu gezwungen.

Ein schmerzlich-sehnsüchtiges Ziehen hatte sich in ihr festgesetzt. Sie wußte eigentlich gar nicht warum, denn in der letzten Zeit war nicht mehr schiefgegangen als sonst auch. Aber das Ziehen hatte sie seit mehreren Tagen in festem Griff. Erst war es ein unbestimmbares Gefühl von Unbehagen gewesen, nun war es konkret und aufdringlich geworden.

Es war nicht Erik, nach dem sie sich sehnte, es war die Familie. Ihre eigene Sippe. Sonderbar und unverständlich war das, denn die hatte ihr seit vielen Jahren nichts Gutes mehr getan. Trotzdem sehnte sie sich danach, zu ihr heimzukehren. Sehnte sich danach, die Zusammengehörigkeit zu spüren, von der sie wußte, daß es sie geben mußte. Sehnte sich nach den gemeinsamen Erinnerungen. Am meisten aber sehnte sie sich nach dem Kind, das sie einmal gehabt hatte.

Ihr einziger Sohn war ihr gegenüber äußerst reserviert und distanziert geworden, und er weigerte sich schlicht und einfach, Erik als einen Verwandten anzuerkennen. Für ihn war Erik ein Feind.

Vielleicht war es verkehrt gewesen, den Jungen zurückzulassen, aber das war der Preis für ihre eigene Freiheit. Heute wußte sie das. Sie hatte etwas bekommen, das sie nicht bekommen hätte, wenn sie auf Eriksholm geblieben wäre und ihr dortiges Leben weitergeführt hätte, aber der Preis dafür war ihr Sohn gewesen.

Nein, so war es nicht. Sie hatte sich nicht gegen ihn entschieden. Sie hatte sich selbst und ihrer Schwester gesagt, daß ihr Sohn nicht um seine adlige Erziehung gebracht werden durfte, nur weil sie sich zu Erik Lange hingezogen fühlte. Der Reichtum und die großen Möglichkeiten durften ihm nicht vorenthalten werden. Deshalb war *sie* fortgezogen und *er* bei der Familie geblieben, und deshalb stand sie jetzt am Fenster und sah durch das unreine Glas hinaus und bemerkte, daß der Mond beinahe voll war und daß die Sehnsucht in ihr brannte.

Warum sie sich jetzt auf einmal sehnte, wußte sie nicht. Vielleicht war der Mond schuld. Die wunderbare und wechselhafte Frau Luna, die so schwer zu beschreiben war.

Ja, wie beschrieb man eigentlich den Mond? Und den Kummer? Ganz zu schweigen vom Glück? Die Sehnsucht konnte sie beschreiben als ein ziehendes Gefühl im Magen. Ja, genau im Magen. Die Sehnsucht wohnte im Magen, er war das Organ der Sehnsucht. So verhielt es sich ganz sicher nicht nach den Schriften von Paracelsus, aber nach ihrem, Sophies, Rezeptbuch. Vielleicht sollte sie das aufschreiben. Sie wußte nur nicht, wem sie es schreiben sollte; jetzt, wo Tycho heimgegangen war zu seinem Gott, hatte sie nicht mehr viele Menschen, denen sie solche Sachen schreiben konnte. Die anderen, die sie gehabt hatte, waren entweder weg oder wagten nicht, ihr Briefe zu schreiben. Ihr Ruf war zu sehr beschädigt, sogar ihre Schwester hatte ihr den Rücken gekehrt.

O Gott, wie sehr sie sie haßte. Nein, es war kein Haß, es war Wut. Eine kalte Wut, und doch sehnte sie sich nach ihr. Wut und Sehnsucht zugleich.

Bittere Episoden und schlimme Kränkungen tauchten aus der Tiefe ihrer Erinnerung auf und trieben auf der Oberfläche wie Wrackteile auf einem grauschwarzen Meer. Warum war sie zur Hochzeit ihrer Nichte nicht eingeladen worden? Sie erinnerte sich an ihre Bitterkeit und ihren Zorn, als wäre es gestern gewesen. Dann entschwand die Situation wieder, und eine neue Episode und eine neue verächtliche Bemerkung tauchten auf, schwammen ein wenig herum und wurden wieder hinweggespült.

Sie mußte ihr schreiben. Schreiben, was sie von ihr hielt, schreiben über die demütigenden Situationen, schreiben über die Verachtung, die ihr entgegenschlug, schreiben über den kalten Zorn, den ihre Frau Mutter ihr entgegenbrachte, schreiben über die ständigen Versuche ihrer beiden Brüder Axel und Steen, ihr die letzten Kostbarkeiten abzuluchsen. Ihre eigene Mutter war nicht besser gewesen. Sie würde das alles schreiben, ihre Schwester mußte es erfahren.

Sie *mußte*.

Ach herrje, hatte sie genug Papier? Doch, das hatte sie. Sie schob den Tisch an das Fenster, so daß sie das Mondlicht nutzen konnte. Sie setzte sich, nahm die Feder und schrieb: «Meines Herzens liebe Schwester, Gott der Allmächtige möge allzeit mit dir sein...» Sophie legte die Feder wieder fort. Es war unmöglich, richtig zu sehen. Sie mußte bis zum Morgenlicht warten. Frau Luna war zu geizig.

17

Hanne und ich kamen mit unserem Erinnerungsaustausch zu keinem Ende, obwohl wir über zwei Stunden im «Alsace» saßen. Mein Telefon, das ich dummerweise nicht abgestellt hatte, meldete sich. Es war Torbens Sekretärin. Torben brauchte mich. Wann sie mit mir rechnen könnten?

Was macht man? Man sagt, sofern man ein gutgerzogener junger Mann von der kleinbürgerlichen Straßenseite des Lyngbyvejen ist, daß man innerhalb der nächsten Viertelstunde wieder da ist.

«Wann fährst du zurück nach Schweden?» fragte ich Hanne, als wir draußen an der Ecke standen. Sie versuchte gerade ein riesiges Seidentuch umzubinden und gleichzeitig ihre Vuitton-Tasche festzuhalten. Ich nahm ihr die Tasche ab, bevor sie in einer schmutzigbraunen Pfütze landete.

«Heute abend. Aber ich bestehe darauf, auch den Rest zu erfahren. Ich rufe dich in den nächsten Tagen an. Zu Hause natürlich, ich werde dich schon nicht in deinem Büroalltag stören. Und keine Sorge, *ich* rufe an.»

Ich fühlte mich ein bißchen auf den Schlips getreten wegen ihrer Andeutung, daß ich die Kosten für ein Telefonat nach Gävle scheuen könnte, wenn das Gespräch länger dauern sollte. Hielt sie mich wirklich für knauserig?

Lina hatte das getan. Na ja, ich weiß nicht, ob sie mich ganz generell für geizig hielt, aber einmal hatten wir eine heftige Diskussion ausgerechnet wegen einer Telefonrechnung. Ich will damit natürlich nicht sagen, daß ich die restriktive und altmodische Ansicht meines Vaters über Telefone und ihren Gebrauch übernommen hätte, aber irgendwann muß ich wohl mal eine Bemerkung gemacht haben, daß man ja nun nicht pausenlos an der Strippe hängen muß. Lina war stinksauer geworden und hatte mir gehörig den Marsch geblasen.

Der Gedanke streifte mich, ob Hanne von dem alten Streit zwischen Lina und mir wußte. Wußten sie und ihre Völva-Mutter vielleicht über alles Bescheid? Und wenn ja, wieso fragten sie dann? Ich würde das nicht tun. Deswegen schloß ich daraus, daß sie fragten, weil sie eben *nicht* Bescheid wußten. Trotzdem hatte ich die ganze Zeit das Gefühl, daß ich für etwas Rede und Antwort stand, das ihnen längst bekannt war. Sie sahen mich auf so eine merkwürdige Art an, die mich beunruhigte.

Als ich sehr spät am Abend nach Hause kam, merkte ich weiß Gott, daß ich ein Bein hatte. Ich humpelte ins Bad und nahm ein paar starke Schmerztabletten. Dann fiel ich in meinen Sessel und hievte mein Bein auf seinen gewohnten Platz. Lieber Himmel, was war ich müde, so müde, daß ich hätte heulen können, wenn es einem als modernem Mann erlaubt wäre zu heulen. Aber das dürfen Männer immer noch nicht.

Kurz darauf begannen die Pillen zu wirken, und ich döste ein.

Plötzlich wurde ich mit einem Ruck wach, weil das Telefon klingelte. Zum Glück stand es so, daß ich es, ohne aufzustehen, erreichen konnte. Es war Karen-Lis.

Sie erkundigte sich nach meinem Bein und meiner Stimmung und kam dann zur Sache: unserer Fahrt nach Skåne. Ob ich was von dem Schloßbesitzer gehört hätte?

Das hatte ich beinahe vergessen. Aber bisher war noch keine Antwort gekommen.

Ob ich nicht auch fände, daß ich mal nachhaken sollte?

Doch, das konnte ich wohl machen. Ich versprach ihr, es in den nächsten Tagen zu tun. «Und wie geht's sonst?» fragte ich dann und wollte mich schon nach den Brüsten erkundigen, ließ es dann aber. Konnte ja sein, daß sie nicht unbedingt begeistert davon war, mit einem beschränkten Typen dauernd über irgendwelche Brüste zu reden. Trotzdem sah ich, während ich mit ihr sprach, Frauenbrüste in allen Größen und Formen vor mir. Sogar die Lady mit den fußballgroßen Dingern aus der albernen TV-Serie «Baywatch», die ich in der letzten Zeit ein paarmal gesehen hatte, tauchte vor meinem geistigen Auge auf. Aber obwohl die Brüste so enorm waren, ließen sie mich doch völlig kalt.

«Wie immer. Weder gut noch schlecht. Aber ich bin ganz versessen darauf, nach Skåne zu fahren. Versprichst du, daß du dich drum kümmerst?»

Das Versprechen einzuhalten fiel mir nicht schwer, denn am nächsten Tag kam ein freundlicher Brief vom Trolleholm-Besitzer, daß wir willkommen wären. Ich brauchte nur anzurufen. Die entsprechende Nummer hatte er auch angegeben. Dort wüßte man Bescheid.

Abends rief ich Karen-Lis an, und wir versuchten einen Tag zu finden, der uns beiden paßte. Das war ziemlich schwierig, denn Arbeit ganz generell hat es nun mal so an sich, daß sie einen meistens nicht das tun läßt, was man gerne möchte, und einen verdammt viel Zeit kostet; also wurden wir uns schnell darüber einig, daß es ein Sonnabend sein mußte. Falls wir an einem Sonnabend überhaupt reinkamen. Ich versprach, mich zu erkundigen.

Ja, wir seien auch sonnabends willkommen, aber nicht am – und dann nannte das Fräulein auf Trolleholm drei Sonnabende, an denen das Schloß nicht geöffnet war.

Karen-Lis und ich einigten uns auf einen Sonnabend gut zwei Wochen später.

«Ich hatte eigentlich gehofft, wir könnten schon diesen Sonnabend fahren», kam es etwas enttäuscht von Karen-Lis. Ich dagegen war erleichtert. Je länger ich es hinausschieben konnte, desto besser.

Der letzte Durchgang mit den alten Bibeln. Eigentlich hatte ich vorgehabt, damit schon letzte Woche durch zu sein, aber na ja... Bekanntlich läuft nicht immer alles so, wie man es sich gedacht hat. Axel hat mich Zeit gekostet. Eigentlich sollte ich wohl besorgt darüber sein, denn mein Zeitplan und alles das hat sich in Rauch aufgelöst, aber ich bin es nicht. Ganz im Gegenteil, ich bin hin und weg, und das Projekt, Victor und meine strahlende Karriere sind mir ziemlich egal.

Ich habe mich in Axel verknallt, anders kann man es nicht nennen. Und da ich schon seit Jahren nicht mehr verliebt war, genieße ich jede Sekunde, obwohl da immer noch eine Menge ist, was ich nicht verstehe. Aber im Augenblick habe ich keine Lust, daran oder an die Zukunft zu denken. Jetzt gibt es nur ihn und mich.

Er ist natürlich geblieben. Ich habe ihm ein Behelfsbett in meinem sogenannten Arbeitszimmer hergerichtet. Bücherstapel und Durcheinander scheinen ihn nicht zu stören. Weil er nichts dabei hatte außer seiner schwarzen, ziemlich coolen Schultertasche, mußte ich auch noch meine Vorräte nach einer Zahnbürste durchforsten. Rasierzeug hat er sich ein paar Tage später gekauft. Das war eines der wenigen Male, wo er sich nach draußen getraut hat.

Ich merkte selbst, daß ich am ersten Tag ziemlich zurückhaltend ihm gegenüber war, aber dann schmolz meine Zurückhaltung wie Reif auf einer Windschutzscheibe, wenn das Heizgebläse loslegt. Gleichzeitig verstummte das Geräusch der dröhnenden Stahltür in meinem Kopf.

Unsere erste «Begegnung» verlief genau so, wie man es aus Filmen oder romantischen Fernsehserien kennt. Ein Kuß, noch ein Kuß und so weiter.

Er war, wie ich anschließend feststellte, nicht nur unheimlich lieb, sondern auch noch gut im Bett. War rücksichtsvoll und brachte mich an den Punkt, wo das Licht weiß wird und die Konturen verschwimmen. Wie gut, daß das Haus nicht noch hellhöriger ist als ohnehin schon.

Hinterher wollen Frauen bekanntlich immer reden, während Männer, jedenfalls Raucher, am liebsten einen tiefen Zug aus der Zigarette nehmen. Die berühmte Zigarette *danach*, die angeblich die beste von allen sein soll. Während er auf dem Rücken lag und rauchte, versuchte ich ein wenig in seiner Vergangenheit zu bohren. Ich will nicht behaupten, daß ich alles rauskriegte, aber ein bißchen was verriet er doch.

Er erzählte bereitwillig von seiner Kindheit und Jugend – auf Lidingö, was mir nicht viel sagt. Aber ich begriff, daß er eine richtig schöne Jungenskindheit in einem riesigen Haus mit Garten und mehreren Autos hatte, bis er elf wurde, dann brannte sein Vater mit einer anderen Frau durch, und er und seine Mutter mußten nach Stockholm ziehen, in eine gewöhnliche Mietwohnung – ohne Auto.

Das war ein Schock für ihn, aber ich kriegte nicht genau raus, ob er wütend auf seinen Vater oder auf seine Mutter war. Vielleicht war er paradoxerweise am meisten wütend auf seine Mutter, denn ich entnahm seiner Erzählung, daß sie verschlossen und hart wurde, nachdem sie sitzengelassen worden war, so daß er es in seiner Pubertät nicht leicht hatte.

Er war dann nach Uppsala gegangen, um zu studieren – Politologie und Volkswirtschaft –, hatte sein Studium aber nicht abgeschlossen. Kurz vor der letzten Prüfungsrunde war irgendwas passiert, deshalb hatte er abgebrochen und einen Job in einer jungen, gerade erst gegründeten Softwarefirma angenommen. Er hatte keine Ahnung vom Programmieren, aber offenbar konnte er was anderes, denn er hat gut verdient und viel Spaß gehabt. Später ist er in die Firma gekommen, in der er jetzt beschäftigt ist, aber ob das ein angenehmer Job ist, weiß ich nicht. Ich glaube nicht, aber über dieses Thema war nicht mehr aus ihm herauszukriegen. Bis zu der Stelle hatte er drei Zigaretten geraucht.

Dann sagte er: «Genug gequatscht, jetzt machen wir's nochmal.» Und das taten wir dann auch.

Die ersten Tage blieb er bei mir in der Wohnung. Er habe kein Bedürfnis, nach draußen zu gehen, sagte er, und auch keine Lust, in der Stadt was zu essen, also blieben wir zu Hause. Ich merkte, daß ich mir gut hätte vorstellen können, einen oder zwei Abende auswärts zu essen, aber er fand, daß es uns wunderbar ging, dort wo wir waren.

Ich glaube, er hatte Angst. Nein, ich bin mir sogar vollkommen sicher, daß er schon zu dem Zeitpunkt Angst hatte. Immer wieder ging er zum Fenster und sah verstohlen hinaus.

«Wonach hältst du Ausschau?» fragte ich schließlich.

«Ach, nach nichts», sagte er und ließ die beiden Lamellen der Jalousie, durch die er gespäht hatte, wieder an ihren Platz fallen.

«Das glaube ich nicht», sagte ich. «Du beobachtest irgend jemanden. Wen?»

Darüber wollte er natürlich nichts sagen, er zuckte nur die Schultern, ging zum CD-Regal, suchte eine Scheibe mit klassischem Jazz heraus und legte sie in den Player.

Als vier Tage vergangen waren, wurde mir klar, daß ich endlich meine Bibeluntersuchungen zum Abschluß bringen mußte. Das sagte ich ihm.

«Willst du mitkommen?» fragte ich und rechnete eigentlich nicht damit, daß er ja sagen würde. Aber er wollte. Wir nahmen den Bus, er blickte interessiert nach draußen, und ich glaubte jetzt wirklich, daß er zum ersten Mal in Kopenhagen war.

Kurz vor Christiansborg fragte ich ihn, was er machen wolle, solange ich mit den Bibeln beschäftigt war.

«Mir die Stadt ansehen», sagte er. «Wann bist du fertig?»

Wir verabredeten uns für den späten Nachmittag. Er wollte mich beim Pförtner in der Eingangshalle der Bibliothek abholen.

Manche der Bibeln sind anscheinend nicht mehr als ein paar wenige Male geöffnet worden. Mehrere davon sehen aus, als kämen sie direkt aus der Druckerei- und Buchbinderwerkstatt. Es ist die reine Freude, so ein altes, schönes Buch in den Händen zu halten.

Oben in der Bibelsammlung ist man ganz ungestört. Zwischendurch hört man immer mal Stimmen durch den Gitterrostboden heraufdringen, und durch die Gitter kann man die Leute mehrere Etagen unter einem auf ihrer ständigen Jagd nach Büchern beobachten.

Das erste Mal, als ich auf einem der Gitterrostböden der Bibliothek stand, wurde mir schwindelig. Das ist jetzt vorbei, aber ich kenne eine, die einfach nicht hier drinnen arbeiten kann, allein wegen der Gitterroste. Ihr wird schlecht davon. Jetzt nur noch ein Regalfach, dann bin ich fertig. Ich kann es gut schaffen, bis Axel kommt. Bei dem Gedanken an ihn spüre ich ein leises, sehnsüchtiges Ziehen.

Es ist kein prunkvolles Buch, das ich aus dem Regal nehme. Der Einband ist langweilig, aber alt. Ich hätte es beinahe wieder zurückgestellt, ohne nachzuschlagen, denn es ist außerdem noch auf Lateinisch, und es ist ja leider belegt, daß Sophie kein Latein konnte.

Es wäre viel einfacher und viel besser gewesen, wenn sie erstens Latein gekonnt hätte und man zweitens immer noch *glauben* würde, daß sie es beherrschte. Dann würde sie wohl immer noch als Verfasserin des Gedichtes über Urania und Titan gelten und einen schönen Platz in der Geschichte der Frauenliteratur haben. So aber wurde sie auf den Müllabladeplatz der Geschichte verfrachtet, das heißt, dem Vergessen anheimgegeben, wenn es mir nicht gelingt, sie da wieder rauszuholen. Ihre Reputation ist abhängig von meinem Einsatz.

Das hier ist kein Buch von guter Qualität. Das Papier zerbröselt mir fast unter den Fingern, als ich es anfasse. Einige Blätter brechen leider, als ich sie umwende.

Ich starre ungläubig darauf, und beinahe hätte ich laut aufgeschrien. Denn es ist etwas an den Rand geschrieben, genau an der bewußten Stelle. Es ist mit bloßem Auge fast nicht zu erkennen, aber da steht etwas.

Mich packt Euphorie, ich *muß* es jemandem sagen. Ich habe *gefunden*, wonach ich gesucht habe. Aber außer mir ist keiner hier oben, und ich sitze auch nur hier, weil man es wohl zu mühselig fand, das alles hinunter in den Lesesaal zu schaffen.

Ich brauche besseres Licht, sonst kann ich nicht erkennen, was da geschrieben steht. Ich greife mir einen der tüchtigen Bibliotheksangestellten, und er sagt mir, daß ich mit dem Buch in den Keller gehen soll. Da haben sie einen speziellen Arbeitstisch mit einem speziellen Licht in einem speziellen Büro. Er nimmt mir die Bibel ehrfurchtsvoll ab und macht sich auf den langen Weg in den Keller, ich hinterher. Ich habe ein Gefühl wie Heiligabend.

«Hier haben Sie Licht», sagt er und legt das Buch auf den speziellen Tisch mit den speziellen Lampen, die er etwas umständlich anknipst.

Wir schlagen «die Stelle» auf, und obwohl es einige Mühe kosten wird, das Geschriebene zu entziffern, ist es viel deutlicher zu erkennen.

«Vielen herzlichen Dank», sage ich zu ihm in der Hoffnung, daß er endlich geht.

«Keine Ursache», antwortet er.

Es ist ein ziemliches Gekritzel, aber es stimmt. Außen am Rand befinden sich ganze und halbe Quadrate und Dreiecke mit Punkten und ohne Punkte, und alles von derselben Art, wie ich sie auf «meinem» Papier gesehen habe.

Ich gehe wieder aus dem Raum und suche mir einen Bibliothekar und frage ihn, ob er mir eine Lupe leihen kann. Damit betrachte ich erneut die Stelle, schreibe die hingekritzelten Zeichen ab, suche meine Notizen heraus, und langsam gelingt es mir, den Code zu lösen. Die Quadrate und Dreiecke werden zu Buchstaben, und die Buchstaben werden zu einem Namen, zum Namen desjenigen, vor dem Sophie Angst hatte.

Er sagt mir nur nichts, ich habe diesen Namen noch nie gehört.

Die Eingangshalle ist kein einladender Ort. Links von der Drehtür sitzt der Pförtner hinter seiner Schranke. Er liest die Boulevardzeitung *B. T.* und hebt nur widerwillig den Blick, wenn irgend jemand den Kontrollknopf drückt, um vor Verlassen des Gebäudes seine Tasche überprüfen zu lassen.

Die Aushänge an der Wand lese ich bestimmt hundertmal von vorne bis hinten. Einer gibt die Öffnungszeiten der Kantine an, sie schließt in sieben Minuten. Die Beleuchtung ist trübe, und ein Zugwind, dessen Herkunft ich mir nicht erklären kann, streicht durch den langen, düsteren Raum.

Jetzt stehe ich hier schon seit zwanzig Minuten, und meine

leichte Verärgerung wächst sich zu einer Stinkwut aus. Gleich platzt mir der Kragen. Wo zum Teufel bleibt er nur? Könnte der Herr gefälligst seine Verabredungen einhalten?

Der Pförtner faltet seine Zeitung zusammen und packt sie in einen grünen Fjällräven-Rucksack, den er unter seinem Tresen hervorkramt. Dann sieht er mich neugierig an.

«Warten Sie auf jemanden?»

«Ja», sage ich. «Aber es sieht ganz so aus, als ob er mich versetzt», und in dem Moment, als ich das sage, verpufft mein Ärger und macht einer gehörigen Nervosität Platz. Ob ihm vielleicht was passiert ist, schießt es mir durch den Kopf, und die Antwort meldet sich schnurstracks: Ja!

Wenn nur ein Körnchen Wahrheit in dem steckt, was er mir alles erzählt hat, dann kann es sehr gut sein, daß ihm was passiert ist. Oder daß überhaupt was passiert ist. Erst jetzt beginne ich mich zu fragen, warum er ausgerechnet heute mit mir in die Stadt wollte, wo ihn doch die anderen Tage keine zehn Pferde aus dem Haus gekriegt haben.

Ist heute ein besonderes Datum? Hat er von irgend jemandem eine Nachricht gekriegt, die er mir verschwiegen hat? Was hat er eigentlich die ganze Zeit gemacht, wenn ich mal nicht zu Hause war? Hat er vielleicht Gott und die Welt angerufen?

Plötzlich erscheint mir mein neuer Liebling wieder in einem rätselhaften Licht. Wer ist er eigentlich? Ist er nur Axel Fersen, korrekt und ordentlich in einer schwedischen Computerfirma angestellt, die bloß ein paar kleinere Probleme in Rußland hat, oder ist er sonst noch jemand? Einer, der weniger korrekt und ordentlich ist?

Kurz: Wer ist Axel Fersen? Und wer ist Petrus Severinus? Das war nämlich der Name, der sich hinter dem Code verbarg. Petrus Severinus. Ein Mann, den Sophie so sehr gefürchtet hat, daß sie sich eine Geheimschrift ausdachte, als sie jemandem mitteilen wollte, wer er war. Für wen war diese Verschlüsselung gedacht?

Es sieht so aus, als wäre ich von Männern voller Geheim-

nisse umgeben. Männer, die vielleicht gefährlich sind. Falls
Petrus Severinus wirklich eine Gefahr für Sophie war, dann ist
Axel Fersen vielleicht eine Gefahr für mich.

LI
Eckernförde
Anno 1602

Bist du hochmütig und reich
Wird Er dich bald verstossen

Sophie spürte eine böse Freude in sich aufsteigen.
«Ist das wahr? Bist du sicher, daß deine Botschaft richtig ist?»
Sophie blickte forschend zu dem jungen Mann, ihrem Neffen,
der bis unter die niedrige Decke der Stube hinaufragte.
 «Vollkommen. Eine Lobesrede nach der anderen wird über
ihn gehalten. Ein großer Mann ist heimgegangen, sagen alle.
Ein reicher Mann. Und Ihr wißt genausogut wie ich, wenn der
Mann reich war, kennen die Lobesreden kein Maß.»
 «Es ist mir gleich, ob sie ihn lobpreisen. Meine Seele ist
glücklich, daß Er dort oben das Spiel beendet hat. Aber es hat
zu lange gedauert. Mein herzallerliebster Bruder wird nicht
mehr lebendig davon, daß Mercurius tot ist.»
 «Mercurius? Warum sagt Ihr Mercurius?»
 «Das war der Name, den mein Bruder und ich ihm gegeben
haben, damit wir frei über ihn reden und schreiben konnten.
Damals hatten sogar die Wände Ohren, deshalb war es zu
gefährlich, seinen wahren Namen auszusprechen. Weißt du,
woran er gestorben ist?»
 «Die Pest hat ihn geholt, die böse Spielerin. Ihr merkt
nichts davon in dieser Gegend?»
 «Im Augenblick nicht, aber mein Gemahl hat mir von Dörfern berichtet, in denen man nichts anderes antrifft als ein
paar armselige, verwilderte Schweine und einen räudigen

Hund. Alle anderen hat die Pest dahingerafft. Und jetzt hat sie Mercurius geholt. Du hättest mir keine freudigere Botschaft bringen können. Ich bin von Herzen froh, daß er mein Pest-Elixier nicht gekannt hat, sonst hätte der Tod ihn vielleicht nicht mit seinen starken Händen packen können. Aber was kann ich dir als Erfrischung anbieten?»

Sophie sah, wie der junge, gutgekleidete Mann sich in der Stube umsah.

«Was Euch selbst beliebt. Ich bin nicht anspruchsvoll. Wenn ich nur ein wenig ausruhen dürfte.»

«Setz dich nur, setz dich. Verzeih mir meine Unachtsamkeit. Ich muß wirklich mein Gefühl für Sitte und Anstand verloren haben. Ich werde die Magd rufen.»

Sophie ging hinaus in den Hof, wo ihre einzige Magd, ein verwahrlostes, elternloses Mädchen gerade die Hühner und das einzige Schwein fütterte, das sie sich hielten.

«Es ist ein Gast gekommen, hol ordentlich Bier und etwas weißes Brot.»

«Dazu braucht es Geld.»

«Sag ihm, ich werde morgen kommen und bezahlen.»

«Man wird nicht wollen...»

«Geben sie uns keinen Kredit?»

«Nein, aber das habe ich der Herrin ganz gewiß erzählt. Mehrere Male. Hat die Herrin das vergessen?»

«Wohl kaum, aber ich hatte gehofft...» Sophie sagte nicht, was sie gehofft hatte. Ein Großteil ihrer Zeit verwandte sie darauf zu hoffen. «Warte, ich glaube, ich habe irgendwo etwas Geld. Das hätte ich beinahe vergessen.»

Die Münzen waren ihre eiserne Reserve, und sie hatte nicht vorgehabt, etwas davon für Bier und Brot auszugeben, aber ihr Neffe sollte starkes lübeckisches Bier und feines Weizenbrot vorgesetzt bekommen. Einesteils, weil er es verdiente, zum anderen, weil sich sonst das Gerücht über ihre Armut in Windeseile verbreiten würde. Vielleicht war er zu vornehm, um zu tratschen? Sie hätte es gerne geglaubt, obwohl ihr dieser Glaube schwerfiel, wenn sie an ihre Familie dachte. Aber es war nicht nur wegen ihres Neffen, daß sie jetzt ihre versteckte Reserve aus dem Bettstroh hervorholte – die Nachricht über *seinen* Tod war durchaus einige Liter Bier und ein feines Weizenbrot wert.

Mercurius, den Tycho mit seinem Degen hatte aufspießen wollen, Mercurius, der hinter allem stand, Mercurius, der seine giftigen Worte erst in die geneigten Ohren des Kanzlers Christian Friis, dann in die des Reichshofmeisters Christoffer Valkendorf geträufelt hatte. Und von hier aus war das Gift Tropfen für Tropfen dem König eingeflößt worden.

König Christian, der im Gegensatz zu seinem Vater nicht duldete, daß irgendein Stern heller strahlte als der Stern seiner Majestät höchstselbst. Und Tycho hatte das getan, gestrahlt und geglänzt, und deshalb hatten sie sich zusammengerottet, deshalb hatten sie dem König das Gift eingeträufelt, bis er die Dinge so sah, wie sie es wünschten. Seine erlauchte Majestät sollte *sie* beachten und nicht Tycho.

Sophie war der Pest, dem Schwarzen Tod, nie selbst begegnet, hatte nur davon gehört. Es gab zwei Formen. Die eine war schlimmer als die andere, aber die Form, die am schmerzhaftesten war, hatten einige überlebt. Die andere raffte ausnahmslos alle dahin.

Beulen so groß wie Hühnereier, zerplatzende Beulen, aus denen eine stinkende, gelbgrüne Masse herauslief, Beulen, die schmerzten wie Messerstiche. Das war die milde Form.

Die andere saß in der Lunge und erstickte die Kranken. Erst röchelten sie einige Stunden, dann liefen sie blau an, und dann waren sie tot. Und für die Toten gab es nicht einmal ein paar Bretter und ein lumpiges Stück Stoff. Die meisten von ihnen wurden in eine Erdkuhle geworfen, wenn man sie denn überhaupt begrub und sie nicht einfach auf ihrem verdreckten Stroh in ihren feuchten Kammern liegen ließ, bis die Leichen aufquollen und in Verwesung übergingen.

Ob Mercurius den Beulentod gestorben war? Die Vorstellung, daß er entstellt und aufgebläht in seinem Kot gelegen hatte, gefiel ihr am besten.

Vielleicht hatte er noch Zeit gehabt, Reue für all das zu empfinden, was er Tycho angetan hatte? Ob es ihm wohl leid getan hatte? Sie hoffte es nicht, denn dann würde es ihr schwerfallen, ihren Zorn aufrechtzuerhalten. Darauf wollte sie nicht gern verzichten.

Mercurius! Vielleicht sollte sie anfangen, ihn bei seinem richtigen Namen zu nennen. Aber sie würde nie die latenische Form gebrauchen, mit der er sich geschmückt hatte. Petrus Severinus! Für ihre Zwecke war sein richtiger Name ausreichend. Peder Sørensen.

Nach langem Suchen fand Sophie ihre verschnürte Geldkatze tief im Bettstroh. Beiläufig wurde ihr bewußt, daß das Stroh übel roch, aber Stroh war zu dieser Jahreszeit teuer. Und jetzt war kein Geld mehr da, um neues zu kaufen.

18

Karen-Lis bot sich an zu fahren – mit meinem Auto, denn sie besaß keins, und obwohl ich wie die meisten Männer am liebsten selbst fahre, ließ ich sie ans Steuer. Meinem armen Knie würde es bestimmt besser bekommen, wenn ich auf dem Beifahrersitz saß.

Wir kamen verhältnismäßig früh von zu Hause weg, und ich hätte nicht gedacht, daß überhaupt jemand an einem solch kalten und grauen Tag rüber nach Schweden wollte. Aber in Helsingør standen lange Autoschlangen. Die Hohlköpfe von der Fährlinie hatten offenbar ähnlich gedacht wie ich, denn es war nur ein Abfertigungsschalter besetzt, und alle Autos mußten sich in diese Spur einfädeln. Die meisten Fahrer schimpften erbittert.

Die abgebrühte junge Frau im Kassenhäuschen verlangte, ohne rot zu werden, Hunderte von Kronen für die Überfahrt, die bloß zwanzig Minuten dauert. Der blanke Nepp.

Wir holten uns einen Kaffee in der Cafeteria und saßen da

und guckten raus, und wir wurden direkt nostalgisch bei dem Gedanken, wieviel Dänemark einmal gehört hatte und daß wir nur wegen unserer Mittelmäßigkeit die guten Gebiete an Schweden verloren hatten. Das ärgerte mich richtig, denn es wäre doch sehr praktisch gewesen, wenn Dänemark immer noch die Passage durch den Øresund kontrollieren würde. Na ja, vielleicht hätte es uns ein paar sicherheitspolitische Probleme bereitet, damals, als die Sowjetunion noch was zu melden hatte. Aber zum Glück ist das jetzt vorbei, obwohl es der russische Durchschnittsbürger sicher immer noch schwer hat, geht es doch spürbar voran. Sie kriegen immer mehr Demokratie und Marktwirtschaft, und ich für mein Teil bin wie gesagt überzeugt, daß das ganze Gerede von wegen Mafia und so mächtig übertrieben ist. Das Bild vom wodkatrinkenden, vulgären und gewalttätigen Mafiaboss ist doch eine Erfindung der Medien, der die Dänen bereitwilligst auf den Leim gegangen sind; die lieben so was nämlich.

Wir saßen gemütlich im Wagen und plauderten. Ich erfuhr, was ich bisher nicht wußte – und was betrüblich zu hören war –, daß Karen-Lis nämlich einen Mann und ein Kind gehabt hatte. Das Kind war im Alter von sieben Monaten gestorben, und wie sie sagte, brechen Ehen oft auseinander, wenn so etwas passiert.

Ich sagte, daß das doch eigentlich merkwürdig sei, denn man sollte meinen, daß die Partner in einer solchen Situation noch enger zusammenwachsen. Aber das sei nicht der Fall, sagte sie. Wenn der eine oben ist, ist der andere unten – und schließlich sind beide so fertig, daß man nur noch ganz undramatisch die Sachen unter sich aufteilt, ein letztes Mal zusammen weint und dann seiner Wege geht, weil man merkt, daß es nichts mehr gibt, was einen noch mit dem Partner verbindet.

Ich weiß nicht, wie man über so was redet, also saß ich einfach da und sagte, daß es mir wirklich leid täte für sie. Karen-Lis sagte nichts, aber ich merkte, wie sie einige Sekunden lang den Körper anspannte und das Lenkrad umklammerte. Dann entspannte sie sich wieder, sagte aber mehrere Minuten immer noch nichts.

Ich hatte die Aufgabe übernommen, Straßenkarte und Wegschilder im Auge zu behalten. Das war nicht schwer, wir fanden mühelos den Weg nach Trolleholm.

Ich kannte es ja schon von den Fotos in dem Buch über Herrensitze in Skåne und aus Linas Aufzeichnungen, trotzdem verblüffte mich sein ziemlich großartiger Eindruck. Das war ein richtiges Dornröschenschloß. Nur die Dornenhecke fehlte. Es sah mächtig nach Reichtum aus, und ich stellte wieder einmal fest, daß es äußerst angenehm sein mußte, ein Großgrundbesitzer dieser Größenordnung zu sein.

Wir seien herzlich willkommen, versicherte uns die smarte junge Dame, die uns öffnete. Der Herr Graf habe Anweisung gegeben, daß wir alles ansehen dürften, wonach unser Herz begehre, und es sei ihr eine große Freude, uns anschließend zu einem Lunch auf Kosten des Hauses zu bitten.

Wir lächelten, nickten und bedankten uns, und sie wieselte uns voran durch das Schloß. Wir sahen Salons, Eßzimmer und Speisesäle, eine lange Reihe Gästezimmer, von denen eines hellroter als das andere ausgestattet war, mit Himmelbetten und Rüschen, während die Bäder in hellem Blau glänzten und strahlten. Etwas zu international für meinen Geschmack.

Schließlich kamen wir zur Bibliothek. Die hatte ja einen großen Eindruck auf Lina gemacht, aber mir imponierte sie wenig.

Sie war voller Bücher, anders kann man es nicht sagen. Karen-Lis war höflicher als ich und sagte «Ohhh» und «Waahnsinn» und hatte strahlende Augen. Ich wußte nicht mal, ob das aufgesetzt war. Ich kannte sie nicht gut genug, um zu merken, ob sie schwindelte. Wenn man denn ein bißchen übertriebene Begeisterung überhaupt als Schwindel bezeichnen kann. Schwindeln, um nicht das harte Wort «lügen» zu gebrauchen, ist sicher etwas anderes als die nonchalante und großzügige Verwendung von Höflichkeitsfloskeln.

Karen-Lis fiel die Glasvitrine mit dem alten Buch zuerst

auf. Das mußte das Buch sein, mit dem Lina in Berührung gekommen war – oder auch nicht, denn heute kann wohl keiner mehr sagen, wie sich das damals genau abgespielt hatte.

Karen-Lis ging zu der Vitrine und sagte: «Wow! Was ist das denn? Das sieht ja toll aus.»

Unsere Führerin folgte ihr und sagte: «Ja, das ist der ganze Stolz unserer Bibliothek. Es ist die erste Übersetzung der Bibel ins Dänische. Die Bibel von Christian III. Darüber hinaus sogar ein besonders gut erhaltenes Exemplar mit eigenhändigen Kommentaren von Christian IV.»

«Ist sie sehr wertvoll?» fragte ich.

«Unbezahlbar», antwortete sie und machte ein wichtiges Gesicht. «Deshalb hüten wir sie wie unseren Augapfel. Inzwischen ist sie durch einen elektronischen Alarm gesichert.»

«Ist das neu?» fragte ich unschuldig. «War das früher nicht so?»

«Nein, aber vor einigen Monaten gab es einen Versuch, sie zu entwenden. Deshalb wurde ein elektronisches Überwachungssystem installiert, und gleichzeitig wurden die Besuchsmöglichkeiten eingeschränkt. Wir können schließlich nicht hinnehmen, daß unsere kostbaren Kulturgegenstände verschwinden.»

«Aber man hat sie ja offenbar wiederbekommen. Wie ging das vor sich? Hat man den Dieb oder die Diebe gefangen?»

«Tja, das war eine sehr merkwürdige Geschichte. Die Bibel wurde von einer Dänin mitgenommen, die angegeben hatte, sie interessiere sich für Sophie Brahe. Die Vitrine war an dem Tag nicht verschlossen, deshalb war der Diebstahl relativ leicht möglich. Keiner verstand, wie es passieren konnte, daß die Vitrine nicht abgeschlossen war. Denn das war sie sonst immer. Aber die Dänin wurde zum Glück gefaßt. Es ist ihr nichts passiert, sie durfte wieder nach Dänemark zurück, ohne Strafe oder andere Auflagen. Sie selbst konnte sich das alles angeblich nicht erklären. Dabei weiß man doch, was einem allein schon blüht, wenn man im Supermarkt bloß ein Eis und einen Becher Quark mitgehen läßt.»

«Glauben Sie, daß sie eine Psychopathin war?» fragte Karen-Lis ebenso unschuldig wie ich.

«Ach nein, sie machte einen ganz normalen Eindruck. Ziemlich neugierig und ziemlich beeindruckt von allem hier, aber das sind ja die meisten.»

Plötzlich griff Karen-Lis nach ihrer Schultertasche, machte sie auf und zog einen Umschlag heraus. Es war der, über den wir beide uns so gewundert hatten. Schlagartig fiel mir ein, ich hatte zwar inzwischen Kopien von den Dokumenten gemacht, aber sie immer noch nicht der freundlichen lateinkundigen Dame von der Universität gebracht, um sie übersetzen zu lassen.

«Entschuldigung», sagte Karen-Lis, «haben Sie den hier vielleicht schon mal gesehen? Den Umschlag habe ich per Post bekommen, aber die Person, von der ich annehme, daß sie ihn mir geschickt hat, war zu dem Zeitpunkt schon seit mehreren Monaten tot.»

Die junge Frau nahm ihn entgegen, betrachtete ihn eingehend und sagte: «Ja, ich erkenne ihn wieder. Ich habe sogar die Briefmarken aufgeklebt und ihn in die Post gegeben. Ich hatte ihn gefunden. Aber warum fragen Sie?»

«Wo haben Sie ihn gefunden?» riefen Karen-Lis und ich wie aus einem Munde, ohne auf ihre Frage einzugehen.

«Er lag hinter ein paar Büchern in einem Regal dort oben, auf der Galerie», sagte sie. «Wir hatten die Bücher ausgeräumt, um dort sauberzumachen – da oben war schon viele Jahre nicht mehr geputzt worden –, und da lag er also, schon fertig mit Anschrift und allem. Ich dachte mir, es ist bestimmt am besten, wenn ich ihn einfach abschicke. Ich habe nicht nachgeprüft, was für Unterlagen da drin waren, ich ging davon aus, daß einer unserer Seminarteilnehmer sie vergessen hatte. Wissen Sie etwas darüber?»

«Nein», kam es von Karen-Lis. «Wir haben uns nur gewundert und konnten uns das überhaupt nicht erklären.»

«Aber Sie wissen, wer den Umschlag mit Anschrift versehen und dort hingelegt hat?»

«Ja, das weiß ich, aber sehr viel mehr auch nicht. Ich weiß, wer die Papiere in den Umschlag gesteckt hat.» Sie machte eine Pause. «Das war die Frau, von der Sie sagen, daß sie das Buch hier stehlen wollte. Aber ich glaube wirklich nicht, daß sie es getan hat. Es war... tja, wie war das?» sagte Karen-Lis zu mir gewandt.

«Wir wissen nicht genau, was im einzelnen vorgefallen ist, aber einiges – und ich betone: einiges – deutet darauf hin, daß sie das Opfer einer Intrige geworden ist. Irgend jemand scheint dieses Buch in ihr Auto gelegt zu haben, damit es so aussehen sollte, als hätte sie es gestohlen, und um sie in ernste Schwierigkeiten zu bringen. Das ist demjenigen ja auch gelungen.»

«Ach so», sagte unsere Führerin und sah lange nachdenklich aus dem Fenster. Dann wiederholte sie nochmals «Ach so» und fügte hinzu: «Ich begreife das alles nicht.» Nach einer erneuten Pause sagte sie: «Aber es ist ja gut ausgegangen. Trolleholm hat sein Buch wieder, und das ist das Wichtigste.» Dann blickte sie auf den Umschlag, den Karen-Lis wieder an sich genommen hatte. «Entschuldigung», sagte sie, «kann ich mal sehen, was da drin ist?»

Sie legte den Inhalt auf den Tisch, betrachtete die Papiere eingehend und sagte: «Das sind ja Originale aus der Sammlung. Wie kann das denn angehen?» Dann platzte sie heraus: «Das ist Diebstahl. Die Papiere sind gestohlen.»

«Ganz und gar nicht», antwortete ich. «Sie haben sie doch selbst abgeschickt. Sie hätten ja nachsehen können, was in dem Umschlag war. Außerdem sind die Dokumente jetzt ja wieder hier. Kein Grund zur Sorge also. Und Sie haben sie doch offenbar noch gar nicht vermißt, oder? Ein wenig rätselhaft ist das natürlich schon. Aber vielleicht bringen wir Licht in das Dunkel, wenn Sie uns sagen, wer damals noch alles im Schloß war, als es passierte?»

«Dazu machen wir grundsätzlich keine Angaben. Ich darf es nicht. Außerdem bestehe ich auf einer Erklärung.»

«Also gut. Wir sind gute Freunde dieser Dänin, die sich für

Sophie Brahe interessierte und –», ich wußte nicht richtig, wie ich es ausdrücken sollte, «die in die Sache mit dem Buch da verwickelt war.» Ich zeigte auf die Vitrine. «Wir versuchen jetzt herauszufinden, was genau passiert ist. Denn es ist etwas Furchtbares geschehen. Sie ist nämlich kurz darauf ums Leben gekommen, und wir haben vor, die ganze Angelegenheit an die Polizei zu übergeben. Die hat die Todesumstände nie ernsthaft untersucht, aber inzwischen haben wir – ich bin Rechtsanwalt, ich weiß nicht, ob ich das erwähnt habe – etliche Hinweise darauf, daß sie Opfer eines Verbrechens wurde. Deshalb wären wir Ihnen sehr dankbar, wenn Sie uns sagen könnten, wer gleichzeitig mit unserer Freundin hier im Schloß war.»

«Ich weiß nicht recht...» Sie zögerte und machte ein beinahe unglückliches Gesicht. «Meine Anweisungen... Ich könnte vielleicht den Herrn Grafen anrufen und mir seine Erlaubnis holen.»

«Ich werde später mit ihm sprechen und ihm alles erklären. Ich glaube nicht, daß es da irgendwelche Probleme gibt. Er lebt doch nicht hier, oder?»

«Nein, er ist im Ausland.»

«In den USA, war es nicht so?»

«Doch», sagte sie.

«Und wie spät ist es da drüben jetzt? Jedenfalls sehr früh, fast noch Nacht. Ich garantiere Ihnen, daß der Graf nichts dagegen haben wird. Es ist ja beinahe so etwas wie eine Voruntersuchung zu den Ermittlungen, die die Polizei anstellen wird.»

Sie gab sich geschlagen.

«Ich habe die Liste oben in meinem Büro. Im Computer.»

Das Büro war überraschend klein, ausgestattet mit den üblichen Geräten, aber nicht ganz so nobel wie das, was wir bisher gesehen hatten.

Sie machte den Computer an, und nach einigen Piepern und den anderen üblichen PC-Geräuschen erschien eine Übersicht auf dem blauen Bildschirm.

«Wissen Sie das Datum?»

«Es war im November, aber Genaueres weiß ich nicht. Du vielleicht?» fragte ich Karen-Lis. Sie schüttelte den Kopf.

«Ich glaube, es war Mitte des Monats», sagte sie dann.

Unsere Schloßdame scrollte ein bißchen vor und zurück über den Bildschirm.

«Hier. Hier haben wir sowohl Lina», sie zögerte kurz, bevor sie Linas Nachnamen aussprach, «Duvain als auch unsere Kunden.»

«Dürfen wir mal sehen?»

«Wo wir nun sowieso schon an diesem Punkt sind, ist es sicher am besten, wenn ich Ihnen die Liste ausdrucke.»

Wir nickten, und kurz darauf hatten wir den Ausdruck in Händen. Der Name einer Firma und darunter eine Anzahl von Personennamen, jeweils mit einer Nummer dahinter. Vermutlich die Zimmernummer.

«Ich werde dem Herrn Grafen sagen, daß ich Ihnen die Daten überlassen habe, und ich gehe davon aus, daß Sie die Angaben vertraulich behandeln. Der Herr Graf weiß, wer Sie sind, das ist mir bekannt. Sie tragen die Verantwortung», sagte sie dann und sah mich besorgt und gleichzeitig säuerlich an. «Weiter kann ich Ihnen ganz sicher nicht helfen. Um halb zwei wird oben im kleinen Speisesaal ein Essen für Sie serviert werden. Möchten Sie so lange spazierengehen?»

Ich nickte, Karen-Lis nickte, ich faltete den Ausdruck zusammen und steckte ihn in die Innentasche meiner Jacke.

Wir entfernten uns nicht sehr weit. Schlenderten wortlos durch den Park und kamen zu einem kleinen, weißen Haus, einem Lusthäuschen, wie Karen-Lis behauptete. Ich fand, es war zu groß dafür, aber Karen-Lis blieb bei ihrer Meinung. Davor stand eine Bank, auf die wir uns niederließen.

«Wollen wir uns die Namen auf dem Papier nicht mal ansehen? Ich bin schrecklich neugierig.»

Unter dem 16. und 17. November stand: SVEA-DATA. Es folgten acht Namen mit Nummern dahinter.

«Wie heißt er?»

«Wer?»
«Ihr Liebster.»
«Kannst du nicht endlich aufhören, dauernd dieses Wort zu gebrauchen», platzte es aus mir heraus. Die Eifersucht loderte in mir hoch und brannte so sehr, daß ich die Augen zusammenkneifen mußte.

LV
Eckernförde
Anno 1611

Meine Sünden sind gleich Sandkörnern am Strand
Mannigfaltig wie der Sonn Straalen

Die Scheiben waren fingerdick mit Eisblumen bedeckt; Eiskrusten saßen an den Wänden, und am Abend war das Bettstroh voller Reif.

Am Morgen hatten sie ein wenig Torf bekommen. Der Gastwirt in der Stadt hatte seinen Burschen damit geschickt. Sophie hatte ihn gesegnet und war in Tränen ausgebrochen. Wieder einmal. Sie weinte jeden Tag. Täglich mehrere Male. Weinte und weinte. In diesen Wochen hatte sie mehr geweint als in ihrem ganzen vergangenen Leben.

Sie weinte, obwohl sie wußte, daß jede Träne, die über Wange und Kinn lief, in das Umschlagtuch tropfte und es durchnäßte, sie häßlicher machte. Jede Träne hinterließ eine Spur, die nie mehr verschwinden würde. Mittlerweile ähnelte sie schon einer dieser alten, verwahrlosten Frauen, auf die sie in jungen Jahren abschätzig herabgeblickt hatte, wenn sie auf der Straße an ihnen vorbeigefahren war. Sie hatten schmutzige Kragen gehabt und sich mühselig und gebeugt vorwärtsgeschleppt. Sie hatten zu ihr aufgesehen mit einem Blick, der an einen hungrigen Hund erinnerte, aber auch an einen Hund, der das Beißen noch nicht verlernt hatte. Ihre Röcke und Umschlagtücher waren immer zerlumpt gewesen. Warum sie so gebeugt gingen und so zerlumpt gekleidet waren, darüber hatte sie niemals nachgedacht. Sie hatte überhaupt keinen Gedanken an sie verschwendet; sie hatten mit ihrem Leben nichts zu tun. Ab und an hatte sie ihnen ein paar kleine Münzen zugeworfen, nicht weil sie Mitleid mit ihnen hatte, sondern weil es zu den Geboten ihres Standes gehörte. Vielleicht war das hier die Strafe dafür, daß sie nie über diese Frauen nachgedacht hatte.

Die weiße Kälte hatte sich wie ein eisiges Tuch über die Stadt gelegt, und darunter war alles Leben erstarrt.

Hin und wieder wirbelte Schnee vom Himmel und deckte alles zu, und sowohl die Kälte als auch die fauchenden Schneestürme brachten vielen Menschen den Tod. Nicht nur die Schwachen und Kranken wurden dahingerafft, es traf auch Gesunde. Sanken sie im Schnee um und standen nicht unverzüglich wieder auf, verwandelten sie sich in Statuen, bevor jemand sie fand, und das sogar, wenn sie nur kurze Zeit dort gelegen hatten. Das geschah recht häufig, deshalb gingen die Menschen nicht nach draußen, wenn es nicht unbedingt nötig war. Die Kälte tötete.

Aber es lag nicht allein an der Kälte, daß sie immerfort weinte. Grund für ihre Tränen war vor allem das Gefühl von Verlassenheit – und die Hoffnungslosigkeit. Selbst ihr Zorn half ihr nicht länger. Er war erfroren und hatte nur ein Gefühl von Hilflosigkeit und Einsamkeit hinterlassen. Und am schlimmsten war, daß kein Ende in Sicht schien. Und kein Ausweg. Es würde immer und immer so weitergehen.

Sophie kannte ihre Sippe gut genug, um zu wissen, daß man sie lieber tot gesehen hätte, als Zeuge ihrer Abkehr zu werden. In ihren Augen war das Leben, das sie führte, eine Schande und damit ein Fleck auf der Familienehre. Sie hatte sich ins Abseits begeben.

Ein Brahe, der sich so wie sie neben die Familie stellte und seine Pflichten gegenüber der Sippe mißachtete, wurde dadurch bestraft, daß man ihn – oder sie – aus dem Familiengedächtnis löschte. War man daraus erst einmal gestrichen, existierte man nicht mehr, und deshalb durfte auch das Vermögen der Sippe nicht mehr an eine solche Person verschwendet werden. Wer sich nicht im klaren darüber war, was es hieß, ein Brahe zu sein, der sollte getrost hungern. Die Familie ging das nichts mehr an.

Sophie spürte schon wieder die Tränen aufsteigen. Trotz allem verstand sie gar nicht, wieso sie gar nichts anderes empfinden konnte als Schmerz und Kummer. Vielleicht, weil sie seit langer Zeit nicht mehr geschlafen hatte. Der Schlaf mied sie, so wie ein Gesunder jemanden meidet, der vom Tod gezeichnet ist.

Die einzige Erklärung, die sie finden konnte, war die, daß die Sterne nicht günstig standen. Vielleicht befand sie sich, ohne es zu wissen, mitten im gefürchteten Haus. Im achten. Das schlimmste aller Häuser, das Haus der Prüfungen, Krisen, Strafen – und des Todes.

Und des Wankelmuts. Denn sie war innerlich vollkommen zerrissen. In der einen Minute dachte sie daran, hinauf zu ihrem ältesten Bruder Steen zu reisen, sich ihm zu Füßen in den Staub zu werfen und demütig um Vergebung zu bitten für die Schande, die sie über die Familie gebracht hatte. In der nächsten schwor sie sich, daß sie niemals mehr in ihrem ganzen Leben mit irgendeinem von ihnen in einem Raum zusammensein würde. Sie waren so abscheulich in ihrem Hochmut.

In der vergangenen Nacht hatte sie sich endlich entschlossen, heim nach Eriksholm zu fahren, denn dort würde man ihr den Zutritt nicht verwehren; aber die Nachrichten, die sie über das schreckliche Wüten der Pest in der dortigen Umgebung gehört hatte, brachten sie dazu, daß sie den Plan in den Morgenstunden wieder fallenließ. Und auch wenn die Pest irgendwann vorbei war, gab es keine wirkliche Möglichkeit für sie, dort zu sein. Für sie würde man das Tor öffnen, aber nicht für Erik. Das war ganz ausgeschlossen. Und ohne Erik wollte sie nicht sein.

Wenn sie bloß wüßte, wo er war. Im vergangenen Jahr war er eifrig auf Reisen gewesen, ständig auf dem Weg in neue Orte. Ab und zu kam er zurück zu ihr, aber nur für einen Tag oder zwei, und schon war er wieder weg. Er gab die Hoffnung niemals auf. Immer gab es irgend jemanden, der sich anschickte, das Angebot in Erwägung zu ziehen, das Erik unterbreitete und von dem er zutiefst besessen war: die Kunst und die Möglichkeit, Reichtum zu schaffen.

Reichtum! Allesamt sahen sie Haufen von Gold vor sich liegen, das nur auf sie wartete. Der eine Haufen Rotgold, der andere Haufen Weißgold. Überall Gold, Goldteller auf Goldtischen, Bettpfosten aus Gold, goldbestickte Laken, Trinkbecher aus Gold. Überall glänzte Gold und entfachte funkelnde Lichter in den Augen der Leute, denen Erik vom Stein der Weisen und von den goldenen, unendlichen Möglichkeiten erzählte. Sie brauchten nur ein paar Dukaten beizusteuern, für die teuren Essenzen, die nötig waren, dann würde das Gold ihnen gehören.

Immer war es seine Forderung nach Finanzierung, die sie das Angebot schließlich doch ausschlagen ließ. Das Gold wollten sie gerne haben, nur bezahlen wollten sie nicht dafür. Nicht so viel, wo die Sache doch so unsicher war. Mittlerweile glaubten die Leute auch nicht mehr recht daran, daß Erik im Besitz der Rezeptur war.

Einige lachten ihn inzwischen sogar schon aus. Zuerst noch hinter vorgehaltener Hand, später lachten sie ihm direkt ins Gesicht. Das hatte er schon mehrere Male verwundert berichtet. Er verstand es selbst nicht.

Sophie hatte ihm nicht die Augen geöffnet, es würde ihn zu sehr schmerzen. Es war der Gegensatz, der sie zum Lachen brachte – der Gegensatz zwischen seiner Art zu reisen, seiner Ausrüstung, seiner armseligen Kopfbedeckung einerseits und seinen strahlenden Erzählungen über das Gold andererseits. In ihren Augen war er ein Narr. Erik Lange – der schöne, kluge Erik Lange! Ihr war klar, daß die Brüder, ihre Brüder, schlecht über Erik redeten, aber der Tratsch war doch wohl kaum bis zu den Leuten vorgedrungen, die Erik in den deutschen Landen aufsuchte? Es waren nicht nur ihre Brüder, die Übles über ihn verbreiteten, alle taten es. Wenn einem Mann sein Lehen weggenommen worden war, dann war er Freiwild. Wenn diese Jagd nach dem Gold nicht gewesen wäre, hätte sich wohl vieles anders entwickelt. Vor ihrem geistigen Auge sah sie sich als ehrwürdige Gemahlin des Lehnsherrn in der Kemenate auf Schloß Bygholm sitzen, wie sie einen freundlichen Brief ihrer Schwester las. Vom Hofplatz unten war das Bellen der Hunde zu hören, während im Kamin mächtige Holzscheite prasselten. Mochten die Scheiben auch zugefroren sein, so war es doch warm und behaglich hier am Feuer.

Sophie streckte die Hände aus, um die Wärme zu spüren, und zog sie dann resigniert zurück. Der Torf des Gastwirts gab noch keine Wärme von sich, es sickerte nur braunes Wasser heraus.

Ach Gott, was sollte nur werden? Flog der Rabe nicht immer gen Nacht?

Es ist spät. Es ist kalt. Ich stehe auf und gehe zur Heizung. Sie ist voll aufgedreht. Die Kälte sitzt in meinem Innern. Deshalb würde es auch nichts nützen, wenn ich noch einen Pullover drüberziehe.

Ich kann nichts essen. Seit ich zu Hause bin, sitze ich bloß da und horche auf die Haustür unten und auf Schritte im Treppenhaus. Er hat meinen Ersatzschlüssel.

Der Pförtner fragte mich, ob ich einen Kaffee wollte. Er wollte sich sowieso einen einschenken, da könne ich doch ebensogut eine Tasse mittrinken. Ich weiß noch, daß ich bloß den Kopf schüttelte und weggerannt bin – ohne den Kontrollknopf zu drücken. Er ließ mich laufen.

Ich tigere durch meine Wohnung. Schaue in den Hof

hinunter, aber der ist natürlich leer. Noch ist Licht in den Wohnungen ringsherum. Bei manchen läuft immer noch der Fernseher. Die Straße ist wie ausgestorben. Ein einzelnes Auto fährt ganz langsam durch. Mein Herz beginnt hysterisch zu klopfen. Der Wagen blinkt, parkt ein. Ein Mann steigt aus, sucht was auf dem Rücksitz, eine Aktentasche. Dann geht er ein Stück die Straße entlang, zieht einen Schlüssel aus der Tasche und steckt ihn in das Haustürschloß von Nummer 18, drückt die Tür mit der Schulter auf und verschwindet im Dunkel des Treppenhauses. Eine Sekunde später geht das Flurlicht an.

Ich sehe auf die Uhr. Kurz vor halb eins. Ich wage nicht, ins Bett zu gehen.

In der Küche fülle ich Wasser in meinen neuen elektrischen Wasserkocher, und obwohl nur ein paar winzige Krümel auf dem Küchentisch liegen, wische ich ihn sorgsam mit einem Spültuch sauber und die Wasserhähne gleich mit. Ich fange an, meine Gewürze auszusortieren, damit ich sie irgendwann mal in kleine, niedliche Krüge füllen kann, die hübsch ordentlich in alphabetischer Reihe aufgestellt werden. Gewürze in alphabetischer Reihenfolge sind ein Zeichen von ultimativem Ordnungssinn.

Wie sich herausstellt, bleiben nicht viele übrig, um sie in kleine, weiße Krüge umzufüllen, denn eine ganze Reihe von Tüten sind aufgeplatzt, und der Inhalt hat sich in dem alten gelben Emailtopf verteilt, in dem ich sie aufbewahre. Nelken und Lorbeerblätter, vertrocknetes Estragon, Wacholderbeeren, Oregano und Basilikum – alles durcheinander und vermengt. Der Topf ist nicht besonders schön, ich habe ihn irgendwann auf dem Flohmarkt gefunden. «Grieß» steht drauf. Am Deckel ist ein Stück Email abgeplatzt. Deshalb war er so billig.

Das Haus ist still. Ich drehe wieder eine Runde. Jetzt ist nur in einer Wohnung noch Licht. Die Leute haben sich die Decke über die gestreßten Köpfe gezogen; einige haben es vielleicht gerade noch geschafft, der Decke neben sich ein kurzes «Nacht» zuzumurmeln, bevor sie sich in den ersten tiefen Schlaf haben wegtreiben lassen.

Ich setze mich aufs Sofa, zappe ruhelos durch die Fernsehkanäle. Von dem dänischen Sendern kommen nur Jaultöne und Testbilder. Ich zappe alles durch. Stolpere über ein Programm von CNN, wo ein bebrillter Mann sich über die wahnsinnig hohen Steuern aufregt und über die unzähligen ledigen Mütter, die sich einfach vom Erstbesten schwängern lassen, um sich dann, wenn der Mann sie wieder verlassen hat, für den Rest ihres Lebens einen feinen Lenz auf Kosten der Sozialfürsorge zu machen. Ich lege mich hin, wickle mich in mein altes Plaid und glotze auf den aufgeregten Mann.

Plötzlich fahre ich hoch. Ich bin wohl eingeschlafen. Ein Schlüssel dreht sich im Türschloß.

Ich springe auf und falle beinahe über mein Plaid; ehe ich mich auswickeln kann, steht er auch schon mitten im Zimmer.

«Bist du da?» entfährt es mir völlig überflüssigerweise.

Das ist er, aber er ist kaum wiederzuerkennen. Er ist unheimlich blaß, hält seinen Arm an den Körper gedrückt. Ich sehe, daß sein Unterarm in ein Tuch gewickelt ist. Ein nasses, rotes Halstuch.

«Was ist passiert?» frage ich.

«Nichts», sagt er. «Oder fast nichts. Ich hab mich geschnitten.»

«Womit?»

Er antwortet nicht, steht nur da und schwankt leicht.

«Setzt dich hin», sage ich schnell, und er sinkt auf meinem Sofa zusammen. «Laß mal sehen.»

Er schüttelt den Kopf, aber ich lasse nicht locker. Und ich bin die Stärkere.

Obwohl ich nicht gerade viel Ahnung auf dem Gebiet habe, sehe ich sofort, daß das hier eine Nummer zu groß für mich ist. Das muß in der Ambulanz behandelt werden. Das sage ich ihm. Er schüttelt den Kopf.

Ich sage: «Ich rufe einen Krankenwagen. Sonst verblutest du.»
Das scheint Eindruck zu machen, er protestiert nicht.

Es dauert merkwürdig lange, bevor der Krankenwagen kommt. So kommt es mir jedenfalls vor, obwohl vielleicht doch nur zehn Minuten verstreichen. Zwei junge, breitschultrige Typen kommen rauf. Sie haken sich bei ihm ein und bringen ihn runter. Ich gehe hinterher. Der Krankenwagen fährt gemächlich und ohne Blaulicht. Die beiden Typen sitzen vorne und plaudern. Axel liegt mit geschlossenen Augen auf der Trage. Er ist sehr bleich.

Rigshospital, Unfallstation. Wir warten eine Weile, dann kommen sie und holen uns. Ich will nämlich bei ihm bleiben.

Sie gucken sich die Sache an. Fragen ihn, wie das passiert ist. Er schüttelt den Kopf und sagt, daß er sich nicht erinnern kann. Ich weiß, daß er lügt.

«Sie gehen jetzt besser raus. Wir müssen seine Hand nähen und untersuchen, ob die Sehnen was abgekriegt haben. In dem Fall muß er richtig operiert werden.»

Ich weiß nicht, was «richtig» bedeutet.

In einem Warteraum sitzt eine Gruppe Türken – alle männlichen Geschlechts – und warten. Sie haben es sich gemütlich gemacht, unterhalten sich und rauchen. Ich suche mir einen anderen Raum. Hier wartet ein alter Mann; er sitzt nur da und schüttelt den Kopf. Das Licht ist gedämpft. Auf den fleckigen Tischen stehen unzählige leere Kaffeebecher aus Plastik.

Die Zeiger der Uhr an der gelbgestrichenen Wand bewegen sich nicht. Sie stehen auf der Stelle, haben offenbar keine Kraft, sich zu bewegen. Ich überlege einen Moment, ob ich zu einem der Weißkittel gehen und sagen soll, daß die Uhr kaputt ist, entscheide mich dann aber, einfach nicht mehr hinzusehen. Als ich kurz darauf wieder auf die Zeiger gucke, sehe ich, daß sie sich jetzt in raschem Tempo bewegen, viel schneller, als sie eigentlich dürften. Die Zeit hat Fieber gekriegt.

Ich warte länger, als jemals ein Mensch gewartet hat. Warte und warte. Der alte Mann wird geholt, er hat Mühe aufzustehen. Die Krankenschwester muß ihm helfen. Sie macht ein ernstes Gesicht.
«Kommt sie durch?» fragt er.
Sie antwortet nicht. Sagt nur: «Wir müssen hier entlang.»
Als eine weitere Ewigkeit vergangen ist, erscheint ein junger Typ in Weiß und sagt: «Hallo, Sie können gerne reinkommen. Ihr Freund ist fertig.»
«Muß er nicht ‹richtig› operiert werden?»
«Nein, wir haben ihn genäht.»
Axel lächelt mich aufmunternd an, als ich den blauweißen Behandlungsraum betrete.
«Alles okay?» frage ich.
«War nicht so schlimm.»
«Hat aber ganz schön gedauert.»
«Findest du? Mir kam es vor wie Null Komma nichts.»
«Tja, dann können Sie jetzt nach Hause. Sollen wir Ihnen ein Taxi rufen, oder sind Sie mit dem Wagen da?»

Als wir wieder bei mir zu Hause sind, bringe ich ihn sofort ins Bett. Ich muß ihm beim Ausziehen helfen. Sie haben seinen Hemdärmel aufgeschnitten, um besser ranzukommen.
«Wie ist das bloß passiert?»
Er antwortet nicht. Er schläft schon.

Am nächsten Tag kriege ich die ganze Geschichte zu hören. Ich entscheide mich, sie zu glauben. Aber bevor er richtig angefangen hat, klingelt das Telefon. Hat sich einer verwählt, denke ich, obwohl sich keine Stimme meldet. Ich denke nicht weiter darüber nach, aber kurz darauf klingelt es wieder. Auch diesmal ist offenbar keiner dran. Ich schüttle den Hörer und sehe Axel an. Er macht auf einmal ein besorgtes Gesicht.
«Du bist also hin zur schwedischen Botschaft. Was wolltest du da?»
«Ich wollte mir einige Telefonnummern besorgen. Und

noch ein paar andere Informationen. Aber die schließen um zwölf. Eigentlich unglaublich, aber so stand es auf dem Schild. Während ich so dastehe und überlege, kommt eine Frau durch die Tür. Eine Schwedin. Sie hat mir den Tip gegeben, ich solle es doch bei der schwedischen Touristeninformation versuchen, weil die alle möglichen Nachschlagebücher hätten. Sie sagte, die wäre in der», er überlegte, «in der Skindergade, glaube ich. Sie hat mir auch genau erklärt, wie ich dahin komme. Trotzdem bin ich irgendwie falsch gegangen. Ich hab mich zwar nicht hoffnungslos verlaufen, aber wohl einen ziemlichen Umweg gemacht. Aber das war eigentlich nicht so schlimm. Du warst sowieso in der Bibliothek, also verpaßte ich ja nichts.»

Ich beuge mich zu ihm und gebe ihm einen Kuß. Er lächelt mich an und streichelt mich mit der gesunden Hand. Die verletzte hat er oben auf die Rückenlehne des Sofas gelegt.

«Und dann?» frage ich. «Was ist dann passiert?»

«Die Touristeninformation war tatsächlich da, mit einer netten jungen Schwedin, die mir prima geholfen hat.»

«Was wolltest du denn rausfinden?»

«Die Adressen von ein paar Leuten, außerdem wollte ich was in ein paar Ausgaben von *Dagens Nyheter* nachschlagen.»

«Warum?»

Er antwortet nicht, sondern streicht mit der gesunden Hand über meine Haare.

«Als ich wieder raus kam, ging ich über einen Zebrastreifen und kam zu einer Art Arkaden oder überdachtem Gehweg. Da waren Boutiquen und Geschäfte, irgendwas mit Antiquitäten. Plötzlich kam ein Mann auf mich zu und fragte, ob ich der bin, der ich bin. Darauf habe ich nicht geantwortet, denn das ging ihn ja schließlich nichts an. Ich versuchte an ihm vorbeizugehen, aber ein anderer Mann – ein jüngerer – versperrte mir den Weg.»

«Und was hast du da gemacht?»

«Mich nicht darum gekümmert. Da hat der Jüngere mich angerempelt, und der Ältere sagte: ‹Du bist also Axel Fersen.›»

Ich muß zugeben, daß ich ziemliches Muffensausen kriegte. Wer in Kopenhagen kennt mich, und wer will was von mir? Ich hielt es für klüger, nichts zu sagen. Dann schubste ich den beiseite, der gefragt hatte, der Jüngere versuchte mich festzuhalten, aber ich wandte einen Trick an, den ich mal gelernt habe. Ein Gentleman macht so was normalerweise nicht. Er knickte zusammen, und ich dachte, ich könnte an ihm vorbei. Kam ich auch, aber der andere machte eine blitzschnelle Bewegung, und ich merkte erst hinterher, daß er mich mit einem Messer in die Hand gestochen hatte. Aber jedenfalls ist es mir gelungen abzuhauen.»

«Aber war denn keiner da, der hätte eingreifen können?»

«Nein, aber das ging auch alles ganz still und unauffällig vor sich. Und schnell. Und es war tatsächlich keiner in der Nähe, als das passierte.»

«Willst du keine Anzeige bei der Polizei machen?»

«Es ist ja nicht groß was gewesen.»

Ich rief empört: «Wie bitte? Und deine Hand? Ein Überfall nach klassischer...» Ich klappte gerade noch rechtzeitig den Mund zu, bevor das Wort «Mafiamanier» meine Kehle verlassen konnte. Mafia? War es so, wie es aussah?

Da klingelte das Telefon.

«Wenn das jetzt wieder... ich krieg noch 'ne Krise», fauchte ich und griff nach dem Hörer.

Diesmal war jemand dran. Eine Stimme sagte: «Lina? Spreche ich mit Lina?»

«Ja, das bin ich. Mit wem spreche ich bitte?» Ich merkte, daß sich meine formelle Telefonhöflichkeit absurd anhörte.

«Lina. Hör gut zu. Du spielst mit etwas Gefährlichem. Nimm dich in acht, Lina.»

Ein kurzes Klicken, aufgelegt.

Ich starrte entsetzt den Telefonhörer an. Was sollte das heißen? Wer war das?

Axel stand auf.

«Was ist los? Du siehst aus, als hättest du mit einem Gespenst oder einem Dämon gesprochen.»

«Da war einer dran, der...»
Die Augen, mit denen ich ihn ansah, müssen ungefähr so groß wie Suppentassen gewesen sein.
«Ach nichts», sagte ich schnell. «Bloß so'n Telefonfuzzi. Du weißt ja, die jungen Typen machen dauernd sowas. Graffiti schmieren und alte Damen am Telefon erschrecken.»
«Quatsch. Das war was anderes. Los, sag.»
«Okay, wenn du es wirklich wissen willst: Da war einer dran, der gesagt hat, ich soll mich in acht nehmen. Ich weiß bloß nicht wovor. Weißt du es?»

19

«Tut mir leid», kam es von Karen-Lis. «Ich wußte nicht, daß die Dinge so liegen.»
«Wie liegen?»
«Daß du verliebt in sie warst oder, wohl besser, immer noch bist. Ich dachte, die Sache zwischen euch wäre seit langem vorbei.»
«Das dachte ich auch. Aber in der letzten Zeit habe ich gemerkt, daß sie das vielleicht doch nicht war. Da ist so vieles in mir hochgekommen. Unheimlich viel.»
Ich war selbst richtig erschrocken über meine Offenheit. Ich rede für gewöhnlich nicht über meine Gefühle. Diese Eigenschaft habe ich von meinem Vater. Ich habe mich schon gefragt, ob er überhaupt Gefühle hat. Das soll natürlich nicht heißen, daß er grob ist oder dickfellig, aber er erzählt nie was darüber, was in ihm vorgeht. Jedenfalls mir gegenüber hat er in dieser Hinsicht nie mit offenen Karten gespielt, deshalb weiß ich nicht mal, ob ich überhaupt sagen kann, daß ich ihn gut kenne. *Ihm* wäre es jedenfalls nie eingefallen, so etwas zu sagen, wie ich es gerade eben von mir selbst gehört hatte.

«Wenn du es unbedingt wissen willst: Er heißt Axel mit Vornamen. Und Fersen mit Nachnamen. Sagt dir das was?» fragte ich
«Nicht die Spur. Was weißt du sonst noch? Hat sie was über ihn geschrieben?»
«Ja, aber», jetzt wurde ich doch tatsächlich beinahe rot, «ich muß gestehen, daß ich den letzten Ordner mit ihren Aufzeichnungen noch nicht gelesen habe. Das muß ich erst noch. Aber ich bin auf Axel Fersens Namen gestoßen.»
«Weißt du, was aus ihm geworden ist?»
«Keine Ahnung.»
«Und was hast du aus den Dokumenten rausgekriegt, die in dem Umschlag waren?»
«Bisher noch nichts. Aber ich habe Kontakt zu einer Frau von der Uni, der ich Fotokopien davon zeigen will. Ich habe nur noch keine Zeit gehabt, sie ihr zu bringen. Aber immerhin wissen wir jetzt schon ein bißchen mehr.»
«Sie ist also erschreckt oder überrascht worden, als sie sich mit den Dokumenten beschäftigt hat. Vielleicht war sie auch übernervös. Und was macht man in einer solchen Situation? Man versteckt die heiße Ware irgendwo. Lina hat den Umschlag hinter ein paar Büchern in einem Regal deponiert. Und da hat er gelegen, bis er bei dieser Putzaktion gefunden wurde, und dann haben sie ihn abgeschickt. Prima Service übrigens.»
«Zu einfach. Ich glaube, da steckt mehr dahinter.»
«Gut, aber kannst du dir vorstellen, was sie so erschreckt haben könnte?»
Karen-Lis sah sich um.
«Hast du gemerkt, wie schön es hier ist? Müßte toll sein, an einem solchen Ort zu wohnen. Könntest du dir das vorstellen?»
«Klar, aber nur zwei Wochen. Dann würde mir das zu langweilig werden. Passiert bestimmt nicht viel hier.»
«Findet du, daß hier nichts passiert ist?»
«Wahrscheinlich haben sie eine Menge Spaß mit Lina und

ihrem Abenteuer gehabt, aber solche Sachen passieren wohl eher selten. Ansonsten ist hier doch der Hund begraben. Mal abgesehen von den Kursteilnehmern und den Besuchern. Auf so einem Gut oder Schloß gibt es doch heutzutage kaum noch Menschen. Die Landwirtschaft betreiben sie mit riesigen Maschinen, die fast alles alleine machen. Tiere haben sie auch nicht. Nicht mal eine Katze. Die schlafen hier einen Dornröschenschlaf. Okay, was sagt die Uhr? Ich hab einen Mordshunger.»

«Ist auch allerhöchste Zeit», sagte Karen-Lis und sprang auf. «Komm, es ist so selten, daß ich einen ‹Lunch› in einem Schloß zu mir nehme. Ich hoffe nur, der ‹Lunch› kann meine Erwartungen erfüllen.»

Das konnte der Lunch. Er war *out of this world*, wie die Gourmetjournalisten es manchmal zu nennen belieben. Die Bedienung und der Wein, einfach alles war Spitzenklasse, nicht die kleinste Kleinigkeit auszusetzen.

Wir waren nicht allein im Speisesaal. Es saßen noch sechs, sieben Leute an einem anderen Tisch. Männer in meinem Alter. Einer war ein bißchen älter. Sie waren alle superelegant angezogen.

«Und was machen wir jetzt?»

«Tja, wir sollten wohl Kurs auf unsere Heimat nehmen und versuchen, ob wir was über SVEA-DATA rauskriegen. Ich werde versuchen, einen aus der Branche anzurufen, den ich kenne. Vielleicht kann er uns weiterhelfen.»

«Wir sollten vielleicht mal hören, ob die bei SVEA-DATA mehr über diesen Axel wissen. Die müssen sich schließlich an ihn erinnern.»

«Meinst du?»

«Vermutlich wissen sie auch nicht mehr, aber es kann ja nicht schaden, mal nachzufragen.»

«Gut, machen wir. Ich werde sehen, ob ich es Montag schaffe.»

«Prima. Du kannst das sicher am besten. Außerdem dürfen wir nicht vergessen, uns beim Grafen zu bedanken. So was kannst du doch perfekt. Man könnte glauben, du bist selbst in einem Schloß aufgewachsen.»

LIX
Helsingør
Anno 1643

O wär mir doch vergönnt aus tieffstem Herzen
Ich könnt vergeben meinem Feynd

Jetzt war es nicht mehr weit bis zum Ende. Ihrem eigenen und dem ihrer Werkes. Es schritt Tag für Tag voran. Obwohl sie nicht mehr sehr viel Kraft hatte. Stück für Stück war sie ihr nachts von einem unbekannten Dieb gestohlen worden. In der letzten Zeit war es die Kraft ihrer Augen, die er genommen hatte. Trotzdem gelang es ihr, Seite um Seite zu schreiben, einen Namen an den anderen zu fügen. Die Familie erhielt ihre Chronik. Ihre Sippe, das stolze Brahe-Geschlecht.

Sophie tauchte ihre Feder in das Tintenfaß und schrieb noch eine Zeile, dann seufzte sie und legte die Feder beiseite. Für die nächsten paar Stunden wollte sie es dabei belassen.

Die Sonne fiel durch die dicken Fensterscheiben herein, und obwohl das Glas die Strahlen dämpfte, erhellten sie die niedrige Stube und machten ihr Lust, hinauszugehen. Ja, sie wollte hinaus in Gottes freie Natur, den Duft der grünen Linden atmen, deren Blüte gerade begonnen hatte.

Der Duft der Linden war das Schönste auf der Welt. Besser als die schweren Düfte Arabiens, besser als das Rosenwasser, besser als alles andere. Er wirkte betäubend, ließ sie die beißenden Schmerzen der Gicht vergessen und die Leere – die ewige Leere.

Sie ließ das Buch aufgeschlagen. So konnten die Seiten trocknen, während sie weg war. Sie wollte die Arbeit fortsetzen, wenn sie zurückkehrte. Es war der Entwurf für das, was sie über ihren guten Bruder schreiben wollte. Die anderen kamen auch darin vor, aber am wichtigsten war, was sie über Tycho schrieb.

Sophie rief nach ihrer Magd. Sie kam und half ihr beim Aufstehen. Ebenso wie ihre Augen waren auch ihre Beine im Laufe des letzten Jahres schwach geworden. «Den Stock, Magd. Gib mir den Stock. Und das Umschlagtuch. Ist es kalt? Nicht, aha. Gib mir das Tuch trotzdem. Binde es mir um den Leib, dann kann es meine Hüften wärmen. Heute sitzen die Schmerzen dort.»
«Wohin will die Herrin?»
«Ein wenig die Allee hinunter, hinaus aus der Stadt.»

Es ging langsam, aber Sophie schien es leichter zu gehen als in den vergangenen Wochen. Vielleicht sollte sie sich mehr bewegen. Sie hatte von einer fürstlichen Dame gehört, die jeden Tag lange Spaziergänge machte und deshalb nie unter Kopfschmerzen litt. Auch waren die Perioden ihrer Unpäßlichkeit kürzer als diejenigen anderer Damen, und sie, die von Kindesbeinen an die Freuden der Jagd genossen hatte, nahm beinahe gleichberechtigt mit den Herren an jeder Jagd teil. Das tat sonst keine der adeligen Damen.

Sie kannte die meisten von denen, die ihnen begegneten. Ein Pfarrer kam direkt auf sie zu, gefolgt von einem Burschen. Er begrüßte sie, aber nicht so ehrerbietig, fiel ihr auf, wie er es früher zu tun pflegte. Hatte er vergessen, wer sie war?

Jetzt konnte sie die Linden schon hören und riechen. Sie atmete tief ein, füllte ihre enge Brust mit dem süßen Duft und lauschte dem Summen und Brummen der Bienen oben in den Kronen. Ach, wie gut es war zu leben. Noch war es das. Sie blieb stehen, auf ihren Stock gestützt.

«Geht es der Herrin schlecht?» fragte die Magd.
«Schlecht? Lieber Himmel, nein! Ich genieße nur den Blütenduft. Ist er nicht herrlich?»

Die Magd nickte gehorsam, und Sophie bemerkte, daß ihre

Augen die Gegend musterten. Sie hielt wohl Ausschau nach jungen Burschen.

Eine kleine Gruppe kam auf sie zu. Es waren ein paar halbwüchsige Bengel, die hüpften und herumsprangen und etwas riefen, das sie nicht verstand.

«Was siehst du, Magd?»

«Ein paar Straßenjungen, die herumschreien und sich närrisch aufführen.»

«Warum?»

«Sie tanzen um einen alten Mann herum. Er sieht widerlich aus. Hat Locken an den Ohren und einen langen, schwarzen Umhang.»

«Dann ist es vielleicht ein Jude?»

«Ein Jud? Einer von diesen Lumpenkerlen, die unseren Herrn Jesus totgeschlagen haben?»

«Es gibt auch gute Menschen unter ihnen. Und viele tüchtige Leute. Sie sind...»

Plötzlich gellte ein Schrei durch die Luft, und der alte Mann verschwand vor ihren Augen. Die Gruppe krakeelte laut, blieb aber stehen.

«Was war das?»

«Ein Stein hat ihn getroffen, glaube ich. Und jetzt schlagen sie auf ihn ein. Oje, wir sollten uns beeilen, daß wir von hier fortkommen, Herrin.»

«Nein, geh hin und verjage sie. Diese Satansbrut. Geh! Sonst tue ich es selbst.» Sophie spürte einen gewaltigen Zorn in sich aufsteigen. Mit erhobenem Stock schritt sie auf den johlenden Haufen zu und vergaß darüber völlig, daß sie nur mühsam gehen konnte.

«Ich werde euch Beine machen!» rief sie und ließ den Stock, so heftig sie konnte, auf den Erstbesten niedersausen. Sie schlug mehrere Male und fühlte dabei eine vergessene Lust durch ihren müden Körper jagen. Die Getroffenen schrien auf, nahmen die Beine in die Hand, und einen Augenblick später war der ganze Haufen verschwunden, wie eine Vogelschar, die plötzlich auffliegt.

«Kommt, Herrin, laßt uns gehen.»
Sophie antwortete nicht, sondern betrachtete den blutenden alten Mann, der vor ihr auf dem Boden lag. Einen Moment lang hatte sie das Gefühl, ihn entfernt zu kennen. Der alte Jude kam mühsam auf die Knie. Dann griff er nach seinem langen Stock und stand mit dessen Hilfe auf. Er blutete aus der Nase.

«Hier», sagte sie und reichte ihm ihr Umschlagtuch, das sie rasch aufgeknotet hatte. «Nehmt das.»

Er nahm es und wischte sich sein Gesicht damit ab.

«Ihr solltet lieber mit mir kommen», meinte sie dann. «Ihr müßt Euch hinlegen. Sonst hört es nicht auf.»

Die Magd sperrte Mund und Augen auf.

«Herrin, das...»

«Schweig, dummes Ding, und stütze ihn.»

«Ich stütze keinen von denen, die unseren Herrn Jesus –»

«Dummkopf, dann tue ich es selbst.»

Sophie nahm den alten Mann am Arm, und langsam gingen sie den sandigen Weg hinunter. Keiner von ihnen sagte ein Wort. Die Magd folgte ihnen, und Sophie konnte ihren Ekel und ihre Furcht spüren.

«Setzt Euch hierhin», sagte sie zu ihm, nachdem sie zu Hause angekommen waren. Er antwortete nicht, nickte nur und setzte sich auf die Bank. Ans äußerste Ende. Er lehnte den Kopf zurück und stützte ihn an die Wand. So saß er eine Weile und erholte sich; dann richtete er sich auf und blickte sie an.

«So treffen wir einander wieder», sagte er.

«Ja, ich dachte mir schon, daß Ihr es seid...» Sophie verstummte, sie wußte nicht, was in dieser Situation am besten zu sagen wäre.

«Kann ich euch einen Krug Bier holen lassen?» fragte sie. «Und Wasser, damit Ihr Euer Gesicht waschen könnt?» Als er nickte, ging sie hinaus und rief nach der Magd. Die war verschwunden.

Sophie seufzte, griff nach einer Kanne und begann langsam die Treppe in den flachen Keller hinabzusteigen, wo sie das

Bier und die gesalzenen Heringe aufbewahrten. Sie hatte Mühe, in dem Halbdunkel etwas zu erkennen, denn das einzige Licht kam durch die offene Tür hinter ihr, aber es gelang ihr, eine halbe Kanne abzufüllen. Sie begnügte sich mit dem halbvollen Gefäß, um auf dem Weg nach oben nichts zu verschütten.

Er nahm ihr die Kanne ab, führte sie zum Mund und schluckte mit einer Gier, als hätte er wochenlang nichts mehr getrunken. Währenddessen goß sie Wasser in eine Schüssel und begann, ein paar Tücher herauszusuchen.

Er schüttelte den Kopf.

«Soll ich nicht?»

«Ihr sollt mich nicht anrühren. Der Jude ist verhaßt in diesen Zeiten. Früher war er willkommener.»

«Warum seid Ihr dann hier?»

«Das Geschäft erfordert es, aber es ist das letzte Mal, daß ich in diese Gegend komme.»

«Handelt Ihr immer noch mit den kostbaren Tulipanen?»

«Ach nein, die Zeiten sind vorbei. Wir leben nicht mehr im Zeitalter der Blumen. Und außerdem», fügte er hinzu, «haben die Leute selbst herausgefunden, wie man die Zwiebeln züchtet. Also wollen sie wieder die alten Dinge – Gold und Diamanten. Bisher hat man nicht herausgefunden, wie man Gold züchten kann, und das wird auch niemals geschehen.»

«Woher wollt Ihr das wissen?» fragte sie ein wenig ärgerlich. Eriks Gesicht mit den eifrigen, klugen Augen tauchte einen Moment lang vor ihr auf. «Viele tüchtige Herren haben probiert, Gold zu ‹züchten›, wie Ihr das nennt. Und es ist ihnen beinahe gelungen.»

«Beinahe und fast schlagen keinen Apfel vom Ast, gute Frau. Und ich weiß, daß man Gold nicht machen kann. Gold ist etwas, das Gott geschaffen hat, nichts, was der Mensch herstellen kann.»

«Wer sagt Euch das?»

«Das ist eine alte Weisheit.»

«Glaubt Ihr denn, daß der Mensch überhaupt nichts –»
«Der Mensch kann vieles, aber er soll nicht versuchen, es Jahwe gleichzutun. Das ist weder des Menschen Bestimmung noch Aufgabe. Würde der Mensch das tun, könnte es damit enden, daß er sich für Gott hält. Dann würde er alles daran setzen, über Erde und Himmel zu herrschen, er würde sich hinaus zu den Sternen in das große, stumme Weltall begeben wollen, er würde anfangen, Menschen auseinanderzuschneiden und aus den Stücken neue Menschen zusammenzusetzen. Und er würde sich noch viel mehr einfallen lassen.»

Er funkelte sie unter den grauen, buschigen Augenbrauen hervor an. Seine Stimme wurde immer schärfer. Jegliche Schwäche und Demut waren von ihm abgefallen.

«Am Ende würde der Mensch Gottes Natur ausmerzen wollen, in der falschen Überzeugung, daß die Natur ihm gehört und nicht Gott.»

Sophie fühlte sich benommen.

«Glaubt Ihr das wirklich?»

«Ich weiß es. Der Mensch soll nicht anfangen, mit dem zu spielen, was Gottes ist. Der Mensch ist viel zu selbstsüchtig, als daß man ihm das erlauben dürfte. Der Herr will das nicht. Deshalb kann kein Mensch Gold machen. Oder kennt Ihr einen, der das kann?»

Sophie schüttelte den Kopf.

«Kennt Ihr jemanden, der sich am Goldmachen versucht hat und nicht arm dadurch geworden ist?» lautete seine nächste Frage.

«Mein Gemahl arbeitete viele Jahre lang an dieser Kunst. Er hat gute Ergebnisse erzielt.»

«Hat er Gold geschaffen?»

«Nein. Er war kurz davor, aber das Geld reichte nicht. Es war teuer.»

«Ja, teurer als das Gold selbst. Wie ich sehe, ist es auch Euch teuer zu stehen gekommen. Als wir uns das letzte Mal begegneten, war Euer Wohlstand größer.»

«Das war der Eure auch, möchte mir scheinen.»

«Wenn Ihr Euch da nur nicht irrt. Der Wohlstand des Juden liegt nicht offen zutage. Er kann da sein, ohne daß man ihn sieht.»
«Wo wohnt Ihr?»
«In Altona.»
«Ich dachte, Ihr sagtet damals, daß –»
«Ich nie wieder dort wohnen wollte. Ja, das habe ich gesagt. Aber den Juden geht es in Altona besser als anderswo. Besser als hierzulande. Hier sind Juden nicht mehr willkommen. Hier werden wir geschlagen und verhöhnt, während die Bürger dabeistehen und zuschauen. Man könnte auf den Gedanken verfallen, daß es mit dem Segen Eures Königs geschieht. Er braucht das Gold der Juden wohl nicht.»
«Ich weiß darüber nichts», sagte Sophie. «Ich bin nur eine alte Frau, deren Sippe nichts mehr mit ihr zu tun haben will.» Sie schüttelte den Kopf und fuhr fort: «Eine alte Frau, deren einziger Sohn nicht kommt, nicht schreibt und ihr nur anstandshalber ein wenig Geld schickt. Eine alte Frau, deren Mann auf einem einsamen Friedhof irgendwo weit fort von hier begraben liegt, eine uralte Frau, deren Finger so verkrümmt sind, daß sie Mühe hat, eine Schreibfeder zu halten. Eine solche alte Frau weiß nichts und erfährt nichts.»

Sophie hörte, wie die Magd hinter ihr schniefte.

«Möchtet Ihr noch einen Krug Bier und eine Scheibe Brot?»

Er nickte und schloß die Augen einen Moment, sein Kopf sank wieder zurück gegen die Wand. Es sah aus, als wollte er sich ausruhen.

«Hol eine Kanne Bier aus dem Keller», sagte sie über die Schulter zur Magd.

Ich schreibe und schreibe. Versuche alles aufzuschreiben, über mich und auch über ihn. Schreibe nur wenig über Sophie. Sie ist in den Hintergrund gerückt.

Allerdings habe ich heute morgen im Bett darüber nachgedacht, ob ihre Gefühle für Erik Lange dieselben waren, die ich für den Mann neben mir habe. Ich glaube schon. Ich bin mir sicher, daß ich auch durch Feuer und Wasser gehen würde, daß ich auch über endlose, schlammige Landstraßen und durch eisigen Dauerregen wandern würde, nur um mit ihm zusammen zu sein.

Draußen war es hell, und weil meine Vorhänge nicht aus dunklem Stoff sind, war es in meinem kleinen Schlafzimmer fast ebenso hell. Er schlief. Der Arm mit der verletzten Hand war ausgestreckt. Er achtete selbst im Schlaf noch darauf, sich nicht darauf zu legen.

Er träumte, wie ich sehen konnte. Die Augenlider flatterten leicht. Ich wäre gerne in seinem Traum dabei gewesen. Dann passierte etwas Erschreckendes.

Er warf den Kopf von einer Seite zur anderen und rief gellend: «Hau ab, hau ab, sonst –»

Sonst was? Das erfuhr ich nicht, denn im selben Moment klingelte das Telefon. Als ich die Hand danach ausstreckte, um abzunehmen, erinnerte ich mich – und bekam Angst. Ich ließ es klingeln. Mit einem Ruck fuhr Axel hoch.

«Ich trau mich nicht», sagte ich. «Können wir es nicht einfach klingeln lassen?»

Er antwortete nicht, ließ sich nur mit einem Seufzer zurückfallen. Wir lagen da und hörten es immer weiter klingeln. Ich war kurz davor, mir die Ohren zuzuhalten.

Endlich hörte es auf, und kurz darauf verschwand meine Angst.

«Ich glaube, ich ziehe den Stecker raus», sagte ich. «Dann kann uns keiner erreichen.»

Axel antwortete nicht. Lag bloß da und guckte an die Decke. Ich dachte kurz, ob er vielleicht krank sei. Dann stand ich auf und zog den Stecker raus.

Ich stand in der Küche und sah zu, wie der Kessel anfing zu brodeln, bevor das Wasser zu kochen begann. Axel war unter der Dusche, die Hand durch eine Plastiktüte geschützt, die mit Packband zugeklebt war.

Während ich den Wasserkessel anstarrte, klingelte es unten an der Tür. Ohne nachzudenken ging ich zur Gegensprechanlage und fragte, wie ich es immer tue: «Ja bitte, wer ist da?»
«Neue Telefonbücher. Machen Sie bitte auf.»
Ich dachte mir immer noch nichts dabei und drückte auf den Summer. Erst in diesem Moment durchzuckte es mich, daß es zu dieser Jahreszeit ja gar keine neuen Telefonbücher gibt. Ich hatte mich reinlegen lassen.

Axel kam aus dem Badezimmer mit einem Handtuch um die Hüften und der Plastiktüte um die Hand.

«Das sind sie», sagte ich. «Ich habe sie aus Versehen reingelassen.» Instinktiv preßte ich mich hinter der Wohnungstür an die Wand.

«Geh ins Wohnzimmer. Ich mach das schon.»
«Soll ich nicht lieber die Polizei rufen?»
«Nein. Geh jetzt. Und mach die Tür zu.»
Ich tat, was er sagte. Ich ging zum Fenster und schaute nach unten. Alles sah vollkommen normal aus.

Da klingelte es an der Tür. Mein Herz fing an zu rasen. Noch nie im Leben hatte es so gehämmert. Es klingelte wieder. Dann donnerte jemand gegen die Tür.

Gleich darauf hörte ich Axels Stimme, aber ich konnte nicht verstehen, was er sagte, denn er sprach nicht Schwedisch. Eine Stimme im Treppenhaus antwortete. Dann wurde es still. Mir schien, als hörte ich Schritte auf der Treppe. Er kam ins Wohnzimmer. Ich sah ihn an. Er war sehr blaß. Dann schaute ich durch die Jalousien nach draußen und sah zwei Männer aus dem Hauseingang kommen. Der eine der beiden fiel mir besonders auf, er war beinahe elegant angezogen. Ihre Jacken ähnelten denen, die russische Politiker im Fernsehen tragen, die eine war bordeauxrot. Auf der anderen Straßenseite drehten sie sich um und schauten zu uns herauf. Ich trat rasch zurück und hoffte, daß sie mich nicht gesehen hatten.

«Was hast du mit ihnen ausgemacht?» fragte ich. Wie ich

auf die Idee kommen konnte, danach zu fragen, verstehe ich nicht. Die Frage kam ganz von selbst über meine Lippen.»
Axel antwortete: «Das, was notwendig ist, damit sie dich in Ruhe lassen. Du kannst das Telefon ruhig wieder einstöpseln.»
«Ich denke nicht daran. Nicht bevor... Wer sind die?»
«Zwei von denen, über die ich dir erzählt habe. Aber du mußt keine Angst haben. Sie werden dir nichts tun.»
«Und was ist mit dir?»
«Mir auch nicht.»
Ich ging zu ihm.
«Ich glaube, ich liebe dich», sagte ich.
Er lächelte und sagte: «Geht mir genauso», und dann umarmte er mich mit dem gesunden Arm. Ich drückte mich ganz fest an ihn.

Hinterher, als wir eng aneinander gekuschelt liegen, frage ich ihn nochmal, ob es stimmt, daß er nicht in Gefahr ist.
«Ich hoffe es», sagt er. «Aber morgen muß ich weg. Es ist was Dringendes.»
«Wohin?»
«Zurück nach Schweden. Nur für ein paar Tage, dann komme ich wieder. Aber ich muß da was in Ordnung bringen.»
«Erzähl mir davon.»
«Nein. Ich will nicht, daß du in die ganze Sache reingezogen wirst.»
«Aber bin ich nicht längst mittendrin?»
Er zögert ein wenig. Dann sagt er: «Am Rande schon, aber du sollst mit dem eigentlichen Kern nichts zu tun haben.»
«Kommst du wieder?»
«Natürlich. Es dauert nur ein paar Tage.»
Plötzlich fällt mir eines von Grimms Märchen ein. Ein sehr schönes über ein junges, hübsches Mädchen, das von seiner Stiefmutter gepiesackt wird, aber Hilfe von einer guten Fee bekommt. Die schenkt dem Mädchen ein Schloß, und ein

Königssohn verliebt sich in das Mädchen, aber er verläßt sie, um von seinem Vater die Einwilligung zur Hochzeit einzuholen. Sie sitzt von morgens bis abends unter einem grünen Lindenbaum und wartet auf ihn – vergebens. Am Ende kriegt sie ihn doch noch, mit Hilfe dreier Gewänder, eines mit silbernen Monden, das zweite mit goldenen Sonnen und das dritte mit glänzenden Sternen bestickt. Als er die Gewänder – und sein Mädchen – erblickt, fällt es ihm wie Schuppen von den Augen.

Carsten, der Märchen sonst so liebt, mochte dieses nicht, wie ich mich erinnern kann; er bezeichnete es ziemlich herablassend als «ein richtiges Märchen für kleine Mädchen». Ich verscheuche das Märchen und Carsten wieder aus meinem Kopf.

«Na gut», sage ich. «Aber versprich mir, daß du wiederkommst. Sonst...»

Ich habe keine Ahnung, was ich ihm androhen soll. Denn wenn man verlassen wird, kann man nichts dagegen machen. Außerdem gibt es heute keine Feen mehr. Sie wurden, wie so viele andere, in den Vorruhestand geschickt.

20

Die ersten Kilometer sprachen wir kein Wort miteinander. Karen-Lis saß stumm am Lenkrad und fuhr mit der vorschriftsmäßigen Viertel-vor-zwei-Armstellung, ich saß daneben und massierte mein lädiertes Knie.

«Sollen wir nicht in Eslöv vorbeifahren?» kam es plötzlich von Karen-Lis. «Ich würde mir gern mal die Polizeiwache ansehen.»

«Die berühmte? Du hast doch nicht etwa vor, da reinzugehen?» fragte ich beinahe entsetzt.

«Warum nicht? Ich bin mir noch nicht ganz sicher, aber ich glaube, ich würde gerne mal einen Blick auf diese ‹Räum-

lichkeiten› werfen. Lina hat da einen richtigen Schrecken gekriegt. Vielleicht sogar einen Schock.»
«Keinen Schock. Das glaube ich nicht. Aber einen Schrekken hat es ihr bestimmt eingejagt. Andererseits denke ich, daß sie ziemlich hysterisch reagiert hat. Es kann doch nicht so schlimm sein, wenn man ein bißchen festgehalten wird. Ich kann mir das jedenfalls nicht vorstellen.»
«Du hast dir wohl noch nie was zuschulden kommen lassen, was?»
Ich hielt den Mund. Nach meiner Erfahrung war es sinnlos, sich in einem Auto anzublaffen. Erstens, weil man trotz all der Streiterei den Weg gemeinsam fortsetzen muß, wenn man nicht vorhat, ganz dramatisch eine Vollbremsung zu erzwingen und aus dem Wagen zu springen. Und das ist das Blödeste, was man tun kann. Denn was macht man ganz allein auf einer gottverlassenen Landstraße? Im besten Fall wandert man zehn Kilometer bis zum nächsten Ort, und der andere lacht sich ins Fäustchen. Und wenn man keinen Bock auf eine Zehnkilometerwanderung hat, dann hat man auch keine Chance, eindrucksvoll die Autotür hinter sich zuzuschmettern.

Eslöv war genau das langweilige Nest, das ich mir vorgestellt hatte. Es war wirklich ein Kaff. Industriegebiet, Supermärkte, Tankstellen, zweistöckige Häuser und eine moderne Schule. Und natürlich die Polizeiwache. Die sah aus wie ein umgebautes Einfamilienhaus.

Okay, es war eine Wache. Aber sie sah so harmlos aus, daß ich mich schwertat, mir hier die Szenen mit Lina und den beiden Beamten vorzustellen.

Wir gingen um das Gebäude herum zur Vorderseite, kamen an die Tür mit der Aufschrift POLIS und rüttelten daran. Sie war verschlossen. Ich versuchte es nochmal, aber sie *war* verschlossen, und ich rüttelte daran, ohne daß es Wirkung zeigte.

«Ist zu», kommentierte Karen-Lis. «Steht ja auch da.» Es stand tatsächlich auf einem Schild: geschlossen. Man sollte eine bestimmte Nummer anrufen, falls man polizeiliche Hilfe benötigte.

«Willst du wirklich, daß wir da anrufen?» fragte ich ziemlich sarkastisch.

«Nein, natürlich nicht. Aber du wirst mir doch sicher recht geben, daß es eine gute Möglichkcit gewesen wäre, ihre Version der Geschichte zu überprüfen. Ich möchte einfach wissen, was daran stimmt und was...», sie zögerte einen Moment, «ihrer Phantasie entsprungen ist.»

«Du glaubst also, daß sie die Dinge ein bißchen ausgeschmückt hat. Ich auch. Aber irgendwas ist hier passiert, sonst hätte sie diesen Axel nicht kennengelernt.»

«Ich finde, wir sollten nach Hause fahren. Dann kannst du versuchen, etwas über die Firma herauszufinden, so wie du vorgeschlagen hast, meinst du nicht?»

«Doch, aber mehr finden wir auf die Art bestimmt nicht heraus.»

«Willst du damit sagen, das hier ist das Ende?» Karen-Lis' Stimme klang seltsam dünn, als sie das sagte, und einen Moment lang hatte ich schon Angst, daß sie anfangen würde zu heulen. Das hätte mir gerade noch gefehlt. Aber im Gegensatz zu meinem Vater, der fast auf dem Zahnfleisch geht, wenn meine Mutter in Tränen ausbricht, werde ich in so einem Fall kalt wie eine Hundschnauze. Ich lasse mich garantiert nicht so an der Nase herumführen wie er. Meine gute Mama hat nämlich in den ungefähr hundert Jahren, die sie verheiratet sind, seine Gutmütigkeit gnadenlos ausgenutzt.

«Na komm, laß uns fahren», sagte ich. «Wir haben getan, was wir konnten.»

Jetzt sind schon drei Tage vergangen, und er ist immer noch nicht zurück. In der einen Minute bin ich überzeugt, daß er nicht mehr wiederkommt, in der nächsten, daß er selbstverständlich zurückkehrt.

Ich bleibe hier, für den Fall, daß er entweder kommt oder anruft. Ich nutze die Zeit, um über mich selbst zu schreiben und auch ein bißchen über Sophie, aber überwiegend schreibe ich an meiner Geschichte. So sollte es vielleicht nicht sein, aber so ist es nun mal. Ich lebe hier und jetzt, und sie ist schon ewig tot.

Mittlerweile bin ich sicher, wer ihr Feind war. Der, den sie Mercurius nannte. Ein Mann, der in der dänischen Geschichte einen guten Namen hat. Nur daß er nicht Severinus hieß, sondern Sørensen, Peder Sørensen. Als ich herausgekriegt hatte, daß er Sørensen hieß, schien er mir auf einmal gar nicht mehr gefährlich zu sein. Der friedliche Name Sørensen wirft irgendwie ein versöhnliches Licht auf ihn.

Peder Sørensen also, der Leibarzt des Königs – ihn hatte Sophie mit einer glühenden, ätzenden Wut gehaßt, ihn hatte sie so sehr gefürchtet, daß sie sich zu ihrem schriftlichen Versteckspiel genötigt sah, das mich nun, vierhundert Jahre später, auf eine Bühne gebracht hat, von der ich nicht einmal wußte, daß es sie gibt. Eine Bühne, auf der anscheinend alles passieren kann.

Ich bin ihr auch zu Dank verpflichtet, eigentlich beiden, ihr und diesem Herrn Sørensen. Denn ohne sie hätte es keinen Axel für mich gegeben. Das ist Tatsache, also vielleicht sollte ich den guten Sørensen als meinen Bundesgenossen betrachten.

Während ich über Herrn Leibmedicus Sørensen und sein Verhältnis zu Sophie und Tycho Brahe schreibe, horche ich auf die Eingangstür unten. Es gibt ein deutliches Rumsen, wenn sie zufällt. Ich spitze jedesmal die Ohren, aber die Schritte auf der Treppe, achtundsechzig Stufen bis zu mir in den dritten Stock, kommen entweder nicht bis zur mir hoch, oder sie gehen an meiner Wohnung vorbei. Nur ganze zwei Mal machen sie auf meinem Treppenabsatz halt, aber einmal ist es der Postbote und das andere Mal mein Nachbar, der nach Hause kommt.

Die ganze Zeit hat niemand angerufen. Er auch nicht. Ich habe ein Gefühl, als ob ich einsam und verlassen auf einer Insel sitze, von der niemand weiß. Ich wünschte mir, ich könnte Lockrufe aussenden wie eine richtige Sirene, damit man mich wiederfindet.

Im nachhinein sehe ich ein, daß ich auf einem festen Termin hätte bestehen müssen oder einer Telefonnummer, unter der ich ihn erreichen kann. Natürlich habe ich an das mit der Telefonnummer gedacht, nur gesagt habe ich es nicht.

Wie auch immer, Herr Sørensen war jedenfalls einer der anerkanntesten Ärzte seiner Zeit. Er pflegte Frederik II. in seinen letzten Krankheitstagen, und er war der Leibarzt des jungen Christian IV. Das heißt, er hatte enge Tuchfühlung mit dem König und den großmächtigen Reichsräten. Praktisch befand er sich im Epizentrum der Macht. Dort, wo man «Einfluß ausüben» konnte – wie es heute so schön heißt, wenn jemand selbst keine Machtfunktion hat –, ohne allzuviel zu riskieren. Medicus an einem Königshof zu sein war bestimmt eine feine Sache. Seine Majestät hatte mit Sicherheit Vertrauen zu ihm, sonst wäre er nicht zum Leibarzt ernannt worden, und er konnte dem König so manchen Rat zuflüstern, ohne selbst Verantwortung dafür zu tragen. Die Verantwortung oblag den Mitgliedern des Reichsrates, das darf man nicht vergessen. Peder Sørensen dagegen schwebte über allen Wassern. Die Räte schmeichelten sich zweifellos bei ihm ein, damit er in ihrem Sinne Einfluß ausüben sollte, und wenn er so intelligent und klug war, wie es nach den Berichten seiner Zeitgenossen den Anschein hat, dann hat er mit Sicherheit an allen Fäden gezogen, deren er habhaft werden konnte.

Es dauerte eine Weile, bis ich verstand, warum es nicht unwahrscheinlich ist, daß er die treibende Kraft hinter Tycho Brahes Abreise und «Landesflucht» war. Es hatte vermutlich damit zu tun, daß Tycho Brahe, ebenso wie Sophie, Arzneien herstellte, die er an die Menschen verteilte, ohne etwas dafür zu verlangen! Gratis eben. Das war nicht weniger als eine Bombe mitten hinein in das ganze Heilkunde- und Arzneisystem. Peder Sørensen und die anderen Ärzte haben sicherlich geglaubt, jetzt bräche alles um sie herum zusammen. Ich kann mir sehr gut vorstellen, wie die Pharmaindustrie heutzutage reagieren würde, falls einer der großen Produzenten, Novo beispielsweise, seine Medikamente plötzlich gratis verteilt. Was für ein Skandal!

Um zu verhindern, daß Tychos Initiative Schule machte, hat der Leibarzt hin und her überlegt und den Kanzler Christian Friis auf seine Seite gebracht und sicher auch den Reichshofmeister Christoffer Valkendorf. Und die hohen Herren haben gemeinsam beraten, wie sie Tycho Brahe das Handwerk legen könnten.

Auch wenn heutzutage vieles anders ist, glaube ich doch, daß man Rückschlüsse auf damals ziehen kann. Was würde man heute tun, wenn man einem Menschen schaden will und zu mehreren ist? Ganz einfach: Man setzt eine Verleumdungskampagne in Gang!

Eine solche Kampagne wird aus glaubhaften und völlig aberwitzigen Behauptungen zusammengeschustert. Wenn die Leute nun die absolut unwahrscheinlichen Behauptungen hören, zum Beispiel daß die betreffende Person kleine Kinder frißt oder um Mitternacht Leichen ausgräbt, werden sie sich vermutlich sagen: Nein, also das glauben wir nicht. Dafür schlucken sie die scheinbar glaubhaften Sachen um so eher, ohne sie zu hinterfragen.

Das Unwahrscheinliche an der Kampagne gegen Tycho könnte das Gerücht gewesen sein, daß er ein Hexer sei. Nein, würden die Vernünftigen sich sagen, *das* glauben wir nicht. Das Glaubhafte könnte gewesen sein, daß er ein Bauernschinder sei. Ein richtig gemeiner Bauernschinder. Das war etwas Greifbares, etwas, das die Leute nachvollziehen konnten. Obwohl es den meisten Großgrundbesitzern damals herzlich egal war, wie es ihren Bauern und Dienstleuten ging, ganz zu schweigen von den wirklich armen Schluckern, durfte man doch nicht als Bauernschinder gelten. Das hätte dem Ansehen eines Adligen geschadet. Also erfand man die Geschichte,

Tycho sei ein Bauernschinder, und die wurde geglaubt. Ganz schön ausgekocht.

Soweit ich das überblicken kann, war das einzige, was man belegen konnte, daß die Bauern auf Hven von ihren jeweiligen Lehnsherren nicht in die Pflicht genommen worden waren, bevor Tycho von Frederik II. Hven als Lehen auf Lebenszeit erhielt.

Und dann kam da plötzlich einer, der verlangte, daß sie die Frondienste zu leisten hatten, zu denen sie verpflichtet waren. Natürlich grollten sie, und diesen Umstand machten sich Tychos Feinde zunutze. Es mochte ja stimmen, daß es auf den Sarg Frederiks II. in der Kapelle zu Roskilde durchregnete, aber den diesbezüglichen Zorn des Königs versuchten seine Ratgeber mit Sicherheit nicht zu dämpfen.

Ich habe direkt vor Augen, wie der Leibmedicus Herr Peder Sørensen bekümmert zu seinem König – Hoheit sitzt auf dem Nachtgeschirr, während sein Leibarzt sich über ihn beugt – sagt, es sei wichtig für den Stuhlgang Seiner Majestät, daß er die Tatsachen aus der Welt schafft, die ihn stressen, sonst... Natürlich hätte er nicht das Wort «Stress» gebraucht, aber ein sinngemäßes. Der König hat seit mehreren Tagen Durchfall und würde wer weiß was dafür tun, wieder eine geregelte Verdauung zu haben. Keiner soll es wagen, Spielchen mit ihm zu treiben oder seine kostbare Gesundheit zu beeinträchtigen. Das wird er *niemals* dulden, unter keinen Umständen. Und das löchrige Dach der Kapelle in Roskilde plagt ihn doch sehr. Und außerdem ist es eine Schweinerei, wie Tycho Brahe mit den Bauern auf Hven umspringt. Im übrigen ist das, was da auf Hven vor sich geht, viel zu kostspielig. Es verschlingt Unsummen, und was kommt eigentlich dabei heraus? Soll das vielleicht nutzbringende Wissenschaft sein?

Quatsch. «Nutzbringende Wissenschaft» ist eine moderne Phrase, die junge, ehrgeizige Politiker im Munde führen. Aber ich bin überzeugt, daß sie damals auch so was Ähnliches gedacht haben, wenn sie über die Verteilung der finanziellen

Mittel für wissenschaftliche Zwecke befanden. Sie haben nicht das Wort «nutzbringend» gebraucht, aber vielleicht andere Worte, die gebührenden Glanz auf den König warfen, und sie haben die Resultate danach beurteilt, ob sie für Kriegszwecke nutzbar waren oder nicht.

Deshalb hat der König nachgedacht, vielleicht während er einer der jungen, attraktiven Hofdamen beiwohnte... Nein, Männer denken nicht, während sie den Geschlechtsakt vollziehen. Frauen machen das. Wir können dabei an alles mögliche denken. Aber hinterher hat er nachgedacht, und demzufolge zog sich die Schlinge um Tycho Brahe zusammen.

Ich finde es gut, daß er nicht einfach blieb und sich weiterhin demütigen ließ. Er hatte etwas Imponierendes. Frau, Kinder, Apparate und Helfer, beinahe alles klemmte er sich unter den Arm und verließ erst einmal Hven, und als sich herausstellte, daß sich die Verhältnisse nicht besserten, daß man ihm ganz im Gegenteil noch ein Lehen wegnahm, da charterte er ein Schiff, brachte alles und jeden an Bord, als wäre der Kahn eine neue Ausgabe der Arche Noah, und segelte davon. Fort von der Kleinkrämerei, hin zu neuen Ufern, wo er freier atmen konnte.

Ich hoffe, daß er nicht allzu deprimiert war, als er entdeckte, daß es im kaiserlichen Prag wohl nicht sehr viel anders zuging als im Kopenhagen Christians IV.

Während der ganzen Zeit versuchte Sophie zu helfen und alles ein wenig leichter zu machen, und sie erschrak furchtbar, als man ihr die Neuigkeit zutrug, daß Herr Sørensen eine Intrige eingefädelt hatte mit dem Ziel, auch dem Kaiser in Prag einzuflüstern, Tycho Brahe sei ein Lump, vor dem Seine Majestät sich um Himmels willen in acht nehmen solle. Vielleicht riet man ihm sogar geradeheraus, sich den Kerl vom Halse zu schaffen. Tycho zu helfen war gefährlich, denn er hatte die mächtigsten Männer des dänischen Staates zum Feind. Deshalb mußte Sophie Vorsichtsmaßnahmen ergreifen. Und deshalb wagte sie nicht, ganz offen niederzuschreiben, wer Mercurius war.

Ich suche das Buch heraus, in dem König Christians Brief an Tycho abgedruckt ist. Er ist so eiskalt und voller Ungnade, daß es einem sogar vierhundert Jahre später noch unbehaglich wird, wenn man ihn liest. Hier kann man über die Bauern lesen, was sicher der Wahrheit entspricht: «...So werdet Ihr Euch gewüßlich erinnern, welche Klagen Unsere armen Underthanen und Bauren auf Hveen gegen Euch vorzubringen haten...»
Fast endlos geht es damit weiter, was Tycho sich nach Ansicht des Königs alles hat zuschulden kommen lassen. Es war bestimmt klug von ihm, das Land zu verlassen, auch wenn das Heimweh in ihm brannte.

«Dänemark, was that ich dir, daß du so grausam stößest mich fort?
Wie kannst, o Land meiner Väter! du mich als Feynd behandeln?
Hab deinen Namen doch fürwaar erhoben ich, so daß man weythin ihn voll Achtung nennt.
Sag, wie kannst du mir mein Würcken zürnen, das dich bekränzen that mit Eere?»

Etwas weiter unten spricht er es unverblümt aus:

«Der Haß wuchs im Verborgnen, zu keyner Stund that ich seiner aanen, bevor er offen mir entgegentrat, er, der stark genug war, die Ding zu besiglen.
Heimtücke besigte meine Kraft.»

«Der offen mir entgegentrat» könnte vielleicht eben dieser Peder Sørensen gewesen sein. Ja, das ist es.

Ich zucke zusammen. Eine Zeitlang war ich ganz in der Vergangenheit versunken. Das Telefon holt mich in die Gegenwart zurück.
Ein paar Minuten später lege ich auf, bleibe aber stehen und

starre auf das Telefon. Ich weiß nicht, wie lange ich so stehe und den olivgrünen Apparat mit den schwarzen Tasten und dem schwarzen Hörer betrachte. Ich habe ihn wahrscheinlich noch nie richtig angesehen. Schön ist er nicht. Eigentlich komisch, daß Geräusche aus so einem simplen Plastikdings kommen können, Geräusche, die etwas bedeuten, Geräusche, die einem Furcht einjagen, und nicht einfach bloß Furcht – sondern Angst.

Angst ist einen ganzen Zacken schärfer. Angst frißt die Seele auf, sie zerstört, sie wirkt wie ein leise schleichendes Gift.

«Wenn du nicht herausrückst, was er dir gegeben hat, wirst du teuer dafür bezahlen.» Das war die Nachricht. Als ich etwas sagen wollte, schnitt die Stimme mir das Wort ab und wiederholte: «Wenn du es nicht herausrückst, wirst du teuer bezahlen.» Ich rief in den Hörer, daß ich nichts hätte, daß ich nicht wüßte, wovon er spräche. Zum dritten Mal sagte er: «Du hast achtundvierzig Stunden Zeit. Leg es einfach unter deine Fußmatte, es wird abgeholt.» Er machte eine kleine Pause. «Bis dahin passen wir auf dich auf.» Dann wurde die Verbindung unterbrochen.

Mir ist klar, was er mit «aufpassen» gemeint hat. Ich bin überzeugt, daß sie draußen stehen oder in einem Auto sitzen und warten.

Kurz darauf läßt die Angst etwas nach, und ich bin wieder in der Lage, mich zu bewegen. Ich gehe auf Zehenspitzen zum Fenster und luge durch die Jalousien hinunter auf die Straße. Alles sieht völlig normal aus. Aber es könnte auch jemand in einem der geparkten Autos sitzen, ohne daß ich ihn von hier oben sehen kann.

Ich mache eine Runde durch meine Wohnung, versuche mir vorzustellen, wo Axel vielleicht etwas versteckt haben könnte. Falls er das getan hat, können es nur Papiere sein. Ich ziehe das Besucherbett hervor, knie mich hin und schaue unter die Matratze. Ich sehe hinter dem Kleiderschrank nach und gehe prüfend an meinen Regalen entlang. Da ist nichts außer meinem eigenen Durcheinander.

Denk rational, sage ich mir selbst. Aber das ist schwer. Trotzdem versuche ich es. Ich setze mich in meinen guten Sessel, in dem ich immer sitze und lese, ich schließe meine Augen und versuche, klar und vernünftig zu überlegen.

Wenn du Carsten jetzt anrufst, was würde dabei rauskommen, frage ich mich selbst. Kann er, will er helfen? Aber ich erhalte keine Antwort, denn in meinem Kopf wirbelt alles mögliche durcheinander: Carstens beschäftigter Blick, ein sonnenwarmer Strand aus meiner Kinderzeit, das verlebte, alternde Gesicht meiner Mutter, Victors zärtliches Lächeln, der blonde schwedische Polizist mit seiner Zeitung und Sophies rundes, freundliches Jungmädchengesicht von dem Gemälde auf Schloß Gavnø. Auch der leicht gebeugte Nacken meines Vaters taucht auf.

Eine Idee läßt mich munter werden. Ich klatsche mir Makeup ins Gesicht, werfe meine beste Jacke über, stecke etwas Geld ein und ziehe vorsichtig die Küchentür hinter mir zu. Unten im Hof greife ich mir mein Fahrrad und schaffe es mit einiger Mühe, uns beide durch die Tür im Hinterhof zu bugsieren, die in den Nachbarhof führt. Ich wage es nicht, mich umzusehen, ob mir jemand folgt. Ich fahre einfach so schnell ich kann. Ich will versuchen, Carsten zu erreichen. Er muß mir sagen, was ich tun soll. Zur Polizei gehen oder nicht.

Er ist natürlich nicht da. Das hätte ich mir ja denken können. Er ist in Brüssel und kommt erst am Freitag zurück.

«Möchten Sie eine Nachricht hinterlassen?» fragt die schicke Dame im Vorzimmer.

Ich schüttle den Kopf.

«Nein, ich will versuchen, ihn dort zu erreichen. Vielen Dank.»

«Keine Ursache.»

Erst hinterher fällt mir ein, daß ich ja gar nicht weiß, wo er wohnt und deshalb auch die Telefonnummer des Hotels nicht herausfinden kann. Einen Moment lang verfluche ich die blöde Vorzimmertussi. Hätte sie nicht fragen können, ob ich die Nummer habe?

Die Königliche Bibliothek. Hier ist es friedlich und ungefährlich. Ich setze mich in den Lesesaal.
Der Ort hier ist besser zum Nachdenken geeignet, wie ich merke. Ich mache eine Liste mit Fragen und versuche logisch zu denken. Aber obwohl ich im Augenblick nicht besonders nervös oder ängstlich bin, wird mir meine Anspannung doch sehr bewußt. Ich mustere jeden, der durch die Tür hereinkommt oder hinausgeht.
Nachdem ich eine Stunde hier gesessen habe, gehe ich in die Kantine und kaufe mir ein Sandwich mit Eiern und Krabben. Die Krabben schmecken wie gesalzenes Gummi. Während ich sitze und kaue, meldet sich die Nervosität wieder. Ich muß nach Hause. Was, wenn Axel versucht hat, mich anzurufen? Was, wenn er zurückgekommen ist?

Ich hätte es mir denken können. Natürlich würden sie die Gelegenheit nutzen. Natürlich haben sie herausgekriegt, daß ich ausgekniffen bin. Natürlich, natürlich, natürlich. Wie blöd kann ein Mensch eigentlich sein?
Es sieht genauso aus wie in einem Film. Alles ist total durchgewühlt, ein einziges Chaos. Alle Bücher sind aus den Regalen gefegt, das Bettzeug ist aufgerissen, die Matratze umgedreht, die Sofakissen liegen auf dem Fußboden, mein wunderbarer Perserteppich liegt auf einem Haufen, die Schubladen sind herausgerissen und ihr Inhalt überall verstreut. In der Küche sieht es ähnlich aus. Wenigstens haben sie die Mehltüte nicht auf dem Fußboden ausgekippt.
Das Erstaunlichste daran ist, daß ich nicht zusammenbreche. Habe ich vielleicht doch irgendwie damit gerechnet? Ich weiß überhaupt nicht, womit ich zuerst anfangen soll. Ich nehme mir ein Bier aus dem Kühlschrank. Den haben sie verschont.
Ich setze mich mit meinem Bier mitten zwischen das Chaos und habe keine Ahnung, was ich tun soll. Ist das eine Sache für die Polizei, oder soll ich die lieber nicht mit reinziehen? Würden die Bullen überhaupt verstehen, wovon ich rede?

Das Telefon macht sich bemerkbar. Ich lasse es klingeln. Ich weiß, daß sie es sind und nicht Axel. Ich zähle die Klingelzeichen. Nach dem zweiundzwanzigsten ist Schluß.

Ein Schlüssel wird in das Türschloß gesteckt. Die Angst schießt in mir hoch wie ein Feuerstoß. Panisch sehe ich mich nach etwas um, mit dem ich mich verteidigen kann.

«Jemand zu Hause?» fragt eine Stimme, die ich besser kenne als die meiner Mutter.

Ich gehe in den Flur. Ich hatte vollkommen vergessen, daß heute ein Frau-Pedersen-Tag ist. Sie kommt immer erst nachmittags, je nachdem, wann sie mit ihren beiden anderen Putzstellen fertig ist. Sie macht alles an einem Tag.

«Um Gottes willen, wie sieht es hier denn aus?» Sie steht in der Tür zum Wohnzimmer, einen Arm immer noch in der Jacke. «Um Gottes willen», wiederholt sie, «was ist denn hier passiert?»

«Das waren Einbrecher», kläre ich sie auf. «Ich bin auch gerade erst nach Hause gekommen.»

«Was haben sie gestohlen, die Banditen? Die sollte man... Ich weiß gar nicht, was man mit denen machen sollte. Doch, verprügeln. Vor dem Rathaus verprügeln, so wie in alten Zeiten. Das hätten die verdient. Aber was passiert denen? Nix passiert denen, gar nix. Ein nettes Gespräch bei der Polizei und eine freundliche Ermahnung, das ist alles. Hast du es schon der Polizei gemeldet?»

Ich schüttle den Kopf. «Ich glaube nicht, daß sie was gestohlen haben. Sieht jedenfalls nicht so aus.»

«Aber du mußt die Polizei anrufen. Die müssen sich das hier doch angucken?»

Ich schüttle wieder den Kopf. «Nein, keine Polizei. Das würde alles nur noch komplizierter machen.»

«Na, mir kann's ja egal sein», kommt es resigniert aus Richtung Tür. «Ein Einbruch, und die Polizei soll nicht eingeschaltet werden. Wozu brauchen wir dann eine Polizei?»

Sie zieht die Jacke aus, hängt sie auf einen Garderobenhaken und marschiert ins Badezimmer.

Wenige Minuten später kommt sie wieder ins Wohnzimmer, wo ich sitze und einfach in die Luft starre.
«Wolltest du mir das hier verheimlichen?»
Ich sehe ein bißchen geistesabwesend auf das, was sie in der Hand hält. Es ist Axels Rasierschaum-Spray und sein Rasierer. Die Zahnbürste hat sie nicht bemerkt.
«Ich wußte gar nicht, daß du verlobt bist. Das bist du doch, oder?»

21

Es war spät, als wir nach Kopenhagen zurückkamen. Karen-Lis nahm ein paar von Linas Ordnern und Schreibheften mit nach Hause. Ich rechnete allerdings nicht damit, daß wir des Rätsels Lösung noch näherkommen würden. Ich stellte fest, nachdem ich sie mit der großen Plastiktüte in ein Taxi hatte steigen sehen, daß ich die ganze Sache langsam ziemlich satt hatte. Es würde nichts ändern, nicht das geringste. Aber schließlich hatte ich versprochen, anständiger Kerl, der ich nun mal bin, daß ich versuchen würde, etwas über SVEA-DATA herauszufinden.

Unsere Kanzlei ist Kunde einer EDV-Firma, deren Mitarbeiter ziemlich tüchtig sind, und ich wußte, daß einer von denen, die in regelmäßigen Abständen unsere Hardware warten und die Systeme überprüfen, mal in Schweden gearbeitet hat.

Ich vergaß auch nicht, am nächsten Tag dort anzurufen, obwohl ich nicht die geringste Lust dazu hatte.

Doch, es stimmte. Doch, er kannte SVEA-DATA gut. Seine Firma und SVEA-DATA hatten mal zusammengearbeitet. Aber das war schon einige Jahre her. SVEA-DATA war es damals sehr gut gegangen. Die hätten sich eine prima Ausgangsbasis in Rußland geschaffen, hieß es, und es gäbe dort noch eine Menge zu tun. Er konnte nicht verstehen, daß die

Dänen so zurückhaltend waren, was den dortigen Markt betraf, da könnten wir noch was von den Schweden lernen, aber er hatte das schließlich nicht zu entscheiden.

Kannte er vielleicht noch jemanden bei SVEA-DATA? Ja, das tat er. Ob er mir einen Kontakt verschaffen könne? Doch, das wolle er gerne tun. Die hatten gute Leute dort. Er würde sich wieder melden.

Eine Stunde später rief er an und nannte mir zwei Namen samt Telefonnummer und E-Mail-Adresse.

Am nächsten Tag versuchte ich mein Glück und erreichte einen der beiden, die er mir genannt hatte. Göran Persson war sein Name. Es war ein etwas heikles Gespräch, ich kann mich erinnern, daß ich ziemlich herumdruckste, bevor ich endlich zur Sache kam.

«Entschuldigung, aber ist jemand bei Ihnen beschäftigt oder beschäftigt gewesen, der Axel Fersen heißt?»

Es folgte eine sehr lange Pause.

Dann sagte er: «Der arbeitet nicht mehr hier.»

«Wissen Sie, wo ich ihn erreichen kann?»

Erneute Pause.

«Ich fürchte, er ist nicht zu erreichen. Nirgends. Er ist...»

Jetzt war er es, der herumdruckste. Dann kam es: «Er ist tot.»

«Tot?»

«Ja, er ist getötet worden.»

«Getötet? Wie? War es ein Verkehrsunfall?»

«Nein, ein Messer zwischen die Rippen.»

Ich zwang mich, ganz ruhig zu atmen, und fragte dann so unbeteiligt wie möglich: «Weiß man, wer es getan hat?»

«Nein, keine Ahnung. Es wurden keine Spuren hinterlassen. Fast so rätselhaft wie der Mord an Olof Palme, falls Sie sich erinnern.»

Das tat ich. Aber so, wie er darüber sprach, bestand da meiner Meinung nach doch ein Unterschied. Ein Messerstich und ein Schuß ist doch nicht dasselbe? Ist ein Ministerpräsident und ein – tja, ein was? Ich wußte es nicht, und außerdem war das Wortklauberei.

«Und die Polizei hat wirklich keine Ahnung?»
«Nein, das sagte ich doch.»
«Wenn ich jetzt den Tip geben würde, daß es vielleicht etwas mit der Russenmafia zu tun haben könnte, was würden Sie dann sagen? Ich habe nämlich gehört, daß es da sehr –»
Mehr konnte ich nicht sagen. Der Mistkerl legte einfach auf. Ich kam mir ein paar Minuten lang ziemlich blöd vor, aber dann beruhigte ich mich damit, daß ich jetzt jedenfalls über eines Bescheid wußte: Axel Fersen lief nicht durch die Gegend und prahlte damit, daß er der Geliebte von Lina gewesen war.
Ich verkündete Karen-Lis die Neuigkeit. Sie wurde ganz aufgeregt und faselte irgendwas von wegen, wir müßten unbedingt die Polizei informieren. «Vielleicht wurde Lina ja –»
«Ermordet? Wolltest du das sagen? Das glaube ich nicht. Sie hat es selbst getan. Basta. Hör doch auf mit dem Phantasieren. Lina war psychisch labil. Geisteskrank in dem Moment, als sie es tat.» Ich holte tief Luft und versuchte mich zu beruhigen. «Und selbst wenn es tatsächlich Mord gewesen sein sollte, ist es jetzt zu spät. Es gibt keinen Grund, alles wieder aufzurollen. Sie ist schließlich tot. *Tot*, verstehst du. Sie kommt nie mehr zurück.»
Ich merkte, daß ich kurz davor war, in Ohnmacht zu fallen.

Frau Pedersen ist gerade gegangen. Sie war beinahe ein Engel und hat mir geholfen, Ordnung in das Chaos zu bringen. Wenn ich «beinahe» sage, dann deswegen, weil sie die ganze Zeit ununterbrochen quasselte. Sie trieb mich, milde ausgedrückt, fast zur Weißglut mit ihrem Gerede, daß ich unbedingt die Polizei anrufen müsse, auch wenn es vielleicht nichts brächte. Denen gebühre eine ordentliche Tracht Prügel, auf den nackten Hintern, so wie in ihrer Kindheit. Ich konnte nicht heraushören, ob die Polizei oder die Verbrecher die Prügel bekommen sollten.

Sie wollte auch unbedingt alles über meinen «Liebsten» wissen und sagte mehrmals, daß sie ja *so* froh wäre, wenn ich endlich jemand gefunden hätte, der ein guter Mann für mich sei. Das sei schließlich wichtig.

Sie ist vor einer halben Stunde gegangen. Ich habe mir eine Tasse starken Kaffee gemacht und versuche jetzt, nicht hysterisch zu werden, quasi als verspätete Reaktion. Das Wohnzimmer ist wieder einigermaßen ordentlich, sie sind immerhin so rücksichtsvoll gewesen, die Möbel nicht aufzuschlitzen. Ich versuche nachzudenken und zu verstehen. Aber ich verstehe überhaupt nichts, fühle nur Verwirrung und schmerzliche Sehnsucht.

Das Telefon.

Es ist der Mann von vorhin. Er erzählt mir, daß es unklug von mir wäre, die Polizei einzuschalten – es könnte gefährlich für mich werden. Außerdem will er mich nur noch mal daran erinnern, daß sie mich weiterhin im Auge behalten und daß sie immer noch überzeugt sind, daß ich etwas habe, was ihnen gehört.

Ich sage nichts, merke aber, daß die Angst erneut ihre Hand auf meine Schulter legt; eine breite, kräftige Hand. Ich sehe aus dem Fenster. Frau Pedersen hat die Jalousien hochgezogen.

Er ist dunkelhaarig, hat eine bordeauxfarbene Jacke an, und er steht vor meinem Haus und sieht zu meinem Fenster hoch. Als er mich sieht, weil ich nicht daran gedacht habe, mich hinter der Gardine zu verstecken, nickt er mir zu, als ob wir uns kennen würden. Und ich bilde mir ein, daß sein Blick voller blauer Eiszapfen ist.

Axel, wo bist du? Warum zum Teufel kommst du nicht, so wie du es versprochen hast? Hältst du deine Versprechen denn nie ein? Gehörst du zu den Typen, die eine Frau ausnutzen und dann einfach verduften? Wenn du jetzt nicht bald auftauchst, bin ich fertig mit dir, fertig!

Die letzten Worte schreie ich fast, dann fange ich an zu weinen.

Ich wache durch ein Geräusch auf. Es ist fast dunkel. Das einzige Licht kommt von der Straßenlaterne. Ihr weißer Schein erinnert ein bißchen an das Licht in der Geisterbahn von Dyrehavsbakken. Ich horche. Da ist das Geräusch wieder, es kommt vom Treppenhaus. Ich überlege panisch, was ich machen soll, falls sie in meine Wohnung eindringen.

Ich nehme meine Schuhe und schleiche mich auf Zehenspitzen in den Flur. Vorsichtig drehe ich die Klappe vom Türspion weg, sehe aber nur ein schwarzes Loch. Ich wage nicht zu atmen.

Kurz darauf schleiche ich ins Wohnzimmer und setze mich lautlos in den Sessel. Ist da jemand, oder bin ich drauf und dran, verrückt zu werden? Richtiggehend verrückt?

Irgendwann reiße ich mich zusammen und gehe wieder ins Bett, und da liege ich und lausche.

Ich habe nicht gewußt, daß es so viele nächtliche Geräusche in diesem ganz normalen Mietshaus gibt. Vielleicht sind einige davon Geräusche, die nur ich hören kann. Vielleicht kriege ich so langsam einen überentwickelten Gehörsinn, vielleicht werde ich wie eine der Figuren in dem Märchen von den drei Männern, wo der eine besser sieht als alle anderen, der zweite besser hört und der dritte... Was konnte eigentlich der dritte? Das habe ich vergessen. Jedenfalls bin ich derjenige von ihnen, der das Gras wachsen und die Stille reden hört.

Ich habe beschlossen wach zu bleiben, schlafe aber doch ein und wache irgendwann auf und bin überzeugt, daß sie jetzt die Tür eintreten. Ich fahre hoch, merke dann aber, daß es die Zeitung ist, die durch den Briefschlitz gepreßt wird.

Ich rufe Carsten an. Ich erzähle ihm von den beiden Männern, von meinem Telefon, sage aber nichts über den Einbruch. Ich weiß, daß er sagen wird, ich soll die Polizei rufen, aber ich habe beschlossen, gerade das nicht zu tun. Es wäre unklug.

Carsten glaubt ganz offenbar nicht, was ich ihm erzähle. Ich kann an seiner Stimme hören, daß er das alles für reine Phan-

tasie hält. Lina hat nicht mehr alle Tassen im Schrank, denkt er.
«Ruf mich gegen Abend an, ich habe im Moment wenig Zeit. Wir müssen was tun.»
Er sagt nicht, was. Ich glaube, er hat mich bis obenhin satt. Soll ich ihn heute abend wirklich anrufen?
Axel, wo bist du? Ist dir was passiert? Was war es gleich noch, was sie mit deinem Vorfahren gemacht haben? Wenn es denn dein Vorfahre war. Sie haben ihn umgebracht, war es nicht so? Aber wie? Ich habe es irgendwann mal gelesen, aber plötzlich weiß ich die Geschichte nicht mehr genau. Ich gehe zum Regal, um nachzulesen.

Es ist eine erschütternde Geschichte über den Hochmut, der vor dem Fall kommt, und den Haß und die Feigheit der Unterdrückten.

Axel von Fersen, schwedischer Adliger und Offizier, zeitweise in französischen Diensten, war, wie hier steht, «Ludwig XVI. treu ergeben und Marie Antoinette innig zugetan». Diese Formulierung kann nur bedeuten, daß er der Geliebte der Königin war. Später ging er nach Amerika und nahm am dortigen Bürgerkrieg teil. Zurück in Europa, versuchte er dem französischen Königspaar zur Flucht zu verhelfen, aber vergebens, die beiden wurden geköpft. Später wurde er Diplomat und versuchte ganz undiplomatisch, eine Reihe europäischer Staaten zum Krieg gegen die französische Republik aufzustacheln. Anschließend machte er daheim in Schweden eine glänzende Karriere und wurde schließlich Reichsmarschall.

Als der Thronfolger, ein dänischer Trottel namens Karl August, von dem ich noch nie gehört habe und bei dem die Schweden bestimmt begeistert waren, daß er ihnen als König erspart blieb, plötzlich in Skåne starb, gerieten Fersen und seine Schwester in Verdacht, nachgeholfen zu haben. Giftmörder! rief man ihnen hinterher.

Später, als der Sarg Karl Augusts im Leichenzug durch Stockholm geführt wurde und Fersen kalt, stockstarr und arrogant in seiner Kutsche saß, wurde er angehalten, nicht vom Pöbel, sondern von ganz gewöhnlichen Menschen: Handwerkern, Beamten und Kaufleuten. Fersen wurde herausgezogen, zusammengeschlagen und schließlich zu Tode getreten, ohne daß die aufmarschierte königliche Leibgarde eingriff, um ihn zu beschützen. Der Verfasser nennt es «Fersens Gang nach Golgatha».

Ich sehe Fersen auf der Erde liegen, zwischen den klobigen, schmutzigen Schuhen der Menge, und sein mißhandeltes Gesicht trägt plötzlich die Züge von Axel.

22

Mit dem größten Unbehagen, ja beinahe Widerwillen überwand ich mich dazu, das vorletzte von Linas geblümten Schreibheften zu öffnen; ich tat es einzig und allein deswegen, weil ich es Karen-Lis versprochen hatte und weil Frau Pedersen mich gefragt hatte, ob ich denn nun endlich alles gelesen hätte. Sie sitzen mir alle beide im Nacken.

Ich legte dieses und das letzte Heft vor mir auf den Tisch. Linas hoffnungslos veraltete Disketten legte ich auch dazu. Ich habe keine Möglichkeit, sie zu lesen, denn ich weiß keinen PC, der noch mit diesem Format umgehen kann. Sie sind zu Fossilien geworden. Weiß der Himmel, was man eigentlich mit all dem Zeug machen soll, das von der technischen Entwicklung überholt wurde. Wegschmeißen?

Tja, also Frau Pedersen ist tatsächlich in meiner Wohnung gewesen, obwohl ich beschlossen hatte, daß ich das nicht wollte. Sie hatte eines Abends angerufen und gesagt, daß sie nun jederzeit bei mir anfangen könne, weil sie wieder freie Kapazitäten hätte, wie sie es nannte. Ich war ehrlich gesagt nicht besonders froh darüber, aber feige, wie man als Mann in solchen Situationen nun mal ist, kündigte ich meiner Reinigungsfirma unter einem dürftigen Vorwand und gab Frau Pedersen meinen Wohnungsschlüssel.

Als ich nach Hause kam, nachdem sie das erste Mal bei mir geputzt hatte, lagen die Hefte auf dem Küchentisch. Ich war ziemlich vergnatzt... denn das konnte ja nur heißen, daß sie an Linas Karton gewesen war, und dazu hatte sie kein Recht. Ich legte die Hefte beiseite, aber später am Abend rief sie an und fragte, ob ich sie gesehen hätte. Das bestätigte ich.

«Auch das, was nicht ganz zu Ende geschrieben ist?»

«Nein», sagte ich.

«Dann sieh zu, daß du es liest, denn das Heft hatte sie an ihrem letzten Abend bei sich.»

«Wie meinst du das?»

«Sie hat es in dem Lokal draußen auf Amager liegenlassen, wo sie zuletzt gesehen wurde.»

«Welches Lokal?»

«Ich weiß den Namen nicht, aber jedenfalls das, wo sie war.»

«Ja aber... Woher weißt du das?»

«Der Wirt hat es mir gesagt.»

«Der Wirt von dem Lokal? Wie bist du denn an den gekommen?»

«Als alles vorbei war, mußte ich ja ihre Wohnung aufräumen. Am ersten Tag, als ich dorthin kam – und das fiel mir wirklich schwer – klingelte das Telefon, und ein Mann war dran, der wollte nur kurz Bescheid sagen, daß eine Lene Soundso ein Heft bei ihm liegengelassen hatte, ob sie es abholen könnte. Er wollte es nicht einfach wegwerfen, wo doch ihr Name und ihre Telefonnummer drinstanden. Du kannst nachsehen, innen auf dem Umschlag. Es hatte auf dem Fußboden unter dem Tisch gelegen, als sie mit ihrem Freund gegangen war. Der Wirt hatte offensichtlich schon mehrmals versucht anzurufen, aber ohne jemanden zu erreichen. Jetzt habe er es noch ein letztes Mal probieren wollen, meinte er. Ich sagte ihm, daß ich kommen und es holen würde. Und das tat ich dann auch.»

«Hat er bei der Gelegenheit noch was gesagt?»

«Nur, daß sie eine ganze Zeit am Tisch saß und dann von

irgend jemand abgeholt wurde. Wer das war, wußte er auch nicht.»
«Warum hast du der Polizei nichts davon gesagt?»
«Der Polizei? Die taugen doch zu gar nix. Da kann man es ebensogut sein lassen. Ich habe es geholt und zu den anderen in den Karton gelegt.»
«Hast du es gelesen? Oder Hanne?»
«Ich habe Hanne davon erzählt.»
Eine wahnsinnige Übelkeit überfiel mich. Nicht, daß ich mich übergeben mußte, mir war bloß übel, übel, übel, während ich in ihrem Schreibheft ihre Ergüsse las.

Die erste Welle von Übelkeit meldete sich, als ich an die Stelle kam, wo sie sich in diesen Verbrecher Axel Fersen vergaffte. Daß sie seinen Märchen auf den Leim gegangen war, daß sie für ihn gearbeitet hatte, daß sie sich so idiotisch verhalten hatte, zeugte nicht von besonderer Intelligenz. Und dabei hatte sie immer den Eindruck gemacht, als wäre sie sehr aufgeweckt. Daß sie ihren ganzen gesunden Menschenverstand in irgendein himmelblaues Luftschloß gesteckt hat, ist nicht nur ein Zeichen von Verknalltheit, das ist schon Hörigkeit.

Jeder andere Mensch, der bei vollem Verstand ist, wäre sofort zur Polizei gegangen. Aber sie, sie nahm es hin, daß man in ihre Wohnung einbrach, daß man sie überwachte, daß sie in obskure Geschäfte verwickelt wurde... Sie war schlicht und einfach ein naives, schwaches, willenloses Opfer. Das hätte ich nie von Lina gedacht.

Dann fiel mir plötzlich ein, daß sie ja tatsächlich versucht hatte, Hilfe von mir zu bekommen. Wenn sie doch bloß geradeheraus gesagt hätte, um was es sich handelte! Aber das hat sie nicht getan. Anrufe zu denkbar ungünstigen Zeiten, Andeutungen, mehr aber auch nicht. Ich erinnere mich an irgendwelche Notizzettel, die unsere Sekretärin mir reingereicht hat, aber mir war damals nicht klar, daß Lina dermaßen in Schwierigkeiten steckte. Und das tat sie ja wirklich. In bösen Schwierigkeiten.

Obwohl ich fand, daß sie naiv und einfach dumm gewesen

war, spürte ich mein eigenes schlechtes Gewissen. Meine Übelkeit hing auch damit zusammen.

Schließlich nahm ich das letzte dieser unerträglichen Schreibhefte und schlug die ersten Seiten auf. Die ersten beiden Seiten waren ähnlich wie all die anderen, die ich bisher gelesen hatte, aber dann veränderte sich die Schrift und wurde beinahe unleserlich. Es sah fast so aus, als ob sie betrunken gewesen wäre, als sie das geschrieben hatte.

Nachdem ich alles mühsam entziffert hatte, kramte ich meine halbe Flasche Gammel Dansk hervor und schenkte mir einen Doppelten ein. Aber es ist keine gute Idee, Gammel Dansk in sich hineinzukippen, wenn der Mageninhalt schon ans Gaumenzäpfchen klopft. Ich stürzte zum Klo und übergab mich.

Es änderte nur nichts an der Übelkeit, die blieb konstant, und das würde sie wohl auch weiterhin tun, bis... Ich wußte nicht genau, bis was.

Hatte Karen-Lis doch recht gehabt, als sie meinte, daß Lina ermordet worden war? Oder war «liquidiert» der passendere Ausdruck?

Was hatte es mit dem toten Mann im Büro auf sich? Gab es da einen Zusammenhang mit dem Datum von Linas Tod?

Karen-Lis hat versprochen, für mich einkaufen zu gehen. Ich habe sie angerufen und gesagt, ich hätte Fieber und würde im Bett liegen. Wahrscheinlich sei es Grippe. Keine echte asiatische Grippe, bloß eine gewöhnliche dänische.

Sie ist heute schon um drei fertig, anschließend will sie gleich kommen. Sie sagte, daß es schon lange her sei seit dem letzten Mal, und ich sagte, was ja auch stimmt, daß ich immer furchtbar beschäftigt war. «Furchtbar beschäftigt sein» ist die gängige Ausrede der Dänen, alle akzeptieren das, und als Entschuldigung ist es für alles mögliche geeignet. Sie hätte selbst auch massig zu tun gehabt, sagte Karen-Lis. Alles sollte am liebsten vorgestern erledigt sein, so sei das überall, auch im Gesundheitssektor.

Wenn sie die Treppe hochkommt, werde ich mich ins Bett legen, einen Schal um den Hals wickeln, eine halbleere Tasse Kamillentee auf den Nachttisch stellen und leidend aussehen.

Sie hat gefragt, was ich brauche, und ich sagte wahrheitsgemäß: alles. Ich traue mich nämlich nicht vor die Tür. Ich bleibe hier, dann können sie sich meinetwegen auf die andere Straßenseite stellen und mich bewachen, soviel sie wollen. Vielleicht könnte ich sogar aus meinem Gefängnis entwischen, denn sie sind nicht die ganze Zeit über da. Es gibt Zeiten, da stehen sie nicht dort, aber ich weiß nicht genau, ob sie nicht in irgendeinem Auto sitzen und sich aufwärmen. Der Typ, der die meiste Zeit da steht, ißt die ganze Zeit irgendwas, das er erst in die Luft wirft und dann mit dem Mund auffängt. Bestimmt Erdnüsse.

Zwischendurch rufen sie dauernd an. Sie sagen nichts, aber ich kann hören, daß sie dran sind. Inzwischen habe ich mich so daran gewöhnt, daß ich nicht mehr zittere wie eine Waschmaschine im Schleudergang, und ich wundere mich in Abständen sogar ein bißchen, daß man sich – daß ich mich – an so was gewöhnen kann. Das sagt eine ganze Menge über die menschliche Anpassungsfähigkeit aus.

Sie sagen nichts, sie sind einfach bloß da, dafür sage *ich* etwas oder besser, ich schreie es ihnen in die Gehörgänge. Schreie, daß sie Arschlöcher sind und daß ich mich revanchieren werde. Es hilft mir nicht in dem Spiel, das ich offenbar mitspiele, das weiß ich sehr wohl, aber es hilft mir und meinen empfindlichen Nerven. Denen geht es nämlich nicht besonders gut.

Ich überlege natürlich, ob sie vielleicht auf die Idee kommen, bei mir einzubrechen, während ich in der Wohnung bin, aber ich glaube nicht mehr daran, sonst hätten sie es längst getan.

Axel ist nicht gekommen, und ich weiß auch, daß er nicht zurückkommen wird. Als es mir neulich nachts klar wurde, war ich natürlich furchtbar unglücklich, obwohl ich es eigentlich von dem Moment an gewußt habe, als er die Tür hinter sich zumachte. Ich wußte, daß er nicht wiederkommen wird, entweder weil er nicht will oder weil er nicht kann. Ich glaube, letzteres wäre mir lieber, auch wenn ich mir nicht ausmalen mag, was das bedeutet.

Wenn ich mich trauen würde hinauszugehen, würde ich mir eine schwedische Zeitung besorgen, um nachzusehen, ob etwas über ihn drinsteht. Aber so lange mein Hausarrest besteht, kann ich das natürlich nicht.

Morgen, wenn Frau Pedersen wiederkommt, muß ich meine Grippenummer wiederholen, sonst versteht sie die Welt überhaupt nicht mehr.

«Geht's dir richtig dreckig?» fragt Karen-Lis.

Ich nicke und antworte mit heiserer Stimme, daß es mir so geht, wie man es von jemandem erwarten kann, der eine dicke Grippe hat. Das kennt sie doch sicher. Ein Gefühl, als ob man buchstäblich aus der Haut fahren möchte. Der ganze Körper tut weh, und man fühlt sich einfach *beschissen*.

«Was soll ich dir besorgen?»

«Ich habe eine Liste gemacht», sage ich. «Sie liegt auf dem Küchentisch, das Geld liegt daneben. Find ich wirklich unheimlich nett von dir.»

Karen-Lis schwirrt ab, ich stehe auf und sehe nach, ob ich auch genügend leidend aussehe. Ungeschminkt wie ich bin, sehe ich wirklich todkrank aus. Als ich wieder ins Bett krieche, überlege ich kurz, ob ich ihr was von Axel oder dem ganzen anderen Kram erzählen soll. Wäre wirklich toll, einen Menschen zu haben, dem man sich anvertrauen kann. Trotzdem beschließe ich, es nicht zu tun, noch nicht.

«Soll ich dir was zu essen machen?» fragt sie fürsorglich, nachdem sie die Sachen im Kühlschrank verstaut hat.

«Eine Tasse Tee wäre prima», antworte ich mit schwacher Stimme, «wenn du Zeit genug dafür hast.»

Wir trinken Tee, ich sage, daß ich das Gefühl habe, er lindere mein Halsweh, und ich komme mir bei meiner fast schon professionellen Lügerei vor wie eine Ausbeuterin.

«Ich geh dann mal», sagt sie, während sie die Jacke anzieht.

«Gute Besserung. Eigentlich siehst du schon viel besser aus. Ich glaube bestimmt, daß du es bald überstanden hast. Versuch regelmäßig Fieber zu messen, und achte darauf, ob es zurückgeht. Ich rufe nachher an und erkundige mich.»

Als sie endlich aus der Tür ist, stehe ich auf, nehme die Bettdecke mit ins Wohnzimmer, setze mich vor den Fernseher und vertiefe mich in eine Sendung über Schreigänse in der russischen Tundra.

Das Telefon. Karen-Lis. Doch, das Fieber geht zurück, sage ich. Ich hab nur noch 38. Morgen bin ich sicher wieder auf den Beinen.

«Du», sagt sie auf einmal. «Wer ist er?»

«Wer?»

«Er, denn es gibt doch einen Er, oder nicht?»

«Ich weiß nicht, was du meinst.»

«Hör mal, ich bin doch nicht blöd. Du bist irgendwie anders, du strahlst innerlich, trotz deiner Grippe. Willst du das etwa abstreiten? Ist mir auf dem Nachhauseweg eingefallen. Bei mir fällt der Groschen immer reichlich spät, weißt du.»

Wie mir scheint, spricht sie das Wort «Grippe» mit einem leicht ironischen Unterton aus. Ich lasse mich nicht aus der Ruhe bringen und entschließe mich, ihr recht zu geben, denn ich brauche jemanden, mit dem ich darüber sprechen kann.

«Dir kann man wirklich nichts vormachen», sage ich. «Du hast recht. Ich habe einen süßen Typen kennengelernt, einen Schweden, gutaussehend, intelligent und mit allem versorgt, was sonst noch dazugehört.»

«Ist das wahr? Mensch, Mädel! Warum machst du so ein Geheimnis darum? Hast du Angst, ihn vorzuzeigen, oder was?»

«Nein, also, ich wollte einfach abwarten, ob was Richtiges draus wird. In meinem Alter...»

«In deinem Alter? Jetzt mach aber mal einen Punkt! Dafür

ist man nie zu alt, und soweit ich weiß, bist du erst Anfang dreißig!»
«Mitte.»
«Na und? Zieht ihr zusammen? Doch hoffentlich nicht nach Schweden?»
«Wir haben uns noch nicht entschieden. Eigentlich haben wir überhaupt noch nicht über die Zukunft gesprochen, nichts Genaueres jedenfalls. Er kommt in ein paar Tagen zurück», sage ich, obwohl ich es besser weiß.
«Ich will ihn unbedingt kennenlernen», sagt Karen-Lis.
«Klar doch.»

Ich habe mir selbst eine Frist gesetzt: Ich rufe die Polizei an, falls innerhalb von drei Tagen nichts passiert. Ich habe Lebensmittel für drei Tage, also muß ich bis dahin niemanden belästigen.

Ich zwinge mich dazu, etwas zu tun. Etwas zu schreiben. Ich finde mit Mühe zurück zu Sophie, sie ist immer noch da, und ich entdecke, daß sie aus einem wirklich zähen Stoff ist. Zäher als ich. Das ist mir früher nie aufgefallen. Sie hat jahrelang auf ihren Goldmacher gewartet, sie hat ihrem Bruder geholfen, sie hat sich gegen ihre gierige Familie gewehrt, ihre Mutter und ihre Brüder, und sie hat sich selbst über Wasser gehalten, bis sie richtig alt war. Ich glaube, daß sie auch manchmal ratlos war, wie das noch alles werden sollte und was um sie und ihren Bruder herum passierte.

In mir taucht der Gedanke auf, ob Axel auch ein Goldmacher ist? Eine moderne Ausgabe dieses Schlages? Aber auch wenn er einer wäre, ändert es doch nichts an den Tatsachen.

Sir Henrys Cursor nimmt Fahrt auf, er tanzt beinahe. Meine Nervosität und Angst zeigt sich an diesem Tag als rastlose Energie. Sonst ist es nicht so, ganz im Gegenteil. Vielleicht stehe ich kurz vor dem Durchbruch. Das Licht am Ende des Tunnel stammt vielleicht doch nicht von einem entgegenkommenden Zug.

Das Telefon. Ich lasse es klingeln. Ich habe keine Lust, mir anzuhören, wie sie nichts sagen. Es verstummt wieder. Kurz darauf klingelt es erneut. Schließlich nehme ich ab. Es ist keiner dran, nur eine vibrierende Leere.

Ich gehe ins Bett und rechne nicht damit, daß ich schlafen kann. Aber ich kann. Der Schlaf schwebt heran und nimmt mich mit sich. Ich bin mir bewußt, daß ich schlafe. Schlafe und schlafe. Irgendwann in der Nacht wache ich auf, finde zum Klo und wieder zurück ins Bett.

Als ich aufwache, sehe ich am Licht, daß der Tag schon weit fortgeschritten ist. Mein Kopf ist leer, aber ich merke, daß ich nicht lebensüberdrüssig bin. Eine Art Freude prickelt in mir.

Er liegt auf dem Fußboden im Flur. Der Brief. Die schwedische Briefmarke leuchtet. Ich reiße den Umschlag auf.

Mein Liebes!
Ich wollte dich nicht anrufen, weil ich überzeugt bin, daß dein Telefon angezapft ist. Meins übrigens auch, aber ich bin sicher, daß der Alptraum – deiner und meiner – bald vorbei ist. Dann komme ich zurück, und alles wird wieder gut.
Kannst du mir einen Gefallen tun? Es ist nicht schwer, aber versprich mir, daß du vorsichtig bist.
Ich habe dir nicht alles erzählt, zum Beispiel habe ich dir nicht gesagt, daß ich etwas bei dir versteckt habe, das auf keinen Fall in die falschen Hände geraten darf. Ich schreibe dir jetzt genau auf, was du tun sollst; lerne es auswendig und vernichte den Brief anschließend: Fülle eine Plastiktüte von deinem Supermarkt mit verschiedenen normalen Lebensmitteln, auch mit dem Tiefkühlfisch, der in deinem Gefrierfach liegt. Du darfst die Verpackung nicht aufmachen. Sorge dafür, daß du ungesehen aus dem Haus kommst. Dann fährst du mit dem Bus zur Adresse Ved Amagerbanen 35. Hier gibst du die Plastiktüte ab. Falls keiner zu Hause ist oder falls die Eingangstür verschlossen sein sollte, gehst du

durch den Hintereingang und stellst die Tüte einfach drinnen ab. Wenn sie das nächste Mal per Telefon Kontakt zu dir aufnehmen, sagst du mehrere Male: ‹Kyrosow hat seine Sachen gekriegt›, daraufhin werden sie dich in Ruhe lassen. Ich denke nicht, daß es Probleme geben wird.
Ich komme, so schnell ich irgend kann.
Ich liebe dich,
Axel

PS: Warte damit, bis es dunkel ist.

Ich stehe eine ganze Weile barfuß da und starre das Geschriebene an. Was ist das jetzt wieder? Ich verstehe nichts, ich weiß nur, daß ihm nichts zugestoßen ist, und das ist mir im Moment genug.

Dann laufe ich in die Küche und öffne das Gefrierfach. Ich weiß, was alles drinliegt: Zwei Tüten mittelfeine Erbsen, ein Paket Nudeln mit Gemüse, ein Dutzend Frühlingsrollen von der Sorte, bei denen man nach dem ersten Bissen bereut, daß man sie gekauft hat, eine halbe Tüte Apfelscheiben und drei alte Frikadellen. Und dann der Lachs. Der war vor ein paar Monaten im Sonderangebot. Das Inserat hatte behauptet, es sei norwegischer Wildlachs, aber ich habe da so meine Zweifel. Nicht bei dem Preis.

Die eine Seite der Verpackung ist aufgeschnitten, und ich kann sehen, daß eine Plastikhülle mit einer Diskette unter dem Fisch liegt. Ich überlege, ob ich genauer nachsehen soll, aber dann lasse ich es lieber. Er hat recht, es ist bestimmt das beste, nicht allzuviel zu wissen.

Im Märchen ergeht es den Mädchen immer schlecht, wenn sie ihre Neugier nicht zügeln können, Türen zu Geheimkammern aufmachen und Kerzen anzünden, um das Verborgene und Verbotene zu betrachten. Ich beschließe, klüger zu sein als sie.

Ich packe ein paar Sachen in eine Plastiktragetasche vom Netto-Markt. Schließlich sieht sie aus wie eine ganz normale

Einkaufstüte. Ich spähe aus dem Fenster. Unten steht keiner. Das Wetter ist trübe, es wird langsam dunkel, die Straße ist wie leergefegt.

Ved Amagerbanen, wo ist das? Ich weiß, daß es eine Bahnstrecke raus nach Amager gibt, aber von einer Straße mit diesem Namen habe ich noch nie was gehört. Ich finde sie auf dem Stadtplan. Es geht ein Bus dahin, die Haltestelle ist nicht weit entfernt.

Es sind noch mehr als zwei Stunden, bis ich losfahren kann. Womit soll ich die Zeit überbrücken? Ich mache, was ich bisher die meiste Zeit gemacht habe, nämlich schreiben, schreiben, schreiben. Eigentlich komisch, daß ich noch keinen Schreibkrampf im Arm gekriegt habe.

Es werden zwei lange Stunden. Aber endlich, endlich zeigt die Uhr die passende Zeit. Als ich meine Jacke angezogen habe und gerade meine Wohnungstür aufmache, klingelt das Telefon. Ich bin darauf gefaßt, daß es meine speziellen Freunde sind, aber falsch, es ist Hanne, Frau Pedersens Tochter. Auf dem Gymnasium waren wir ein paar Jahre lang befreundet; in den letzten Jahren haben wir hin und wieder miteinander telefoniert, aber wohl meist auf Betreiben ihrer Mutter.

Jetzt ruft sie an – und sie hofft, daß ich nicht schon ins Bett gegangen bin –, weil ihre Mutter ihr gerade von «meiner Verlobung» erzählt hat. Sie weiß auch, daß man bei mir eingebrochen hat. Sie weiß überhaupt fast alles. Ich erzähle ihr von Axel, übergehe das andere leichthin und merke selbst, daß ich mich ziemlich ungeduldig anhöre. Wir verabreden kein Treffen.

Während ich rede, sehe ich ein unbenutztes rosengeblümtes Heft auf dem Tisch liegen. Ich greife danach und beschließe, es mitzunehmen.

LXVIII
Helsingør
Anno 1643

Meine Augen verdunkeln sich
Fal werden meine Wangen

Ein silbergraues Flöckchen, nicht größer als der kleine Fingernagel eines Edelfräuleins, schwebte dicht vor Sophies zusammengekniffenen Augen vorbei. Bevor es aus ihrem Blickfeld verschwand, verharrte es einen Moment, verbeugte sich oder besser: knickste vor ihr, um anschließend weiterzusegeln, fort, hinein in das blendend weiße Himmelsgewölbe.

Sophie starrte ihm hinterher, aber sie konnte es nur einen kurzen Augenblick verfolgen, denn die Tränen begannen zu rinnen, und die salzige Flüssigkeit brannte in den Augenfalten. Alte Augen und grelles Sommerlicht paßten nicht zusammen.

Überhaupt gab es nicht mehr viel, das zusammenpaßte. Obwohl die Leute, mit denen sie Umgang pflegte, ihr versicherten, es sei eine besondere Gnade Gottes, daß sie in ihrem hohen Alter sich bewegen und sprechen, daß sie Nahrung zu sich nehmen und sich ihrer auch wieder entledigen könne, wußte sie doch, daß es nicht zusammenpaßte. Nichts paßte mehr, schon gar nicht, daß sie immer noch unter den Lebenden weilte.

Ihr Blut war dunkel und voller Galle. Jeder Schritt, den sie tat, schmerzte, und des Nachts litt sie Qualen, als ob ein Folterknecht ihr Knie mit Eisenzwingen zusammenpreßte. Ihr Stuhlgang war eine Tortur, die Nahrung verursachte ihr Übelkeit, und kauen konnte sie das Essen nicht. Die letzten gelbbraunen Zahnstummel eigneten sich nicht dafür.

Doch der Wind hatte das kleine silberschimmernde Samenflöckchen zu ihr hingetrieben. Als einen Gruß. Oder ein Zeichen. Sie war nicht vergessen, sie existierte.

Das kleine Silberflöckchen existierte, und sie existierte immer noch auf dieser Welteninsel. Das dahinschwebende Flöckchen in der blauen Himmelskuppel hatte Sophie ein wenig leichter zumute werden lassen. Vielleicht war es ein Sendbote? Oder vielleicht war es nur ein weiterer Wink, daß die Zeit abgelaufen war, daß sie sich bereit machen sollte für die Bretterkiste mit dem Leichentuch? Das stand einem jeden Menschen bevor. Sie wußte nur nicht, wann es geschehen würde. Oder wie. Würde es soweit sein, wenn die Sonne auf ihrem Rückweg die beiden Fische fing? Die Wärme von der Hauswand hinter ihr tat ihrem Rücken wohl. Die Gicht zog sich eine Weile zurück, und die Sonne tat auch den Knien gut. Das Mädchen hatte sie sorgsam in wollene Tücher gehüllt. Eigentlich ging es ihr so gut, wie es einer alten Frau nur gehen konnte. Es gab nichts, worüber sich zu jammern lohnte, und Jammerklagen waren außerdem verlorene Zeit. Niemand hatte ein Ohr dafür. *Das* hatte das Leben sie gelehrt.

Wie hatte er einmal gesagt, ihr kluger Bruder? Soviel Latein hatte sie immerhin gekonnt, daß sie seine Worte sofort verstand, als er eines Tages, da das Gespräch auf den Lauf des Lebens kam, auf des Menschen Schicksal und das Talent, die schweren Bürden des Herrn zu tragen, gemurmelt hatte: «Quod fors feret feremus aequo animo.»

Sophie öffnete die Augen und blickte über das Wasser. Zwar konnte sie nur wenige Ellen weit sehen und nicht erkennen, was dort draußen war, aber sie wußte, daß dort eine große Anzahl Schiffe lagen, die auf günstigen Wind warteten. Das Mädchen hatte mehr als dreißig von ihnen draußen auf der Reede gezählt. Sie drehte langsam den Kopf nach rechts und hielt Ausschau nach etwas, von dem sie wußte, daß es irgendwo dort draußen in dem weißen Lichtgewölbe hätte liegen sollen.

Zu einer glanzvollen Zeit vor unzähligen Jahren hatte der Nabel der Welt in einem schmucken Kleinod gelegen, einem roten Backsteinbau, einem Schloß, das mit großer Hast und

noch größerer Ungeduld dort draußen errichtet worden war.
Ein strahlendes, leuchtendes Schloß hinter grünen Wällen ganz oben auf der Anhöhe dort draußen auf der Insel.
Der Scharlachinsel.

«Scharlachinsel» ist der Name, den Seeleute der Insel Venius gegeben haben, ihrer Insel, die sich so wunderschön aus den blaugrünen Sund erhebt.

Der Insel, ihrer Insel mit den gelben, sanften Hängen.

Der Insel, ihrer Insel mit den blühenden Anhöhen und den üppigen Wiesen.

Der Insel, ihrer Insel, auf der das Glück eine kleine Weile zu Hause war.

Sophie schaute und schaute, aber sie sah nichts, sah nur das weiße, gleißende Licht.

Man hatte ihr gesagt, daß das Schloß fort sei, daß nicht ein einziger Stein übriggeblieben sei. Weil Sophie sich nicht darauf verlassen wollte, was die Leute redeten und raunten, hatte sie sich selbst über die Lage der Dinge erkundigt, bei einem Mann, der regelmäßig dort draußen auf der Insel zu tun hatte.

Aber es stimmte. Das alles war nicht gelogen.

Das Wunderschloß war abgerissen worden, und alle Statuen waren fort. Der Befehl dazu sei nicht von irgend jemandem gegeben worden, sondern von einer der Mätressen Seiner Majestät. Das hatte Frau Calumnia mit der gespaltenen Zunge erzählt. Ob das stimmte, wußte niemand; richtig war allerdings, daß die schöne Dame die Insel als Nadelgeld erhalten hatte.

Man erzählte außerdem, daß die letzten der großen Instrumente, die dort draußen zurückgelassen worden waren, entzweigeschlagen wurden und daß streitbare Bauern die Überreste untergepflügt hatten. Tief hinunter in den Boden, den sie sich verbissen zurückerobert hatten.

Sic transit gloria mundi!

Die Schönheit war vergangen. Das Lebensfeuer war lange erloschen, ihr begabter Bruder vermodert, und sie wußte im tiefsten Innern, daß es kein Wiedersehen geben würde.